LES CHÂTIMENTS

Paru dans Le Livre de Poche :

VICTOR HUGO

Les Châtiments

PRÉFACE, COMMENTAIRES ET NOTES
DE GUY ROSA ET JEAN-MARIE GLEIZE

LE LIVRE DE POCHE
classique

Jean-Marie GLEIZE, ancien élève de l'ENS Saint-Cloud, agrégé de lettres modernes, professeur à l'Université de Provence (Aix-Marseille I). Auteur de *Poésie et figuration* (éd. du Seuil, 1983), *Francis Ponge* (éd. du Seuil, 1988), *A noir. Poésie et littéralité* (éd. du Seuil, 1992). Dirige la revue *Nioques* aux éditions Al Dante. Poursuit un travail critique sur la poésie moderne et l'« extrême contemporain ».

Guy ROSA, ancien élève de l'ENS, agrégé, docteur d'Etat, professeur à l'Université Paris 7-Denis Diderot. Auteur d'articles spécialisés et éditeur, seul ou en collaboration, de plusieurs œuvres de Hugo, en particulier au Livre de Poche et dans la collection « Bouquins » des *Œuvres complètes*. Anime, à Jussieu, le « Groupe interuniversitaire de travail sur V. Hugo ».

PRÉFACE

Les Châtiments sont livre actuel.

Châtiments n'est sans doute pas aujourd'hui le plus ni le mieux lu des livres de Victor Hugo. Parce qu'il s'agit d'un texte au présent. Qu'on ne sait plus les noms. Qu'il n'y a rien de plus étranger à un présent qu'un autre présent. Je ne doute pas cependant que l'inverse soit vrai : *Châtiments* est un livre pour nous, maintenant. Parce qu'il s'agit d'un texte au présent. Parce qu'on ne sait plus les noms. C'est dans la mesure même où Hugo soumet violemment la « circonstance » au fouet du langage, dans la mesure même où il fait du discours polémique (qui n'est que discours et qui n'est que polémique) une véritable polémographie, que ce présent, poétiquement, peut être le nôtre. Ces noms, c'est son travail, *Châtiments* les tresse et les tire, les exhibe et les efface, les colle et les tasse, jusqu'à ce que le nom « propre » passe à la langue, à la langue commune, à la proposition hugolienne de la langue commune. Il y a *Les Châtiments* dans l'histoire, certes, livre daté-signé, et plutôt deux fois qu'une, mais surtout et cette date et ce nom, qui ne sont qu'un seul signe, sont intensément inscrits, écrits : à la fois, si l'on peut dire, la poésie « à bout portant », fable-tract et graffito pour la rue pavée, et poésie « à très longue portée », missile stratégique interséculaire, qui nous rejoint pour nous parler de ce qui nous parle, de ce qui fait pour nous, actuellement, un espace de questions.

Une des plus brûlantes est celle-ci : depuis telle « crise de vers » (à laquelle, comme le note Mallarmé, notre auteur a puissamment contribué), la poésie cherche sa langue : prose, poème en prose, nouvelle prose poétique... vers, vers (dit) libre, nouveaux critères pour une prosodie qui ne veut plus compter la syllabe..., ni vers-ni prose, de nouveaux espacements pour une poésie « à la page »... *Châtiments* conduit cette question ligne à ligne : le problème n'est pas vraiment, comme l'avait jugé Aragon dans les années 30, du « réalisme » supposé de Hugo, il est de la tension qu'il maintient entre le lyrisme le plus chanté (euphonique ou cacophonique, selon les moments du drame), et la prose la plus parlée ; le parlé dans les vers, et le vers rythmant la prose, et tirant...

On sait qu'en 1870 cette poésie a été, en de multiples lieux publics, lue, déclamée. On aimerait, dans une période (la nôtre) où l'écriture poétique reprend souffle (retrouve le corps, la voix, la bouche, la ponctuation), que *Châtiments* soit de nouveau « entendu » ; rien de plus évidemment fort dans ces pages que la *réalisation* de la langue, sa vocalisation ardente : toute une métaphysique du Vrai (du Sens, de la Lumière), portée et débordée, excédée, par une physique de la parole en action.

Mais encore : Hugo écrit-il un poème, puis un poème ? Le poème est-il ici l'unité ? Certes non. Il y a « poésie ininterrompue », un seul long poème, « chronique », comme la maladie du temps, et ce poème, quand Hugo décide de l'arrêter, de le relire pour le donner, il le construit et le « monte » : c'est l'écriture seconde du Livre, toute une sémantique de la composition qui déjoue l'idée que nous nous faisions, à tort, du poème objet clos sur ses propres contours. Le mouvement ou même, pour mieux dire peut-être, le « mouvementé » du texte n'est pas seulement dans la proféation du mot, dans le rythme du nom, dans la projection du vers, il est dans la mise en place d'un dispositif articulé, indéfiniment productif, dans tous les sens.

Quel est le *lieu* de la poésie, du poète ? Nous qui voyons aujourd'hui la poésie dissidente ou exilée, nous savons que le poète n'est jamais là où il est, et qu'il est où il n'est pas ; que la poésie est fondamentalement (infailliblement) *déplacée*, que l'exil n'est pas seulement un fait historique, politique, mais qu'il est comme essentiellement lié à tout le possible et à tout l'impossible de l'expérience de poésie. À cet égard *Châtiments* est un livre clef ; le pouvoir-dire, la puissance et la présence efficiente du langage s'y fondent sur l'impuissance, le retrait et l'absence de celui qui parle. Le rocher de Jersey est bien ce non-lieu, cet espace utopique, où la parole d'un homme prend forme et force poétiques à mesure que l'individu s'efface et disparaît.

Les rhéteurs disent : « Le poète est un fou dangereux » (voyez *Splendeurs* dans ce livre) ; ils disent encore : « À bas les mots ! » (dans le même poème). Le poète est celui-là qui rétablit le langage, qui le prend (et avec lui le monde) « en réparation ». La question n'est pas close de savoir « à quoi sert la poésie », « à quoi bon des poètes ». Dans *Châtiments* Hugo fournit quelques éléments de réponse. Bien sûr, il s'agit tout d'abord de lancer la parole contre un homme, de nommer un crime et un criminel, de le démasquer et de le marquer : la poésie est une arme, et même, en raison de l'écart où elle s'exerce, une arme absolue. Mais ceci n'est que le premier pas : cet homme n'est pas un homme, il est un discours, il est un pouvoir. Ce que la poésie (le pouvoir du discours, son exercice scandé dans certaines conditions) met en œuvre, c'est la dénonciation non des uns ou des autres, mais de ce qu'ils font par le langage (le discours du pouvoir, la propagande), de ce qu'ils font du langage, de ce qu'ils font au langage. On utilise les mots contre les mots ! On utilise les mots contre les hommes ! Dès lors, *Châ-*

timents sera la mise à nu des mécanismes politiques pathologiques qui renversent les signes, des conditions de production et de circulation du discours pervers, exercice du pouvoir de la Parole contre les paroles du Pouvoir. La poésie comme critique radicale, comme grammaire et philologie militante, comme sémiologie et thérapeutique du verbe. Et c'est bien pourquoi le poète est un « fou dangereux ». Son travail concerne la vérité. Vérité qu'il a moins pour charge de formuler (l'essentiel de *Châtiments* n'est pas dans le contenu de son message) que d'énoncer, de rendre possible. En ce sens, comme toujours encore, la poésie telle que la définit ce livre est pratique de résistance, de libération. Nous y sommes, nous y sommes toujours.

Jean-Marie GLEIZE

NOTE SUR CETTE ÉDITION

Texte

Le texte des *Châtiments* est reproduit ici tel qu'il est donné par l'édition dite de l'Imprimerie Nationale ; pour le nombre et la disposition des poèmes, elle suit l'édition procurée par Hetzel en 1870 qui ajoutait à l'originale de 1853 cinq poèmes, notés d'un astérisque dans la Table.

Dates

Souvent Hugo note au bas du texte publié une date qui oriente la signification du poème ou justifie sa place dans le recueil mais n'est pas celle de sa composition. On trouvera cette dernière à la fin de chaque poème, entre crochets ; elle est connue par le manuscrit ou peut être établie par conjecture et, dans ce cas, nous suivons la chronologie de P. Albouy.

Notes et Index

Les Notes et l'Index du présent volume ajoutent peu de connaissances érudites aux travaux de P. Berret (*Les Châtiments*, coll. « Les Grands Écrivains de la France », Hachette, 1932) et de P. Albouy (V. Hugo, *Œuvres poétiques*, t. II, « La Pléiade », 1967), instruments indispensables d'une étude approfondie des *Châtiments*.

Les Notes et l'Index sont essentiellement informatifs et, à cet égard, exhaustifs : ils permettent de comprendre, au moins pour leur sens littéral, toutes les références qui ont disparu de la culture commune, mais appartenaient à celle des lecteurs contemporains de Hugo. Car sa poésie est cultivée ; elle n'est pas « savante ». C'est l'une des raisons pour lesquelles nous n'avons pas annoté les noms ou les allusions qu'éclaire suffisamment et correctement le *Petit Larousse illustré*. L'autre, qui concerne les élèves et les étudiants, est pédagogique : on leur ferait injure en les supposant incapables de cet acte élémentaire de curiosité et de connaissance qu'est la consultation d'un dictionnaire — injure grave en les croyant peu soucieux de s'approprier cette culture élémentaire et nationale que l'héritier du grand Pierre Larousse met dans tous les foyers, et souvent avec les strates émouvantes des générations successives. On leur ferait tort également, car on ne sait vraiment que ce que l'on a cherché et appris soi-même, librement et de sa propre initiative. Au reste, cela demande un peu de temps, mais comporte du plaisir.

L'Index des noms propres ne contient donc pas tous les personnages et tous les noms. D'autant moins qu'on a éclairé en note ceux qui ne figurent qu'une seule fois ou ne font pas partie des « personnages » familiers du recueil, de son panthéon ou de son pandémonium. Un nom, s'il est inconnu du lecteur et n'est pas expliqué en note, doit donc être cherché à l'Index et, s'il n'y figure pas, dans le *Larousse*.

On voudrait enfin que ces Notes et cet Index fassent toucher du doigt l'ampleur mais surtout la variété de la culture mobilisée par *Châtiments*. Des références à la mythologie et à l'histoire de l'Antiquité (beaucoup plus familières au XIXe siècle que de nos jours) aux allusions littéraires (Molière donne peu de noms mais son vers et son phrasé s'entendent souvent), en passant par la culture religieuse (plus présente ici que nulle part ailleurs chez Hugo), la mémoire de l'actualité contemporaine (incessante) et les savoirs sous-jacents à la vie quotidienne (spectacles, métiers, réalités vécues), *Les Châtiments* sont saturés de la culture contemporaine vivante et commune. Le livre en appelle ainsi sans cesse à la communauté réelle de ses lecteurs ; il la forme aussi : le peuple auquel il s'adresse, il le forge en l'appelant à se reconnaître en lui. C'est un peuple sans barrières de classes ni de croyances ni même de convictions : le Hugo de *Châtiments* n'est rien moins que partisan et ne désavoue ni les érudits, ni les banlieues, ni les croyants, ni même les nostalgiques des vieux Rois de France ; mais c'est un peuple à qui la mémoire de ses anciennes gloires ne fait pas désavouer ses récents efforts révolutionnaires, qui reconnaît La Tour d'Auvergne pour l'égal de Bayard et Pauline Roland comme sœur de Jeanne d'Arc. En cela, la partie n'était pas gagnée.

Textes connexes

Les renvois aux autres œuvres de Hugo sont faits dans l'édition, disponible en librairie, des *Œuvres complètes*, R. Laffont, collection « Bouquins », 1985-1987. *Napoléon le Petit, Histoire d'un crime* et *Choses vues* y figurent au volume « Histoire » dont on ne répétera pas l'indication. À défaut, on fait référence à l'*Édition chronologique des œuvres de V. Hugo,* dirigée par Jean Massin (C.F.L., 1967-1970), consultable en bibliothèque.

1848 *24 février.* Le Gouvernement provisoire proclame la République.

4 juin. Élection de V. Hugo à l'Assemblée constituante.

23-26 juin. Insurrection ouvrière à Paris ; V. Hugo, sur mandat de l'Assemblée, participe à la répression.

Juillet-août. Interventions de V. Hugo en faveur de plusieurs prisonniers politiques.

12 juillet. Discours de V. Hugo à l'Assemblée en faveur de la liberté de la presse. Élu à droite, Hugo votera désormais assez souvent avec la gauche.

17 septembre. Élection de Louis-Napoléon à l'Assemblée.

Octobre-décembre. L'Événement, journal dirigé par Charles et François-Victor Hugo et inspiré par leur père, soutient la candidature de Louis-Napoléon Bonaparte à la présidence de la République contre celle du général Cavaignac qui a dirigé la répression de Juin.

10 décembre. Élection de Louis-Napoléon président de la République.

1849 *9 février.* Proclamation de la République romaine.

23 mars. Défaite du Piémont devant l'Autriche à Novare.

3 avril. Barbès, Blanqui, Albert, Raspail et plusieurs autres dirigeants républicains sont condamnés à de lourdes peines pour leur participation aux journées de Juin.

14 avril. Proclamation de la République indépendante de Hongrie.

30 avril. Oudinot, à la tête d'un corps expéditionnaire français, attaque la République romaine.

13 mai. Élections à l'Assemblée législative : triomphe du parti de l'Ordre ; V. Hugo est élu dans les rangs de la droite.

18 mai. Dupin est élu président de l'Assemblée législative.

13-15 juin. Manifestations à Paris, Lyon, Strasbourg. Énergique répression.

19 juin. Loi restrictive sur les clubs. Le droit d'association est sérieusement atteint.

30 juin. Oudinot entre dans Rome ; le pape retrouvera son pouvoir temporel.

17 juillet. Loi répressive sur la presse.

Octobre. Les troupes autrichiennes et russes achèvent de battre les forces de la République hongroise.

1850 *15 janvier.* En discussion des lois sur l'enseignement, discours de V. Hugo à l'Assemblée : il rompt définitivement avec la droite.

10 mars. Élections complémentaires : succès pour la gauche.

15 mars. Vote de la loi Falloux qui met l'enseignement primaire aux mains du clergé et lui donne des facilités considérables pour le secondaire.

12 avril. Pie IX rentre dans Rome.

26 avril. Interdiction de vendre *L'Événement* sur la voie publique.

28 avril. Élection complémentaire à Paris : le socialiste Eugène Sue est élu.

22-23 mai. Veuillot et Montalembert attaquent violemment V. Hugo à l'Assemblée.

31 mai. Vote d'une nouvelle loi électorale qui

écarte du vote pratiquement tous les pauvres et les marginaux.

16 juillet. Nouvelle loi répressive sur la presse, combattue sans succès par Hugo.

10 octobre. Lors d'une revue à Satory, les troupes acclament Louis-Napoléon aux cris de « Vive Napoléon » et « Vive l'Empereur ».

1851 *9 janvier.* Changarnier, commandant de la région militaire de Paris et de la Garde nationale, est démis de ses fonctions par Louis-Napoléon.

Janvier. L'Assemblée contraint le président à changer de ministère puis refuse la dotation présidentielle.

20 février. V. Hugo visite les caves de Lille.

13 mars. Michelet est interdit de cours au Collège de France.

Mars. Formation d'un Comité pour la révision de la Constitution : il s'agit d'obtenir pour Louis-Napoléon Bonaparte le droit d'être réélu en 1852.

Mai. Saint-Arnaud dirige une expédition d'une extrême brutalité en Petite Kabylie ; il est nommé général de division.

11 juin. Charles Hugo est condamné à six mois de prison ferme pour délit de presse ; l'article incriminé s'élevait contre la peine de mort.

17 juillet. Dans un discours à l'Assemblée, Hugo s'oppose à la révision de la Constitution demandée par les bonapartistes ; il dénonce les manœuvres de Louis-Napoléon pour prendre le pouvoir et lance la formule « Napoléon-le-Petit ».

Juillet. Le général Magnan cumule les fonctions auparavant confiées à Changarnier.

Août. V. Hugo sanctionne son passage à la gauche par la publication d'un choix de ses discours tendant à montrer que son républicanisme n'est pas d'hier.

15 septembre. François-Victor Hugo et Paul Meurice sont condamnés à neuf mois de prison ferme pour délit de presse. *L'Événement*, suspendu, est remplacé par *L'Avènement du Peuple*, immédiatement saisi. Son gérant, A. Vacquerie, est condamné à six mois de prison.

6 novembre. La proposition faite par les questeurs de l'Assemblée de donner à son président le droit de requérir la force armée est refusée ; la manœuvre visait à faire éventuellement échec à un coup d'État mais une partie de l'Assemblée se méfiait de Dupin.

13 novembre. L'Assemblée refuse la proposition du gouvernement d'abroger la loi électorale du 31 mai et de rétablir le suffrage universel qui était favorable aux bonapartistes. Elle y gagnera un discrédit durable. L'épreuve de force est désormais engagée entre l'Assemblée et Louis-Napoléon.

27 novembre. La Banque de France verse vingt-cinq millions à Louis-Napoléon.

2 décembre. Coup d'État de Louis-Napoléon Bonaparte. Par affiches le président annonce qu'il dissout l'Assemblée, proclame l'état de siège et rétablit le suffrage universel. Plusieurs députés et les généraux républicains sont arrêtés. Les députés de droite se réunissent à la mairie du Xe arrondissement, proclament la déchéance de Louis-Napoléon puis sont arrêtés. Les députés de gauche appellent à la lutte armée et forment un Comité de résistance clandestin. La police ne trouve pas V. Hugo à son domicile.

3 décembre. Hugo et les autres membres du Comité, malgré la passivité évidente du peuple parisien que l'Assemblée a combattu en juin 1848 et qu'elle n'a cessé de décevoir, poursuivent la résistance. Le peuple élève quelques barricades. Hugo multiplie les proclamations.

4 décembre. Saint-Arnaud, commandant, et Magnan, ministre de la Guerre, font donner l'assaut aux barricades. Dans l'après-midi la troupe mitraille la foule des promeneurs et des curieux sur les boulevards Montmartre et Poissonnière. Les exécutions sommaires commencent à Paris et dans le reste de la France.

6 décembre. Dernière réunion du Comité de résistance. V. Hugo et Juliette Drouet sont recherchés par la police.

8 décembre. Décret punissant de déportation à Cayenne ou en Algérie les individus reconnus coupables d'avoir fait partie d'une société secrète.

11 décembre. Avec le passeport d'un camarade, Lanvin, V. Hugo part pour Bruxelles.

14 décembre. V. Hugo commence la rédaction de ce qui sera l'*Histoire d'un crime*.

19 décembre. Lettre de Hugo à A. Vacquerie : « Je viens de combattre et j'ai un peu montré ce que c'est qu'un poète. »

21 décembre. Un référendum ratifie le coup d'État (7 500 000 oui, 640 000 non et 1 500 000 abstentions).

1852 *1er janvier.* *Te Deum* à Notre-Dame de Paris. Sibour, archevêque de Paris, fait chanter, à la surprise ravie de Louis-Napoléon : *Domine salvum fac Ludovicum Napoleonem* : « Seigneur, donne ta sauvegarde à Louis Napoléon » au lieu du texte liturgique *Domine salvum fac populum tuum* : « Seigneur donne le salut à ton peuple... ».

6 janvier. Ordre aux préfets de faire effacer des monuments la devise républicaine « Liberté, Égalité, Fraternité ».

9 janvier. Décret expulsant du territoire soixante-six députés, dont V. Hugo, à peine de déportation.

15 janvier. Ordre de désarmement des citoyens.

17 janvier. V. Hugo écrit qu'il a rencontré l'éditeur Hetzel, comme lui proscrit. Il songe à « construire une citadelle d'écrivains et de

libraires d'où nous bombarderons le Bonaparte ».

22 janvier. Confiscation des biens patrimoniaux
de la famille d'Orléans. Remaniement ministé-
riel. Création d'un ministère de la Police.

24 janvier. Décret rétablissant les titres de
noblesse.

28 janvier. Charles Hugo, sa peine purgée, sort
de prison.

3 février. Institution des « commissions mixtes » : composées du préfet, du général de la
division et du procureur général, elles sont char-
gées d'instruire et de juger les dossiers des « suspects ». Elles y mettent un zèle si excessif et
scandaleux qu'elles sont dissoutes peu après.

16 février. Le 15 août, saint Napoléon et fête de
l'Assomption, est décrété jour de la Fête
nationale.

17 février. Décret sur la presse.

Février. Arrestation de Pauline Roland.

8 mars. Décret faisant obligation aux fonctionnaires de prêter serment de fidélité à Louis-
Napoléon.

9 mars. Nouvelles dispositions d'organisation de
l'Université dont les professeurs sont désormais
révocables.

20 mars. Une circulaire interdit aux enseignants
le port de la barbe, signe d'idées anarchistes.

25 mars. Nouvelle réglementation, restrictive, du
droit de réunion.

12 avril. Révocation de Michelet, E. Quinet et
Mickiewicz, professeurs au Collège de France.

16 avril. Libération anticipée de François-Victor
Hugo.

25 mai. Jules Simon, professeur, qui a refusé de
prêter le serment exigé, est révoqué.

4 juin. Louis-Napoléon applaudit à une représentation de *Marion de Lorme*.

8-9 juin. V. Hugo fait vendre aux enchères son mobilier.

14 juin. Hugo abandonne l'*Histoire d'un crime* et commence *Napoléon le Petit*.

Juillet. Karl Marx publie *Le Dix-huit Brumaire de Louis Bonaparte*.

31 juillet. V. Hugo quitte Bruxelles pour Jersey, via Anvers et Londres.

5 août. Arrivée de Hugo à Jersey ; publication de *Napoléon le Petit*.

18 août. Premier numéro du *Figaro*, « journal non politique ».

25 août. Un professeur de lycée est suspendu pour avoir lu à ses élèves des pages de *Napoléon le Petit*.

30 août. La philosophie et l'histoire moderne sont rayées des programmes scolaires.

Septembre. Annonce du prochain plébiscite sur le rétablissement de l'Empire.

22 octobre. Hugo écrit *Le chasseur noir*. La rédaction des *Châtiments* commence, ininterrompue jusqu'en juin 1853.

21-22 novembre. Plébiscite ratifiant le rétablissement de l'Empire.

2 décembre. Anniversaire du sacre de Napoléon Ier et d'Austerlitz. Proclamation de l'Empire. Une circulaire prévoit qu'à la fin des offices religieux on chantera : « *Domine salvum fac imperatorem nostrum.* »

21 décembre. Publication à Bruxelles de la loi Faider.

30 décembre. Décret rétablissant la censure dramatique.

1853 *29 janvier.* Mariage de Napoléon III et d'Eugénie de Montijo.

17 février. Sur plainte du vicaire général d'Orléans, l'archevêque de Paris condamne Veuillot et son journal, *L'Univers*, « pour violence et calomnie ».

24 février. Veuillot est reçu en audience par Pie IX qui va absoudre le journaliste contre l'archevêque.

31 mai. Hugo note à propos des *Châtiments* : « C'est aujourd'hui trente et un mai 1853 que je finis ce livre. »

Août. Publication à Bruxelles des *Œuvres oratoires* de Hugo, recueil de ses discours.

Septembre. Arrivée à Jersey de Mme de Girardin qui initie la société hugolienne à la pratique des tables tournantes. Le 12 septembre, l'esprit de Louis Napoléon avoue sa peur de V. Hugo.

Octobre. Début des hostilités entre la Russie et la Turquie, soutenue militairement par l'Angleterre et la France.

9 octobre. Hugo écrit *La Fin*, dernier poème des *Châtiments*.

21 novembre. Publication des *Châtiments* à Bruxelles.

....

1870 *2 septembre*. Défaite de Sedan ; Napoléon III se rend à Guillaume Ier roi de Prusse, bientôt proclamé empereur d'Allemagne.

4 septembre. Proclamation de la République.

5 septembre. Arrivée de V. Hugo à Paris.

19 septembre. Début du siège de Paris par l'armée allemande.

20 octobre. Publication par Hetzel des *Châtiments* à Paris. L'édition est épuisée en deux jours ; les rééditions se succèdent.

Hiver 1870-1871. Nombreuses lectures publiques des *Châtiments*.

1871 *28 janvier*. Signature de l'armistice.

Février. Le tirage des *Châtiments* atteint le 21e mille.

18 mars. Insurrection de la Commune de Paris.

21-28 mai. « Semaine sanglante. »

LES CHÂTIMENTS

PRÉFACE DE L'AUTEUR

PREMIÈRE ÉDITION, 1853

Il a été publié à Bruxelles une édition tronquée de ce livre[1], précédée des lignes que voici :

« Le faux serment est un crime.

« Le guet-apens est un crime.

« La séquestration arbitraire est un crime.

« La subornation de fonctionnaires publics est un crime.

« La subornation de juges est un crime.

« Le vol est un crime.

« Le meurtre est un crime.

« Ce sera un des plus douloureux étonnements de l'avenir que, dans de nobles pays qui, au milieu de la prostration de l'Europe, avaient maintenu leur constitution et semblaient être les derniers et sacrés asiles de la probité et de la liberté, ce sera, disons-nous, l'étonnement de l'avenir que dans ces pays-là il ait été fait des lois pour protéger ce que toutes les lois humaines, d'accord avec toutes les lois divines, ont dans tous les temps appelé crime.

« L'honnêteté universelle proteste contre ces lois protectrices du mal.

« Pourtant, que les patriotes qui défendent la liberté, que les généreux peuples auxquels la force voudrait imposer l'immoralité, ne désespèrent pas ; que, d'un

---

1. Voir Commentaires, p. 445-448.

autre côté, les coupables, en apparence tout-puissants, ne se hâtent pas trop de triompher en voyant les pages tronquées de ce livre.

« Quoi que fassent ceux qui règnent chez eux par la violence et hors de chez eux par la menace, quoi que fassent ceux qui se croient les maîtres des peuples et qui ne sont que les tyrans des consciences, l'homme qui lutte pour la justice et la vérité trouvera toujours le moyen d'accomplir son devoir tout entier.

« La toute-puissance du mal n'a jamais abouti qu'à des efforts inutiles. La pensée échappe toujours à qui tente de l'étouffer. Elle se fait insaisissable à la compression ; elle se réfugie d'une forme dans l'autre. Le flambeau rayonne ; si on l'éteint, si on l'engloutit dans les ténèbres, le flambeau devient une voix, et l'on ne fait pas la nuit sur la parole ; si l'on met un bâillon à la bouche qui parle, la parole se change en lumière, et l'on ne bâillonne pas la lumière.

« Rien ne dompte la conscience de l'homme, car la conscience de l'homme, c'est la pensée de Dieu.

« V. H. »

Les quelques lignes qu'on vient de lire, préface d'un livre mutilé, contenaient l'engagement de publier le livre complet. Cet engagement, nous le tenons aujourd'hui.

V. H.

Jersey.

AU MOMENT
DE RENTRER EN FRANCE
(31 août 1870[1])

Qui peut, en cet instant où Dieu peut-être échoue,
Deviner
Si c'est du côté sombre ou joyeux que la roue
Va tourner ?

Qu'est-ce qui va sortir de ta main qui se voile,
O destin ?
Sera-ce l'ombre infâme et sinistre, ou l'étoile
Du matin ?

Je vois en même temps le meilleur et le pire ;
Noir tableau !
Car la France mérite Austerlitz, et l'empire
Waterloo.

---

1. À la date où ce poème a été écrit, les armées françaises ont
déjà connu plusieurs revers et Hugo, qui espérait de la guerre à la
fois une victoire pour la France et la chute du Second Empire,
devine qu'elles sont sans doute incompatibles. Il lui faut donc choi-
sir entre son engagement de ne rentrer en France qu'avec la liberté
et son devoir de participer à la défense de la patrie en danger. Le
19 août, à Bruxelles où il s'était installé pour se rapprocher de
Paris, il demande un passeport. L'administration ne le lui refuse
pas mais l'avertit qu'il demeure sous le coup de condamnations
pouvant entraîner son arrestation. Hugo attendit à Bruxelles la
chute de l'Empire qui n'était pas la fin de la guerre.

J'irai, je rentrerai dans ta muraille sainte,
                O Paris !
Je te rapporterai l'âme jamais éteinte
                Des proscrits.

Puisque c'est l'heure où tous doivent se mettre à l'œuvre,
                Fiers, ardents,
Écraser au dehors le tigre, et la couleuvre
                Au dedans ;

Puisque l'idéal pur, n'ayant pu nous convaincre,
                S'engloutit ;
Puisque nul n'est trop grand pour mourir, ni pour vaincre
                Trop petit ;

Puisqu'on voit dans les cieux poindre l'aurore noire
                Du plus fort ;
Puisque tout devant nous maintenant est la gloire
                Ou la mort ;

Puisqu'en ce jour le sang ruisselle, les toits brûlent,
                Jour sacré !
Puisque c'est le moment où les lâches reculent,
                J'accourrai.

Et mon ambition, quand vient sur la frontière
                L'étranger,
La voici : Part aucune au pouvoir, part entière
                Au danger.

Puisque ces ennemis, hier encor nos hôtes,
                Sont chez nous,
J'irai, je me mettrai, France, devant tes fautes,
                À genoux !

J'insulterai leurs chants, leurs aigles noirs, leurs serres,
                Leurs défis ;
Je te demanderai ma part de tes misères,
                Moi ton fils.

Farouche, vénérant, sous leurs affronts infâmes,
        Tes malheurs,
Je baiserai tes pieds, France, l'œil plein de flammes
        Et de pleurs.

France, tu verras bien qu'humble tête éclipsée
        J'avais foi,
Et que je n'eus jamais dans l'âme une pensée
        Que pour toi.

Tu me permettras d'être en sortant des ténèbres
        Ton enfant ;
Et tandis que rira ce tas d'hommes funèbres
        Triomphant,

Tu ne trouveras pas mauvais que je t'adore,
        En priant,
Ébloui par ton front invincible, que dore
        L'orient.

Naguère, aux jours d'orgie où l'homme joyeux brille,
        Et croit peu,
Pareil aux durs sarments desséchés où pétille
        Un grand feu,

Quand, ivre de splendeur, de triomphe et de songes,
        Tu dansais
Et tu chantais, en proie aux éclatants mensonges
        Du succès,

Alors qu'on entendait ta fanfare de fête
        Retentir,
O Paris, je t'ai fui comme le noir prophète
        Fuyait Tyr.

Quand l'empire en Gomorrhe avait changé Lutèce,
        Morne, amer,
Je me suis envolé dans la grande tristesse
        De la mer.

Là, tragique, écoutant ta chanson, ton délire,
          Bruits confus,
J'opposais à ton luxe, à ton rêve, à ton rire,
          Un refus.

Mais aujourd'hui qu'arrive avec sa sombre foule
          Attila,
Aujourd'hui que le monde autour de toi s'écroule,
          Me voilà.

France, être sur ta claie à l'heure où l'on te traîne
          Aux cheveux,
O ma mère, et porter mon anneau de ta chaîne,
          Je le veux !

J'accours, puisque sur toi la bombe et la mitraille
          Ont craché.
Tu me regarderas debout sur ta muraille,
          Ou couché.

Et peut-être, en ta terre où brille l'espérance,
          Pur flambeau,
Pour prix de mon exil, tu m'accorderas, France,
          Un tombeau.

Bruxelles, 31 août 1870.
[31/8/1870]

NOX

I

C'est la date choisie au fond de ta pensée,
Prince ! il faut en finir. — Cette nuit est glacée,
Viens, lève-toi ! Flairant dans l'ombre les escrocs,
Le dogue Liberté gronde et montre ses crocs ;
Quoique mis par Carlier à la chaîne, il aboie ;
N'attends pas plus longtemps ! c'est l'heure de la proie.
Vois, décembre épaissit son brouillard le plus noir.
Comme un baron voleur qui sort de son manoir,
Surprends, brusque assaillant, l'ennemi que tu cernes.
Debout ! les régiments sont là dans les casernes,
Sac au dos, abrutis de vin et de fureur,
N'attendant qu'un bandit pour faire un empereur.
Mets ta main sur ta lampe et viens d'un pas oblique ;
Prends ton couteau, l'instant est bon ; la République,
Confiante, et sans voir tes yeux sombres briller,
Dort, avec ton serment [1], prince, pour oreiller.

---

1. Il s'agit du serment de fidélité à la Constitution prêté par
Louis-Napoléon devant l'Assemblée, au moment de prendre ses
fonctions présidentielles, le 20 décembre 1848 : « En présence de
Dieu et devant le peuple français, je jure de rester fidèle à la République démocratique et de défendre la constitution. » Les ambitions
du personnage étant connues, le président de l'Assemblée nationale
avait ajouté : « Je prends Dieu à témoin du serment qui vient d'être
prêté. » Voir *Napoléon le Petit*, I, 1 ; p. 4 et suiv., et, sur ce thème
désormais constant du recueil, les Commentaires, p. 427-428.

Cavaliers, fantassins, sortez ! dehors les hordes !
Sus aux représentants ! soldats, liez de cordes
Vos généraux jetés dans la cave aux forçats !
Poussez, la crosse aux reins, l'assemblée à Mazas !
Chassez la haute-cour à coups de plat de sabre ![1]
Changez-vous, preux de France, en brigands de Calabre !
Vous, bourgeois, regardez, vil troupeau, vil limon,
Comme un glaive rougi qu'agite un noir démon,
Le coup d'état qui sort flamboyant de la forge !
Les tribuns pour le droit luttent ; qu'on les égorge !
Routiers, condottieri, vendus, prostitués,
Frappez ! tuez Baudin ! tuez Dussoubs ! tuez !
Que fait hors des maisons ce peuple ? Qu'il s'en aille !
Soldats, mitraillez-moi toute cette canaille !
Feu ! feu ! Tu voteras ensuite, ô peuple roi !
Sabrez l'honneur, sabrez le droit, sabrez la loi !
Que sur les boulevards le sang coule en rivières !
Du vin plein les bidons ! des morts plein les civières ![2]
Qui veut de l'eau-de-vie ? En ce temps pluvieux
Il faut boire. Soldats, fusillez-moi ce vieux[3],
Tuez-moi cet enfant. Qu'est-ce que cette femme ?
C'est la mère ? tuez. Que tout ce peuple infâme
Tremble, et que les pavés rougissent ses talons !
Ce Paris odieux bouge et résiste. Allons !
Qu'il sente le mépris, sombre et plein de vengeance,
Que nous, la force, avons pour lui, l'intelligence !
L'étranger respecta Paris ; soyons nouveaux !

---

1. *Napoléon le Petit* (I, 1 ; p. 6) cite la Constitution : « Article 68 : Toute mesure par laquelle le président de la République dissout l'Assemblée nationale, la proroge, ou met obstacle à l'exercice de son mandat, est un crime de haute trahison... Les juges de la Haute-Cour se réunissent immédiatement à peine de forfaiture ; ils convoquent les jurés... pour procéder au jugement du président et de ses complices... » Le 2 décembre la Haute Cour s'ajourna sans crainte de la forfaiture. Voir aussi *Napoléon le Petit*, VII, 5 ; p. 119-120.   2. Premier développement d'un thème obsédant des *Châtiments* : le vin et le sang. Sur l'ivresse des soldats, voir *Napoléon le Petit*, III, 8 ; p. 65.   3. Voir *Histoire d'un crime*, III, 16 ; p. 351 et *Napoléon le Petit*, III, 7 ; p. 63.

Traînons-le dans la boue aux crins de nos chevaux ![1]
Qu'il meure ! qu'on le broie et l'écrase et l'efface !
Noirs canons, crachez-lui vos boulets à la face !

II

C'est fini. Le silence est partout, et l'horreur.
Vive Poulmann césar et Soufflard empereur !
On fait des feux de joie avec les barricades ;
La porte Saint-Denis sous ses hautes arcades
Voit les brasiers trembler au vent et rayonner.
C'est fait, reposez-vous ; et l'on entend sonner
Dans les fourreaux le sabre et l'argent dans les poches.
De la banque aux bivouacs on vide les sacoches.
Ceux qui tuaient le mieux et qui n'ont pas bronché
Auront la croix d'honneur par-dessus le marché.
Les vainqueurs en hurlant dansent sur les décombres.
Des tas de corps saignants gisent dans les coins sombres.
Le soldat, gai, féroce, ivre, complice obscur,
Chancelle, et, de la main dont il s'appuie au mur,
Achève d'écraser quelque cervelle humaine.
On boit, on rit, on chante, on ripaille, on amène
Des vaincus qu'on fusille, hommes, femmes, enfants.
Les généraux dorés galopent triomphants,
Regardés par les morts tombés à la renverse[2].
Bravo ! César a pris le chemin de traverse !
Courons féliciter l'Élysée à présent.
Du sang dans les maisons, dans les ruisseaux du sang,
Partout ! Pour enjamber ces effroyables mares,
Les juges lestement retroussent leurs simarres[3],

---

1. Même idée, plus amplement développée, dans *Napoléon le Petit*, III, 10 ; p. 67. **2.** Soldatesque ou élégante, simplement sanglante ou antithétique de la misère des pauvres, l'orgie est un des motifs qui tracent comme la basse continue du recueil. Voir : I, 10, p. 74 ; I, 14, p. 83 ; II, I, p. 89 ; II, 3, p. 96-97 ; II, 7, p. 109-110 et 115 ; III, 9, p. 141-142 ; III, 10, p. 147-148 ; III, 13, p. 153 ; IV, 13, p. 199 ; V, 13, p. 247-248 ; VII, 17, p. 372. **3.** Voir la note 1 de la page 92.

Et l'église joyeuse en emporte un caillot
Tout fumant, pour servir d'écritoire à Veuillot.

Oui, c'est bien vous qu'hier, riant de vos férules,
Un caporal chassa de vos chaises curules,
Magistrats ! Maintenant que, reprenant du cœur,
Vous êtes bien certains que Mandrin est vainqueur,
Que vous ne serez pas obligés d'être intègres,
Que Mandrin dotera vos dévouements allègres,
Que c'est lui qui paîra désormais, et très bien,
Qu'il a pris le budget, que vous ne risquez rien,
Qu'il a bien étranglé la loi, qu'elle est bien morte,
Et que vous trouverez ce cadavre à la porte,
Accourez, acclamez, et chantez hosanna !
Oubliez le soufflet qu'hier il vous donna,
Et puisqu'il a tué vieillards, mères et filles,
Puisqu'il est dans le meurtre entré jusqu'aux chevilles,
Prosternez-vous devant l'assassin tout-puissant,
Et léchez-lui les pieds pour effacer le sang !

III[1]

Donc cet homme s'est dit : « Le maître des armées,
    L'empereur surhumain
Devant qui, gorge au vent, pieds nus, les renommées
    Volaient, clairons en main,

---

1. Marx écrit dans *Le Dix-huit Brumaire de Louis Bonaparte* :
« Hegel fait quelque part cette remarque que tous les grands événements et personnages historiques se répètent deux fois. Il a oublié
d'ajouter : la première fois comme tragédie, la seconde fois comme
farce. » Tout au long des *Châtiments* Hugo exploite tous les aspects
de cette confrontation où le Second Empire apparaît comme la « réplique grotesque » du premier. Voir : I, 15, p. 84 ; II, 7, p. 107-
108 ; III, 5, p. 130 ; V, 13, p. 234 ; VI, 1, p. 251 ; VI, 5, p. 260 ;
VII, 2, p. 311 ; VII, 6, p. 326.

« Napoléon, quinze ans régna dans les tempêtes
    Du sud à l'aquilon.
Tous les rois l'adoraient, lui, marchant sur leurs têtes,
    Eux, baisant son talon ;

« Il prit, embrassant tout dans sa vaste espérance,
    Madrid, Berlin, Moscou ;
Je ferai mieux ; je vais enfoncer à la France
    Mes ongles dans le cou !

« La France libre et fière et chantant la concorde
    Marche à son but sacré ;
Moi, je vais lui jeter par derrière une corde
    Et je l'étranglerai.

« Nous nous partagerons, mon oncle et moi, l'histoire ;
    Le plus intelligent,
C'est moi, certe ! il aura la fanfare de gloire,
    J'aurai le sac d'argent.

« Je me sers de son nom, splendide et vain tapage,
    Tombé dans mon berceau.
Le nain grimpe au géant. Je lui laisse sa page,
    Mais j'en prends le verso.

« Je me cramponne à lui. C'est moi qui suis son maître.
    J'ai pour sort et pour loi
De surnager sur lui dans l'histoire, ou peut-être
    De l'engloutir sous moi.

« Moi, chat-huant, je prends cet aigle dans ma serre.
    Moi si bas, lui si haut,
Je le tiens ! je choisis son grand anniversaire,
    C'est le jour qu'il me faut.

« Ce jour-là, je serai comme un homme qui monte
    Le manteau sur ses yeux ;
Nul ne se doutera que j'apporte la honte
    À ce jour glorieux ;

« J'irai plus aisément saisir mon ennemie
　　　　Dans mes poings meurtriers ;
La France ce jour-là sera mieux endormie
　　　　Sur son lit de lauriers. »

Alors il vint, cassé de débauches, l'œil terne,
　　　　Furtif, les traits pâlis,
Et ce voleur de nuit alluma sa lanterne
　　　　Au soleil d'Austerlitz !

IV

Victoire ! il était temps, prince, que tu parusses !
Les filles d'opéra manquaient de princes russes ;
Les révolutions apportent de l'ennui
Aux Jeannetons d'hier, Pamélas d'aujourd'hui[1] ;
Dans don Juan qui s'effraie un Harpagon éclate,
Un maigre filet d'or sort de sa bourse plate ;
L'argent devenait rare aux tripots ; les journaux
Faisaient le vide autour des confessionnaux[2] ;
Le sacré-cœur[3], mourant de sa mort naturelle,
Maigrissait ; les protêts, tourbillonnant en grêle,
Drus et noirs, aveuglaient le portier de Magnan ;
On riait aux sermons de l'abbé Ravignan ;
Plus de pur-sang piaffant aux portes des donzelles ;
L'hydre de l'anarchie apparaissait aux belles
Sous la forme effroyable et triste d'un cheval
De fiacre les traînant pour trente sous au bal.
La désolation était sur Babylone.
Mais tu surgis, bras fort ; tu te dresses, colonne ;
Tout renaît, tout revit, tout est sauvé. Pour lors
Les figurantes vont récolter des milords,

---

　1. « Jeanneton » évoque la légèreté des mœurs d'Ancien Régime, « Paméla » le sérieux ennuyeux de l'héroïne moderne d'un roman de Richardson.　**2.** Le vers serait faux sans la diérèse sur « confessionnaux ».　**3.** Non pas la basilique parisienne, construite plus tard, mais la dévotion au « Sacré Cœur de Jésus ».

Tous sont contents, soudards, francs viveurs, gent dévote,
Tous chantent, monseigneur l'archevêque, et Javotte[1].

Allons ! congratulons, triomphons, partageons !
Les vieux partis, coiffés en ailes de pigeons[2],
Vont s'inscrire, adorant Mandrin, chez son concierge.
Falstaff allume un punch, Tartuffe brûle un cierge.
Vers l'Élysée en joie, où sonne le tambour,
Tous se hâtent, Parieu, Montalembert, Sibour,
Rouher, cette catin, Troplong, cette servante,
Grecs, juifs[3], quiconque a mis sa conscience en vente,
Quiconque vole et ment *cum privilegio*[4],
L'homme du bénitier, l'homme de l'agio,
Quiconque est méprisable et désire être infâme,
Quiconque, se jugeant dans le fond de son âme,
Se sent assez forçat pour être sénateur.
Myrmidon[5] de César admire la hauteur.
Lui, fait la roue et trône au centre de la fête.
— Eh bien, messieurs, la chose est-elle un peu bien faite ?
Qu'en pense Papavoine et qu'en dit Loyola ?
Maintenant nous ferons voter ces drôles-là.
Partout en lettres d'or nous écrirons le chiffre. —
Gai ! tapez sur la caisse et soufflez dans le fifre ;
Braillez vos *salvum fac*[6], messeigneurs ; en avant
Des églises, abri profond du Dieu vivant,
On dressera des mâts avec des oriflammes.
Victoire ! venez voir les cadavres, mesdames.

1. Nom générique pour une femme joyeuse — ou une fille de joie ; voir aussi texte et note 2 de la page 183. **2.** Coiffure masculine déjà démodée lorsqu'en 1813 le père Goriot la porte. **3.** Voir la note 3 de la page 74. **4.** « Avec privilège » ; le latin suffit à évoquer, sans précision, un article du droit de l'Église. **5.** Non pas les compagnons d'armes d'Achille, mais leur lointaine ascendance selon une légende qui les faisait descendre d'un peuple de fourmis, transformées en guerriers par Zeus. **6.** Formule du *Te Deum*, voir la Chronologie au 1er janvier 1852.

V[1]

Où sont-ils ? Sur les quais, dans les cours, sous les ponts,
Dans l'égout, dont Maupas fait lever les tampons,
Dans la fosse commune affreusement accrue,
Sur le trottoir, au coin des portes, dans la rue,
Pêle-mêle entassés, partout ; dans les fourgons
Que vers la nuit tombante escortent les dragons,
Convoi hideux qui vient du Champ de Mars, et passe,
Et dont Paris tremblant s'entretient à voix basse.
O vieux mont des martyrs, hélas, garde ton nom !
Les morts, sabrés, hachés, broyés par le canon,
Dans ce champ que la tombe emplit de son mystère,
Étaient ensevelis la tête hors de terre.
Cet homme les avait lui-même ainsi placés,
Et n'avait pas eu peur de tous ces fronts glacés.
Ils étaient là, sanglants, froids, la bouche entr'ouverte,
La face vers le ciel, blêmes dans l'herbe verte,
Effroyables à voir dans leur tranquillité,
Éventrés, balafrés, le visage fouetté
Par la ronce qui tremble au vent du crépuscule ;
Tous, l'homme du faubourg qui jamais ne recule,
Le riche à la main blanche et le pauvre au bras fort,
La mère qui semblait montrer son enfant mort,
Cheveux blancs, tête blonde, au milieu des squelettes,
La belle jeune fille aux lèvres violettes,
Côte à côte rangés dans l'ombre au pied des ifs,

---

1. La description des cadavres volontairement mal enfouis au cimetière Montmartre se trouve déjà dans *Napoléon le Petit*, III, 9 ; p. 66. On
avait ainsi enterré, ou exposé, les victimes de la fusillade du 4 décembre.
Celle-ci fait l'objet d'un récit détaillé dans *Napoléon le Petit*, où le
Livre III intitulé *Le Crime* lui est tout entier consacré, et dans l'*Histoire
d'un crime* dont la *Troisième journée* est sous-titrée *Le Massacre*. Il
semble effectivement que, devant une résistance inattendue et crois-
sante, les auteurs du coup d'État aient volontairement pratiqué une politique de terreur en ordonnant aux troupes de mitrailler la foule des
curieux et des passants sur les boulevards Poissonnière et Montmartre.
Plus encore que la confiscation des libertés ou l'illégalité, la corruption
et l'immoralité résolues du régime, Hugo reproche à Louis-Napoléon ce
massacre dont le souvenir obsédant est ici partout répété.

Livides, stupéfaits, immobiles, pensifs,
Spectres du même crime et des mêmes désastres,
De leur œil fixe et vide ils regardaient les astres.
Dès l'aube, on s'en venait chercher dans ce gazon
L'absent qui n'était pas rentré dans la maison ;
Le peuple contemplait ces têtes effarées ;
La nuit, qui de décembre abrège les soirées,
Pudique, les couvrait du moins de son linceul.
Le soir, le vieux gardien des tombes, resté seul,
Hâtait le pas parmi les pierres sépulcrales,
Frémissant d'entrevoir toutes ces faces pâles ;
Et tandis qu'on pleurait dans les maisons en deuil,
L'âpre bise soufflait sur ces fronts sans cercueil,
L'ombre froide emplissait l'enclos aux murs funèbres.
O morts, que disiez-vous à Dieu dans ces ténèbres ?

On eût dit, en voyant ces morts mystérieux
Le cou hors de la terre et le regard aux cieux,
Que, dans le cimetière où le cyprès frissonne,
Entendant le clairon du jugement qui sonne,
Tous ces assassinés s'éveillaient brusquement,
Qu'ils voyaient, Bonaparte, au seuil du firmament
Amener devant Dieu ton âme horrible et fausse,
Et que, pour témoigner, ils sortaient de leur fosse.

Montmartre ! enclos fatal ! quand vient le soir obscur
Aujourd'hui le passant évite encor ce mur.

VI

Un mois après, cet homme allait à Notre-Dame [1].

Il entra le front haut ; la myrrhe et le cinname [2]
Brûlaient ; les tours vibraient sous le bourdon sonnant ;

---

1. Voir *Le* Te Deum *du 1ᵉʳ janvier 1852* (I, 6, p. 60)   **2.** Substances aromatiques en usage dans les cultes de l'Antiquité : un encens paré de plus de prestiges.

L'archevêque était là, de gloire rayonnant ;
Sa chape avait été taillée en un suaire ;
Sur une croix dressée au fond du sanctuaire
Jésus avait été cloué pour qu'il restât.
Cet infâme apportait à Dieu son attentat.
Comme un loup qui se lèche après qu'il vient de mordre,
Caressant sa moustache, il dit : — J'ai sauvé l'ordre !
Anges, recevez-moi dans votre légion !
J'ai sauvé la famille et la religion ! —
Et dans son œil féroce, où Satan se contemple,
On vit luire une larme... — O colonnes du temple,
Abîmes qu'à Pathmos vit s'entr'ouvrir saint-Jean,
Cieux qui vîtes Néron, soleil qui vis Séjan,
Vents qui jadis meniez Tibère vers Caprée
Et poussiez sur les flots sa galère dorée,
O souffles de l'aurore et du septentrion,
Dites si l'assassin dépasse l'histrion !

VII

Toi qui bats de ton flux fidèle
La roche où j'ai ployé mon aile,
Vaincu, mais non pas abattu,
Gouffre où l'air joue, où l'esquif sombre,
Pourquoi me parles-tu dans l'ombre ?
O sombre mer, que me veux-tu ? [1]

Tu n'y peux rien ! Ronge tes digues,
Épands l'onde que tu prodigues,
Laisse-moi souffrir et rêver ;

---

1. Image du peuple et de Dieu, représentation métonymique de toutes les forces de la nature auxquelles le poète tantôt s'affronte et tantôt puise les siennes propres, l'Océan apparaît, pour la première fois dans *Les Châtiments*, comme un thème majeur de la poésie hugolienne. On en étudiera les développements en se reportant aux textes suivants : I, 11, p. 78 ; II, 5, p. 99-100 ; III, 15, p. 156 ; VI, 4, p. 261 ; VI, 9, p. 276 ; VI, 15, p. 298 ; VII, 9, p. 337.

Toutes les eaux de ton abîme,
Hélas ! passeraient sur ce crime,
O vaste mer, sans le laver !

Je comprends, tu veux m'en distraire ;
Tu me dis : Calme-toi, mon frère,
Calme-toi, penseur orageux !
Mais toi-même alors, mer profonde,
Calme ton flot puissant qui gronde,
Toujours amer, jamais fangeux !

Tu crois en ton pouvoir suprême,
Toi qu'on admire, toi qu'on aime,
Toi qui ressembles au destin,
Toi que les cieux ont azurée,
Toi qui dans ton onde sacrée
Laves l'étoile du matin !

Tu me dis : Viens, contemple, oublie !
Tu me montres le mât qui plie,
Les blocs verdis, les caps croulants,
L'écume au loin dans les décombres,
S'abattant sur les rochers sombres
Comme une troupe d'oiseaux blancs,

La pêcheuse aux pieds nus qui chante,
L'eau bleue où fuit la nef penchante,
Le marin, rude laboureur,
Les hautes vagues en démence ;
Tu me montres ta grâce immense
Mêlée à ton immense horreur ;

Tu me dis : Donne-moi ton âme ;
Proscrit, éteins en moi ta flamme ;
Marcheur, jette aux flots ton bâton ;

Tourne vers moi ta vue ingrate.
Tu me dis : J'endormais Socrate !
Tu me dis : J'ai calmé Caton !

Non ! respecte l'âpre pensée,
L'âme du juste courroucée,
L'esprit qui songe aux noirs forfaits !
Parle aux vieux rochers, tes conquêtes,
Et laisse en repos mes tempêtes !
D'ailleurs, mer sombre, je te hais !

O mer ! n'est-ce pas toi, servante,
Qui traînes sur ton eau mouvante,
Parmi les vents et les écueils,
Vers Cayenne aux fosses profondes
Ces noirs pontons [1] qui sur tes ondes
Passent comme de grands cercueils !

N'est-ce pas toi qui les emportes
Vers le sépulcre ouvrant ses portes,
Tous nos martyrs au front serein,
Dans la cale où manque la paille,
Où les canons pleins de mitraille,
Béants, passent leur cou d'airain !

Et s'ils pleurent, si les tortures
Font fléchir ces hautes natures,
N'est-ce pas toi, gouffre exécré,
Qui te mêles à leur supplice,
Et qui de ta rumeur complice
Couvres leur cri désespéré !

---

1. Les bateaux désarmés servant de prison, en particulier pour le transport des déportés à Cayenne. Voir *Histoire d'un crime, Cahier complémentaire, Amable Lemaître (pontons)* ; p. 513.

VIII [1]

Voilà ce qu'on a vu ! l'histoire le raconte,
Et lorsqu'elle a fini pleure, rouge de honte.

Quand se réveillera la grande nation,
Quand viendra le moment de l'expiation,
Glaive des jours sanglants, oh ! ne sors pas de l'ombre !
Non ! non ! il n'est pas vrai qu'en plus d'une âme sombre,
Pour châtier ce traître et cet homme de nuit,
À cette heure, ô douleur, ta nécessité luit !
Souvenirs où l'esprit grave et pensif s'arrête !
Gendarmes, sabre nu, conduisant la charrette,
Roulements des tambours, peuple criant : frappons !
Foule encombrant les toits, les seuils, les quais, les ponts,
Grèves des temps passés, mornes places publiques
Où l'on entrevoyait des triangles obliques,
Oh ! ne revenez pas, lugubres visions !
Ciel ! nous allions en paix devant nous, nous faisions
Chacun notre travail dans le siècle où nous sommes,
Le poëte chantait l'œuvre immense des hommes,
La tribune parlait avec sa grande voix,
On brisait échafauds, trônes, carcans, pavois,
Chaque jour décroissaient la haine et la souffrance,
Le genre humain suivait le progrès saint, la France
Marchait devant, avec sa flamme sur le front ;
Ces hommes sont venus ! lui, ce vivant affront,
Lui, ce bandit qu'on lave avec l'huile du sacre,
Ils sont venus, portant le deuil et le massacre,
Le meurtre, les linceuls, le fer, le sang, le feu,
Ils ont semé cela sur l'avenir. Grand Dieu !

---

1. Hugo pose ici le problème du châtiment que mérite Napoléon III. Il y reviendra encore plusieurs fois : voir *Toulon* (I, 2, p. 49), *Le bord de la mer* (III, 15, p. 156), *Non* (III, 16, p. 160) et *Sacer esto* (IV, 1, p. 165). Mais aussi il développe une théorie contre-révolutionnaire souvent soutenue au XIXe siècle : acceptons 93 sous condition qu'il ne soit pas recommencé.

Et maintenant, pitié, voici que tu tressailles
À ces mots effrayants : vengeance ! représailles !

Et moi, proscrit qui saigne aux ronces des chemins,
Triste, je rêve et j'ai mon front dans mes deux mains,
Et je sens, par instants, d'une aile hérissée,
Dans les jours qui viendront s'enfoncer ma pensée !
Géante aux chastes yeux, à l'ardente action,
Que jamais on ne voie, ô Révolution,
Devant ton fier visage où la colère brille,
L'Humanité, tremblante et te criant : ma fille !
Et, couvrant de son corps même les scélérats,
Se traîner à tes pieds en se tordant les bras !
Ah ! tu respecteras cette douleur amère,
Et tu t'arrêteras, Vierge, devant la Mère !

O travailleur robuste, ouvrier demi-nu,
Moissonneur envoyé par Dieu même, et venu
Pour faucher en un jour dix siècles de misère,
Sans peur, sans pitié, vrai, formidable et sincère,
Égal par la stature au colosse romain,
Toi qui vainquis l'Europe et qui pris dans ta main
Les rois, et les brisas les uns contre les autres,
Né pour clore les temps d'où sortirent les nôtres,
Toi qui par la terreur sauvas la liberté,
Toi qui portes ce nom sombre : Nécessité !
Dans l'histoire où tu luis comme en une fournaise,
Reste seul à jamais, Titan quatrevingt-treize !
Rien d'aussi grand que toi ne viendrait après toi.

D'ailleurs, né d'un régime où dominait l'effroi,
Ton éducation sur ta tête affranchie
Pesait, et, malgré toi, fils de la monarchie,
Nourri d'enseignements et d'exemples mauvais,
Comme elle tu versas le sang ; tu ne savais
Que ce qu'elle t'avait appris : le mal, la peine,
La loi de mort mêlée avec la loi de haine ;
Et, jetant bas tyrans, parlements, rois, Capets,
Tu te levais contre eux et comme eux tu frappais.

Nous, grâce à toi, géant qui gagnas notre cause,
Fils de la liberté, nous savons autre chose.
Ce que la France veut pour toujours désormais,
C'est l'amour rayonnant sur ses calmes sommets,
La loi sainte du Christ, la fraternité pure.
Ce grand mot est écrit dans toute la nature :
Aimez-vous ! aimez-vous ! — Soyons frères ; ayons
L'œil fixé sur l'Idée, ange aux divins rayons.
L'Idée à qui tout cède et qui toujours éclaire
Prouve sa sainteté même dans sa colère.
Elle laisse toujours les principes debout.
Être vainqueurs, c'est peu, mais rester grands, c'est tout.
Quand nous tiendrons ce traître, abject, frissonnant,
Affirmons le progrès dans le châtiment même. [blême,
La honte, et non la mort. — Peuples, couvrons d'oubli
L'affreux passé des rois, pour toujours aboli,
Supplices, couperets, billots, gibets, tortures !
Hâtons l'heure promise aux nations futures,
Où, calme et souriant aux bons, même aux ingrats,
La concorde, serrant les hommes dans ses bras,
Penchera sur nous tous sa tête vénérable !
Oh ! qu'il ne soit pas dit que, pour ce misérable,
Le monde en son chemin sublime a reculé !
Que Jésus et Voltaire auront en vain parlé !
Qu'il n'est pas vrai qu'après tant d'efforts et de peine,
Notre époque ait enfin sacré la vie humaine,
Hélas ! et qu'il suffit d'un moment indigné
Pour perdre le trésor par les siècles gagné !
On peut être sévère et de sang économe.
Oh ! qu'il ne soit pas dit qu'à cause de cet homme
La guillotine au noir panier, qu'avec dégoût
Février avait prise et jetée à l'égout[1],

---

1. Depuis *Le Dernier Jour d'un condamné* jusqu'à la fin de sa vie, Hugo plaide l'abolition de la peine de mort. La Deuxième République l'avait supprimée en matière politique. C'est pour un article s'élevant contre la peine capitale que Charles Hugo avait été jugé, condamné et incarcéré en juin 1851.

S'est réveillée avec les bourreaux dans leurs bouges,
A ressaisi sa hache entre ses deux bras rouges,
Et, dressant son poteau dans les tombes scellé,
Sinistre, a reparu sous le ciel étoilé !

IX

Toi qu'aimait Juvénal gonflé de lave ardente,
Toi dont la clarté luit dans l'œil fixe de Dante [1],
Muse Indignation, viens, dressons maintenant,
Dressons sur cet empire heureux et rayonnant,
Et sur cette victoire au tonnerre échappée,
Assez de piloris pour faire une épopée !

                                     Jersey, novembre 1852.
                                        [16-22/11/1852]

---

1. Juvénal et Dante sont, tout au long du recueil, les modèles et
l'image du poète des *Châtiments*. Voir en particulier : *À Juvénal*
(VI, 13, p. 287) et *La Vision de Dante* (éd. J. Massin ; t. VIII,
p. 817).

LIVRE PREMIER

LA SOCIÉTÉ EST SAUVÉE

I [1]

France ! à l'heure où tu te prosternes,
Le pied d'un tyran sur ton front,
La voix sortira des cavernes ;
Les enchaînés tressailleront.

Le banni, debout sur la grève,
Contemplant l'étoile et le flot,
Comme ceux qu'on entend en rêve,
Parlera dans l'ombre tout haut ;

Et ses paroles qui menacent,
Ses paroles dont l'éclair luit,
Seront comme des mains qui passent
Tenant des glaives dans la nuit.

Elles feront frémir les marbres
Et les monts que brunit le soir,
Et les chevelures des arbres
Frissonneront sous le ciel noir ;

---

1. Hugo pose au début du recueil la figure de celui qui y parle,
définissant l'origine et les pouvoirs de son discours. Nous avons tenté
ailleurs (voir Bibliographie) d'analyser les composantes de l'image
du poète offerte explicitement ou implicitement par *Les Châtiments*
et sa logique, telle que le droit du poète à la parole et la nature de
celle-ci se garantissent réciproquement pour conférer au livre une
autosuffisance absolue susceptible de défier l'expérience même de la
réalité. Voici les références des poèmes où cette construction se lit le
plus clairement : I, 9, p. 71 ; I, 11, p. 76 ; II, 5, p. 99 ; II, 7, p. 115-
116 ; III, 2, p. 122 ; III, 3, p. 124 ; III, 9, p. 146 ; IV, 2, p. 168 ; IV, 6,
p. 181 ; V, 10, p. 227 ; VI, 4, p. 258 ; VI, 5, p. 260 ; VI, 14, p. 295 ;
VI, 15, p. 298 ; VII, 1, p. 309 ; VII, 3, p. 317 ; VII, 10, p. 339 ; VII,
16, p. 370 ; VII, 17, p. 371 ; *Lux*, p. 375.

Elles seront l'airain qui sonne,
Le cri qui chasse les corbeaux,
Le souffle inconnu dont frissonne
Le brin d'herbe sur les tombeaux ;

Elles crieront : Honte aux infâmes,
Aux oppresseurs, aux meurtriers !
Elles appelleront les âmes
Comme on appelle des guerriers !

Sur les races qui se transforment,
Sombre orage, elles planeront ;
Et si ceux qui vivent s'endorment,
Ceux qui sont morts s'éveilleront.

Jersey, août 1853.
[30/3/1853]

II

TOULON[1]

I

En ces temps-là, c'était une ville tombée
Au pouvoir des anglais, maîtres des vastes mers,
Qui, du canon battue et de terreur courbée,
    Disparaissait dans les éclairs.

C'était une cité qu'ébranlait le tonnerre
À l'heure où la nuit tombe, à l'heure où le jour naît,
Qu'avait prise en sa griffe Albion, qu'en sa serre
    La République reprenait.

Dans la rade couraient les frégates meurtries ;
Les pavillons pendaient troués par le boulet ;
Sur le front orageux des noires batteries
    La fumée à longs flots roulait.

On entendait gronder les forts, sauter les poudres ;
Le brûlot flamboyait sur la vague qui luit ;
Comme un astre effrayant qui se disperse en foudres,
    La bombe éclatait dans la nuit.

---

1. L'antithèse entre Napoléon Ier et Napoléon III exploite ici les deux titres de célébrité de la ville : son bagne, que Hugo avait visité en 1839 et qu'il évoque dans *Les Misérables*, et le premier succès militaire de Bonaparte qui, sous la Convention, s'illustra au siège de la ville insurgée.

Sombre histoire ! Quels temps ! Et quelle illustre page !
Tout se mêlait, le mât coupé, le mur détruit,
Les obus, le sifflet des maîtres d'équipage,
    Et l'ombre, et l'horreur, et le bruit.

O France ! tu couvrais alors toute la terre
Du choc prodigieux de tes rébellions.
Les rois lâchaient sur toi le tigre et la panthère,
    Et toi, tu lâchais les lions.

Alors la République avait quatorze armées ;
On luttait sur les monts et sur les océans.
Cent victoires jetaient au vent cent renommées.
    On voyait surgir les géants !

Alors apparaissaient des aubes rayonnantes.
Des inconnus, soudain éblouissant les yeux,
Se dressaient, et faisaient aux trompettes sonnantes
    Dire leurs noms mystérieux.

Ils faisaient de leurs jours de sublimes offrandes ;
Ils criaient : Liberté ! guerre aux tyrans ! mourons !
Guerre ! — et la gloire ouvrait ses ailes toutes grandes
    Au-dessus de ces jeunes fronts !

II

Aujourd'hui c'est la ville où toute honte échoue.
Là, quiconque est abject, horrible et malfaisant,
Quiconque un jour plongea son honneur dans la boue,
    Noya son âme dans le sang,

Là, le faux monnayeur pris la main sur sa forge,
L'homme du faux serment et l'homme du faux poids,
Le brigand qui s'embusque et qui saute à la gorge
    Des passants, la nuit, dans les bois,

Là, quand l'heure a sonné, cette heure nécessaire,
Toujours, quoi qu'il ait fait pour fuir, quoi qu'il ait dit,
Le pirate hideux, le voleur, le faussaire,
      Le parricide, le bandit,

Qu'il sorte d'un palais ou qu'il sorte d'un bouge,
Vient, et trouve une main, froide comme un verrou,
Qui sur le dos lui jette une casaque rouge,
      Et lui met un carcan au cou.

L'aurore luit, pour eux sombre et pour nous vermeille.
Allons ! debout ! Ils vont vers le sombre océan.
Il semble que leur chaîne avec eux se réveille,
      Et dit : me voilà ; viens-nous-en !

Ils marchent, au marteau présentant leurs manilles[1],
À leur chaîne cloués, mêlant leurs pas bruyants,
Traînant leur pourpre infâme en hideuses guenilles,
      Humbles, furieux, effrayants[2].

Les pieds nus, leur bonnet baissé sur leurs paupières,
Dès l'aube harassés, l'œil mort, les membres lourds,
Ils travaillent, creusant des rocs, roulant des pierres,
      Sans trêve, hier, demain, toujours.

Pluie ou soleil, hiver, été, que juin flamboie,
Que janvier pleure, ils vont, leur destin s'accomplit,
Avec le souvenir de leurs crimes pour joie,
      Avec une planche pour lit.

Le soir, comme un troupeau l'argousin vil les compte.
Ils montent deux à deux l'escalier du ponton[3],
Brisés, vaincus, le cœur incliné sous la honte,
      Le dos courbé sous le bâton.

---

  1. Pièce reliant deux chaînes ; au bagne, anneau riveté à froid joignant le carcan du galérien à la chaîne. Sur le ferrement des forçats, voir *Le Dernier Jour d'un condamné*, XIII ; « Roman I », p. 446.   **2.** Le vers demande la prononciation du *e* muet de « humbles » et la diérèse sur « furieux ».   **3.** Voir la note 1 de la page 40.

La pensée implacable habite encor leurs têtes.
Morts vivants, aux labeurs voués, marqués au front,
Ils rampent, recevant le fouet comme des bêtes,
    Et comme des hommes l'affront.

III

Ville que l'infamie et la gloire ensemencent,
Où du forçat pensif le fer tond les cheveux,
O Toulon ! c'est par toi que les oncles commencent,
    Et que finissent les neveux !

Va, maudit ! ce boulet [1] que, dans des temps stoïques,
Le grand soldat, sur qui ton opprobre s'assied,
Mettait dans les canons de ses mains héroïques,
    Tu le traîneras à ton pied !

Écrit en arrivant à Bruxelles, 12 décembre 1851.
[28/10/1852]

---

1. Les bagnards étaient normalement attachés deux par deux par des chaînes. Le boulet était une aggravation de peine et une punition infamante dans les anciens bagnes. La bastonnade en revanche était encore en usage à la fin du XIXᵉ siècle.

III

Approchez-vous. Ceci, c'est le tas des dévots [1].
Cela hurle en grinçant un *benedicat vos* [2] ;
C'est laid, c'est vieux, c'est noir. Cela fait des gazettes.
Pères fouetteurs du siècle, à grands coups de garcettes [3]
Ils nous mènent au ciel. Ils font, blêmes grimauds,
De l'âme et de Jésus des querelles de mots
Comme à Byzance au temps des Jeans et des Eudoxes [4].
Méfions-nous ; ce sont des gredins orthodoxes.
Ils auraient fait pousser des cris à Juvénal.
La douairière aux yeux gris s'ébat sur leur journal
Comme sur les marais la grue et la bécasse.
Ils citent Poquelin, Pascal, Rousseau, Boccace,
Voltaire, Diderot, l'aigle au vol inégal [5],
Devant l'official et le théologal [6].
L'esprit étant gênant, ces saints le congédient.
Ils mettent Escobar sous bande et l'expédient
Aux bedeaux rayonnants, pour quatre francs par mois.
Avec le vieux savon des jésuites sournois
Ils lavent notre époque incrédule et pensive,

---

1. Il y en a un tas, mais Veuillot est au premier rang. Voir aussi *À des journalistes de robe courte* (IV, 4, p. 172) et *Un autre* (IV, 7, p. 183). **2.** Premiers mots de la formule liturgique de la bénédiction : « Soyez bénis [par le Dieu tout-puissant, Père, Fils et Saint-Esprit...] ». **3.** Cordage de marine, mais qui servait aussi à la discipline à bord. Ne pas écarter l'homonymie avec le diminutif de « garce ». **4.** Allusion à une controverse religieuse du IVᵉ siècle, byzantine au sens propre comme au sens figuré, entre l'orthodoxie défendue par saint Jean Chrysostome (Bouche d'or) et l'arianisme représenté par Eudoxe. **5.** Tous suspects ou franchement diaboliques pour un catholique « intégriste » du XIXᵉ siècle. **6.** Clercs responsables l'un de la justice, l'autre de l'enseignement théologique dans le ressort d'un évêché.

Et le bûcher fournit sa cendre à leur lessive [1].
Leur gazette, où les mots de venin sont verdis,
Est la seule qui soit reçue au paradis.
Ils sont, là, tout-puissants ; et tandis que leur bande
Prêche ici-bas la dîme et défend la prébende,
Ils font chez Jéhovah la pluie et le beau temps.
L'ange au glaive de feu leur ouvre à deux battants
La porte bienheureuse, effrayante et vermeille ;
Tous les matins, à l'heure où l'oiseau se réveille,
Quand l'aube, se dressant au bord du ciel profond,
Rougit en regardant ce que les hommes font
Et que des pleurs de honte emplissent sa paupière,
Gais, ils grimpent là-haut, et, cognant chez saint-Pierre,
Jettent à ce portier leur journal impudent.
Ils écrivent à Dieu comme à leur intendant,
Critiquant, gourmandant, et lui demandant compte
Des révolutions, des vents, du flot qui monte,
De l'astre au pur regard qu'ils voudraient voir loucher,
De ce qu'il fait tourner notre terre et marcher
Notre esprit, et, d'un timbre ornant l'eucharistie,
Ils cachettent leur lettre immonde avec l'hostie.
Jamais marquis, voyant son carrosse broncher,
N'a plus superbement tutoyé son cocher ;
Si bien que, ne sachant comment mener le monde,
Ce pauvre vieux bon Dieu, sur qui leur foudre gronde,
Tremblant, cherchant un trou dans ses cieux éclatants,
Ne sait où se fourrer quand ils sont mécontents.
Ils ont supprimé Rome ; ils auraient détruit Sparte.
Ces drôles sont charmés de monsieur Bonaparte [2].

Bruxelles, janvier 1853.
[1/1852]

---

1. Jusqu'à la fin du XIXᵉ siècle, on faisait la lessive, dans les campagnes, à l'aide de cendres.   2. Hugo, dans *Les Châtiments*, désigne le plus souvent par Bonaparte le neveu et l'oncle par Napoléon.

IV

AUX MORTS DU 4 DÉCEMBRE [1]

Jouissez du repos que vous donne le maître.
Vous étiez autrefois des cœurs troublés peut-être,
  Qu'un vain songe poursuit ;
L'erreur vous tourmentait, ou la haine, ou l'envie ;
Vos bouches, d'où sortait la vapeur de la vie,
  Étaient pleines de bruit.

Faces confusément l'une à l'autre apparues,
Vous alliez et veniez en foule dans les rues,
  Ne vous arrêtant pas,
Inquiets comme l'eau qui coule des fontaines,
Tous, marchant au hasard, souffrant les mêmes peines,
  Mêlant les mêmes pas.

Peut-être un feu creusait votre tête embrasée,
Projets, espoirs, briser l'homme de l'Élysée,
  L'homme du Vatican,
Verser le libre esprit à grands flots sur la terre ;
Car dans ce siècle ardent toute âme est un cratère
  Et tout peuple un volcan.

Vous aimiez, vous aviez le cœur lié de chaînes ;
Et le soir vous sentiez, livrés aux craintes vaines,
  Pleins de soucis poignants,
Ainsi que l'océan sent remuer ses ondes,

---

1. Voir la note 1 de la page 36.

Se soulever en vous mille vagues profondes
      Sous les cieux rayonnants.

Tous, qui que vous fussiez, tête ardente, esprit sage,
Soit qu'en vos yeux brillât la jeunesse, ou que l'âge
      Vous prît et vous courbât,
Que le destin pour vous fût deuil, énigme ou fête,
Vous aviez dans vos cœurs l'amour, cette tempête,
      La douleur, ce combat.

Grâce au quatre décembre, aujourd'hui, sans pensée,
Vous gisez étendus dans la fosse glacée
      Sous les linceuls épais ;
O morts, l'herbe sans bruit croît sur vos catacombes,
Dormez dans vos cercueils ! taisez-vous dans vos tombes !
      L'empire, c'est la paix [1].

Jersey, décembre 1852.
[11/1852]

---

1. Discours électoral de Louis-Napoléon en 1852 : « Par esprit de défiance, certaines personnes disent : l'Empire, c'est la guerre ; moi, je dis : l'Empire, c'est la paix. »

V

CETTE NUIT-LÀ [1]

Trois amis l'entouraient. C'était à l'Élysée.
On voyait du dehors luire cette croisée.
Regardant venir l'heure et l'aiguille marcher,
Il était là, pensif ; et rêvant d'attacher
Le nom de Bonaparte aux exploits de Cartouche,
Il sentait approcher son guet-apens farouche.
D'un pied distrait dans l'âtre il poussait le tison,
Et voici ce que dit l'homme de trahison :
« Cette nuit vont surgir mes projets invisibles.
Les Saint-Barthélemy sont encore possibles.
Paris dort, comme aux temps de Charles de Valois [2].
Vous allez dans un sac mettre toutes les lois,
Et par-dessus le pont les jeter dans la Seine. »
O ruffians ! bâtards de la fortune obscène,
Nés du honteux coït de l'intrigue et du sort !
Rien qu'en songeant à vous mon vers indigné sort,
Et mon cœur orageux dans ma poitrine gronde
Comme le chêne au vent dans la forêt profonde !

Comme ils sortaient tous trois de la maison Bancal [3],
Morny, Maupas le grec, Saint-Arnaud le chacal,

---

1. Le poème reprend et développe la première section de *Nox* et contribue à mettre en place la scène mythique de la décision criminelle et désastreuse. 2. Charles IX, dernier des Valois, roi de France au jour de la Saint-Barthélemy que Hugo compare au Deux-Décembre. 3. Maison close qu'un meurtre avait rendue célèbre.

Voyant passer ce groupe oblique et taciturne,
Les clochers de Paris, sonnant l'heure nocturne,
S'efforçaient vainement d'imiter le tocsin ;
Les pavés de Juillet[1] criaient à l'assassin !
Tous les spectres sanglants des antiques carnages,
Réveillés, se montraient du doigt ces personnages ;
La Marseillaise, archange aux chants aériens,
Murmurait dans les cieux : aux armes, citoyens !
Paris dormait, hélas ! et bientôt, sur les places,
Sur les quais, les soldats, dociles populaces,
Janissaires conduits par Reibell et Sauboul,
Payés comme à Byzance, ivres comme à Stamboul,
Ceux de Dulac, et ceux de Korte et d'Espinasse,
La cartouchière au flanc et dans l'œil la menace,
Vinrent, le régiment après le régiment,
Et le long des maisons ils passaient lentement,
À pas sourds, comme on voit les tigres dans les jongles
Qui rampent sur le ventre en allongeant leurs ongles ;
Et la nuit était morne, et Paris sommeillait
Comme un aigle endormi pris sous un noir filet.

Les chefs attendaient l'aube en fumant leurs cigares.

O cosaques ! voleurs ! chauffeurs ! routiers ! bulgares ![2]
O généraux brigands ! bagne, je te les rends !
Les juges d'autrefois pour des crimes moins grands
Ont brûlé la Voisin et roué vif Desrues ![3]

---

1. Juillet 1830, où le soulèvement parisien mit en échec le coup d'État de Charles X contre la représentation nationale et la liberté de la presse.   **2.** Non pas les habitants de la Bulgarie — qui n'existe pas encore, le pays étant inclus dans l'Empire ottoman —, mais, par retour à l'étymologie de « bougre », alors très injurieux, un individu suspect de toutes sortes de vices et de mœurs « contre nature ».   **3.** La Voisin, devineresse, empoisonneuse et avorteuse à la cour de Louis XIV, fut brûlée vive en 1680. Desrues est un criminel, empoisonneur lui aussi, du XVIIIe siècle.

Éclairant leur affiche infâme au coin des rues[1]
Et le lâche armement de ces filous hardis,
Le jour parut. La nuit, complice des bandits,
Prit la fuite, et, traînant à la hâte ses voiles,
Dans les plis de sa robe emporta les étoiles
Et les mille soleils dans l'ombre étincelant,
Comme les sequins d'or qu'emporte en s'en allant
Une fille, aux baisers du crime habituée,
Qui se rhabille après s'être prostituée.

Bruxelles, janvier 1852.
[17/1/1853]

---

1. On sait que Louis-Napoléon procéda au coup d'État proprement dit par simple affichage de ses décisions. Le reste fut l'affaire de l'armée et de la police.

VI

LE *TE DEUM* DU 1ᵉʳ JANVIER 1852 [1]

Prêtre, ta messe, écho des feux de peloton,
        Est une chose impie.
Derrière toi, le bras ployé sous le menton,
        Rit la mort accroupie.

Prêtre, on voit frissonner, aux cieux d'où nous venons,
        Les anges et les vierges,
Quand un évêque prend la mèche des canons
        Pour allumer les cierges.

Tu veux être au sénat, voir ton siège élevé
        Et ta fortune accrue.
Soit ; mais pour bénir l'homme, attends qu'on ait lavé
        Le pavé de la rue [2].

---

1. Voir la Chronologie et *Nox*, p. 37-38. Le *Te Deum* (*Te Deum laudamus...* : « À toi, Seigneur, notre chant de louange... ») est un hymne d'action de grâces de composition très ancienne et réservé aux plus importantes fêtes religieuses. Mais, depuis les origines de la royauté, il pouvait constituer à lui seul une solennité publique afin de célébrer le couronnement d'un roi, le sacre d'un évêque, la canonisation d'un saint, la conclusion d'une paix, l'annonce d'une grande victoire. **2.** Pour mieux décourager toute résistance on n'avait enlevé les cadavres du boulevard Poissonnière (voir la note 1 de la page 36) que vingt-quatre heures après et le pavé ensanglanté n'avait pas été lavé. Voir *Napoléon le Petit*, III, 8 ; p. 63 et suiv.

Peuples, gloire à Gessler ! meure Guillaume Tell !
   Un râle sort de l'orgue.
Archevêque, on a pris pour bâtir ton autel
   Les dalles de la morgue.

Quand tu dis : — *Te Deum !* nous vous louons, Dieu fort !
   Sabaoth [1] des armées ! —
Il se mêle à l'encens une vapeur qui sort
   Des fosses mal fermées.

On a tué, la nuit, on a tué, le jour,
   L'homme, l'enfant, la femme !
Crime et deuil ! Ce n'est plus l'aigle, c'est le vautour
   Qui vole à Notre-Dame [2].

Va, prodigue au bandit les adorations ;
   Martyrs, vous l'entendîtes !
Dieu te voit, et là-haut tes bénédictions,
   O prêtre, sont maudites !

Les proscrits sont partis, aux flancs du ponton noir,
   Pour Alger, pour Cayenne [3] ;
Ils ont vu Bonaparte à Paris, ils vont voir
   En Afrique l'hyène.

Ouvriers, paysans qu'on arrache au labour,
   Le sombre exil vous fauche !
Bien, regarde à ta droite, archevêque Sibour,
   Et regarde à ta gauche :

Ton diacre est Trahison et ton sous-diacre est Vol ;
   Vends ton Dieu, vends ton âme.
Allons, coiffe ta mitre, allons, mets ton licol,
   Chante, vieux prêtre infâme !

---

1. Épithète de nature donnée par l'Ancien Testament à Dieu : « Dieu des armées » ou « Dieu vainqueur ». **2.** Napoléon, au premier des Cent-Jours : « ... l'aigle avec les couleurs nationales volera de clocher en clocher jusqu'aux tours de Notre-Dame. » **3.** Les principaux bagnes du Second Empire étaient installés en France à Toulon et à Brest et, outre-mer, en Algérie (Alger, Lambessa, Bône) et en Guyane (Cayenne). Voir les notes 1 des pages 40 et 255.

Le meurtre à tes côtés suit l'office divin,
        Criant : feu sur qui bouge !
Satan tient la burette, et ce n'est pas de vin
        Que ton ciboire est rouge [1].

Bruxelles, 3 janvier 1852.
[7/11/1852]

---

1. Variante d'un motif déjà noté : voir la note 2 de la page 30.

VII

AD MAJOREM DEI GLORIAM[1]

> « Vraiment, notre siècle est étrangement délicat.
> « S'imagine-t-il donc que la cendre des bûchers soit
> « totalement éteinte ? qu'il n'en soit pas resté le plus
> « petit tison pour allumer une seule torche ? Les
> « insensés ! en nous appelant *jésuites*, ils croient
> « nous couvrir d'opprobre ! Mais ces *jésuites* leur
> « réservent la censure, un bâillon et du feu... Et, un
> « jour, ils seront les maîtres de leurs maîtres. »
>
> (Le père ROOTHAAN, *général des jésuites,*
> à la conférence de Chiéri[2].)

Ils ont dit : « Nous serons les vainqueurs et les maîtres.
Soldats par la tactique et par la robe prêtres,
Nous détruirons progrès, lois, vertus, droits, talents.
Nous nous ferons un fort avec tous ces décombres,
Et pour nous y garder, comme des dogues sombres,
Nous démusèlerons les préjugés hurlants.

« Oui, l'échafaud est bon ; la guerre est nécessaire ;
Acceptez l'ignorance, acceptez la misère ;
L'enfer attend l'orgueil du tribun triomphant ;
L'homme parvient à l'ange en passant par la buse.
Notre gouvernement fait de force et de ruse
Bâillonnera le père, abrutira l'enfant.

---

1. « En vue de la plus grande gloire de Dieu » : devise de la Compagnie de Jésus. 2. La citation est authentique mais attribuée par erreur au père Roothmann, général des jésuites que les discussions sur la loi Falloux (janvier-mars 1850, voir la Chronologie) avait mis en vedette.

« Notre parole, hostile au siècle qui s'écoule,
Tombera de la chaire en flocons sur la foule ;
Elle refroidira les cœurs irrésolus,
Y glacera tout germe utile ou salutaire,
Et puis elle y fondra comme la neige à terre,
Et qui la cherchera ne la trouvera plus.

« Seulement un froid sombre aura saisi les âmes ;
Seulement nous aurons tué toutes les flammes ;
Et si quelqu'un leur crie, à ces français d'alors :
Sauvez la liberté pour qui luttaient vos pères !
Ils riront, ces français sortis de nos repaires,
De la liberté morte et de leurs pères morts.

« Prêtres, nous écrirons sur un drapeau qui brille :
— Ordre, Religion, Propriété, Famille [1]. —
Et si quelque bandit, corse, juif ou payen,
Vient nous aider avec le parjure à la bouche,
Le sabre aux dents, la torche au poing, sanglant, farouche,
Volant et massacrant, nous lui dirons : c'est bien !

« Vainqueurs, fortifiés aux lieux inabordables,
Nous vivrons arrogants, vénérés, formidables.
Que nous importe au fond Christ, Mahomet, Mithra ! [2]
Régner est notre but, notre moyen proscrire.
Si jamais ici-bas on entend notre rire,
Le fond obscur du cœur de l'homme tremblera.

« Nous garrotterons l'âme au fond d'une caverne.
Nations, l'idéal du peuple qu'on gouverne,
Ç'est le moine d'Espagne ou le fellah du Nil.
À bas l'esprit ! à bas le droit ! vive l'épée !
Qu'est-ce que la pensée ? une chienne échappée.
Mettons Jean-Jacque [3] au bagne et Voltaire au chenil.

---

1. Le vers sera faux sans la diérèse sur « Religion ».   **2.** Dieu
d'un culte oriental très répandu dans la Rome impériale du Ier siècle.   **3.** Rousseau évidemment, communément désigné par son
prénom. L'incertitude de l'orthographe des noms propres permet
l'élision du *s*.

« Si l'esprit se débat, toujours nous l'étouffâmes.
Nous parlerons tout bas à l'oreille des femmes [1].
Nous aurons les pontons, l'Afrique, le Spielberg [2].
Les vieux bûchers sont morts, nous les ferons revivre ;
N'y pouvant jeter l'homme, on y jette le livre ;
À défaut de Jean Huss, nous brûlons Gutenberg.

« Et quant à la raison, qui prétend juger Rome,
Flambeau qu'allume Dieu sous le crâne de l'homme,
Dont s'éclairait Socrate et qui guidait Jésus,
Nous, pareils au voleur qui se glisse et qui rampe,
Et commence en entrant par éteindre la lampe,
En arrière et furtifs, nous soufflerons dessus.

« Alors dans l'âme humaine obscurité profonde.
Sur le néant des cœurs le vrai pouvoir se fonde.
Tout ce que nous voudrons, nous le ferons sans bruit.
Pas un souffle de voix, pas un battement d'aile
Ne remuera dans l'ombre, et notre citadelle
Sera comme une tour plus noire que la nuit.

« Nous régnerons. La tourbe obéit comme l'onde.
Nous serons tout-puissants, nous régirons le monde ;
Nous posséderons tout, force, gloire et bonheur ;
Et nous ne craindrons rien, n'ayant ni foi ni règles... »
— Quand vous habiteriez la montagne des aigles,
Je vous arracherais de là, dit le Seigneur !

Jersey, novembre 1852.
[8/11/1852]

---

1. L'intimité trouble des femmes avec leur directeur de conscience ou leur confesseur — et le pouvoir qu'en tire l'Église — est un grand thème de l'anticléricalisme au XIXᵉ siècle, génialement illustré par Michelet.   **2.** Sur les bagnes d'Afrique et les pontons, voir la note 3 de la page 61. Le Spielberg était une forteresse-prison autrichienne rendue célèbre par la détention du patriote italien Silvio Pellico et par son livre : *Mes Prisons* (1833).

VIII

À UN MARTYR

On lit dans les *Annales de la propagation de la Foi* :

« Une lettre de Hong-Kong (Chine), en date du 24 juillet 1852, nous annonce que M. Bonnard [1], missionnaire du Tong-King, a été décapité pour la foi, le 1er mai dernier.

« Ce nouveau martyr était né dans le diocèse de Lyon et appartenait à la Société des Missions étrangères. Il était parti pour le Tong-King en 1849. »

I

O saint prêtre ! grande âme ! oh ! je tombe à genoux !
Jeune, il avait encor de longs jours parmi nous,
    Il n'en a pas compté le nombre ;
Il était à cet âge où le bonheur fleurit ;
Il a considéré la croix de Jésus-Christ
    Toute rayonnante dans l'ombre.

---

1. L'aventure, authentique, de ce prêtre mort à 28 ans sert à la dénonciation de l'Église sans exalter les missions françaises aux colonies. Hugo tient pourtant compte de ce que celles d'Extrême-Orient n'étaient pas encore couplées à des expéditions militaires et avaient gardé quelque respect de la culture des peuples qu'elles évangélisaient.

Il a dit : « C'est le Dieu de progrès et d'amour.
Jésus, qui voit ton front croit voir le front du jour.
      Christ sourit à qui le repousse.
Puisqu'il est mort pour nous, je veux mourir pour lui ;
Dans son tombeau, dont j'ai la pierre pour appui,
      Il m'appelle d'une voix douce.

« Sa doctrine est le ciel entr'ouvert ; par la main,
Comme un père l'enfant, il tient le genre humain ;
      Par lui nous vivons et nous sommes ;
Au chevet des geôliers dormant dans leurs maisons,
Il dérobe les clefs de toutes les prisons
      Et met en liberté les hommes [1].

« Or il est, loin de nous, une autre humanité
Qui ne le connaît point, et dans l'iniquité
      Rampe enchaînée, et souffre et tombe ;
Ils font pour trouver Dieu de ténébreux efforts ;
Ils s'agitent en vain ; ils sont comme des morts
      Qui tâtent le mur de leur tombe.

« Sans loi, sans but, sans guide, ils errent ici-bas.
Ils sont méchants, étant ignorants ; ils n'ont pas
      Leur part de la grande conquête.
J'irai. Pour les sauver je quitte le saint lieu.
O mes frères, je viens vous apporter mon Dieu,
      Je viens vous apporter ma tête ! »

Prêtre, il s'est souvenu, calme en nos jours troublés,
De la parole dite aux apôtres : — Allez,
      Bravez les bûchers et les claies ! [2] —
Et de l'adieu du Christ au suprême moment :
— O vivants, aimez-vous ! aimez. En vous aimant,
      Frères, vous fermerez mes plaies. —

---

    1. Article important du credo moral et politique de Hugo : voir la note 1 de la page 384.   **2.** « Traîner sur une claie : sorte de peine infamante qui consistait à placer sur une claie et à faire traîner par un cheval le corps des suicidés, des duellistes et de certains suppliciés » (P. Larousse, *Grand Dictionnaire universel du XIXe siècle*).

Il s'est dit qu'il est bon d'éclairer dans leur nuit
Ces peuples égarés loin du progrès qui luit,
    Dont l'âme est couverte de voiles ;
Puis il s'en est allé, dans les vents, dans les flots,
Vers les noirs chevalets[1] et les sanglants billots,
    Les yeux fixés sur les étoiles.

II

Ceux vers qui cet apôtre allait l'ont égorgé.

III

Oh ! tandis que là-bas, hélas ! chez ces barbares,
S'étale l'échafaud de tes membres chargé,
Que le bourreau, rangeant ses glaives et ses barres,
Frotte au gibet son ongle où ton sang s'est figé ;
                              [boire,
Ciel ! tandis que les chiens dans ce sang viennent
Et que la mouche horrible, essaim au vol joyeux,
Comme dans une ruche entre en ta bouche noire
Et bourdonne au soleil dans les trous de tes yeux ;

Tandis qu'échevelée, et sans voix, sans paupières,
Ta tête blême est là sur un infâme pieu,
Livrée aux vils affronts, meurtrie à coups de pierres,
Ici, derrière toi, martyr, on vend ton Dieu !

Ce Dieu qui n'est qu'à toi, martyr, on te le vole !
On le livre à Mandrin, ce Dieu pour qui tu meurs !
Des hommes, comme toi revêtus de l'étole,
Pour être cardinaux, pour être sénateurs,

---

1. Instrument de torture semblable à un cheval d'arçon où l'on asseyait le supplicié dont les jambes étaient tirées par des poids suspendus ou par des cordes actionnées au moyen d'un treuil.

Des prêtres, pour avoir des palais, des carrosses,
Et des jardins l'été riant sous le ciel bleu,
Pour argenter leur mitre et pour dorer leurs crosses,
Pour boire de bon vin, assis près d'un bon feu,

Au forban dont la main dans le meurtre est trempée,
Au larron chargé d'or qui paye et qui sourit,
Grand Dieu ! retourne-toi vers nous, tête coupée !
Ils vendent Jésus-Christ ! ils vendent Jésus-Christ !

Ils livrent au bandit, pour quelques sacs sordides,
L'évangile, la loi, l'autel épouvanté,
Et la justice aux yeux sévères et candides,
Et l'étoile du cœur humain, la vérité !

Les bons jetés, vivants, au bagne, ou morts, aux fleuves,
L'homme juste proscrit par Cartouche Sylla,
L'innocent égorgé, le deuil sacré des veuves,
Les pleurs de l'orphelin, ils vendent tout cela !

Tout ! la foi, le serment que Dieu tient sous sa garde,
Le saint temple où, mourant, tu dis : *Introïbo* [1],
Ils livrent tout ! pudeur, vertu ! — martyr, regarde,
Rouvre tes yeux qu'emplit la lueur du tombeau ; —

Ils vendent l'arche auguste où l'hostie étincelle !
Ils vendent Christ, te dis-je ! et ses membres liés !
Ils vendent la sueur qui sur son front ruisselle,
Et les clous de ses mains, et les clous de ses pieds !

Ils vendent au brigand qui chez lui les attire
Le grand crucifié sur les hommes penché ;
Ils vendent sa parole, ils vendent son martyre,
Et ton martyre à toi par-dessus le marché !

---

1. Premier mot du rituel de la messe en latin : « J'avancerai
[vers l'autel de Dieu...] ».

Tant pour les coups de fouet qu'il reçut à la porte !
César ! tant pour l'amen, tant pour l'alleluia !
Tant pour la pierre où vint heurter sa tête morte !
Tant pour le drap rougi que sa barbe essuya !

Ils vendent ses genoux meurtris, sa palme verte,
Sa plaie au flanc, son œil tout baigné d'infini,
Ses pleurs, son agonie, et sa bouche entr'ouverte,
Et le cri qu'il poussa : Lamma Sabacthani ! [1]

Ils vendent le sépulcre ! ils vendent les ténèbres !
Les séraphins chantant au seuil profond des cieux,
Et la mère debout sous l'arbre aux bras funèbres,
Qui, sentant là son fils, ne levait pas les yeux !

Oui, ces évêques, oui, ces marchands, oui, ces prêtres,
À l'histrion du crime, assouvi, couronné,
À ce Néron repu qui rit parmi les traîtres,
Un pied sur Thraséas, un coude sur Phryné [2],

Au voleur qui tua les lois à coups de crosse,
Au pirate empereur Napoléon dernier,
Ivre deux fois, immonde encor plus que féroce,
Pourceau dans le cloaque et loup dans le charnier,

Ils vendent, ô martyr, le Dieu pensif et pâle
Qui, debout sur la terre et sous le firmament,
Triste et nous souriant dans notre nuit fatale,
Sur le noir Golgotha saigne éternellement !

Jersey, décembre 1852.
[5-8/12/1852]

---

1. « Pourquoi m'as-tu abandonné ? » : cri adressé par le Christ en croix à son Père (Matthieu, XXVII, 46). Les strophes qui précèdent font aussi allusion au récit évangélique de la mort du Christ.
2. Thraséas, sénateur romain, fut contraint au suicide par Néron ; Phryné, courtisane athénienne du IVe siècle avant J.-C., servit de modèle à Praxitèle ; meilleure preuve encore de sa beauté : il suffit à son avocat, Hypéride, qui la défendait d'une accusation d'impiété, de la dévoiler devant ses juges pour obtenir son acquittement.

IX

L'ART ET LE PEUPLE[1]

I

L'art, c'est la gloire et la joie.
Dans la tempête il flamboie ;
Il éclaire le ciel bleu.
L'art, splendeur universelle,
Au front du peuple étincelle,
Comme l'astre au front de Dieu.

L'art est un chant magnifique
Qui plaît au cœur pacifique,
Que la cité dit aux bois,
Que l'homme dit à la femme,
Que toutes les voix de l'âme
Chantent en chœur à la fois !

---

1. Ce texte est un de ceux qui définissent la place et la fonction du poète ; voir la note 1 de la page 47. Ce poème, composé pour l'inauguration d'une série de concerts populaires, mis en musique par P. Dupont, interdit par la censure et publié dans *L'Avènement du Peuple*, illustre l'importance de la chanson qui, au XIXᵉ siècle, est un genre vivant, populaire et révolutionnaire. Hugo avait l'ambition de faire chanter le peuple sur ses vers. Il parle en ces termes des *Châtiments* dans une lettre à Hetzel : « Ce volume... contiendra de tout, des choses qu'on pourra dire, et des choses qu'on pourra chanter » (lettre du 18 novembre 1852 ; éd. J. Massin, t. VIII, p. 1036). On aura remarqué que six poèmes des *Châtiments* sont intitulés *Chanson* et qu'une musique accompagne *Patria* (VII, 7, p. 328).

L'art, c'est la pensée humaine
Qui va brisant toute chaîne !
L'art, c'est le doux conquérant !
À lui le Rhin et le Tibre ! [1]
Peuple esclave, il te fait libre ;
Peuple libre, il te fait grand !

II

O bonne France invincible,
Chante ta chanson paisible !
Chante, et regarde le ciel !
Ta voix joyeuse et profonde
Est l'espérance du monde,
O grand peuple fraternel !

Bon peuple, chante à l'aurore,
Quand le soir vient, chante encore !
Le travail fait la gaîté.
Ris du vieux siècle qui passe !
Chante l'amour à voix basse,
Et tout haut la liberté !

Chante la sainte Italie,
La Pologne ensevelie,
Naples qu'un sang pur rougit,

---

1. Le Rhin parce que, depuis le traité de Vienne, la France revendiquait, plus ou moins activement, sa rive gauche ; le Tibre en raison du « Roi de Rome », de l'expédition française de 1848 — qui avait servi finalement à restaurer le Pape au lieu de soutenir la jeune république romaine — et de la politique française d'aide à l'indépendance, plus tard à l'unité, de l'Italie contre son occupant autrichien.

La Hongrie agonisante [1]... —
O tyrans ! le peuple chante
Comme le lion rugit !

Paris, 6 novembre 1851.
[7/11/1851]

---

1. Les années 1848-1850 sont marquées, dans tous les pays d'Europe, par des insurrections d'inspiration républicaine et nationale et par leur répression à laquelle les royautés de Prusse, de Russie et d'Autriche collaborent activement. Voir aussi *Carte d'Europe* (I, 12, p. 79).

X

CHANSON

Courtisans ! attablés dans la splendide orgie [1],
La bouche par le rire et la soif élargie,
Vous célébrez César, très bon, très grand, très pur ;
Vous buvez, apostats à tout ce qu'on révère,
Le chypre [2] à pleine coupe et la honte à plein verre... —
       Mangez, moi je préfère,
       Vérité, ton pain dur.

Boursier qui tonds le peuple, usurier qui le triches,
Gais soupeurs de Chevet, ventrus, coquins et riches,
Amis de Fould le juif et de Maupas le grec [3],
Laissez le pauvre en pleurs sous la porte cochère,
Engraissez-vous, vivez, et faites bonne chère... —
       Mangez, moi je préfère,
       Probité, ton pain sec.

---

1. Voir sur ce thème la note 2 de la page 31. Ce poème, intitulé *Les Pains* dans plusieurs notes de travail de Hugo, joue sur les diverses qualités de pain, réalité quotidienne et populaire au XIXᵉ siècle. Il est mangé dur par les pauvres, pour l'économiser ; sec, c'est celui des punitions ; bis, par présence d'impuretés diverses et d'autres céréales que le blé, il est de médiocre qualité ; noir et gluant, c'est celui des prisons et du bagne. **2.** Le vin de Chypre était réputé dans l'Antiquité, et aussi au XIXᵉ siècle. **3.** On ne sait s'il s'agit d'une figure de style pour désigner la perfidie ou d'un propos exactement raciste. Ce doute disparaît dans le cas de « Fould le juif ». Le préjugé de race était universellement admis et indiscuté, mais pas plus, jusqu'aux dernières décennies du XIXᵉ siècle, que le préjugé régional — et auvergnat vaut grec.

L'opprobre est une lèpre et le crime une dartre.
Soldats qui revenez du boulevard Montmartre,
Le vin, au sang mêlé, jaillit sur vos habits ;
Chantez ! la table emplit l'École militaire,

[à terre [1]... —
Le festin fume, on trinque, on boit, on roule
          Mangez, moi je préfère,
          O Gloire, ton pain bis.

O peuple des faubourgs, je vous ai vu sublime.
Aujourd'hui vous avez, serf grisé par le crime,
Plus d'argent dans la poche, au cœur moins de fierté.
On va, chaîne au cou, rire et boire à la barrière [2].
Et vive l'empereur ! et vive le salaire !... —
          Mangez, moi je préfère,
          Ton pain noir, Liberté !

Jersey, décembre 1852.
[19/12/1852]

---

1. C'est à l'École militaire qu'on avait réuni les troupes du coup
d'État.   **2.** On allait volontiers boire aux portes de Paris parce
que le vin y était moins cher, n'ayant pas encore acquitté les taxes
perçues aux entrées de la ville (la « barrière d'octroi »).

XI[1]

I

Oh ! je sais qu'ils feront des mensonges sans nombre
Pour s'évader des mains de la Vérité sombre,
Qu'ils nieront, qu'ils diront : ce n'est pas moi, c'est lui.
Mais, n'est-il pas vrai, Dante, Eschyle, et vous, prophètes ?
   Jamais, du poignet des poëtes,
Jamais, pris au collet, les malfaiteurs n'ont fui.
J'ai fermé sur ceux-ci mon livre expiatoire ;
   J'ai mis des verrous à l'histoire ;
   L'histoire est un bagne aujourd'hui.

Le poëte n'est plus l'esprit qui rêve et prie ;
Il a la grosse clef de la conciergerie.
Quand ils entrent au greffe, où pend leur chaîne au clou,
On regarde le prince aux poches, comme un drôle,
   Et les empereurs à l'épaule ;
Macbeth est un escroc, César est un filou.
Vous gardez des forçats, ô mes strophes ailées !
   Les Calliopes étoilées[2]
   Tiennent des registres d'écrou.

---

1. Nouvelle image du poète ; voir l'Introduction et la note 1 de la page 47. **2.** Calliope est la muse de la poésie héroïque. L'existence d'une étoile du même nom enrichit l'harmonique de l'épithète.

II

Ô peuples douloureux, il faut bien qu'on vous venge !
Les rhéteurs froids m'ont dit : Le poëte, c'est l'ange,
Il plane, ignorant Fould, Magnan, Morny, Maupas ;
Il contemple la nuit sereine avec délices... —
      Non, tant que vous serez complices
De ces crimes hideux que je suis pas à pas,
Tant que vous couvrirez ces brigands de vos voiles,
      Cieux azurés, soleils, étoiles,
      Je ne vous regarderai pas !

Tant qu'un gueux forcera les bouches à se taire,
Tant que la liberté sera couchée à terre
Comme une femme morte et qu'on vient de noyer,
Tant que dans les pontons on entendra des râles[1],
      J'aurai des clartés sépulcrales
Pour tous ces fronts abjects qu'un bandit fait ployer ;
Je crierai : Lève-toi, peuple ! ciel, tonne et gronde !
      La France, dans sa nuit profonde,
      Verra ma torche flamboyer !

III

Ces coquins vils qui font de la France une Chine[2],
On entendra mon fouet claquer sur leur échine.
Ils chantent : *Te Deum*, je crierai : *Memento !*[3]
Je fouaillerai les gens, les faits, les noms, les titres,
      Porte-sabres et porte-mitres ;
Je les tiens dans mon vers comme dans un étau.

---

1. Voir la note 1 de la page 40.   2. C'est-à-dire un empire tyrannique et asservissant. Cet ethnocentrisme, avec lequel Gobineau rompt le premier, est général à cette époque qui est celle de la colonisation.   3. « Souviens-toi ». Le mot, comme *Te Deum*, correspond à une réalité liturgique, celle de la prière des morts dans le rituel de la messe : « Souviens-toi de ceux qui nous ont précédés et dorment du sommeil de la paix... ». Mais la mémoire invoquée ici est celle du crime autant que de ses victimes.

On verra choir surplis, épaulettes, bréviaires,
    Et César, sous mes étrivières[1],
    Se sauver, troussant son manteau !

Et les champs, et les prés, le lac, la fleur, la plaine,
Les nuages, pareils à des flocons de laine,
L'eau qui fait frissonner l'algue et les goëmons,
Et l'énorme océan, hydre aux écailles vertes,
    Les forêts de rumeurs couvertes,
Le phare sur les flots, l'étoile sur les monts[2],
Me reconnaîtront bien et diront à voix basse :
    C'est un esprit vengeur qui passe,
    Chassant devant lui les démons !

Jersey, novembre 1852.
[13/11/1852]

---

1. Courroie du harnais des chevaux, dont on se servait aussi pour donner des coups.   **2.** Voir la note 1 de la page 38.

XII

CARTE D'EUROPE [1]

Des sabres sont partout posés sur les provinces.
L'autel ment. On entend ceux qu'on nomme les princes
Jurer, d'un front tranquille et sans baisser les yeux,
De faux serments qui font, tant ils navrent les âmes,
Tant ils sont monstrueux, effroyables, infâmes,
Remuer le tonnerre endormi dans les cieux.

Les soldats ont fouetté des femmes dans les rues.
Où sont la liberté, la vertu ? disparues !
Dans l'exil ! dans l'horreur des pontons étouffants !
O nations ! où sont vos âmes les plus belles ?
Le boulet, c'est trop peu contre de tels rebelles ;
Haynau dans les canons met des têtes d'enfants [2].

Peuple russe, tremblant et morne, tu chemines,
Serf à Saint-Pétersbourg, ou forçat dans les mines.
Le pôle est pour ton maître un cachot vaste et noir ;
Russie et Sibérie, ô czar ! tyran ! vampire !
Ce sont les deux moitiés de ton funèbre empire ;
L'une est l'Oppression, l'autre est le Désespoir.

---

1. Voir aussi *L'Art et le Peuple* (I, 9, p. 71) et *Au Peuple* (II, 2, p. 91).　**2.** Note de Hugo : « Sac de Brescia. Voir les *Mémoires du général Pepe.* » Le fait est bien rapporté mais dans un autre ouvrage du même auteur.

Les supplices d'Ancône emplissent les murailles.
Le pape Mastaï fusille ses ouailles ;
Il pose là l'hostie et commande le feu.
Simoncelli périt le premier ; tous les autres
Le suivent sans pâlir, tribuns, soldats, apôtres ;
Ils meurent, et s'en vont parler du prêtre à Dieu.

Saint-Père, sur tes mains laisse tomber tes manches !
Saint-Père, on voit du sang à tes sandales blanches !
Borgia te sourit, le pape empoisonneur. [nombre ?
Combien sont morts ? combien mourront ? qui sait le
Ce qui mène aujourd'hui votre troupeau dans l'ombre,
Ce n'est pas le berger, c'est le boucher, Seigneur !

Italie ! Allemagne ! ô Sicile ! ô Hongrie !
Europe, aïeule en pleurs, de misère amaigrie, [absent.
Vos meilleurs fils sont morts ; l'honneur sombre est
Au midi l'échafaud, au nord un ossuaire.
La lune chaque nuit se lève en un suaire,
Le soleil chaque soir se couche dans du sang.

Sur les français vaincus un saint-office [1] pèse.
Un brigand les égorge, et dit : je les apaise.
Paris lave à genoux le sang qui l'inonda ;
La France garrottée assiste à l'hécatombe.
Par les pleurs, par les cris, réveillés dans la tombe,
— Bien ! dit Laubardemont ; — Va ! dit Torquemada.

Batthyani, Sandor, Poërio, victimes !
Pour le peuple et le droit en vain nous combattîmes.
Baudin tombe, agitant son écharpe en lambeau.
Pleurez dans les forêts, pleurez sur les montagnes !
Où Dieu mit des édens les rois mettent des bagnes ;
Venise est une chiourme et Naple est un tombeau.

---

1. Non pas la moderne « Congrégation de la foi » à Rome, mais
le tribunal inquisitorial établi à la fin du xve siècle en Espagne et
qui relaie celui de la « sainte Inquisition » pour rechercher et punir
sorcières, hérétiques et tous les convertis (anciens musulmans, juifs
ou protestants) suspects de fausse conversion.

Le gibet sur Arad ! le gibet sur Palerme ![1]
La corde à ces héros qui levaient d'un bras ferme
Leur drapeau libre et fier devant les rois tremblants !
Tandis qu'on va sacrer l'empereur Schinderhannes,
Martyrs, la pluie à flots ruisselle sur vos crânes,
Et le bec des corbeaux fouille vos yeux sanglants.

Avenir ! avenir ! voici que tout s'écroule !
Les pâles rois ont fui, la mer vient, le flot roule,
Peuples ! le clairon sonne aux quatre coins du ciel ;
Quelle fuite effrayante et sombre ! les armées
S'en vont dans la tempête en cendres enflammées,
L'épouvante se lève. — Allons, dit l'Éternel !

Jersey, novembre 1852.
[5/11/1852]

---

1. Venise est reprise par les Autrichiens en août 1849, après une éphémère indépendance. Le souverain de Naples et de Palerme, roi des Deux-Siciles, contraint d'accorder une constitution en 1848, retrouve ses pouvoirs avec les victoires autrichiennes de 1849. Gladstone, ministre anglais, y estimait à 20 000 le nombre des prisonniers politiques. C'est à Arad que le patriote hongrois Sandor fut pendu. Les forces nationales hongroises qui défendaient l'indépendance acquise en mars 1848 furent battues en août de l'année suivante par les forces autrichiennes et russes alliées.

XIII

CHANSON

La femelle ? elle est morte.
Le mâle ? un chat l'emporte
Et dévore ses os.
Au doux nid qui frissonne
Qui reviendra ? personne.
Pauvres petits oiseaux !

Le pâtre absent par fraude !
Le chien mort ! le loup rôde,
Et tend ses noirs panneaux.
Au bercail qui frissonne
Qui veillera ? personne.
Pauvres petits agneaux !

L'homme au bagne ! la mère
À l'hospice ! ô misère !
Le logis tremble aux vents ;
L'humble berceau frissonne.
Qui reste-t-il ? personne.
Pauvres petits enfants !

Jersey, février 1853.
[22/2/1853]

XIV

C'est la nuit ; la nuit noire, assoupie et profonde.
L'ombre immense élargit ses ailes sur le monde.
Dans vos joyeux palais gardés par le canon,
Dans vos lits de velours, de damas, de linon,
Sous vos chauds couvre-pieds de martres zibelines,
Sous le nuage blanc des molles mousselines,
Derrière vos rideaux qui cachent sous leurs plis
Toutes les voluptés avec tous les oublis,
Aux sons d'une fanfare amoureuse et lointaine,
Tandis qu'une veilleuse, en tremblant, ose à peine
Éclairer le plafond de pourpre et de lampas,
Vous, duc de Saint-Arnaud, vous, comte de Maupas,
Vous, sénateurs, préfets, généraux, juges, princes,
Toi, César, qu'à genoux adorent tes provinces,
Toi qui rêvas l'empire et le réalisas,
Dormez, maîtres... — Voici le jour. Debout, forçats !

Jersey, octobre 1852.
[28/10/1852]

XV

CONFRONTATIONS

O cadavres, parlez ! quels sont vos assassins ?
Quelles mains ont plongé ces stylets dans vos seins ?
Toi d'abord, que je vois dans cette ombre apparaître,
Ton nom ? — Religion. — Ton meurtrier ? — Le prêtre.
— Vous, vos noms ? — Probité, pudeur, raison, vertu.
— Et qui vous égorgea ? — L'église. — Toi, qu'es-tu ?
— Je suis la foi publique. — Et qui t'a poignardée ?
— Le serment. — Toi, qui dors de ton sang inondée ?
— Mon nom était justice. — Et quel est ton bourreau ?
— Le juge. — Et toi, géant, sans glaive en ton fourreau
Et dont la boue éteint l'auréole enflammée ?
— Je m'appelle Austerlitz. — Qui t'a tué ? — L'armée.

Bruxelles, 5 janvier 1852.
[30/1/1852]

LIVRE DEUXIÈME

L'ORDRE EST RÉTABLI

I

IDYLLES

LE SÉNAT

Vibrez, trombone et chanterelle !
Les oiseaux chantent dans les nids.
La joie est chose naturelle.
Que Magnan danse la trénis
Et Saint-Arnaud la pastourelle ![1]

LES CAVES DE LILLE[2]

Miserere ![3]
Miserere !

---

1. Trénis et pastourelle sont deux figures de quadrille.
2. Hugo avait visité les caves de Lille en 1851, en compagnie de l'économiste Adolphe Blanqui. La description qu'il en donne dans *Joyeuse vie* (III, 9, p. 142-143) n'est pas exagérée. **3.** Premier mot du psaume 50, *Miserere mei, Deus...* « Pitié pour moi, Seigneur... ». Mais le texte n'accueille pas, ou prend à contre-pied et de manière profondément sarcastique, la signification générale de ce texte liturgique, qui est un chant de pénitence.

LE CONSEIL D'ÉTAT

Des lampions dans les charmilles !
Des lampions dans les buissons !
Mêlez-vous, sabres et mantilles !
Chantez en chœur, les beaux garçons !
Dansez en rond, les belles filles !

LES GRENIERS DE ROUEN [1]

Miserere !
Miserere !

LE CORPS LÉGISLATIF

Jouissons ! l'amour nous réclame.
Chacun, pour devenir meilleur,
Cueille son miel, nourrit son âme,
L'abeille aux lèvres de la fleur,
Le sage aux lèvres de la femme !

BRUXELLES, LONDRES, BELLE-ISLE, JERSEY [2]

Miserere !
Miserere !

L'HÔTEL DE VILLE

L'empire se met aux croisées :
Rions, jouons, soupons, dînons.

---

1. Lieux misérables de travail et d'habitation des ouvriers du textile. À l'inverse de Paris, la Révolution de 1848 avait été sanglante à Rouen. **2.** Bruxelles, Londres et Jersey avaient accueilli les proscrits et les républicains en fuite après le coup d'État. Cavai-

Des pétards aux Champs-Élysées !
À l'oncle il fallait des canons,
Il faut au neveu des fusées.

LES PONTONS

Miserere !
Miserere !

L'ARMÉE

Pas de scrupules ! pas de morgue !
À genoux ! un bedeau paraît.
Le tambour obéit à l'orgue.
Notre ardeur sort du cabaret,
Et notre gloire est à la morgue.

LAMBESSA [1]

Miserere !
Miserere !

LA MAGISTRATURE

Mangeons, buvons, tout le conseille !
Heureux l'ami du raisin mûr,
Qui toujours, riant sous sa treille,
Trouve une grappe sur son mur
Et dans sa cave une bouteille !

---

gnac déporta à Belle-Isle plus de 2 000 condamnés après les journées de Juin 1848.
    1. Bagne installé en Algérie. On estime à 10 000 le nombre des
peines de déportation prononcées à la suite du coup d'État.

CAYENNE

Miserere !
Miserere !

LES ÉVÊQUES

Jupiter l'ordonne, on révère
Le succès, sur le trône assis.
Trinquons ! Le prêtre peu sévère
Vide son âme de soucis
Et de vin vieux emplit son verre !

LE CIMETIÈRE MONTMARTRE[1]

Miserere !
Miserere !

Jersey, avril 1853.
[7/4/1853]

---

1. Voir texte et note 1 de la page 36.

II

AU PEUPLE [1]

Partout pleurs, sanglots, cris funèbres.
Pourquoi dors-tu dans les ténèbres ?
Je ne veux pas que tu sois mort.
Pourquoi dors-tu dans les ténèbres ?
Ce n'est pas l'instant où l'on dort.
La pâle Liberté gît sanglante à ta porte.
    Tu le sais, toi mort, elle est morte.
    Voici le chacal sur ton seuil,
    Voici les rats et les belettes,
Pourquoi t'es-tu laissé lier de bandelettes ?
    Ils te mordent dans ton cercueil !
    De tous les peuples on prépare
        Le convoi... —
    Lazare ! Lazare ! Lazare !
        Lève-toi !

Paris sanglant, au clair de lune,
Rêve sur la fosse commune ;
Gloire au général Trestaillon !
Plus de presse, plus de tribune.
Quatrevingt-neuf porte un bâillon.
La Révolution, terrible à qui la touche,
    Est couchée à terre ! un Cartouche

---

1. Comparer avec l'autre poème de même titre (VI, 9, p. 276).
Le refrain de celui-ci fait allusion à la résurrection de Lazare par
le Christ (Jean, XI, 1-44).

Peut ce qu'aucun titan ne put.
Escobar rit d'un rire oblique.
On voit traîner sur toi, géante République,
Tous les sabres de Lilliput.
Le juge, marchand en simarre[1],
              Vend la loi... —
Lazare ! Lazare ! Lazare !
              Lève-toi !

Sur Milan, sur Vienne punie,
Sur Rome étranglée et bénie,
Sur Pesth, torturé sans répit,
La vieille louve Tyrannie,
Fauve et joyeuse, s'accroupit[2].
Elle rit ; son repaire est orné d'amulettes ;
Elle marche sur des squelettes
De la Vistule au Tanaro[3] ;
Elle a ses petits qu'elle couve.
Qui la nourrit ? qui porte à manger à la louve ?
C'est l'évêque, c'est le bourreau.
Qui s'allaite à son flanc barbare ?
              C'est le roi... —
Lazare ! Lazare ! Lazare !
              Lève-toi !

---

1. Robe portée, dans l'ancienne France, par certains magistrats — même étymologie que « chamarré ». **2.** Voir *Carte d'Europe* (I, 12, p. 79). Milan, libérée en mars 1848, est reprise par l'Autriche l'année suivante. À Vienne une assemblée constituante se réunit en juillet 1848 ; en octobre une émeute donne le signal de la réaction : la ville est militairement reprise et occupée. Pesth, où l'Assemblée hongroise avait prononcé la déchéance des Habsbourg d'Autriche, est reprise par les troupes austro-russes en août 1849. Devant l'émeute, en novembre 1848, le pape quitte Rome où la république est proclamée ; les troupes françaises, initialement envoyées la défendre contre l'Autriche, reprennent la ville en juillet 1849 et le pape y rentre en souverain, répression faite, en avril 1850. **3.** C'est-à-dire de la Pologne au Piémont.

Jésus, parlant à ses apôtres,
Dit : Aimez-vous les uns les autres.
Et voilà bientôt deux mille ans
Qu'il appelle nous et les nôtres
Et qu'il ouvre ses bras sanglants.
Rome commande et règne au nom du doux prophète.
De trois cercles sacrés est faite
La tiare du Vatican[1] ;
Le premier est une couronne,
Le second est le nœud des gibets de Vérone,
Et le troisième est un carcan.
Mastaï met cette tiare
Sans effroi... —
Lazare ! Lazare ! Lazare !
Lève-toi !

Ils bâtissent des prisons neuves[2].
O dormeur sombre, entends les fleuves
Murmurer, teints de sang vermeil ;
Entends pleurer les pauvres veuves,
O noir dormeur au dur sommeil !
Martyrs, adieu ! le vent souffle, les pontons flottent ;
Les mères au front gris sanglotent ;
Leurs fils sont en proie aux vainqueurs ;
Elles gémissent sur la route ;
Les pleurs qui de leurs yeux s'échappent goutte à goutte
Filtrent en haine dans nos cœurs.
Les juifs triomphent, groupe avare
Et sans foi[3]... —
Lazare ! Lazare ! Lazare !
Lève-toi !

---

1. La tiare papale est effectivement composée de trois cou-ronnes : royauté spirituelle sur les âmes, temporelle sur les États pontificaux et souveraineté sur tous les autres rois. Le mot compte pour trois syllabes dans le vers. 2. En 1852 on agrandissait ou construisait Sainte-Pélagie, la Santé, la prison militaire et la prison de la Garde nationale. Mazas date de 1850. 3. Voir la note 3 de la page 74.

Mais il semble qu'on se réveille !
Est-ce toi que j'ai dans l'oreille,
Bourdonnement du sombre essaim ?
Dans la ruche frémit l'abeille ;
J'entends sourdre un vague tocsin[1].
Les Césars, oubliant qu'il est des gémonies[2],
S'endorment dans les symphonies
Du lac Baltique au mont Etna ;
Les peuples sont dans la nuit noire ;
Dormez, rois ; le clairon dit aux tyrans : victoire !
Et l'orgue leur chante : hosanna !
Qui répond à cette fanfare ?
Le beffroi[3]... —
Lazare ! Lazare ! Lazare !
Lève-toi !

Jersey, mai 1853.
[9/11/1852]

---

1. Au sens propre, le tocsin est un rythme particulier donné au battement d'une cloche pour donner l'alarme. Durant tout le XIXe siècle, le tocsin fut sonné à chaque insurrection et devint ainsi le signal de toute révolte. 2. Escalier où l'on exposait dans la Rome antique les corps des suppliciés. 3. À partir du XIe siècle le mot désigne les tours communales destinées au guet mais aussi portant la cloche qui convoquait les élus ou les citoyens aux assemblées. Cela fit du beffroi le symbole — et l'enjeu — des libertés municipales face aux pouvoirs féodaux.

III

SOUVENIR DE LA NUIT DU 4 [1]

L'enfant avait reçu deux balles dans la tête.
Le logis était propre, humble, paisible, honnête ;
On voyait un rameau bénit sur un portrait.
Une vieille grand'mère était là qui pleurait.
Nous le déshabillions en silence. Sa bouche,
Pâle, s'ouvrait ; la mort noyait son œil farouche ;
Ses bras pendants semblaient demander des appuis.
Il avait dans sa poche une toupie en buis.
On pouvait mettre un doigt dans les trous de ses plaies.
Avez-vous vu saigner la mûre dans les haies ?
Son crâne était ouvert comme un bois qui se fend.
L'aïeule regarda déshabiller l'enfant,
Disant : — Comme il est blanc ! approchez donc la lampe.
Dieu ! ses pauvres cheveux sont collés sur sa tempe ! —
Et quand ce fut fini, le prit sur ses genoux [2].
La nuit était lugubre ; on entendait des coups
De fusil dans la rue où l'on en tuait d'autres [3].
— Il faut ensevelir l'enfant, dirent les nôtres.
Et l'on prit un drap blanc dans l'armoire en noyer.
L'aïeule cependant l'approchait du foyer
Comme pour réchauffer ses membres déjà roides.

---

1. Voir la note 1 de la page 36. Hugo a fait aussi le récit de la mort de cet enfant dans *Histoire d'un crime*, IV, 1 ; p. 363. **2.** Ainsi achève de se former — voir déjà « On pouvait mettre un doigt dans les trous de ses plaies » — une nouvelle descente de croix ou le tableau d'une autre *pieta*. **3.** Voir *Napoléon le Petit*, III, 6 et 7 ; p. 59 et suiv.

Hélas ! ce que la mort touche de ses mains froides
Ne se réchauffe plus aux foyers d'ici-bas !
Elle pencha la tête et lui tira ses bas,
Et dans ses vieilles mains prit les pieds du cadavre.
— Est-ce que ce n'est pas une chose qui navre !
Cria-t-elle ; monsieur, il n'avait pas huit ans !
Ses maîtres, il allait en classe, étaient contents.
Monsieur, quand il fallait que je fisse une lettre,
Ç'est lui qui l'écrivait. Est-ce qu'on va se mettre
À tuer les enfants maintenant ? Ah ! mon Dieu !
On est donc des brigands ! Je vous demande un peu,
Il jouait ce matin, là, devant la fenêtre !
Dire qu'ils m'ont tué ce pauvre petit être !
Il passait dans la rue, ils ont tiré dessus.
Monsieur, il était bon et doux comme un Jésus.
Moi je suis vieille, il est tout simple que je parte ;
Cela n'aurait rien fait à monsieur Bonaparte
De me tuer au lieu de tuer mon enfant ! —
Elle s'interrompit, les sanglots l'étouffant,
Puis elle dit, et tous pleuraient près de l'aïeule :
— Que vais-je devenir à présent toute seule ?
Expliquez-moi cela, vous autres, aujourd'hui.
Hélas ! je n'avais plus de sa mère que lui.
Pourquoi l'a-t-on tué ? Je veux qu'on me l'explique.
L'enfant n'a pas crié vive la République. —

Nous nous taisions, debout et graves, chapeau bas,
Tremblant devant ce deuil qu'on ne console pas.

Vous ne compreniez point, mère, la politique.
Monsieur Napoléon, c'est son nom authentique [1],
Est pauvre, et même prince ; il aime les palais ;
Il lui convient d'avoir des chevaux, des valets,
De l'argent pour son jeu, sa table, son alcôve,
Ses chasses ; par la même occasion, il sauve
La famille, l'église et la société ;

---

1. Du moins officiel à compter de la date du poème qui est celle
de la proclamation du Second Empire.

Il veut avoir Saint-Cloud, plein de roses l'été,
Où viendront l'adorer les préfets et les maires ;
C'est pour cela qu'il faut que les vieilles grand'mères,
De leurs pauvres doigts gris que fait trembler le temps,
Cousent dans le linceul des enfants de sept ans.

Jersey, 2 décembre 1852.
[2/12/1852]

IV

O soleil, ô face divine,
Fleurs sauvages de la ravine,
Grottes où l'on entend des voix,
Parfums que sous l'herbe on devine,
O ronces farouches des bois,

Monts sacrés, hauts comme l'exemple,
Blancs comme le fronton d'un temple,
Vieux rocs, chêne des ans vainqueur,
Dont je sens, quand je vous contemple,
L'âme éparse entrer dans mon cœur,

O vierge forêt, source pure,
Lac limpide que l'ombre azure,
Eau chaste où le ciel resplendit,
Conscience de la nature,
Que pensez-vous de ce bandit ?

Jersey, 2 décembre 1852.
[22/11/1852]

V[1]

Puisque le juste est dans l'abîme,
Puisqu'on donne le sceptre au crime,
Puisque tous les droits sont trahis,
Puisque les plus fiers restent mornes,
Puisqu'on affiche au coin des bornes
Le déshonneur de mon pays ;

O République de nos pères,
Grand Panthéon[2] plein de lumières,
Dôme d'or dans le libre azur,
Temple des ombres immortelles,
Puisqu'on vient avec des échelles
Coller l'empire sur ton mur ;

Puisque toute âme est affaiblie,
Puisqu'on rampe, puisqu'on oublie
Le vrai, le pur, le grand, le beau,
Les yeux indignés de l'histoire,
L'honneur, la loi, le droit, la gloire,
Et ceux qui sont dans le tombeau ;

---

1. Voir la note 1 de la page 47. **2.** Commencée en 1764, la construction du Panthéon ne fut achevée que sous Louis-Philippe. Mais déjà la Constituante avait fait du monument, prévu comme église, l'édifice « destiné à recevoir les cendres des grands hommes de la liberté française ». Il reçut d'abord les corps de Descartes et de Mirabeau, de Voltaire et de Rousseau... Louis XVIII supprima la nécropole, fit arracher du fronton les lettres de la célèbre devise, et inaugura l'église. La Révolution de 1830 rendit le Panthéon aux grands hommes. Un mois avant le coup d'État un décret du président de la République, Louis-Napoléon Bonaparte, en faisait à nouveau une église.

Je t'aime, exil ! douleur, je t'aime !
Tristesse, sois mon diadème !
Je t'aime, altière pauvreté !
J'aime ma porte aux vents battue.
J'aime le deuil, grave statue
Qui vient s'asseoir à mon côté.

J'aime le malheur qui m'éprouve,
Et cette ombre où je vous retrouve,
O vous à qui mon cœur sourit,
Dignité, foi, vertu voilée,
Toi, liberté, fière exilée,
Et toi, dévouement, grand proscrit !

J'aime cette île solitaire,
Jersey, que la libre Angleterre
Couvre de son vieux pavillon,
L'eau noire, par moments accrue,
Le navire, errante charrue,
Le flot, mystérieux sillon.

J'aime ta mouette, ô mer profonde,
Qui secoue en perles ton onde
Sur son aile aux fauves couleurs,
Plonge dans les lames géantes,
Et sort de ces gueules béantes
Comme l'âme sort des douleurs.

J'aime la roche solennelle
D'où j'entends la plainte éternelle,
Sans trêve comme le remords,
Toujours renaissant dans les ombres,
Des vagues sur les écueils sombres,
Des mères sur leurs enfants morts.

Jersey, décembre 1852.
[10/12/1852]

VI

L'AUTRE PRÉSIDENT[1]

I

Donc, vieux partis, voilà votre homme consulaire ![2]
Aux jours sereins, quand rien ne nous vient assiéger,
Dogue aboyant, dragon farouche, hydre en colère ;
     Taupe aux jours du danger !

Pour le mettre à leur tête, en nos temps que visite
La tempête, brisant le cèdre et le sapin,
Ils prirent le plus lâche, et, n'ayant pas Thersite,
     Ils choisirent Dupin.

Tandis que ton bras fort pioche, laboure et bêche,
Ils te trahissaient, peuple, ouvrier souverain ;
Ces hommes opposaient le président Bobèche
     Au président Mandrin.

---

1. Il s'agit de Dupin, président de l'Assemblée législative ;
voir l'Index. À l'origine ce poème n'était pas distinct de *Déjà
nommé* (IV, 8, p. 186). **2.** « Homme consulaire » : formule
dérivée du latin : celui qui a rempli les fonctions de consul,
dans la république romaine ; par extension, homme honoré,
respecté.

II

Sa voix aigre sonnait comme une calebasse[1] ;
Ses quolibets mordaient l'orateur au cœur chaud ;
Ils avaient, insensés, mis l'âme la plus basse
          Au faîte le plus haut ;

Si bien qu'un jour, ce fut un dénouement immonde,
Des soldats, sabre au poing, quittant leur noir chevet,
Entrèrent dans ce temple auguste où, pour le monde,
          L'aurore se levait !

Devant l'autel des lois qu'on renverse et qu'on brûle,
Honneur, devoir, criaient à cet homme : — Debout !
Dresse-toi, foudre en main, sur ta chaise curule ! —
          Il plongea dans l'égout.

III

Qu'il y reste à jamais ! qu'à jamais il y dorme !
Que ce vil souvenir soit à jamais détruit !
Qu'il se dissolve là ! qu'il y devienne informe,
          Et pareil à la nuit !

Que, même en l'y cherchant, on le distingue à peine
Dans ce profond cloaque, affreux, morne, béant !
Et que tout ce qui rampe et tout ce qui se traîne
          Se mêle à son néant !

Et que l'histoire un jour ne s'en rende plus compte,
Et dise en le voyant dans la fange étendu :
— On ne sait ce que c'est. C'est quelque vieille honte
          Dont le nom s'est perdu ! —

---

1. Grosse courge qui, évidée et séchée, servait à faire toutes
sortes de récipients creux peu coûteux. Le mot vaut surtout par sa
sonorité et le côté grotesque de l'ustensile.

IV

Oh ! si ces âmes-là par l'enfer sont reçues,
S'il ne les chasse pas dans son amer orgueil,
Poëtes qui, portant dans vos mains des massues,
        Gardez ce sombre seuil,

N'est-ce pas ? dans ce gouffre où la justice habite,
Dont l'espérance fuit le flamboyant fronton[1],
Dites, toi, de Pathmos lugubre cénobite,
        Toi Dante, toi Milton,

Toi, vieil Eschyle, ami des plaintives Électres,
Ce doit être une joie, ô vengeurs des vertus,
De faire souffleter les masques par les spectres,
        Et Dupin par Brutus !

                        Bruxelles, décembre 1851.
                        [24/12/1852]

---

1. Allusion au vers célèbre que Dante, dans la *Divine Comédie* (*L'Enfer*, III, 9), dit gravé à la porte de l'Enfer : « Vous qui entrez ici, abandonnez toute espérance. »

VII

À L'OBÉISSANCE PASSIVE[1]

I

O soldats de l'an deux ! ô guerres ! épopées ![2]
Contre les rois tirant ensemble leurs épées,
      Prussiens, autrichiens,
Contre toutes les Tyrs[3] et toutes les Sodomes,

---

    1. Dans une circulaire aux chefs de corps, un mois avant le coup d'État, Saint-Arnaud, ministre de la Guerre, avait imposé la doctrine de « l'obéissance passive », par opposition à celle dite des « baïonnettes intelligentes », c'est-à-dire plus respectueuses, le cas échéant, du droit que des ordres. Sur le thème du poème, voir la note 1 de la page 32.   **2.** Les initiatives autrichiennes et prussiennes (Valmy, septembre 1792), puis la première coalition (Angleterre, Hollande, Russie, Royaume des Deux-Siciles) et l'entrée en guerre de l'Espagne affrontent l'Europe entière à la France révolutionnaire en 1793. La Convention répond à l'insuffisance de ses armées régulières, professionnelles, par l'initiative sans précédent de la mobilisation générale des citoyens — levées successives puis « levée en masse » en août 93 : ce sont les « soldats de l'an II » (au sens strict : fin 1793 — trois premiers trimestres 1794) organisés par Carnot en quatorze armées et soutenus par l'effort, moral et économique, de toute la nation. La guerre révolutionnaire, d'abord destinée à libérer le sol national, tourna, avec la victoire, en croisade pour la liberté, ininterrompue jusqu'à Bonaparte, voire Napoléon.   **3.** Tyr, la « reine des mers », fut la puissante métropole de la Phénicie (Israël, Liban et Syrie actuels) jusqu'à sa destruction par l'empereur assyrien Nabuchodonosor. La Bible (Ézéchiel, XXVI) l'interprète comme une punition divine pour la défection de cette ancienne alliée des Hébreux au moment de la prise de Jérusalem (587 av. J.-C.)

Contre le czar du nord, contre ce chasseur d'hommes
     Suivi de tous ses chiens,

Contre toute l'Europe avec ses capitaines,
Avec ses fantassins couvrant au loin les plaines,
     Avec ses cavaliers,
Tout entière debout comme une hydre vivante,
Ils chantaient, ils allaient, l'âme sans épouvante
     Et les pieds sans souliers !

Au levant, au couchant, partout, au sud, au pôle,
Avec de vieux fusils sonnant sur leur épaule,
     Passant torrents et monts,
Sans repos, sans sommeil, coudes percés, sans vivres,
Ils allaient, fiers, joyeux, et soufflant dans des cuivres
     Ainsi que des démons !

La Liberté sublime emplissait leurs pensées.
Flottes prises d'assaut [1], frontières effacées
     Sous leur pas souverain,
O France, tous les jours, c'était quelque prodige,
Chocs, rencontres, combats ; et Joubert sur l'Adige,
     Et Marceau sur le Rhin ! [2]

On battait l'avant-garde, on culbutait le centre ;
Dans la pluie et la neige et de l'eau jusqu'au ventre,
     On allait ! en avant !
Et l'un offrait la paix, et l'autre ouvrait ses portes,
Et les trônes, roulant comme des feuilles mortes,
     Se dispersaient au vent !

---

1. Dernier acte de la campagne victorieuse de Pichegru en Hollande, la cavalerie française s'empara de la flotte hollandaise bloquée par les glaces, en janvier 1795.   **2.** Jourdan, Kléber et Marceau à la tête de l'armée de Sambre-et-Meuse battent les Autrichiens à Fleurus (juin 1794) et vont occuper Cologne et Coblentz. Joubert s'illustra plus tard : dans la première campagne d'Italie (1796-1797), à Rivoli, sur l'Adige, sous les ordres de Bonaparte, puis, à la tête de trois divisions, dans la région tyrolienne du Haut-Adige.

Oh ! que vous étiez grands, au milieu des mêlées,
Soldats ! L'œil plein d'éclairs, faces échevelées
     Dans le noir tourbillon,
Ils rayonnaient, debout, ardents, dressant la tête ;
Et comme les lions aspirent la tempête
     Quand souffle l'aquilon,

Eux, dans l'emportement de leurs luttes épiques,
Ivres, ils savouraient tous les bruits héroïques,
     Le fer heurtant le fer,
La Marseillaise ailée et volant dans les balles [1],
Les tambours, les obus, les bombes, les cymbales,
     Et ton rire, ô Kléber !

La Révolution leur criait : — Volontaires,
Mourez pour délivrer tous les peuples vos frères ! —
     Contents, ils disaient oui.
— Allez, mes vieux soldats, mes généraux imberbes ! —
Et l'on voyait marcher ces va-nu-pieds superbes
     Sur le monde ébloui !

La tristesse et la peur leur étaient inconnues.
Ils eussent, sans nul doute, escaladé les nues
     Si ces audacieux,
En retournant les yeux dans leur course olympique [2],
Avaient vu derrière eux la grande République
     Montrant du doigt les cieux !

II

Oh ! vers ces vétérans quand notre esprit s'élève,
Nous voyons leur front luire et resplendir leur glaive,
     Fertile en grands travaux.

---

1. Telle que la représente le haut-relief sculpté par Rude (1835) sur l'un des piliers de l'Arc de Triomphe.   2. Entendre : leur course à la conquête de l'Olympe, séjour mythologique du roi des dieux, Zeus — ou Jupiter, d'où les Titans tentèrent de le déloger.

C'étaient là les anciens. Mais ce temps les efface !
France, dans ton histoire ils tiennent trop de place.
      France, gloire aux nouveaux !

Oui, gloire à ceux d'hier ! ils se mettent cent mille,
Sabres nus, vingt contre un, sans crainte, et par la ville
      S'en vont, tambours battants.
À mitraille ! leur feu brille, l'obusier tonne,
Victoire ! ils ont tué, carrefour Tiquetonne,
      Un enfant de sept ans ![1]

Ceux-ci sont des héros qui n'ont pas peur des femmes !
Ils tirent sans pâlir, gloire à ces grandes âmes !
      Sur les passants tremblants.
On voit, quand dans Paris leur troupe se promène,
Aux fers de leurs chevaux de la cervelle humaine
      Avec des cheveux blancs ![2]

Ils montent à l'assaut des lois ; sur la patrie
Ils s'élancent ; chevaux, fantassins, batterie[3],
      Bataillon, escadron,
Gorgés, payés, repus, joyeux, fous de colère,
Sonnant la charge, avec Maupas pour vexillaire[4]
      Et Veuillot pour clairon.

Tout, le fer et le plomb, manque à nos bras farouches,
Le peuple est sans fusils, le peuple est sans cartouches,
      Braves ! c'est le moment !
Avec quelques tribuns la loi demeure seule.
Derrière vos canons chargés jusqu'à la gueule
      Risquez-vous hardiment !

---

1. Voir *Souvenir de la nuit du 4* (II, 3, p. 95).   **2.** Allusion à la fusillade des Boulevards : voir la note 3 de la page 30. **3.** Unité d'un régiment d'artillerie, comme le bataillon pour l'infanterie et l'escadron pour la cavalerie.   **4.** Porte-étendard, en langage noble.

O soldats de décembre ! ô soldats d'embuscades
Contre votre pays ! honte à vos cavalcades
       Dans Paris consterné !
Vos pères, je l'ai dit, brillaient comme le phare ;
Ils bravaient, en chantant une haute fanfare,
       La mort, spectre étonné ;

Vos pères combattaient les plus fières armées,
Le prussien blond, le russe aux foudres enflammées,
       Le catalan bruni ;
Vous, vous tuez des gens de bourse et de négoce.
Vos pères, ces géants, avaient pris Saragosse [1],
       Vous prenez Tortoni !

Histoire, qu'en dis-tu ? les vieux dans les batailles
Couraient sur les canons vomissant les mitrailles ;
       Ceux-ci vont, sans trembler,
Foulant aux pieds vieillards sanglants, femmes mourantes,
Droit au crime. Ce sont deux façons différentes
       De ne pas reculer.

III

Cet homme fait venir, à l'heure où la nuit voile
       Paris dormant encor,
Des généraux français portant la triple étoile
       Sur l'épaulette d'or [2] ;

Il leur dit : « Écoutez, pour vos yeux seuls j'écarte
       L'ombre que je répands ;
Vous crûtes jusqu'ici que j'étais Bonaparte,
       Mon nom est Guet-apens.

---

1. Le siège de Saragosse, en 1808-1809, où intervinrent Mortier, Junot et Lannes, a laissé « le souvenir d'une des plus héroïques en même temps que des plus sanglantes défenses dont les exemples nous aient été conservés par l'histoire » (Pierre Larousse, *Grand dictionnaire...*). Tortoni, voir l'Index.   **2.** Insigne des généraux de division ; au-dessus, il n'y a que les maréchaux : sept étoiles.

« C'est demain le grand jour, le jour des funérailles
        Et le jour des douleurs.
Vous allez vous glisser sans bruit sous les murailles
        Comme font les voleurs ;

« Vous prendrez cette pince, à mon service usée,
        Que je cache sur moi,
Et vous soulèverez avec une pesée
        La porte de la loi ;

« Puis, hourrah ! sabre au vent, et la police en tête !
        Et main basse sur tout,
Sur vos chefs africains[1], sur quiconque est honnête,
        Sur quiconque est debout,

« Sur les représentants, et ceux qu'ils représentent,
        Sur Paris terrassé !
Et je vous paîrai bien ! » les généraux consentent ;
        Vidocq eût refusé[2].

IV

Maintenant, largesse au prétoire ![3]
Trinquez, soldats ! et depuis quand
A-t-on peur de rire et de boire ?
Fête aux casernes ! fête au camp !

---

1. Les généraux de la conquête de l'Algérie : Lamoricière, Changarnier... expulsés au Deux-Décembre. Mais Saint-Arnaud aussi était un « africain ». **2.** Idée analogue dans *Napoléon le Petit*, VII, 2 ; p. 115. **3.** Ici, la caserne de la « garde prétorienne » : garde personnelle de l'empereur, dans la Rome antique.

L'orgie a rougi leur moustache,
Les rouleaux d'or gonflent leur sac ;
Pour capitaine ils ont Gamache [1],
Ils ont Cocagne pour bivouac.

La bombance après l'équipée.
On s'attable. Hier on tua.
O Napoléon, ton épée
Sert de broche à Gargantua.

Le meurtre est pour eux la victoire ;
Leur œil, par l'ivresse endormi,
Prend le déshonneur pour la gloire
Et les français pour l'ennemi.

France, ils t'égorgèrent la veille.
Ils tiennent, c'est leur lendemain,
Dans une main une bouteille
Et ta tête dans l'autre main.

Ils dansent en rond, noirs quadrilles,
Comme des gueux dans le ravin ;
Troplong leur amène des filles,
Et Sibour leur verse du vin.

Et leurs banquets sans fin ni trêves
D'orchestres sont environnés [2]... —
Nous faisions pour vous d'autres rêves,
O nos soldats infortunés !

Nous rêvions pour vous l'âpre bise,
La neige au pied du noir sapin,
La brèche où la bombe se brise,
Les nuits sans feu, les jours sans pain.

---

1. Allusion à un épisode célèbre de *Don Quichotte* : « Les noces de Gamache », qui rivalisent en abondance de boustifaille avec le dîner de Gargantua.   **2.** Voir la note 2 de la page 31.

Nous rêvions les marches forcées,
La faim, le froid, les coups hardis,
Les vieilles capotes usées,
Et la victoire un contre dix ;

Nous rêvions, ô soldats esclaves,
Pour vous et pour vos généraux,
La sainte misère des braves,
La grande tombe des héros !

Car l'Europe en ses fers soupire,
Car dans les cœurs un ferment bout,
Car voici l'heure où Dieu va dire :
Chaînes, tombez ! Peuples, debout !

L'histoire ouvre un nouveau registre ;
Le penseur, amer et serein,
Derrière l'horizon sinistre
Entend rouler des chars d'airain.

Un bruit profond trouble la terre ;
Dans les fourreaux s'émeut l'acier ;
Ce vent qui souffle sort, ô guerre,
Des naseaux de ton noir coursier !

Vers l'heureux but où Dieu nous mène,
Soldats ! rêveurs, nous vous poussions,
Tête de la colonne humaine,
Avant-garde des nations !

Nous rêvions, bandes aguerries,
Pour vous, fraternels conquérants,
La grande guerre des patries,
La chute immense des tyrans ! [1]

---

1. Dès *Littérature et philosophie mêlées* (1834), Hugo annonçait une guerre libératrice générale « des royaumes contre les patries ». Voir aussi *Napoléon le Petit*, Annexe ; éd. J. Massin, t. VIII, p. 539, où les thèmes du poème sont déjà développés.

Nous réservions votre effort juste,
Vos fiers tambours, vos rangs épais,
Soldats, pour cette guerre auguste
D'où sortira l'auguste paix !

Dans nos songes visionnaires,
Nous vous voyions, ô nos guerriers,
Marcher joyeux dans les tonnerres,
Courir sanglants dans les lauriers,

Sous la fumée et la poussière
Disparaître en noirs tourbillons,
Puis tout à coup dans la lumière
Surgir, radieux bataillons,

Et passer, légion sacrée [1]
Que les peuples venaient bénir,
Sous la haute porte azurée
De l'éblouissant avenir !

V

Donc, les soldats français auront vu, jours infâmes !
Après Brune et Desaix, après ces grandes âmes
            Que nous admirons tous,
Après Turenne, après Xaintraille, après Lahire [2],
Poulailler leur donner des drapeaux et leur dire :
            Je suis content de vous ! [3]

---

1. À comprendre au sens propre mais aussi par allusion à ce bataillon de l'armée de Thèbes, dans l'Antiquité, dont les soldats juraient de vaincre ou de mourir ensemble.   **2.** Joubert, Marceau et Kléber plus haut, ici Brune et Desaix, plus loin Hoche sont des généraux de la Révolution. Turenne, soldat à quinze ans, et maréchal à trente-deux, fut au siècle d'or leur glorieux ancêtre ; Xaintrailles ou Saint-Raille et La Hire étaient compagnons de Jeanne d'Arc ; avec Bayard la liste est complète.   **3.** Allusion à la célèbre proclamation de Napoléon Bonaparte à son armée.

O drapeaux du passé, si beaux dans les histoires,
Drapeaux de tous nos preux et de toutes nos gloires,
        Redoutés du fuyard,
Percés, troués, criblés, sans peur et sans reproche,
Vous qui dans vos lambeaux mêlez le sang de Hoche
        Et le sang de Bayard,

O vieux drapeaux ! sortez des tombes, des abîmes !
Sortez en foule, ailés de vos haillons sublimes,
        Drapeaux éblouissants !
Comme un sinistre essaim qui sur l'horizon monte,
Sortez, venez, volez, sur toute cette honte
        Accourez frémissants !

Délivrez nos soldats de ces bannières viles !
Vous qui chassiez les rois, vous qui preniez les villes,
        Vous en qui l'âme croit,
Vous qui passiez les monts, les gouffres et les fleuves,
Drapeaux sous qui l'on meurt, chassez ces aigles neuves,
        Drapeaux sous qui l'on boit !

Que nos tristes soldats fassent la différence !
Montrez-leur ce que c'est que les drapeaux de France,
        Montrez vos sacrés plis
Qui flottaient sur le Rhin, sur la Meuse et la Sambre,
Et faites, ô drapeaux, auprès du Deux-Décembre
        Frissonner Austerlitz !

VI

Hélas ! tout est fini. Fange ! néant ! nuit noire !
Au-dessus de ce gouffre où croula notre gloire,
        Flamboyez, noms maudits !
Maupas, Morny, Magnan, Saint-Arnaud, Bonaparte !
Courbons nos fronts ! Gomorrhe a triomphé de Sparte !
        Cinq hommes ! cinq bandits !

Toutes les nations tour à tour sont conquises :
L'Angleterre, pays des antiques franchises,
      Par les vieux neustriens [1],
Rome par Alaric, par Mahomet Byzance,
La Sicile par trois chevaliers [2], et la France
      Par cinq galériens.

Soit. Régnez ! emplissez de dégoût la pensée,
Notre-Dame d'encens, de danses l'Élysée,
      Montmartre d'ossements.
Régnez ! liez ce peuple, à vos yeux populace,
Liez Paris, liez la France à la culasse
      De vos canons fumants !

VII

Quand sur votre poitrine il jeta sa médaille,
Ses rubans et sa croix, après cette bataille
      Et ce coup de lacet,
O soldats dont l'Afrique avait hâlé la joue,
N'avez-vous donc pas vu que c'était de la boue
      Qui vous éclaboussait ?

Oh ! quand je pense à vous, mon œil se mouille encore !
Je vous pleure, soldats ! je pleure votre aurore,
      Et ce qu'elle promit.
Je pleure ! car la gloire est maintenant voilée ;
Car il est parmi vous plus d'une âme accablée
      Qui songe et qui frémit !

O soldats ! nous aimions votre splendeur première ;
Fils de la république et fils de la chaumière,
      Que l'honneur échauffait,

---

  1. Les Normands.   **2.** Trois des douze fils de Tancrède de Hauteville : Roger, Robert et Humfroi, lors de la conquête, à demi fabuleuse, de Naples et de la Sicile par les Normands.

Pour servir ce bandit qui dans leur sang se vautre,
Hélas ! pour trahir l'une et déshonorer l'autre,
      Que vous ont-elles fait ?

Après qui marchez-vous, ô légion trompée ?
L'homme à qui vous avez prostitué l'épée,
      Ce criminel flagrant,
Cet aventurier vil en qui vous semblez croire,
Sera Napoléon le Petit dans l'histoire,
      Ou Cartouche le Grand.

Armée ! ainsi ton sabre a frappé par derrière
Le serment, le devoir, la loyauté guerrière,
      Le droit aux vents jeté,
La révolution sur ce grand siècle empreinte,
Le progrès, l'avenir, la République sainte,
      La sainte Liberté,

Pour qu'il puisse asservir ton pays que tu navres,
Pour qu'il puisse s'asseoir sur tous ces grands cadavres,
      Lui, ce nain tout-puissant,
Qui préside l'orgie immonde et triomphale,
Qui cuve le massacre et dont la gorge exhale
      L'affreux hoquet du sang ![1]

VIII[2]

O Dieu, puisque voilà ce qu'a fait cette armée,
Puisque, comme une porte est barrée et fermée,
      Elle est sourde à l'honneur,
Puisque tous ces soldats rampent sans espérance,
Et puisque dans le sang ils ont éteint la France,
      Votre flambeau, Seigneur !

---

1. Voir la note 2 de la page 30.   **2.** Voir la note 1 de la page 47.

Puisque la conscience en deuil est sans refuge ;
Puisque le prêtre assis dans la chaire, et le juge
          D'hermine revêtu,
Adorent le succès, seul vrai, seul légitime,
Et disent qu'il vaut mieux réussir par le crime
          Que choir par la vertu ;

Puisque les âmes sont pareilles à des filles ;
Puisque ceux-là sont morts qui brisaient les bastilles,
          Ou bien sont dégradés ;
Puisque l'abjection, aux conseils misérables,
Sortant de tous les cœurs, fait les bouches semblables
          Aux égouts débordés ;

Puisque l'honneur décroît pendant que César monte ;
Puisque dans ce Paris on n'entend plus, ô honte,
          Que des femmes gémir ;
Puisqu'on n'a plus de cœur devant les grandes tâches,
Puisque les vieux faubourgs, tremblant comme des lâches,
          Font semblant de dormir,

O Dieu vivant, mon Dieu ! prêtez-moi votre force,
Et, moi qui ne suis rien, j'entrerai chez ce corse
          Et chez cet inhumain ;
Secouant mon vers sombre et plein de votre flamme,
J'entrerai là, Seigneur, la justice dans l'âme
          Et le fouet à la main,

Et, retroussant ma manche ainsi qu'un belluaire,
Seul, terrible, des morts agitant le suaire
          Dans ma sainte fureur,
Pareil aux noirs vengeurs devant qui l'on se sauve,
J'écraserai du pied l'antre et la bête fauve,
          L'empire et l'empereur !

                              Jersey, janvier 1853.
                              [7-13/1/1853]

LIVRE TROISIÈME

LA FAMILLE EST RESTAURÉE

I

APOTHÉOSE[1]

Méditons. Il est bon que l'esprit se repaisse
De ces spectacles-là. L'on n'était qu'une espèce
De perroquet ayant un grand nom pour perchoir,
Pauvre diable de prince, usant son habit noir,
Auquel mil huit cent quinze avait coupé les vivres.
On n'avait pas dix sous, on emprunte cinq livres.
Maintenant, remarquons l'échelle, s'il vous plaît.
De l'écu de cinq francs on s'élève au billet
Signé Garat[2] ; bravo ! puis du billet de banque
On grimpe au million, rapide saltimbanque ;
Le million gobé fait mordre au milliard.
On arrive au lingot en partant du liard.
Puis carrosses, palais, bals, festins, opulence ;
On s'attable au pouvoir et l'on mange la France.
C'est ainsi qu'un filou devient homme d'état.

Qu'a-t-il fait ? Un délit ? Fi donc ! un attentat ;
Un grand acte, un massacre, un admirable crime
Auquel la haute cour prête serment. L'abîme
Se referme en poussant un grognement bourru.
La Révolution sous terre a disparu
En laissant derrière elle une senteur de soufre.
Romieu montre la trappe et dit : Voyez le gouffre !

---

1. Le poème exploite le contraste entre la bassesse des origines de l'Empereur et les fastes dont il s'entoure. Napoléon III, en matière d'honneur et d'argent, est un parvenu. **2.** Des grosses coupures de la Banque de France portaient cette signature.

Vivat Mascarillus ! roulement de tambours[1].
On tient sous le bâton parqués dans les faubourgs
Les ouvriers ainsi que des noirs dans leurs cases ;
Paris sur ses pavés voit neiger les ukases ;
La Seine devient glace autant que la Néva[2].
Quant au maître, il triomphe ; il se promène, va
De préfet en préfet, vole de maire en maire,
Orné du Deux-Décembre et du Dix-huit Brumaire,
Bombardé de bouquets, voituré dans des chars,
Laid, joyeux, salué par des chœurs de mouchards.
Puis il rentre empereur au Louvre, il parodie
Napoléon, il lit l'histoire, il étudie
L'honneur et la vertu dans Alexandre six ;
Il s'installe au palais du spectre Médicis[3] ;
Il quitte par moments sa pourpre ou sa casaque[4],
Flâne autour du bassin en pantalon cosaque,
Et riant, et semant les miettes sur ses pas,
Donne aux poissons le pain que les proscrits n'ont pas.
La caserne l'adore, on le bénit au prône ;
L'Europe est sous ses pieds et tremble sous son trône ;
Il règne par la mitre et par le hausse-col.
Ce trône a trois degrés, parjure, meurtre et vol.

O Carrare ! ô Paros ! ô marbres pentéliques ![5]
O tous les vieux héros des vieilles républiques !
O tous les dictateurs de l'empire latin !

---

1. « *Vivat Mascarillus fourbum imperator* » (Vive Mascarille, roi des coquins), Molière, *L'Étourdi*.   2. Le symbole rencontre ici l'actualité puisque l'hiver 1852 était exceptionnellement froid. 3. Les Tuileries, où Napoléon III s'installe en janvier 1853, avaient été habitées par Marie de Médicis en proie au remords d'avoir fait assassiner Henri IV. Mais le nom évoque plutôt Catherine de Médicis, instigatrice du massacre de la Saint-Barthélemy (24 août 1572), fréquemment comparé au coup d'État : I, 5, p. 57 ; III, 8, p. 140 ; IV, 13, p. 197 ; VII, 2, p. 315 ; VII, 13, p. 348. Cette nuit-là, selon la légende, Charles IX aurait lui-même « arquebusé » les protestants du haut d'un balcon du Louvre.   4. Veste ample de couleur rouge pour les forçats, dont c'était la tenue.   5. Le Pentélique est une montagne dont le marbre fut utilisé pour la construction des monuments de l'Athènes antique.

Le moment est venu d'admirer le destin.
Voici qu'un nouveau dieu monte au fronton du temple.
Regarde, peuple, et toi, froide histoire, contemple.
Tandis que nous, martyrs du droit, nous expions,
Avec les Périclès, avec les Scipions,
Sur les frises où sont les victoires aptères,
Au milieu des césars traînés par des panthères[1],
Vêtus de pourpre et ceints du laurier souverain,
Parmi les aigles d'or et les louves d'airain,
Comme un astre apparaît parmi ses satellites,
Voici qu'à la hauteur des empereurs stylites[2],
Entre Auguste à l'œil calme et Trajan au front pur,
Resplendit, immobile en l'éternel azur,
Sur vous, ô panthéons, sur vous, ô propylées,
Robert Macaire avec ses bottes éculées !

Jersey, décembre 1852.
[31/1/1853]

---

1. Des animaux sauvages de l'Asie et de l'Afrique étaient déjà ordinairement offerts en spectacle et sacrifiés, à Rome, lorsque les premiers empereurs — César, Antoine, Octave — inaugurèrent l'habitude d'en faire défiler, attelés aux chars, dans la cérémonie de leurs victoires, le triomphe.   2. Statufié au haut d'une colonne, par dérivation du sens propre : l'ermite qui passe sa vie sur une colonne.

II

L'HOMME A RI [1]

> « M. Victor Hugo vient de publier à Bruxelles un livre qui a pour titre : *Napoléon le Petit*, et qui renferme les calomnies les plus odieuses contre le prince-président.
>
> « On raconte qu'un des jours de la semaine dernière un fonctionnaire apporta ce libelle à Saint-Cloud. Lorsque Louis-Napoléon le vit, il le prit, l'examina un instant avec le sourire du mépris sur les lèvres, puis, s'adressant aux personnes qui l'entouraient, il dit, en leur montrant le pamphlet : "Voyez, messieurs, voici Napoléon le Petit, par Victor Hugo le Grand." »
>
> (*Journaux élyséens*, août 1852.)

Ah ! tu finiras bien par hurler, misérable !
Encor tout haletant de ton crime exécrable,
Dans ton triomphe abject, si lugubre et si prompt,
Je t'ai saisi. J'ai mis l'écriteau sur ton front ;
Et maintenant la foule accourt, et te bafoue.
Toi, tandis qu'au poteau le châtiment te cloue,
Que le carcan te force à lever le menton,
Tandis que, de ta veste arrachant le bouton,
L'histoire à mes côtés met à nu ton épaule,

---

1. Nouvelle affirmation des pouvoirs du poète ; voir la note 1 de la page 47. Le texte se réfère aux châtiments de l'Ancien Régime : l'exposition et la flétrissure au fer rouge.

Tu dis : je ne sens rien ! et tu nous railles, drôle !
Ton rire sur mon nom gaîment vient écumer ;
Mais je tiens le fer rouge et vois ta chair fumer.

Jersey, août 1852.
[30/10/1852]

III

FABLE OU HISTOIRE [1]

Un jour, maigre et sentant un royal appétit,
Un singe d'une peau de tigre se vêtit.
Le tigre avait été méchant ; lui, fut atroce.
Il avait endossé le droit d'être féroce.
Il se mit à grincer des dents, criant : Je suis
Le vainqueur des halliers, le roi sombre des nuits !
Il s'embusqua, brigand des bois, dans les épines ;
Il entassa l'horreur, le meurtre, les rapines,
Égorgea les passants, dévasta la forêt,
Fit tout ce qu'avait fait la peau qui le couvrait.
Il vivait dans un antre, entouré de carnage.
Chacun, voyant la peau, croyait au personnage.
Il s'écriait, poussant d'affreux rugissements :
Regardez, ma caverne est pleine d'ossements ;
Devant moi tout recule et frémit, tout émigre,
Tout tremble ; admirez-moi, voyez, je suis un tigre !
Les bêtes l'admiraient, et fuyaient à grands pas.
Un belluaire vint, le saisit dans ses bras,
Déchira cette peau comme on déchire un linge,
Mit à nu ce vainqueur, et dit : Tu n'es qu'un singe !

Jersey, septembre 1852.
[6/11/1852]

---

1. Voir la note 1 de la page 47.

IV

Ainsi les plus abjects, les plus vils, les plus minces
Vont régner ! ce n'était pas assez des vrais princes
Qui de leur sceptre d'or insultent le ciel bleu,
Et sont rois et méchants par la grâce de Dieu !
Quoi ! tel gueux qui, pourvu d'un titre en bonne forme,
A pour toute splendeur sa bâtardise énorme,
Tel enfant du hasard, rebut des échafauds,
Dont le nom fut un vol et la naissance un faux,
Tel bohème pétri de ruse et d'arrogance,
Tel intrus entrera dans le sang de Bragance,
Dans la maison d'Autriche ou dans la maison d'Est,
Grâce à la fiction légale *is pater est*[1],
Criera : je suis Bourbon, ou : je suis Bonaparte,
Mettra cyniquement ses deux poings sur la carte,
Et dira : c'est à moi ! je suis le grand vainqueur !
Sans que les braves gens, sans que les gens de cœur
Rendent à Curtius ce monarque de cire ![2]
Et, quand je dis : faquin ! l'écho répondra : sire !
Quoi ! ce royal croquant, ce maraud couronné,
Qui, d'un boulet de quatre à la cheville orné,
Devrait dans un ponton pourrir à fond de cale,

---

1. Citation d'un adage juridique latin conservé dans le droit français : « *Pater is est quem nuptiæ demonstrant* » : le père de l'enfant est l'époux de sa mère ; Hugo ironise sur les incertitudes entourant la procréation de Louis-Napoléon. Au vers précédent, « Est » remplace, par licence poétique, « Este » : l'une des principales dynasties d'Italie comme la maison de Bragance l'est pour le Portugal.   **2.** Les cabinets de Curtius étaient, au début du siècle, l'équivalent de notre actuel musée Grévin.

Cette altesse en ruolz, ce prince en chrysocale [1],
Se fait devant la France, horrible, ensanglanté,
Donner de l'empereur et de la majesté,
Il trousse sa moustache en croc et la caresse,
Sans que sous les soufflets sa face disparaisse,
Sans que, d'un coup de pied l'arrachant à Saint-Cloud,
On le jette au ruisseau, dût-on salir l'égout !

— Paix ! disent cent crétins. C'est fini. Chose faite [2].
Le Trois pour cent est Dieu, Mandrin est son prophète [3].
Il règne. Nous avons voté ! *Vox populi*. —
Oui, je comprends, l'opprobre est un fait accompli.
Mais qui donc a voté ? Mais qui donc tenait l'urne ?
Mais qui donc a vu clair dans ce scrutin nocturne ?
Où donc était la loi dans ce tour effronté ?
Où donc la nation ? Où donc la liberté ?
Ils ont voté !

          Troupeau que la peur mène paître
Entre le sacristain et le garde champêtre,
Vous qui, pleins de terreur, voyez, pour vous manger,
Pour manger vos maisons, vos bois, votre verger,
Vos meules de luzerne et vos pommes à cidre,
S'ouvrir tous les matins les mâchoires d'une hydre ;
Braves gens, qui croyez en vos foins, et mettez
De la religion dans vos propriétés ;
Âmes que l'argent touche et que l'or fait dévotes ;
Maires narquois, traînant vos paysans aux votes ;
Marguilliers [4] aux regards vitreux ; curés camus

---

1. Ruolz : métal doré ou argenté ; chrysocale : alliage imitant l'or.   2. Tout ce qui suit met en question la valeur du référendum-plébiscite du 21-22 novembre 1852, idée déjà développée dans *Napoléon le Petit*, VI, p. 97 et suiv. Voir aussi *Un bon bourgeois dans sa maison* (III, 7, p. 133).   3. Le vers paraphrase la profession de foi musulmane ; le « Trois pour cent » est le nom d'une obligation (d'État) désignée par son intérêt. Au vers suivant, allusion à l'adage latin : *Vox populi, vox dei* : « La voix du peuple est la voix de Dieu. »   4. Une sorte de comptable, laïc et bénévole, d'une paroisse.

Hurlant à vos lutrins : *Dæmonem laudamus*[1] ;
Sots, qui vous courroucez comme flambe une bûche ;
Marchands dont la balance incorrecte trébuche[2] ;
Vieux bonshommes crochus, hiboux hommes d'état,
Qui déclarez, devant la fraude et l'attentat,
La tribune fatale et la presse funeste ;
Fats, qui, tout effrayés de l'esprit, cette peste,
Criez, quoique à l'abri de la contagion ;
Voltairiens, viveurs, fervente légion,
Saints gaillards, qui jetez dans la même gamelle
Dieu, l'orgie et la messe, et prenez pêle-mêle
La défense du ciel et la taille à Goton[3] ;
Bons dos, qui vous courbez, adorant le bâton ;
Contemplateurs béats des gibets de l'Autriche ;
Gens de bourse effarés, qui trichez et qu'on triche ;
Invalides, lions transformés en toutous ;
Niais, pour qui cet homme est un sauveur ; vous tous
Qui vous ébahissez, bestiaux de Panurge,
Aux miracles que fait Cartouche thaumaturge ;
Noircisseurs de papier timbré[4], planteurs de choux,
Est-ce que vous croyez que la France, c'est vous,
Que vous êtes le peuple, et que jamais vous eûtes
Le droit de nous donner un maître, ô tas de brutes ?[5]

Ce droit, sachez-le bien, chiens du berger Maupas,
Et la France et le peuple eux-mêmes ne l'ont pas.
L'altière Vérité jamais ne tombe en cendre.
La Liberté n'est pas une guenille à vendre,

---

1. « Nous te louons, ô diable ! » par référence à *Te Deum laudamus* : « Seigneur, nous te louons. »   2. La vente à faux poids était l'une des fraudes les plus courantes dans l'ancienne France. 3. Bel exemple de zeugme entraînant une anacoluthe et reposant sur une antithèse.   4. Jusqu'il y a peu, le moindre acte — bail, reconnaissance de dette — se faisait sur « papier timbré » : une feuille délivrée par l'administration moyennant paiement d'une taxe attestée par le timbre.   5. Autres injures bien senties aux électeurs du « oui » dans *Napoléon le Petit* (VI, 4 ; p. 104) : « Ont voté réellement et indiscutablement pour M. Bonaparte : première catégorie, le fonctionnaire ; deuxième catégorie, le niais ; troisième catégorie, le voltairien-propriétaire-industriel-religieux. »

Jetée au tas, pendue au clou chez un fripier.
Quand un peuple se laisse au piège estropier,
Le droit sacré, toujours à soi-même fidèle,
Dans chaque citoyen trouve une citadelle ;
On s'illustre en bravant un lâche conquérant,
Et le moindre du peuple en devient le plus grand.
Donc, trouvez du bonheur, ô plates créatures,
À vivre dans la fange et dans les pourritures,
Adorez ce fumier sous ce dais de brocart,
L'honnête homme recule et s'accoude à l'écart.
Dans la chute d'autrui je ne veux pas descendre.
L'honneur n'abdique point. Nul n'a droit de me prendre
Ma liberté, mon bien, mon ciel bleu, mon amour.
Tout l'univers aveugle est sans droit sur le jour.
Fût-on cent millions d'esclaves, je suis libre.
Ainsi parle Caton. Sur la Seine ou le Tibre,
Personne n'est tombé tant qu'un seul est debout.
Le vieux sang des aïeux qui s'indigne et qui bout,
La vertu, la fierté, la justice, l'histoire,
Toute une nation avec toute sa gloire
Vit dans le dernier front qui ne veut pas plier.
Pour soutenir le temple il suffit d'un pilier ;
Un français, c'est la France ; un romain contient Rome,
Et ce qui brise un peuple avorte aux pieds d'un homme.

Jersey, novembre 1852.
[4/5/1853]

V

QUERELLES DU SÉRAIL

Ciel ! après tes splendeurs, qui rayonnaient naguères,
Liberté sainte ; après toutes ces grandes guerres,
    Tourbillon inouï ;
Après ce Marengo qui brille sur la carte,
Et qui ferait lâcher le premier Bonaparte
    À Tacite ébloui ;

Après ces messidors, ces prairials, ces frimaires [1],
Et tant de préjugés, d'hydres et de chimères,
    Terrassés à jamais ;
Après le sceptre en cendre et la Bastille en poudre,
Le trône en flamme ; après tous ces grands coups de foudre
    Sur tous ces grands sommets ;

Après tous ces géants, après tous ces colosses,
S'acharnant malgré Dieu, comme d'ardents molosses,
    Quand Dieu disait : va-t'en !

---

1. Mois du calendrier révolutionnaire, mais sans doute pas au hasard : la loi de frimaire an II organise l'administration et institue les « représentants en mission » pour la durée du gouvernement révolutionnaire ; la loi de prairial an II instaure la « grande Terreur » mais c'est en prairial également que Grégoire fait adopter la politique de langue nationale et que Robespierre célèbre la fête de l'Être suprême ; messidor an II voit les victoires décisives des armées révolutionnaires.

Après ton océan, République française,
Où nos pères ont vu passer Quatrevingt-treize
      Comme Léviathan [1] ;

Après Danton, Saint-Just et Mirabeau, ces hommes,
Ces titans, aujourd'hui cette France où nous sommes
      Contemple l'embryon,
L'infiniment petit, monstrueux et féroce,
Et, dans la goutte d'eau, les guerres du volvoce [2]
      Contre le vibrion !

Honte ! France, aujourd'hui, voici ta grande affaire :
Savoir si c'est Maupas ou Morny qu'on préfère,
      Là-haut, dans le palais ;
Tous deux ont sauvé l'ordre et sauvé les familles ;
Lequel l'emportera ? l'un a pour lui les filles,
      Et l'autre, les valets [3].

                    Bruxelles, janvier 1852.
                      [1/1852]

---

1. Animal mythologique monstrueux de la Bible (Job, XL), type des puissances, naturelles ou humaines, hostiles à Dieu. **2.** Animalcule marin, du type des infusoires de même que le vibrion, auquel Hugo s'intéresse comme à l'infiniment petit dans l'ordre du vivant. Voir texte et note 1, page 368. **3.** Après le décret de confiscation des biens de la famille d'Orléans, plusieurs ministres, dont Morny, démissionnèrent. Maupas fut nommé ministre de la Police générale. Morny, qui se piquait de distinction, pouvait plaire aux valets qu'on sait très exigeants sur le chapitre du bon ton ; les « filles » avaient, comme toujours, intérêt à être dans les faveurs du responsable de la police.

VI

ORIENTALE

Lorsque Abd-el-Kader dans sa geôle [1]
Vit entrer l'homme aux yeux étroits
Que l'histoire appelle — ce drôle, —
Et Troplong — Napoléon trois ; —

Qu'il vit venir, de sa croisée,
Suivi du troupeau qui le sert,
L'homme louche de l'Élysée,
Lui, l'homme fauve du désert ;

Lui, le sultan né sous les palmes,
Le compagnon des lions roux,
Le hadji [2] farouche aux yeux calmes,
L'émir pensif, féroce et doux ;

Lui, sombre et fatal personnage
Qui, spectre pâle au blanc burnous,
Bondissait, ivre de carnage,
Puis tombait dans l'ombre à genoux ;

---

1. Abd-el-Kader, qui s'était rendu en 1847, fut libéré et pensionné par Napoléon III en octobre 1852.   **2.** Titre donné en pays musulman aux hommes pieux et qui ont fait le pèlerinage de Mekka.

Qui, de sa tente ouvrant les toiles,
Et priant au bord du chemin,
Tranquille, montrait aux étoiles
Ses mains teintes de sang humain ;

Qui donnait à boire aux épées,
Et qui, rêveur mystérieux,
Assis sur des têtes coupées,
Contemplait la beauté des cieux ;

Voyant ce regard fourbe et traître,
Ce front bas, de honte obscurci,
Lui, le beau soldat, le beau prêtre,
Il dit : Quel est cet homme-ci ?

Devant ce vil masque à moustaches,
Il hésita ; mais on lui dit :
« Regarde, émir, passer les haches !
Cet homme, c'est César bandit.

« Écoute ces plaintes amères
Et cette clameur qui grandit.
Cet homme est maudit par les mères,
Par les femmes il est maudit ;

« Il les fait veuves, il les navre [1] ;
Il prit la France et la tua,
Il ronge à présent son cadavre. »
Alors le hadji salua.

Mais au fond toutes ses pensées
Méprisaient le sanglant gredin ;
Le tigre aux narines froncées
Flairait ce loup avec dédain.

Jersey, novembre 1852.
[20/11/1852]

1. Au sens figuré ancien : affliger profondément.

VII

UN BON BOURGEOIS DANS SA MAISON

> « Mais que je suis donc heureux d'être né en
> « Chine ! Je possède une maison pour m'abriter,
> « j'ai de quoi manger et boire, j'ai toutes les commo–
> « dités de l'existence, j'ai des habits, des bonnets et
> « une multitude d'agréments ; en vérité, la félicité la
> « plus grande est mon partage ! »
>
> THIEN-CI-KHI, *lettré chinois*[1].

Il est certains bourgeois, prêtres du dieu Boutique,
Plus voisins de Chrysès[2] que de Caton d'Utique,
Mettant par-dessus tout la rente et le coupon,
Qui, voguant à la Bourse et tenant un harpon,
Honnêtes gens d'ailleurs, mais de la grosse espèce,
Acceptent Phalaris[3] par amour pour leur caisse,
Et le taureau d'airain à cause du veau d'or.
Ils ont voté. Demain ils voteront encor.
Si quelque libre écrit entre leurs mains s'égare,
Les pieds sur les chenets et fumant son cigare,
Chacun de ces votants tout bas raisonne ainsi :

---

1. Aussi imaginaire que la citation, il s'appelait « Thien-Ki-Chi » dans l'édition de 1853. Facétie — ou inadvertance — assez surprenante.   **2.** Le sens indique qu'il ne peut s'agir du prêtre d'Apollon qui, dans l'*Iliade*, porte ce nom. La sonorité évoque Crésus et le mot grec qui désigne l'or.   **3.** Tyran de Syracuse qui, selon la légende, faisait cuire ses condamnés dans un taureau de bronze. Le veau d'or est celui qu'adorent les Hébreux dès que Moïse a le dos tourné (Exode, XXXII).

« Ce livre est fort choquant. De quel droit celui-ci
Est-il généreux, ferme et fier, quand je suis lâche ?
En attaquant monsieur Bonaparte, on me fâche.
Je pense comme lui que c'est un gueux ; pourquoi
Le dit-il ? Soit, d'accord, Bonaparte est sans foi
Ni loi ; c'est un parjure, un brigand, un faussaire,
C'est vrai ; sa politique est armée en corsaire ;
Il a banni jusqu'à des juges suppléants ;
Il a coupé leur bourse aux princes d'Orléans [1] ;
C'est le pire gredin qui soit sur cette terre ;
Mais puisque j'ai voté pour lui, l'on doit se taire.
Écrire contre lui, c'est me blâmer, au fond ;
C'est me dire : voilà comment les braves font ;
Et c'est une façon, à nous qui restons neutres,
De nous faire sentir que nous sommes des pleutres.
J'en conviens, nous avons une corde au poignet.
Que voulez-vous ? la Bourse allait mal ; on craignait
La république rouge, et même un peu la rose ;
Il fallait bien finir par faire quelque chose ;
On trouve ce coquin, on le fait empereur ;
C'est tout simple. On voulait éviter la terreur,
Le spectre de monsieur Romieu, la jacquerie ;
On s'est réfugié dans cette escroquerie.
Or, quand on dit du mal de ce gouvernement,
Je me sens chatouillé désagréablement.
Qu'on fouaille avec raison cet homme, c'est possible ;
Mais c'est m'insinuer à moi, bourgeois paisible
Qui fis ce scélérat empereur ou consul,
Que j'ai dit oui par peur et vivat par calcul.
Je trouve impertinent, parbleu, qu'on me le dise.
M'étant enseveli dans cette couardise,
Il me déplaît qu'on soit intrépide aujourd'hui,
Et je tiens pour affront le courage d'autrui. »

---

1. Voir la note 3 de la page 130.

Penseurs, quand vous marquez au front l'homme punique [1]
Qui de la loi sanglante arracha la tunique,
Quand vous vengez le peuple à la gorge saisi,
Le serment et le droit, vous êtes, songez-y,
Entre Sbogar qui règne et Géronte qui vote ;
Et votre plume ardente, anarchique, indévote,
Démagogique, impie, attente d'un côté
À ce crime ; de l'autre, à cette lâcheté.

Jersey, novembre 1852.
[11/1852]

---

1. Carthaginois : synonyme de « déloyal » depuis la propagande romaine jusqu'à nos jours. Le vers suivant évoque un viol.

VIII

SPLENDEURS[1]

I

À présent que c'est fait, dans l'avilissement
Arrangeons-nous chacun notre compartiment ;
Marchons d'un air auguste et fier ; la honte est bue.
Que tout à composer cette cour contribue,
Tout, excepté l'honneur, tout, hormis les vertus.
Faites vivre, animez, envoyez vos fœtus
Et vos nains monstrueux, bocaux d'anatomie ;
Donne ton crocodile et donne ta momie,
Vieille Égypte ; donnez, tapis-francs[2], vos filous ;
Shakspeare, ton Falstaff ; noires forêts, vos loups ;
Donne, ô bon Rabelais, ton Grandgousier qui mange ;
Donne ton diable, Hoffmann ; Veuillot, donne ton ange[3] ;
Scapin, apporte-nous Géronte dans ton sac ;
Beaumarchais, prête-nous Bridoison ; que Balzac

---

1. P. Albouy note : « Le Second Empire vu par Hugo n'est pas simplement ridicule ; il apparaît comme la synthèse et l'accomplissement de tous les types grotesques de la nature, de l'histoire, de l'art et de la littérature ; une "légende des siècles" grotesque trouve en lui son aboutissement. Ici le grotesque ne s'oppose plus à l'épique ; il devient lui-même épique. »   2. Ce mot désigne, au XIXᵉ siècle, un établissement de jeu clandestin et, par extension, un repaire de voleurs.   3. Allusion à une caricature de Daumier, intitulée : *Sainte Rosette Tamisier... transformant en ange le père Veuillot*. Le diable d'Hoffmann (E.T.A.) est, par exemple, celui des *Élixirs du diable* (1816).

Donne Vautrin ; Dumas, la Carconte [1] ; Voltaire,
Son Frélon [2] que l'argent fait parler et fait taire ;
Mabile [3], les beautés de ton jardin d'hiver ;
Le Sage, cède-nous Gil Blas ; que Gulliver
Donne tout Lilliput dont l'aigle est une mouche,
Et Scarron Bruscambille, et Callot Scaramouche [4].
Il nous faut un dévot dans ce tripot payen ;
Molière, donne-nous Montalembert [5]. C'est bien,
L'ombre à l'horreur s'accouple, et le mauvais au pire.
Tacite, nous avons de quoi faire l'empire ;
Juvénal, nous avons de quoi faire un sénat.

II

O Ducos le gascon, ô Rouher l'auvergnat,
Et vous, juifs, Fould Shylock, Sibour Iscariote [6],
Toi Parieu, toi Bertrand, horreur du patriote,
Bauchart, bourreau douceâtre et proscripteur plaintif,
Baroche, dont le nom n'est plus qu'un vomitif,
O valets solennels, ô majestueux fourbes,
Travaillant votre échine à produire des courbes,
Bas, hautains, ravissant les Daumiers enchantés
Par vos convexités et vos concavités,
Convenez avec moi, vous tous qu'ici je nomme,
Que Dieu dans sa sagesse a fait exprès cet homme

---

1. Personnage de mégère du *Comte de Monte-Cristo*.
2. Erreur typographique explicable : il ne peut s'agit que de Fréron,
l'adversaire de Voltaire et l'objet de sa célèbre épigramme :
« L'autre jour au fond d'un vallon / Un serpent mordit Jean Fréron /
/ Que pensez-vous qu'il arriva ? / Ce fut le serpent qui creva ! »
3. Nom d'un bal élégant sous l'Empire.   4. Bruscambille : nom
d'acteur et nom d'emploi pour un personnage grotesque ; comme
Scaramouche : personnage de la Comédie-Italienne. Sur Callot,
voir la note 1 de la page 247.   5. Parce qu'aux yeux de Hugo,
qui l'avait longuement éprouvé à l'Assemblée législative, Montalembert dissimule sous un libéralisme de bon ton la même position
passionnément réactionnaire et cléricale qu'un Veuillot.   6. Shylock : le personnage du *Marchand de Venise* de Shakespeare ; Iscariote : surnom de Judas dans les Évangiles.

Pour régner sur la France, ou bien sur Haïti[1].
Et vous autres, créés pour grossir son parti,
Philosophes gênés de cuissons à l'épaule[2],
Et vous, viveurs râpés, frais sortis de la geôle,
Saluez l'être unique et providentiel,
Ce gouvernant tombé d'une trappe du ciel,
Ce césar moustachu, gardé par cent guérites,
Qui sait apprécier les gens et les mérites,
Et qui, prince admirable et grand homme en effet,
Fait Poissy sénateur et Clichy sous-préfet.

III

Après quoi l'on ajuste au fait la théorie :
« À bas les mots ! à bas loi, liberté, patrie !
Plus on s'aplatira, plus on prospérera.
Jetons au feu tribune et presse, et cætera.
Depuis quatrevingt-neuf les nations sont ivres.
Les faiseurs de discours et les faiseurs de livres
Perdent tout ; le poëte est un fou dangereux ;
Le progrès ment, le ciel est vide, l'art est creux,
Le monde est mort. Le peuple ? un âne qui se cabre !
La force, c'est le droit. Courbons-nous. Gloire au sabre !
À bas les Washington ! vivent les Attila ! »
On a des gens d'esprit pour soutenir cela.

Oui, qu'ils viennent tous ceux qui n'ont ni cœur ni flamme,
Qui boitent de l'honneur et qui louchent de l'âme ;
Oui, leur soleil se lève et leur messie est né.
C'est décrété, c'est fait, c'est dit, c'est canonné[3] ;
La France est mitraillée, escroquée et sauvée.

Le hibou Trahison pond gaîment sa couvée.

---

1. Voir Soulouque à l'Index.   2. Il s'agit de la marque portée au fer rouge sur l'épaule des criminels.   3. À la fois parce qu'on tirait le canon dans les grandes cérémonies civiles et parce que le coup d'État s'est fait à coups de canon.

IV

Et partout le néant prévaut ; pour déchirer
Notre histoire, nos lois, nos droits, pour dévorer
L'avenir de nos fils et les os de nos pères,
Les bêtes de la nuit sortent de leurs repaires ;
Sophistes et soudards resserrent leur réseau ;
Les Radetzky flairant le gibet du museau,
Les Giulay, poil tigré, les Buol, face verte,
Les Haynau, les Bomba, rôdent, la gueule ouverte,
Autour du genre humain qui, pâle et garrotté,
Lutte pour la justice et pour la vérité ;
Et de Paris à Pesth, du Tibre aux monts Carpathes,
Sur nos débris sanglants rampent ces mille-pattes [1].

V

Du lourd dictionnaire où Beauzée et Batteux [2]
Ont versé les trésors de leur bon sens goutteux,
Il faut, grâce aux vainqueurs, refaire chaque lettre.
Âme de l'homme, ils ont trouvé moyen de mettre
Sur tes vieilles laideurs un tas de mots nouveaux,
Leurs noms. L'hypocrisie aux yeux bas et dévots
A nom Menjaud, et vend Jésus dans sa chapelle ;
On a débaptisé la honte, elle s'appelle
Sibour ; la trahison, Maupas ; l'assassinat
Sous le nom de Magnan est membre du Sénat ;
Quant à la lâcheté, c'est Hardouin qu'on la nomme ;
Riancey, c'est le mensonge, il arrive de Rome
Et tient la vérité renfermée en son puits ;
La platitude a nom Montlaville-Chapuis ;

---

1. Voir *Carte d'Europe* (I, 12, p. 79).   **2.** Célèbres grammairiens et littérateurs du xviiie siècle, auteurs de nombreux ouvrages scolaires, grammaires, dictionnaires et cours de belles-lettres, mais séparément ; « le Beauzée et Batteux » est une invention prémonitoire (*cf.* le Lagarde et Michard) de Hugo.

La prostitution, ingénue [1], est princesse ;
La férocité, c'est Carrelet ; la bassesse
Signe Rouher, avec Delangle pour greffier.
O muse, inscris ces noms. Veux-tu qualifier
La justice vénale, atroce, abjecte et fausse ?
Commence à Partarieu pour finir par Lafosse [2].
J'appelle Saint-Arnaud, le meurtre dit : c'est moi.
Et, pour tout compléter par le deuil et l'effroi,
Le vieux calendrier remplace sur sa carte
La Saint-Barthélemy par la Saint-Bonaparte.

Quant au peuple, il admire et vote ; on est suspect
D'en douter, et Paris écoute avec respect
Sibour et ses sermons, Troplong et ses troplongues.
Les deux Napoléon s'unissent en diphtongues,
Et Berger entrelace en un chiffre hardi
Le boulevard Montmartre entre Arcole et Lodi.
Spartacus agonise en un bagne fétide ;
On chasse Thémistocle, on expulse Aristide [3],
On jette Daniel dans la fosse aux lions ;
Et maintenant ouvrons le ventre aux millions !

Jersey, novembre 1852.
[1/1853]

---

1. Allusion — discrète ? — par contrepet à l'impératrice Eugénie.   2. Jeu sur le nom de Partarieu-Lafosse, voir l'Index.
3. Dans la guerre de la République athénienne contre l'Empire
perse, Thémistocle est le général vainqueur de Salamine et Aristide,
surnommé le Juste, celui de Platée. Le premier obtint l'expulsion
du second avant d'être lui-même exilé.

IX

JOYEUSE VIE

I

Bien ! pillards [1], intrigants, fourbes, crétins, puissances !
Attablez-vous en hâte autour des jouissances !
      Accourez ! place à tous !
Maîtres, buvez, mangez, car la vie est rapide.
Tout ce peuple conquis, tout ce peuple stupide,
      Tout ce peuple est à vous !

Vendez l'état ! coupez les bois ! coupez les bourses !
Videz les réservoirs et tarissez les sources !
      Les temps sont arrivés.

---

1. L'Empire fait, le Trésor eut à rembourser les dettes contractées par Louis-Napoléon, en particulier pour financer sa propagande et sa conquête du pouvoir, à payer les fastes de la Cour et à supporter les traitements distribués par Louis-Napoléon à ses partisans faits hauts fonctionnaires ou dignitaires. Ils scandalisèrent les contemporains par leur importance sans précédent : 300 000 F par an pour Saint-Arnaud, 200 000 pour Magnan, 120 000 pour le grand aumônier Menjaud, etc. (voir aussi la Note I de Hugo, p. 385 et suiv. ; un instituteur gagne alors 1 500 F environ, un ouvrier entre 1 et 5 F par jour travaillé). Plus généralement, la société impériale rompt avec la discrétion antérieure des fortunes et la richesse s'étale ; dans les hautes sphères, l'amoralité ajoute sa provocation à celle du luxe. Rejoignant les petites gens, la bourgeoisie sérieuse, provinciale en particulier, en fut durablement scandalisée. Ce dissentiment est l'une des raisons qui expliquent que le régime ne parvint jamais à s'enraciner dans la société française.

Prenez le dernier sou ! prenez, gais et faciles,
Aux travailleurs des champs, aux travailleurs des villes !
      Prenez, riez, vivez !

Bombance ! allez ! c'est bien ! vivez ! faites ripaille !
La famille du pauvre expire sur la paille,
      Sans porte ni volet.
Le père en frémissant va mendier dans l'ombre ;
La mère n'ayant plus de pain, dénûment sombre,
      L'enfant n'a plus de lait.

II

Millions ! millions ! châteaux ! liste civile !
Un jour je descendis dans les caves de Lille [1] ;
      Je vis ce morne enfer.
Des fantômes sont là sous terre dans des chambres,
Blêmes, courbés, ployés ; le rachis [2] tord leurs membres
      Dans son poignet de fer.

Sous ces voûtes on souffre, et l'air semble un toxique ;
L'aveugle en tâtonnant donne à boire au phtisique ;
      L'eau coule à longs ruisseaux ;
Presque enfant à vingt ans, déjà vieillard à trente,
Le vivant chaque jour sent la mort pénétrante
      S'infiltrer dans ses os.

---

1. Hugo avait fait le récit de cette visite dans un discours destiné à la Chambre, que le coup d'État ne lui laissa pas le temps de prononcer mais dont le texte est conservé (*Actes et Paroles* ; t. VII, p. 371). Lille a conservé quelques témoins de cet habitat ouvrier, affreusement misérable. L'antithèse sur laquelle le poème est construit est déjà notée dans *Napoléon le Petit*. II, 9 ; p. 37. Sur le motif orgiaque, voir la note 2 de la page 31.   2. Le rachitisme, maladie de l'ossification en période de croissance par trouble du métabolisme ou carence alimentaire. Des autopsies d'enfants morts montraient, dans les estomacs, des traces de terre.

Jamais de feu ; la pluie inonde la lucarne ;
L'œil en ces souterrains où le malheur s'acharne
          Sur vous, ô travailleurs,
Près du rouet qui tourne et du fil qu'on dévide,
Voit des larves errer dans la lueur livide
          Du soupirail en pleurs.

Misère ! l'homme songe en regardant la femme.
Le père, autour de lui sentant l'angoisse infâme
          Étreindre la vertu,
Voit sa fille rentrer sinistre sous la porte,
Et n'ose, l'œil fixé sur le pain qu'elle apporte,
          Lui dire : D'où viens-tu ?

Là dort le désespoir sur son haillon sordide ;
Là, l'avril de la vie, ailleurs tiède et splendide,
          Ressemble au sombre hiver ;
La vierge, rose au jour, dans l'ombre est violette ;
Là, rampent dans l'horreur la maigreur du squelette,
          La nudité du ver ;

Là frissonnent, plus bas que les égouts des rues,
Familles de la vie et du jour disparues,
          Des groupes grelottants ;
Là, quand j'entrai, farouche, aux méduses pareille,
Une petite fille à figure de vieille
          Me dit : J'ai dix-huit ans !

Là, n'ayant pas de lit, la mère malheureuse
Met ses petits enfants dans un trou qu'elle creuse,
          Tremblants comme l'oiseau ;
Hélas ! ces innocents aux regards de colombe
Trouvent en arrivant sur la terre une tombe
          En place d'un berceau !

Caves de Lille ! on meurt sous vos plafonds de pierre !
J'ai vu, vu de ces yeux pleurant sous ma paupière,
          Râler l'aïeul flétri,

La fille aux yeux hagards de ses cheveux vêtue,
Et l'enfant spectre au sein de la mère statue !
　　　　　O Dante Alighieri !

C'est de ces douleurs-là que sortent vos richesses,
Princes ! ces dénûments nourrissent vos largesses,
　　　　　O vainqueurs ! conquérants !
Votre budget ruisselle et suinte à larges gouttes
Des murs de ces caveaux, des pierres de ces voûtes,
　　　　　Du cœur de ces mourants.

Sous ce rouage affreux qu'on nomme tyrannie,
Sous cette vis que meut le fisc, hideux génie,
　　　　　De l'aube jusqu'au soir,
Sans trêve, nuit et jour, dans le siècle où nous sommes,
Ainsi que des raisins on écrase des hommes,
　　　　　Et l'or sort du pressoir.

C'est de cette détresse et de ces agonies,
De cette ombre, où jamais, dans les âmes ternies,
　　　　　Espoir, tu ne vibras,
C'est de ces bouges noirs pleins d'angoisses amères,
C'est de ce sombre amas de pères et de mères
　　　　　Qui se tordent les bras,

Oui, c'est de ce monceau d'indigences terribles
Que les lourds millions, étincelants, horribles,
　　　　　Semant l'or en chemin,
Rampant vers les palais et les apothéoses,
Sortent, monstres joyeux et couronnés de roses,
　　　　　Et teints de sang humain !

III

O paradis ! splendeurs ! versez à boire aux maîtres !
L'orchestre rit, la fête empourpre les fenêtres,
　　　　　La table éclate et luit ;
L'ombre est là sous leurs pieds ; les portes sont fermées ;

La prostitution des vierges affamées
Pleure dans cette nuit !

Vous tous qui partagez ces hideuses délices,
Soldats payés, tribuns vendus, juges complices,
Évêques effrontés,
La misère frémit sous ce Louvre où vous êtes !
C'est de fièvre et de faim et de mort que sont faites
Toutes vos voluptés !

À Saint-Cloud, effeuillant jasmins et marguerites,
Quand s'ébat sous les fleurs l'essaim des favorites,
Bras nus et gorge au vent,
Dans le festin qu'égaie un lustre à mille branches,
Chacune, en souriant, dans ses belles dents blanches
Mange un enfant vivant !

Mais qu'importe ! riez ! Se plaindra-t-on sans cesse ?
Serait-on empereur, prélat, prince et princesse,
Pour ne pas s'amuser ?
Ce peuple en larmes, triste, et que la faim déchire,
Doit être satisfait puisqu'il vous entend rire
Et qu'il vous voit danser !

Qu'importe ! Allons, emplis ton coffre, emplis ta poche.
Chantez, le verre en main, Troplong, Sibour, Baroche !
Ce tableau nous manquait.
Regorgez, quand la faim tient le peuple en sa serre,
Et faites, au-dessus de l'immense misère,
Un immense banquet !

IV

Ils marchent sur toi, peuple ! O barricade sombre,
Si haute hier, dressant dans les assauts sans nombre
Ton front de sang lavé,

Sous la roue emportée, étincelante et folle,
De leur coupé joyeux qui rayonne et qui vole,
          Tu redeviens pavé ! [1]

À César ton argent, peuple ; à toi la famine.
N'es-tu pas le chien vil qu'on bat et qui chemine
          Derrière son seigneur ?
À lui la pourpre ; à toi la hotte [2] et les guenilles.
Peuple, à lui la beauté de ces femmes, tes filles,
          À toi leur déshonneur !

V

Ah ! quelqu'un parlera. La muse, c'est l'histoire.
Quelqu'un élèvera la voix dans la nuit noire.
          Riez, bourreaux bouffons !
Quelqu'un te vengera, pauvre France abattue,
Ma mère ! et l'on verra la parole qui tue
          Sortir des cieux profonds !

Ces gueux, pires brigands que ceux des vieilles races,
Rongeant le pauvre peuple avec leurs dents voraces,
          Sans pitié, sans merci,
Vils, n'ayant pas de cœur, mais ayant deux visages,
Disent : — Bah ! le poëte ! il est dans les nuages ! —
          Soit. Le tonnerre aussi [3].

Jersey, janvier 1853.
[19/1/1853]

---

1. Géniale inversion qui fait de la barricade la destination naturelle du pavé et son ordre régulier.   **2.** Outil de travail, avec le crochet, des chiffonniers qui formaient encore une nombreuse corporation, vivant de la récupération des déchets domestiques. On les déposait, le préfet Poubelle n'ayant pas encore réglementé la chose, contre les bornes placées à l'angle des immeubles et à l'entrée des portes cochères pour protéger les maçonneries du choc de l'essieu des voitures.   **3.** Voir les Commentaires et la note 1 de la page 47.

X

L'EMPEREUR S'AMUSE[1]

CHANSON

Pour les bannis opiniâtres,
La France est loin, la tombe est près.
Prince, préside aux jeux folâtres,
Chasse aux femmes dans les théâtres,
Chasse aux chevreuils dans les forêts ;
Rome te brûle le cinname[2],
Les rois te disent : mon cousin. —
Sonne aujourd'hui le glas, bourdon de Notre-Dame,
        Et demain le tocsin ![3]

Les plus frappés sont les plus dignes.
Ou l'exil ! ou l'Afrique en feu !
Prince, Compiègne est plein de cygnes,
Cours dans les bois, cours dans les vignes,
Vénus rayonne au plafond bleu ;
La bacchante aux bras nus se pâme
Sous sa couronne de raisin. —
Sonne aujourd'hui le glas, bourdon de Notre-Dame,
        Et demain le tocsin !

---

1. Ce poème est construit sur la même antithèse que le précédent. **2.** Voir la note 2 de la page 37. **3.** Voir la note 1 de la page 94.

Les forçats bâtissent le phare,
Traînant leurs fers au bord des flots !
Hallali ! hallali ! fanfare !
Le cor sonne, le bois s'effare,
La lune argente les bouleaux ;
À l'eau les chiens ! le cerf qui brame
Se perd dans l'ombre du bassin. —
Sonne aujourd'hui le glas, bourdon de Notre-Dame,
          Et demain le tocsin !

Le père est au bagne à Cayenne
Et les enfants meurent de faim.
Le loup verse à boire à l'hyène ;
L'homme à la mitre citoyenne [1]
Trinque en son ciboire d'or fin ;
On voit luire les yeux de flamme
Des faunes dans l'antre voisin. —
Sonne aujourd'hui le glas, bourdon de Notre-Dame,
          Et demain le tocsin !

Les morts, au boulevard Montmartre,
Rôdent, montrant leur plaie au cœur.
Pâtés de Strasbourg et de Chartre ;
Sous la table, un tapis de martre [2] ;
Les belles boivent au vainqueur,
Et leur sourire offre leur âme,
Et leur corset offre leur sein. —
Sonne aujourd'hui le glas, bourdon de Notre-Dame,
          Et demain le tocsin !

Captifs, expirez dans les fièvres.
Vous allez donc vous reposer !
Dans le vieux saxe et le vieux sèvres
On soupe, on mange, et sur les lèvres
Éclôt le doux oiseau baiser ;

---

1. Mgr Sibour était aussi sénateur ; mais P. Albouy rappelle de plus que, à son élection, l'archevêque passait pour libéral.   **2.** Un tapis de fourrure donc, comparable à la zibeline.

Et, tout en riant, chaque femme
En laisse fuir un fol essaim. —
Sonne aujourd'hui le glas, bourdon de Notre-Dame,
Et demain le tocsin !

La Guyane, cachot fournaise[1],
Tue aujourd'hui comme jadis.
Couche-toi, joyeux et plein d'aise,
Au lit où coucha Louis seize,
Puis l'empereur, puis Charles dix[2] ;
Endors-toi, pendant qu'on t'acclame,
La tête sur leur traversin. —
Sonne aujourd'hui le glas, bourdon de Notre-Dame,
Et demain le tocsin !

Ô deuil ! par un bandit féroce
L'avenir est mort poignardé !
C'est aujourd'hui la grande noce,
Le fiancé monte en carrosse ;
C'est lui ! César le bien gardé !
Peuples, chantez l'épithalame !
La France épouse l'assassin. —
Sonne aujourd'hui le glas, bourdon de Notre-Dame,
Et demain le tocsin !

Jersey, décembre 1853.
[25/1/1853]

---

1. Voir la note 1 de la page 255.   2. Au palais des Tuileries donc, entre le Louvre et les Champs-Élysées, résidence des souverains depuis Louis XVI, mais aussi siège de la Convention à la Révolution.

150

XI

— Sentiers où l'herbe se balance,
Vallons, coteaux, bois chevelus,
Pourquoi ce deuil et ce silence ?
— Celui qui venait ne vient plus.

— Pourquoi personne à ta fenêtre,
Et pourquoi ton jardin sans fleurs,
O maison ? où donc est ton maître ?
— Je ne sais pas, il est ailleurs.

— Chien, veille au logis. — Pourquoi faire ?
La maison est vide à présent.
— Enfant, qui pleures-tu ? — Mon père.
— Femme, qui pleures-tu ? — L'absent.

— Où s'en est-il allé ? — Dans l'ombre.
— Flots qui gémissez sur l'écueil,
D'où venez-vous ? — Du bagne sombre.
— Et qu'apportez-vous ? — Un cercueil.

Juillet 1853.
[1/8/1853]

XII

O Robert[1], un conseil. Ayez l'air moins candide.
Soyons homme d'esprit. Le moment est splendide,
Je le sais ; le quart d'heure est chatoyant, c'est vrai ;
Cette Californie est riche en minerai,
D'accord ; mais cependant quand un préfet, un maire,
Un évêque adorant le fils de votre mère[2],
Quand un Suin, un Parieu, payé pour sa ferveur,
Vous parlant en plein nez, vous appelle sauveur,
Vous promet l'avenir, atteste Fould et Magne,
Et vous fait coudoyer César et Charlemagne,
Mon cher, vous accueillez ces propos obligeants
D'un air de bonne foi qui prête à rire aux gens.
Vous avez l'œil béat d'un bailli de province.
Par ces simplicités vous affligez, ô prince,
Napoléon, votre oncle, et moi, votre parrain[3].
Ne soyons pas Jocrisse[4] ayant été Mandrin.
On vole un trône, on prend un peuple en une attrape,
Mais il est de bon goût d'en rire un peu sous cape
Et de cligner de l'œil du côté des malins.
Être sa propre dupe ! ah ! fi donc ! Verres pleins,

---

1. Robert Macaire.   **2.** Nouvelle allusion à la probable bâtardise de Napoléon III. Voir « *Ainsi les plus abjects...* » (III, 4, p. 125).   **3.** Comme pour la note précédente : Napoléon est votre oncle comme je suis votre parrain. Mais aussi en raison de la position d'énonciation qui est ironique, le locuteur affectant ici, comme souvent, d'être un conseiller ou le démon intérieur de Louis-Napoléon, plus cynique encore que lui-même. R. Journet propose une autre lecture : Hugo est le parrain de Louis-Napoléon Bonaparte, puisque c'est lui qui lui a donné son nom de baptême : Napoléon-le-Petit.   **4.** Personnage de valet de comédie : imbécile heureux.

Poche pleine, et rions ! La France rampe et s'offre ;
Soyons un sage à qui Jupiter livre un coffre[1] ;
Dépêchons-nous, pillons, régnons vite. — Mais quoi !
Le pape nous bénit ; czar, sultan, duc et roi
Sont nos cousins ; fonder un empire est facile ;
Il est doux d'être chef d'une race ! — Imbécile !
Te figures-tu donc que ceci durera ?
Prends-tu pour du granit ce décor d'opéra ?
Paris dompté ! par toi ! dans quelle apocalypse
Lit-on que le géant devant le nain s'éclipse ?
Crois-tu donc qu'on va voir, gaîment, l'œil impudent,
Ta fortune cynique écraser sous sa dent
La révolution que nos pères ont faite,
Ainsi qu'une guenon qui croque une noisette ?
Ote-toi de l'esprit ce rêve enchanteur. Crois
À Rose Tamisier faisant saigner la croix[2],
À l'âme de Baroche entr'ouvrant sa corolle,
Crois à l'honnêteté de Deutz, à ta parole,
C'est bien ; mais ne crois pas à ton succès ; il ment.
Rose Tamisier, Deutz, Baroche, ton serment,
C'est de l'or, j'en conviens ; ton sceptre est de l'argile.
Dieu, qui t'a mis au coche, écrit sur toi : fragile.

Jersey, mai 1853.
[29/5/1853]

---

1. La référence n'est pas identifiée, mais le sens est clair : le
sage se hâte de jouir d'une chance toujours précaire. 2. Voir à
l'Index le nom de Rose Tamisier.

XIII

L'histoire a pour égout des temps comme les nôtres,
Et c'est là que la table est mise pour vous autres.
C'est là, sur cette nappe où joyeux vous mangez[1],
Qu'on voit, — tandis qu'ailleurs, nus et de fers chargés,
Agonisent, sereins, calmes, le front sévère,
Socrate à l'agora, Jésus-Christ au calvaire,
Colomb dans son cachot[2], Jean Huss sur son bûcher,
Et que l'humanité pleure et n'ose approcher
Tous ces gibets où sont les justes et les sages, —
C'est là qu'on voit trôner dans la longueur des âges,
Parmi les vins, les luths, les viandes, les flambeaux,
Sur des coussins de pourpre oubliant les tombeaux,
Ouvrant et refermant leurs féroces mâchoires,
Ivres, heureux, affreux, la tête dans des gloires[3],
Tout le troupeau hideux des satrapes[4] dorés ;
C'est là qu'on entend rire et chanter, entourés
De femmes couronnant de fleurs leurs turpitudes,
Dans leur lasciveté prenant mille attitudes,
Laissant peuples et chiens en bas ronger les os,
Tous les hommes requins, tous les hommes pourceaux,

---

1. Voir la note 2 de la page 31. **2.** Chargé d'enquêter sur le gouvernement de Christophe Colomb lors de son troisième voyage, Bobadilla, dès son arrivée, fit enchaîner Colomb et ses frères et les renvoya ainsi en Espagne. Colomb fut libéré, mais ne retrouva pas sa charge et mourut misérable. **3.** Auréole lumineuse entourant, dans les tableaux anciens, le corps du Christ ou, confondu avec le « nimbe », la tête de Dieu, des anges ou des saints. **4.** Au propre, le gouverneur d'une province de l'empire perse ; au figuré, tout potentat local mettant son pouvoir au service de sa cupidité et de ses plaisirs.

Les princes de hasard plus fangeux que les rues,
Les goinfres courtisans, les altesses ventrues,
Toute gloutonnerie et toute abjection,
Depuis Cambacérès jusqu'à Trimalcion.

Jersey, février 1853.
[4/1/1853]

XIV

À PROPOS DE LA LOI FAIDER [1]

Ce qu'on appelle Charte ou Constitution,
C'est un antre qu'un peuple en révolution
Creuse dans le granit, abri sûr et fidèle.
Joyeux, le peuple enferme en cette citadelle
Ses conquêtes, ses droits, payés de tant d'efforts,
Ses progrès, son honneur ; pour garder ces trésors,
Il installe en la haute et superbe tanière
La fauve liberté, secouant sa crinière.
L'œuvre faite, il s'apaise, il reprend ses travaux,
Il retourne à son champ, fier de ses droits nouveaux,
Et tranquille, il s'endort sur des dates célèbres,
Sans songer aux larrons rôdant dans les ténèbres.
Un beau matin, le peuple en s'éveillant va voir
Sa Constitution, temple de son pouvoir ;
Hélas ! de l'antre auguste on a fait une niche.
Il y mit un lion [2], il y trouve un caniche.

Jersey, décembre 1852.
[10/12/1852]

---

1. Voir Commentaires, p. 445 et suiv. **2.** Les armes de la
Belgique portent un lion.

XV

LE BORD DE LA MER [1]

HARMODIUS [2]

La nuit vient. Vénus brille.

L'ÉPÉE

  Harmodius, c'est l'heure !

LA BORNE DU CHEMIN

Le tyran va passer.

HARMODIUS

  J'ai froid, rentrons.

UN TOMBEAU

    Demeure.

HARMODIUS

Qu'es-tu ?

---

1. Ce poème et les deux qui suivent retracent, selon P. Albouy,
l'évolution même de Hugo sur le châtiment de l'Empereur.
2. Harmodius : meurtrier, avec Aristogiton, de Hipparque, fils de
Pisistrate, tyran d'Athènes au vi[e] siècle avant J.-C.

LE TOMBEAU

Je suis la tombe. — Exécute, ou péris.

UN NAVIRE À L'HORIZON

Je suis la tombe aussi, j'emporte les proscrits.

L'ÉPÉE

Attendons le tyran.

HARMODIUS

J'ai froid. Quel vent !

LE VENT

Je passe.
Mon bruit est une voix. Je sème dans l'espace
Les cris des exilés, de misère expirants,
Qui sans pain, sans abri, sans amis, sans parents,
Meurent en regardant du côté de la Grèce.

VOIX DANS L'AIR

Némésis ! Némésis ! lève-toi, vengeresse !

L'ÉPÉE

C'est l'heure. Profitons de l'ombre qui descend.

LA TERRE

Je suis pleine de morts.

LA MER

Je suis rouge de sang.
Les fleuves m'ont porté des cadavres sans nombre.

LA TERRE

Les morts saignent pendant qu'on adore son ombre.
À chaque pas qu'il fait sous le clair firmament,
Je les sens s'agiter en moi confusément.

UN FORÇAT

Je suis forçat, voici la chaîne que je porte,
Hélas ! pour n'avoir pas chassé loin de ma porte
Un proscrit qui fuyait, noble et pur citoyen.

L'ÉPÉE

Ne frappe pas au cœur, tu ne trouverais rien.

LA LOI

J'étais la loi, je suis un spectre. Il m'a tuée.

LA JUSTICE

De moi, prêtresse, il fait une prostituée.

LES OISEAUX

Il a retiré l'air des cieux, et nous fuyons.

LA LIBERTÉ

Je m'enfuis avec eux ; — ô terre sans rayons,
Grèce, adieu !

UN VOLEUR

        Ce tyran, nous l'aimons. Car ce maître
Que respecte le juge et qu'admire le prêtre,
Qu'on accueille partout de cris encourageants,
Est plus pareil à nous qu'à vous, honnêtes gens.

LE SERMENT

Dieux puissants ! à jamais fermez toutes les bouches !
La confiance est morte au fond des cœurs farouches.
Homme, tu mens ! Soleil, tu mens ! Cieux, vous mentez !
Soufflez, vents de la nuit ! emportez, emportez
L'honneur et la vertu, cette sombre chimère !

LA PATRIE

Mon fils, je suis aux fers ! Mon fils, je suis ta mère !
Je tends les bras vers toi du fond de ma prison.

HARMODIUS

Quoi ! le frapper, la nuit, rentrant dans sa maison !
Quoi ! devant ce ciel noir, devant ces mers sans borne !
Le poignarder, devant ce gouffre obscur et morne,
En présence de l'ombre et de l'immensité !

LA CONSCIENCE

Tu peux tuer cet homme avec tranquillité.

Jersey, octobre 1852.
[25/10/1852]

XVI

NON

Laissons le glaive à Rome et le stylet à Sparte.
Ne faisons pas saisir, trop pressés de punir,
Par le spectre Brutus le brigand Bonaparte.
Gardons ce misérable au sinistre avenir.

Vous serez satisfaits, je vous le certifie,
Bannis, qui de l'exil portez le triste faix,
Captifs, proscrits, martyrs qu'il foule et qu'il défie,
Vous tous qui frémissez, vous serez satisfaits.

Jamais au criminel son crime ne pardonne ;
Mais gardez, croyez-moi, la vengeance au fourreau ;
Attendez ; ayez foi dans les ordres que donne
Dieu, juge patient, au temps, tardif bourreau !

Laissons vivre le traître en sa honte insondable.
Ce sang humilierait même le vil couteau.
Laissons venir le temps, l'inconnu formidable
Qui tient le châtiment caché sous son manteau.

Qu'il soit le couronné parce qu'il est le pire ;
Le maître des fronts plats et des cœurs abrutis ;
Que son sénat décerne à sa race l'empire,
S'il trouve une femelle et s'il a des petits ;

Qu'il règne par la messe et par la pertuisane ;
Qu'on le fasse empereur dans son flagrant délit ;

Que l'église en rampant, que cette courtisane
Se glisse dans son antre et couche dans son lit ;

Qu'il soit cher à Troplong, que Sibour le vénère,
Qu'il leur donne son pied tout sanglant à baiser,
Qu'il vive, ce césar ! Louvel ou Lacenaire
Seraient pour le tuer forcés de se baisser.

Ne tuez pas cet homme, ô vous, songeurs sévères,
Rêveurs mystérieux, solitaires et forts,
Qui, pendant qu'on le fête et qu'il choque les verres,
Marchez, le poing crispé, dans l'herbe où sont les morts !

Avec l'aide d'en haut toujours nous triomphâmes.
L'exemple froid vaut mieux qu'un éclair de fureur.
Non, ne le tuez pas. Les piloris infâmes
Ont besoin d'être ornés parfois d'un empereur.

Jersey, octobre 1852.
[12/11/1852]

Clair, comme en rampant, que ce se retrouve
Se glisse dans une urne et coule sans son fil...

Ou il soit clief a Troplong, une siloah le révère
Ou il s'en donne son pied instantanter à terre
Ou, il vive, au fond l'honneur ou l'Encolpise
Serment pour to MACEDOINE MÉR DAMES

Ne fure pas en homme, o vous, rampan... ce tu,
reverie du MARBRE MORALES CLOCK'EXTLE
Oui, désormais on le fête et au hl'étrange les vers
Marche, le pont claqu' dans l'ivresse ou sont les autres

Avec l'aide d'un Lunarium nous triomphions
Je compte il a l'amplement de blu cœur de façon,
Non, ne crie pas tes pleurs roulent...
Où il vient d'une onde parfois d'un esprit...

LIVRE QUATRIÈME

LA RELIGION EST GLORIFIÉE

I

SACER ESTO [1]

Non, liberté ! non, peuple, il ne faut pas qu'il meure !
Oh ! certes, ce serait trop simple, en vérité,
Qu'après avoir brisé les lois, et sonné l'heure
Où la sainte pudeur au ciel a remonté [2] ;

Qu'après avoir gagné sa sanglante gageure,
Et vaincu par l'embûche, et le glaive, et le feu ;
Qu'après son guet-apens, ses meurtres, son parjure,
Son faux serment, soufflet sur la face de Dieu ;

Qu'après avoir traîné la France, au cœur frappée,
Et par les pieds liée, à son immonde char [3],
Cet infâme en fût quitte avec un coup d'épée
Au cou comme Pompée, au flanc comme César ! [4]

---

1. Formule pénale dans la Rome antique : « Qu'il soit voué aux dieux infernaux. » Celui contre lequel elle était prononcée pouvait être tué par le premier venu sans qu'il y ait crime. Le titre du poème signifie tout le contraire. À moins d'un curieux lapsus, il y a sans doute ici une confusion avec l'inviolabilité des tribuns du peuple : celui qui portait la main sur eux était déclaré *sacer*.   **2.** Au début de l'âge de fer, selon la légende grecque, les dieux quittèrent la terre et, la dernière, Astrée, déesse de la Justice.   **3.** Selon le rituel de la cérémonie romaine du triomphe où l'ennemi vaincu était tiré, enchaîné, derrière le char du général victorieux, avant d'être exécuté.   **4.** Pompée fut assassiné par les hommes du roi d'Égypte ; Jules César son rival reçut des 23 conjurés 23 coups de poignard, tous au corps et dont un seul, dit-on, était mortel.

Non ! il est l'assassin qui rôde dans les plaines,
Il a tué, sabré, mitraillé sans remords,
Il fit la maison vide, il fit les tombes pleines,
Il marche, il va, suivi par l'œil fixe des morts ;

À cause de cet homme, empereur éphémère,
Le fils n'a plus de père et l'enfant plus d'espoir,
La veuve à genoux pleure et sanglote, et la mère
N'est plus qu'un spectre assis sous un long voile noir ;

Pour filer ses habits royaux, sur les navettes
On met du fil trempé dans le sang qui coula ;
Le boulevard Montmartre a fourni ses cuvettes,
Et l'on teint son manteau dans cette pourpre-là ;

Il vous jette à Cayenne, à l'Afrique, aux sentines [1],
Martyrs, héros d'hier et forçats d'aujourd'hui !
Le couteau ruisselant des rouges guillotines
Laisse tomber le sang goutte à goutte sur lui ;

Lorsque la trahison, sa complice livide,
Vient et frappe à sa porte, il fait signe d'ouvrir ;
Il est le fratricide ! il est le parricide ! —
Peuples, c'est pour cela qu'il ne doit pas mourir !

Gardons l'homme vivant. Oh ! châtiment superbe !
Oh ! s'il pouvait un jour passer par le chemin,
Nu, courbé, frissonnant, comme au vent tremble l'herbe,
Sous l'exécration de tout le genre humain !

Étreint par son passé tout rempli de ses crimes
Comme par un carcan tout hérissé de clous,
Cherchant les lieux profonds, les forêts, les abîmes,
Pâle, horrible, effaré, reconnu par les loups ;

---

1. Partie la plus basse de la cale d'un navire et où les eaux s'accumulent ; par extension tout cloaque.

Dans quelque bagne vil n'entendant que sa chaîne,
Seul, toujours seul, parlant en vain aux rochers sourds,
Voyant autour de lui le silence et la haine,
Des hommes nulle part et des spectres toujours ;

Vieillissant, rejeté par la mort comme indigne,
Tremblant sous la nuit noire, affreux sous le ciel bleu... —
Peuples, écartez-vous ! cet homme porte un signe ;
Laissez passer Caïn ! il appartient à Dieu [1].

Jersey, octobre 1852.
[14/11/1852]

---

1. « Yahvé dit : — Si quelqu'un tue Caïn, on le vengera sept fois —, et Yahvé mit un signe sur Caïn, afin que le premier venu ne le frappât point » (Genèse, IV, 15).

II

CE QUE LE POËTE SE DISAIT EN 1848 [1]

Tu ne dois pas chercher le pouvoir, tu dois faire
Ton œuvre ailleurs ; tu dois, esprit d'une autre sphère,
Devant l'occasion reculer chastement.
De la pensée en deuil doux et sévère amant,
Compris ou dédaigné des hommes, tu dois être
Pâtre pour les garder et pour les bénir prêtre.
Lorsque les citoyens, par la misère aigris,
Fils de la même France et du même Paris,
S'égorgent [2] ; quand, sinistre, et soudain apparue,
La morne barricade au coin de chaque rue
Monte et vomit la mort de partout à la fois,
Tu dois y courir seul et désarmé [3] ; tu dois
Dans cette guerre impie, abominable, infâme,
Présenter ta poitrine et répandre ton âme,
Parler, prier, sauver les faibles et les forts,
Sourire à la mitraille et pleurer sur les morts ;

---

1. On peut voir dans ce poème, outre ses aspects prophétiques, comme une manière pour Hugo d'effacer le souvenir de son action au service de la droite et du Prince-Président. Si on observe sa date de composition, on y devinera plutôt le désarroi où l'ont laissé les journées de juin 1848 et le remords d'avoir participé à leur répression. **2.** Il s'agit des journées de juin 1848. **3.** En juin 1848, désigné par l'Assemblée comme l'un des 60 députés chargés d'aller aux barricades sommer les émeutiers de se soumettre à la loi et de rendre les armes, Hugo s'acquitta de cette mission avec courage. *Les Misérables* rediront son trouble devant cette « révolte du peuple contre lui-même » (V, 1, 1 ; « Roman II », p. 925 et suiv.).

Puis remonter tranquille à ta place isolée,
Et là, défendre, au sein de l'ardente assemblée,
Et ceux qu'on veut proscrire et ceux qu'on croit juger [1],
Renverser l'échafaud, servir et protéger
L'ordre et la paix qu'ébranle un parti téméraire,
Nos soldats trop aisés à tromper, et ton frère,
Le pauvre homme du peuple aux cabanons jeté,
Et les lois, et la triste et fière liberté !
Consoler, dans ces jours d'anxiété funeste,
L'art divin qui frissonne et pleure, et pour le reste
Attendre le moment suprême et décisif.

Ton rôle est d'avertir et de rester pensif.

Paris, juillet 1848.
[27/11/1848]

---

1. Hugo intervint effectivement en faveur de plusieurs prisonniers politiques après juin 1848.

III

LES COMMISSIONS MIXTES [1]

Ils sont assis dans l'ombre et disent : nous jugeons.
Ils peuplent d'innocents les geôles, les donjons,
    Et les pontons [2], nefs abhorrées,
Qui flottent au soleil, sombres comme le soir,
Tandis que le reflet des mers sur leur flanc noir
    Frissonne en écailles dorées.

Pour avoir sous son chaume abrité des proscrits,
Ce vieillard est au bagne, et l'on entend ses cris [3].
    À Cayenne, à Bône, aux galères [4],
Quiconque a combattu cet escroc du scrutin
Qui, traître, après avoir crocheté le destin,
    Filouta les droits populaires !

Ils ont frappé l'ami des lois ; ils ont flétri
La femme qui portait du pain à son mari,
    Le fils qui défendait son père ;

---

1. Instituées en février 1852 (voir la Chronologie), les Commissions mixtes agirent si brutalement, condamnant à la déportation sur les plus minces présomptions, qu'elles furent dissoutes en mars 1852 et de nombreuses peines rapportées.   **2.** Voir la note 1 de la page 40.   **3.** Voir *Le bord de la mer* (III, 15, p. 158).   **4.** Voir la note 3 de la page 61.

Le droit ? on l'a banni ; l'honneur ? on l'exila.
Cette justice-là sort de ces juges-là
    Comme des tombeaux la vipère.

Bruxelles, juillet 1852.
[7/5/1853]

IV

À DES JOURNALISTES DE ROBE COURTE[1]

Parce que, jargonnant vêpres, jeûne et vigile,
Exploitant Dieu qui rêve au fond du firmament,
Vous avez, au milieu du divin évangile,
    Ouvert boutique effrontément ;

Parce que vous feriez prendre à Jésus la verge[2],
Cyniques brocanteurs sortis on ne sait d'où ;
Parce que vous allez vendant la sainte vierge
Dix sous avec miracle, et sans miracle un sou ;

Parce que vous contez d'effroyables sornettes
Qui font des temples saints trembler les vieux piliers ;
Parce que votre style éblouit les lunettes
    Des duègnes et des marguilliers[3] ;

Parce que la soutane est sous vos redingotes,
Parce que vous sentez la crasse et non l'œillet[4],
Parce que vous bâclez un journal de bigotes
Pensé par Escobar, écrit par Patouillet[5] ;

---

1. On appelait « jésuites de robe courte » les laïques affiliés à la
Compagnie. Veuillot est ici visé — voir déjà *Un autre* (IV, 7,
p. 183) —, avec ses acolytes du journal *L'Univers*.   2. Allusion
à l'épisode des marchands chassés du Temple par Jésus qui cite
lui-même l'Ancien Testament (Matthieu, XXI, 12-13).   3. Voir
la note 4 de la page 126.   4. L'œillet blanc porté à la boutonnière
était l'emblème des ultras.   5. Patouillet : jésuite et adversaire
de Voltaire.

Parce qu'en balayant leurs portes, les concierges
Poussent dans le ruisseau ce pamphlet méprisé ;
Parce que vous mêlez à la cire des cierges
      Votre affreux suif vert-de-grisé [1] ;

Parce qu'à vous tout seuls vous faites une espèce [2] ;
Parce qu'enfin, blanchis dehors et noirs dedans [3],
Criant *mea culpa* [4], battant la grosse caisse,
La boue au cœur, la larme à l'œil, le fifre [5] aux dents,

Pour attirer les sots qui donnent tête-bêche
Dans tous les vils panneaux du mensonge immortel,
Vous avez adossé le tréteau de Bobêche
      Aux saintes pierres de l'autel,

Vous vous croyez le droit, trempant dans l'eau bénite
Cette griffe qui sort de votre abject pourpoint,
De dire : Je suis saint, ange, vierge et jésuite,
J'insulte les passants et je ne me bats point ! [6]

---

1. On se servait du suif, graisse animale, dans la fabrication des chandelles et pour lubrifier les mécanismes ; le vert-de-gris résulte de l'oxydation du cuivre, métal employé pour la petite monnaie. L'image est complexe ; comprendre : vous vous graissez la patte en vendant vos cierges de sorte que tout se passe comme si leur cire pure était frelatée de suif et de vert-de-gris.   **2.** On sait que tout terme réducteur de l'individualité est injurieux (espèce de) ; mais aussi, au XVIIIe siècle et encore à la date des *Châtiments*, « espèce » s'opposait à « homme de considération ».   **3.** Allusion à la comparaison évangélique des pharisiens avec des « sépulcres blanchis » : « au-dehors, ils paraissent beaux ; au-dedans, ils sont pleins d'ossements de cadavres et de toutes sortes de pourriture » (Matthieu, XXIII, 27-28).   **4.** Formule du *Confiteor* (« Je confesse à Dieu... »), prière d'aveu de ses fautes : ... *mea culpa, mea culpa, mea maxima culpa...* « C'est ma faute, c'est ma faute, c'est entièrement ma faute ».   **5.** Cette flûte fait partie de l'orchestre des bonimenteurs.   **6.** Allusion au *Don Juan* de Molière. Pourtant, Veuillot avait soutenu plusieurs duels avec des personnes demandant réparation des injures publiées, mais dans sa jeunesse.

O pieds plats ! votre plume au fond de vos masures
Griffonne, va, vient, court, boit l'encre, rend du fiel,
Bave, égratigne et crache, et ses éclaboussures
    Font des taches jusques au ciel ![1]

Votre immonde journal est une charretée
De masques déguisés en prédicants camus,
Qui passent en prêchant la cohue ameutée
Et qui parlent argot[2] entre deux oremus.

Vous insultez l'esprit, l'écrivain dans ses veilles,
Et le penseur rêvant sur les libres sommets ;
Et quand on va chez vous pour chercher vos oreilles,
    Vos oreilles n'y sont jamais.

Après avoir lancé l'affront et le mensonge,
Vous fuyez, vous courez, vous échappez aux yeux.
Chacun a ses instincts, et s'enfonce et se plonge,
Le hibou dans les trous et l'aigle dans les cieux !

Vous, où vous cachez-vous ? dans quel hideux repaire ?
O Dieu ! l'ombre où l'on sent tous les crimes passer
S'y fait autour de vous plus noire, et la vipère
    S'y glisse et vient vous y baiser.

Là vous pouvez, dragons qui rampez sous les presses,
Vous vautrer dans la fange où vous jettent vos goûts.
Le sort qui dans vos cœurs mit toutes les bassesses
Doit faire en vos taudis passer tous les égouts.

---

1. C'était l'avis de certains évêques, Dupanloup et Sibour par exemple ; ce dernier suspend *L'Univers* dans le diocèse de Paris, en 1853, pour avoir « méconnu les règles de la controverse chrétienne et même de la simple honnêteté ; au lieu de discuter avec mesure et modération pour établir ses opinions ou ses doctrines, il a eu recours aux facéties, au persiflage le plus insultant pour déconsidérer les personnes ; il a calomnié des prêtres et des évêques français... » (P. Larousse, *Grand Dictionnaire*...)   2. L'évocation sous-jacente est celle des chars du Mardi gras, bien différents au XIXᵉ siècle de ce qu'ils sont aujourd'hui ; Hugo les décrit dans *Les Misérables* (V, 6, 1 ; « Roman II », p. 1075 et suiv.).

Bateleurs de l'autel, voilà quels sont vos rôles.
Et quand un galant homme à de tels compagnons
Fait cet immense honneur de leur dire : Mes drôles,
    Je suis votre homme ; dégaînons !

                                [crapules
— Un duel ! nous ! des chrétiens ! jamais ! — Et ces
Font des signes de croix et jurent par les saints.
Lâches gueux, leur terreur se déguise en scrupules,
Et ces empoisonneurs ont peur d'être assassins.

Bien, écoutez : la trique est là, fraîche coupée.
On vous fera cogner le pavé du menton ;
Car sachez-le, coquins, on n'esquive l'épée
    Que pour rencontrer le bâton[1].

Vous conquîtes la Seine et le Rhin et le Tage.
L'esprit humain rogné subit votre compas.
Sur les publicains juifs[2] vous avez l'avantage,
Maudits ! Judas est mort, Tartuffe ne meurt pas.

Iago n'est qu'un fat près de votre Basile[3].
La bible en vos greniers pourrit mangée aux vers.
Le jour où le mensonge aurait besoin d'asile,
    Vos cœurs sont là, tout grands ouverts.

---

1. Dans l'ancienne France, un noble ne venge son honneur, en duel, que contre un autre noble. Les roturiers, on leur fait donner le bâton.   2. Dans l'Empire romain, les publicains, comme nos fermiers généraux, avançaient à l'État le montant des impositions qu'ils percevaient ensuite à leurs frais. Ils étaient détestés et méprisés par les Juifs, presque autant que les Samaritains. Judas n'était pas publicain, mais fort peu désintéressé.   3. Iago (la diérèse est nécessaire au vers), le personnage de l'*Othello* de Shakespeare, et Basile, celui du *Barbier de Séville* de Beaumarchais, sont les figures de la calomnie.

Vous insultez le juste abreuvé d'amertumes.
Tous les vices, quittant veste, cape et manteau,
Vont se masquer chez vous et trouvent des costumes.
On entre Lacenaire, on sort Contrafatto.

Les âmes sont pour vous des bourses et des banques.
Quiconque vous accueille a d'affreux repentirs.
Vous vous faites chasser, et par vos saltimbanques
        Vous parodiez les martyrs.

L'église du bon Dieu n'est que votre buvette.
Vous offrez l'alliance à tous les inhumains.
On trouvera du sang au fond de la cuvette
Si jamais, par hasard, vous vous lavez les mains.

Vous seriez des bourreaux si vous n'étiez des cuistres.
Pour vous le glaive est saint et le supplice est beau.
O monstres ! vous chantez dans vos hymnes sinistres
        Le bûcher [1], votre seul flambeau !

Depuis dix-huit cents ans Jésus, le doux pontife,
Veut sortir du tombeau qui lentement se rompt,
Mais vous faites effort, ô valets de Caïphe,
Pour faire retomber la pierre sur son front !

O cafards ! votre échine appelle l'étrivière [2].
Le sort juste et railleur fait chasser Loyola
De France par le fouet d'un pape, et de Bavière
        Par la cravache de Lola.

Allez, continuez, tournez la manivelle
De votre impur journal, vils grimauds dépravés ;
Avec vos ongles noirs grattez votre cervelle ;
Calomniez, hurlez, mordez, mentez, vivez !

---

1. Par exemple : « Pour moi, ce que je regrette, c'est qu'on n'ait pas brûlé Jean Huss plus tôt et qu'on n'ait pas brûlé Luther... » (L. Veuillot, *Les Pèlerinages de Suisse*, 1838).   2. Voir la note 1 de la page 78.

Dieu prédestine aux dents des chevreaux les brins d'herbes,
La mer aux coups de vent, les donjons aux boulets,
Aux rayons du soleil les parthénons superbes,
      Vos faces aux larges soufflets.

Sus donc ! cherchez les trous, les recoins, les cavernes !
Cachez-vous, plats vendeurs d'un fade orviétan [1],
Pitres dévots, marchands d'infâmes balivernes,
Vierges comme l'eunuque, anges comme Satan !

O saints du ciel ! est-il, sous l'œil de Dieu qui règne,
Charlatans plus hideux et d'un plus lâche esprit,
Que ceux qui, sans frémir, accrochent leur enseigne
      Aux clous saignants de Jésus-Christ !

Septembre 1850.
[9/1850]

---

1. Venue d'Orvieto, cette panacée, inutile mais inoffensive, eut un grand succès en France dans la seconde moitié du XVIIᵉ siècle. Depuis, marchand d'orviétan signifie charlatan.

V

QUELQU'UN[1]

Donc un homme a vécu qui s'appelait Varron[2],
Un autre Paul-Emile, un autre Cicéron ;
Ces hommes ont été grands, puissants, populaires,
Ont marché, précédés des faisceaux[3] consulaires,
Ont été généraux, magistrats, orateurs ;
Ces hommes ont parlé devant les sénateurs ;
Ils ont vu, dans la poudre et le bruit des armées,
Frissonnantes, passer les aigles[4] enflammées ;
La foule les suivait et leur battait des mains ;
Ils sont morts ; on a fait à ces fameux romains
Des tombeaux dans le marbre, et d'autres dans l'histoire ;
Leurs bustes, aujourd'hui, graves comme la gloire,
Dans l'ombre des palais ouvrant leurs vagues yeux,
Rêvent autour de nous, témoins mystérieux ;
Ce qui n'empêche pas, nous, gens des autres âges,
Que, lorsque nous parlons de ces grands personnages,
Nous ne disions : tel jour Varron fut un butor,
Paul-Émile a mal fait, Cicéron eut grand tort,
Et lorsque nous traitons ainsi ces morts illustres,

---

1. Il s'agit peut-être de Saint-Arnaud, maréchal et sénateur (voir l'Index). Le poème est bâti sur le même contraste que *Apothéose* (III, 1, p. 119). **2.** Varron et Paul-Émile : consuls et généraux de Rome en guerre contre Carthage. **3.** Assemblage de bâtons liés autour d'une hache qui était l'insigne du pouvoir dans la Rome antique. **4.** Dans la Rome antique, l'aigle est l'emblème commun à toutes les légions, celui donc de l'armée elle-même.

Tu prétends, toi, maraud, goujat parmi les rustres,
Que je parle de toi qui lasses le dédain,
Sans dire hautement : cet homme est un gredin !
Tu veux que nous prenions des gants et des mitaines
Avec toi, qu'eût chassé Sparte aussi bien qu'Athènes !
Force gens t'ont connu jadis quand tu courais
Les brelans, les enfers, les trous, les cabarets,
Quand on voyait, le soir, tantôt dans l'ombre obscure,
Tantôt devant la porte entr'ouverte et peu sûre
D'un antre d'où sortait une rouge clarté,
Ton chef branlant couvert d'un feutre cahoté.
Tu t'es fait broder d'or par l'empereur bohème.
Ta vie est une farce et se guinde en poëme.
Et que m'importe à moi, penseur, juge, ouvrier,
Que décembre, étranglant dans ses poings février[1],
T'installe en un palais, toi qui souillais un bouge !
Allez aux tapis francs[2] de Vanvre et de Montrouge,
Courez aux galetas, aux caves, aux taudis,
Les échos vous diront partout ce que je dis :
— Ce drôle était voleur avant d'être ministre ! —
Ah ! tu veux qu'on t'épargne, imbécile sinistre !
Ah ! te voilà content, satisfait, souriant !
Sois tranquille. J'irai par la ville criant :
Citoyens ! voyez-vous ce jésuite aux yeux jaunes ?[3]
Jadis, c'était Brutus. Il haïssait les trônes,
Il les aime aujourd'hui. Tous métiers lui sont bons ;
Il est pour le succès. Donc, à bas les Bourbons,
Mais vive l'empereur ! à bas tribune et charte !
Il déteste Chambord, mais il sert Bonaparte.
On l'a fait sénateur, ce qui le rend fougueux.

---

1. La révolution de février 1848 et donc la République.
2. Voir les notes 2 des pages 75 et 136. Rien ne semble devoir distinguer Vanvre(s) ou Vanves et Montrouge des autres communes de la périphérie parisienne.   **3.** « Autrefois, la couleur jaune était réputée ignominieuse. La rouelle ou marque distinctive que les juifs portaient sur leurs vêtements, suivant les prescriptions du concile de Latran, tenu en 1215, était de couleur jaune... » (P. Larousse, *Grand Dictionnaire...*). On peut également comprendre : à l'œil de fauve.

Si les choses étaient à leur place, ce gueux
Qui n'a pas, nous dit-il en déclamant son rôle,
Les fleurs de lys au cœur, les aurait sur l'épaule ! [1]

Londres, août 1852.
[10/12/1852]

---

1. Saint-Arnaud avait accepté d'être le geôlier de la duchesse de
Berry, capturée, sous la Monarchie de Juillet, après une roma-
nesque équipée pour ranimer la chouannerie et faire revenir les
Bourbons sur le trône en la personne de son fils, le comte de Chambord. On sait que le lys, emblème des Bourbons, était, sous leur
règne, marqué au fer rouge sur l'épaule des criminels.

VI

ÉCRIT LE 17 JUILLET 1851
EN DESCENDANT DE LA TRIBUNE[1]

Ces hommes qui mourront, foule abjecte et grossière,
Sont de la boue avant d'être de la poussière.
Oui, certe, ils passeront et mourront. Aujourd'hui
Leur vue à l'honnête homme inspire un mâle ennui.
Envieux, consumés de rages puériles,
D'autant plus furieux qu'ils se sentent stériles,
Ils mordent les talons de qui marche en avant.
Ils sont humiliés d'aboyer, ne pouvant
Jusqu'au rugissement hausser leur petitesse.
Ils courent, c'est à qui gagnera de vitesse,
La proie est là ! — hurlant et jappant à la fois,
Lancés dans le sénat ainsi que dans un bois,
Tous confondus, traitant[2], magistrat, soldat, prêtre,
Meute autour du lion, chenil aux pieds du maître,
Ils sont à qui les veut, du premier au dernier,

---

1. C'est ce jour-là, en effet, que, dans un discours contre la révision de la Constitution demandée par les bonapartistes, Hugo avait dénoncé les manœuvres présidentielles, exprimé sa crainte d'un coup d'État et lancé l'inoubliable apostrophe : « Quoi ! après Auguste, Augustule ! Quoi ! parce que nous avons eu Napoléon-le-Grand, il faut que nous ayons Napoléon-le-Petit. » La séance avait été houleuse et la droite, avec la complicité du président Dupin, avait pratiquement empêché Hugo de se faire entendre. Voir la Note I de Hugo, p. 385.   2. Celui qui se chargeait, aux termes d'un traité — ou contrat —, du recouvrement des impôts et deniers publics.

Aujourd'hui Bonaparte et demain Changarnier !
Ils couvrent de leur bave honneur, droit, république,
La charte populaire et l'œuvre évangélique,
Le progrès, ferme espoir des peuples désolés ;
Ils sont odieux. — Bien. Continuez, allez ! [1]
Quand l'austère penseur qui, loin des multitudes,
Rêvait hier encore au fond des solitudes,
Apparaissant soudain dans sa tranquillité,
Vient au milieu de vous dire la vérité,
Défendre les vaincus, rassurer la patrie,
Éclatez ! répandez cris, injures, furie,
Ruez-vous sur son nom comme sur un butin !
Vous n'obtiendrez de lui qu'un sourire hautain,
Et pas même un regard ! — Car cette âme sereine,
Méprisant votre estime, estime votre haine.

Paris, 1851.
[17/7/1851]

---

1. Le vers demande la diérèse sur « odieux ».

VII

UN AUTRE[1]

Ce Zoïle cagot naquit d'une Javotte[2].
Le diable, — ce jour-là Dieu permit qu'il créât, —
D'un peu de Ravaillac et d'un peu de Nonotte
    Composa ce gredin béat.

Tout jeune, il contemplait, sans gîte et sans valise,
Les sous-diacres coiffés d'un feutre en lampion[3] ;
Vidocq le rencontra priant dans une église,
Et, l'ayant vu loucher, en fit un espion.

Alors ce va-nu-pieds songea dans sa mansarde,
Et se voyant sans cœur, sans style, sans esprit,
Imagina de mettre une feuille poissarde[4]
    Au service de Jésus-Christ.

---

  1. Il s'agit à nouveau de Veuillot ; voir l'Index et *À des journalistes de robe courte* (IV, 4, p. 172).   **2.** Zoïle, critique du IVe siècle avant J.-C., auteur d'une *Flagellation d'Homère*, « représente les objections du bon sens inintelligent contre la fantaisie poétique » ; on se doute que *L'Univers* n'était pas favorable aux romantiques. « Javotte » n'est pas proprement injurieux, mais, évoquant la rusticité et la légèreté de mœurs, fort péjoratif. Nonotte est le nom d'un jésuite souvent pris à partie par Voltaire.   **3.** Le « lampion » ou « chapeau lampion » est un tricorne, ce qui est aussi la forme du chapeau des gendarmes. Bref, employé à *L'Esprit public*, organe de la préfecture de police, Veuillot avait déjà la vocation. Le vers demande une savoureuse diérèse sur « lampion », et de même pour « espion ».   **4.** Les poissonnières des Halles étaient réputées pour leur vulgarité et la grossièreté de leur lan-

Armé d'un goupillon, il entra dans la lice
Contre les jacobins, le siècle et le péché.
Il se donna le luxe, étant de la police,
D'être jésuite et saint par-dessus le marché.

Pour mille francs par mois livrant l'eucharistie,
Plus vil que les voleurs et que les assassins,
Il fut riche. Il portait un flair de sacristie
      Dans le bouge des argousins.

Il prospère ! — Il insulte, il prêche, il fait la roue ;
S'il n'était pas saint homme, il eût été sapeur [1] ;
Comme s'il s'y lavait, il piaffe en pleine boue,
Et, voyant qu'on se sauve, il dit : comme ils ont peur !

Regardez, le voilà ! — Son journal frénétique
Plaît aux dévots et semble écrit par des bandits.
Il fait des fausses clefs dans l'arrière-boutique
      Pour la porte du paradis.

Des miracles du jour il colle les affiches.
Il rédige l'absurde en articles de foi.
Pharisien hideux, il trinque avec les riches
Et dit au pauvre : ami, viens jeûner avec moi.

Il ripaille à huis clos, en public il sermonne,
Chante landerirette [2] après alleluia,
Dit un pater, et prend le menton de Simone... —
      Que j'en ai vu, de ces saints-là !

---

gage ; il y eut, à la fin du XVIIIᵉ siècle, une vogue du « genre pois-
sard ».
   1. La taille, la grande barbe et l'uniforme — bonnet à poil, grand
tablier et hache — avaient rendu populaire, dans les parades, cette
arme du génie, dont les soldats ne brillaient pas par la distinction
des manières et du langage.   **2.** Mot sans signification servant de
refrain dans les chansons gaies, souvent accolé à « landerira ».

Qui vous expectoraient des psaumes après boire,
Vendaient, d'un air contrit, leur pieux bric-à-brac,
Et qui passaient, selon qu'ils changeaient d'auditoire,
Des strophes de Piron aux quatrains de Pibrac ! [1]

C'est ainsi qu'outrageant gloires, vertus, génies,
Charmant par tant d'horreurs quelques niais fougueux,
Il vit tranquillement dans les ignominies,
    Simple jésuite et triple gueux.

                   Paris, septembre 1850.
                        [9/1850]

---

1. Piron : auteur, au XVIIIe siècle, de poèmes érotiques ; Pibrac :
auteur, au XVIe siècle, de *Quatrains moraux*.

VIII

DÉJÀ NOMMÉ [1]

Malgré moi je reviens, et mes vers s'y résignent,
À cet homme qui fut si misérable, hélas !
Et dont Mathieu Molé, chez les morts qui s'indignent,
    Parle à Boissy d'Anglas [2].

O loi sainte ! Justice ! où tout pouvoir s'étaie,
Gardienne de tout droit et de tout ordre humain !
Cet homme qui, vingt ans, pour recevoir sa paie,
    T'avait tendu la main,

Quand il te vit sanglante et livrée à l'infâme,
Levant tes bras, meurtrie aux talons des soldats,
Tourna la tête et dit : Qu'est-ce que cette femme ?
    Je ne la connais pas !

Les vieux partis avaient mis au fauteuil ce juste !
Ayant besoin d'un homme, on prit un mannequin.
Il eût fallu Caton sur cette chaise auguste ;
    On y jucha Pasquin [3].

---

1. Dans *L'autre président* (II, 6, p. 101). Il s'agit de Dupin.
2. Tous deux sont cités pour avoir su, à l'inverse de Dupin, préser-
ver par leur courage les droits d'une Assemblée. Mathieu Molé
présidait le Parlement de Paris pendant la Fronde et Boissy d'An-
glas, le jour où il dirigeait les débats à la Convention envahie par la
foule, résista à la pression populaire.   3. Un valet de la Comédie-
Italienne.

Opprobre ! il dégradait à plaisir l'assemblée ;
Souple, insolent, semblable aux valets familiers,
Ses gros lazzis marchaient sur l'éloquence ailée
        Avec leurs gros souliers.

Quand on ne croit à rien on est prêt à tout faire.
Il eût reçu Cromwell ou Monk dans Temple-Bar [1].
Suprême abjection ! riant avec Voltaire,
        Votant pour Escobar !

Ne sachant que lécher à droite et mordre à gauche,
Aidant, à son insu, le crime ; vil pantin,
Il entr'ouvrait la porte aux sbires en débauche
        Qui vinrent un matin.

Si l'on avait voulu, pour sauver du déluge,
Certes, son traitement, sa place, son trésor,
Et sa loque d'hermine et son bonnet de juge
        Au triple galon d'or,

Il eût été complice, il eût rempli sa tâche ;
Mais les chefs sur son nom passèrent le charbon ;
Ils n'ont pas daigné faire un traître avec ce lâche ;
        Ils ont dit : à quoi bon ?

Sous ce règne où l'on vend de la fange au pied cube,
Du moins cet homme a-t-il à jamais disparu,
Rustre exploiteur des rois, courtisan du Danube [2],
        Hideux flatteur bourru !

Il s'offrit aux brigands après la loi tuée ;
Et pour qu'il lâchât prise, aux yeux de tout Paris,
Il fallut qu'on lui dît : Vieille prostituée,
        Vois donc tes cheveux gris !

---

1. C'est là que le Lord-Maire de Londres venait recevoir les souverains anglais. Monk rétablit, en 1659, la monarchie supprimée par Cromwell dix ans auparavant.   2. Variante du « paysan du Danube », passé dans le langage depuis son invention par La Fontaine (*Fables*, XI, 7). Dupin avait été un familier de Louis-Philippe.

Aujourd'hui méprisé, même de cette clique,
On voit pendre la honte à son nom infamant,
Et le dernier lambeau de la pudeur publique
            À son dernier serment.

Si par hasard, la nuit, dans les carrefours mornes,
Fouillant du croc l'ordure où dort plus d'un secret,
Un chiffonnier trouvait cette âme au coin des bornes,
            Il la dédaignerait !

Jersey, décembre 1852.
[25/12/1852]

IX

Ceux qui vivent, ce sont ceux qui luttent ; ce sont
Ceux dont un dessein ferme emplit l'âme et le front,
Ceux qui d'un haut destin gravissent l'âpre cime,
Ceux qui marchent pensifs, épris d'un but sublime,
Ayant devant les yeux sans cesse, nuit et jour,
Ou quelque saint labeur ou quelque grand amour.
C'est le prophète saint prosterné devant l'arche,
C'est le travailleur, pâtre, ouvrier, patriarche,
Ceux dont le cœur est bon, ceux dont les jours sont pleins.
Ceux-là vivent, Seigneur ! les autres, je les plains.
Car de son vague ennui le néant les enivre,
Car le plus lourd fardeau, c'est d'exister sans vivre.
Inutiles, épars, ils traînent ici-bas
Le sombre accablement d'être en ne pensant pas.
Ils s'appellent *vulgus*, *plebs* [1], la tourbe, la foule.
Ils sont ce qui murmure, applaudit, siffle, coule,
Bat des mains, foule aux pieds, bâille, dit oui, dit non,
N'a jamais de figure et n'a jamais de nom ;
Troupeau qui va, revient, juge, absout, délibère,
Détruit, prêt à Marat comme prêt à Tibère,
Foule triste, joyeuse, habits dorés, bras nus,
Pêle-mêle, et poussée aux gouffres inconnus.
Ils sont les passants froids sans but, sans nœud, sans âge ;
Le bas du genre humain qui s'écroule en nuage ;
Ceux qu'on ne connaît pas, ceux qu'on ne compte pas,

---

1. Les mots qui suivent traduisent.

Ceux qui perdent les mots, les volontés, les pas.
L'ombre obscure autour d'eux se prolonge et recule ;
Ils n'ont du plein midi qu'un lointain crépuscule,
Car, jetant au hasard les cris, les voix, le bruit,
Ils errent près du bord sinistre de la nuit.

Quoi ! ne point aimer ! suivre une morne carrière
Sans un songe en avant, sans un deuil en arrière,
Quoi ! marcher devant soi sans savoir où l'on va,
Rire de Jupiter sans croire à Jéhova,
Regarder sans respect l'astre, la fleur, la femme,
Toujours vouloir le corps, ne jamais chercher l'âme,
Pour de vains résultats faire de vains efforts,
N'attendre rien d'en haut ! ciel ! oublier les morts !
Oh non, je ne suis point de ceux-là ! grands, prospères,
Fiers, puissants, ou cachés dans d'immondes repaires,
Je les fuis, et je crains leurs sentiers détestés ;
Et j'aimerais mieux être, ô fourmis des cités,
Tourbe, foule, hommes faux, cœurs morts, races déchues,
Un arbre dans les bois qu'une âme en vos cohues !

Paris, décembre 1848.
[31/12/1848]

X

AUBE

Un immense frisson émeut la plaine obscure.
C'est l'heure où Pythagore, Hésiode, Épicure [1],
Songeaient ; c'est l'heure où, las d'avoir, toute la nuit,
Contemplé l'azur sombre et l'étoile qui luit,
Pleins d'horreur, s'endormaient les pâtres de Chaldée [2].
Là-bas, la chute d'eau, de mille plis ridée,
Brille, comme dans l'ombre un manteau de satin ;
Sur l'horizon lugubre apparaît le matin,
Face rose qui rit avec des dents de perles ;
Le bœuf rêve et mugit, les bouvreuils et les merles
Et les geais querelleurs sifflent, et dans les bois
On entend s'éveiller confusément les voix ;
Les moutons hors de l'ombre, à travers les bourrées [3],
Font bondir au soleil leurs toisons éclairées ;
Et la jeune dormeuse, entr'ouvrant son œil noir,
Fraîche, et ses coudes blancs sortis hors du peignoir,
Cherche de son pied nu sa pantoufle chinoise.

---

1. Philosophes et savants, trois penseurs de la nature.   2. La Chaldée est la plaine entre Tigre et Euphrate. Mais, dans la Bible, « Chaldéen » désigne moins une ethnie qu'une caste sacerdotale de mages et d'astronomes. Les bergers, dont les veilles font les observateurs naturels du ciel nocturne, passaient pour avoir jeté les premières bases de l'astronomie.   3. Menus branchages serrés.

Louange à Dieu ! toujours, après la nuit sournoise,
Agitant sur les monts la rose et le genêt,
La nature superbe et tranquille renaît ;
L'aube éveille le nid à l'heure accoutumée,
Le chaume dresse au vent sa plume de fumée,
Le rayon, flèche d'or, perce l'âpre forêt ;
Et plutôt qu'arrêter le soleil, on ferait
Sensibles à l'honneur et pour le bien fougueuses
Les âmes de Baroche et de Troplong, ces gueuses !

Jersey, avril 1853.
[28/4/1853]

XI

Vicomte de Foucault, lorsque vous empoignâtes
L'éloquent Manuel de vos mains auvergnates [1],
Comme l'océan bout quand tressaille l'Etna,
Le peuple tout entier s'émut et frissonna ;
On vit, sombre lueur, poindre mil huit cent trente ;
L'antique royauté, fière et récalcitrante,
Chancela sur son trône, et dans ce noir moment
On sentit commencer ce vaste écroulement ;
Et ces rois, qu'on punit d'oser toucher un homme,
Étaient grands, et mêlés à notre histoire en somme,
Ils avaient derrière eux des siècles éblouis,
Henri quatre et Coutras, Damiette et saint-Louis [2].
Aujourd'hui, dans Paris, un prince de la pègre,
Un pied plat, copiant Faustin, singe d'un nègre,
Plus faux qu'Ali pacha [3], plus cruel que Rosas,
Fourre en prison la loi, met la gloire à Mazas,
Chasse l'honneur, le droit, les probités punies,
Orateurs, généraux, représentants, génies,
Les meilleurs serviteurs du siècle et de l'état,

---

1. En 1823, à propos de l'intervention française en Espagne, Manuel, député républicain, rappela que l'intervention armée des rois d'Europe avait entraîné la mort de leur cousin Louis XVI. L'Assemblée, ultra en majorité, décréta son expulsion, exécutée par le colonel de gendarmerie vicomte de Foucault.   2. La victoire de Coutras fut remportée par Henri de Navarre sur les troupes catholiques en 1587 ; saint Louis assiégea et prit Damiette, dans le delta du Nil, en 1249.   3. Nommé ici pour sa célèbre félonie tout orientale. Il s'agit du pacha de Janina qui, en rébellion contre le sultan Mahmoud, avait demandé contre lui l'aide des Grecs insurgés en 1821. La Préface des *Orientales* le compare à Napoléon Ier.

Et c'est tout ! et le peuple, après cet attentat,
Souffleté mille fois sur ces faces illustres,
Va voir de l'Élysée étinceler les lustres,
Ne sent rien sur sa joue, et contemple César !
Lui, souverain, il suit en esclave le char !
Il regarde danser dans le Louvre les maîtres,
Ces immondes faisant vis-à-vis à ces traîtres,
La fraude en grand habit, le meurtre en apparat,
Et le ventre Berger près du ventre Murat !
On dit : — vivons ! adieu grandeur, gloire, espérance ! —
Comme si, dans ce monde, un peuple appelé France,
Alors qu'il n'est plus libre, était encor vivant !
On boit, on mange, on dort, on achète et l'on vend,
Et l'on vote, en riant des doubles fonds de l'urne ;
Et pendant ce temps-là, ce gredin taciturne,
Ce chacal à sang froid, ce corse hollandais [1],
Étale, front d'airain, son crime sous le dais,
Gorge d'or et de vin sa bande scélérate,
S'accoude sur la nappe, et cuvant, noir pirate,
Son guet-apens français, son guet-apens romain [2],
Mâche son cure-dents taché de sang humain !

Bruxelles, mai 1852.
[20/5/1853]

---

1. Voir à l'Index le nom de Verhuell.   **2.** Voir la note 2 de la page 92.

XII

À QUATRE PRISONNIERS [1]
(APRÈS LEUR CONDAMNATION)

Mes fils, soyez contents ; l'honneur est où vous êtes.
Et vous, mes deux amis, la gloire, ô fiers poëtes,
Couronne votre nom par l'affront désigné ;
Offrez aux juges vils, groupe abject et stupide,
      Toi, ta douceur intrépide,
      Toi, ton sourire indigné.

Dans cette salle, où Dieu voit la laideur des âmes,
Devant ces froids jurés, choisis pour être infâmes,
Ces douze hommes, muets, de leur honte chargés,
O justice, j'ai cru, justice auguste et sombre,
      Voir autour de toi dans l'ombre
      Douze sépulcres rangés.

Ils vous ont condamnés, que l'avenir les juge !
Toi, pour avoir crié : la France est le refuge
Des vaincus, des proscrits ! — Je t'approuve, mon fils !
Toi, pour avoir, devant la hache qui s'obstine,
      Insulté la guillotine,
      Et vengé le crucifix !

---

1. Note de Hugo : « Paul Meurice, Auguste Vacquerie, Charles Hugo, François-Victor Hugo, rédacteurs de *L'Évènement*. » — Voir la Chronologie : 11 juin et 15 septembre 1851.

Les temps sont durs ; c'est bien. Le martyre console.
J'admire, ô Vérité, plus que toute auréole,
Plus que le nimbe [1] ardent des saints en oraison,
Plus que les trônes d'or devant qui tout s'efface,
            L'ombre que font sur ta face
            Les barreaux d'une prison !

Quoi que le méchant fasse en sa bassesse noire,
L'outrage injuste et vil là-haut se change en gloire.
Quand Jésus commençait sa longue passion,
Le crachat qu'un bourreau lança sur son front blême
            Fit au ciel à l'instant même
            Une constellation ! [2]

                              Conciergerie, novembre 1851.
                                            [18/1/1852]

---

1. Voir la note 3 de la page 153.   **2.** L'heptasyllabe demande la diérèse dans « constellation ».

XIII

ON LOGE À LA NUIT [1]

Aventurier conduit par le louche destin,
Pour y passer la nuit, jusqu'à demain matin,
Entre à l'auberge Louvre avec ta rosse Empire.

Molière te regarde et fait signe à Shakspeare ;
L'un te prend pour Scapin, l'autre pour Richard trois.
Entre en jurant, et fais le signe de la croix.
L'antique hôtellerie est toute illuminée.
L'enseigne, par le temps salie et charbonnée,
Sur le vieux fleuve Seine, à deux pas du Pont-Neuf,
Crie et grince au balcon rouillé de Charles neuf [2] ;
On y déchiffre encor ces quelques lettres : — Sacre ; —
Texte obscur et tronqué, reste du mot Massacre.

Un fourmillement sombre emplit ce noir logis.

Parmi les chants d'ivresse et les refrains mugis,
On rit, on boit, on mange, et le vin sort des outres.
Toute une boucherie est accrochée aux poutres.

---

1. Le titre est fourni par l'écriteau d'un hôtel de passage. Dans cette description de l'Élysée en auberge à voleurs, Hugo combine deux des thèmes majeurs des *Châtiments* : celui du festin des vainqueurs (voir la note 2 de la page 31) et celui de l'inversion des rôles sociaux apparents qui fait voir en Napoléon III ce qu'il est : un bandit. P. Albouy note que ce poème est « un des meilleurs exemples de cette union du merveilleux et du réalisme qui caractérise *Les Châtiments* ».   2. Nouvelle allusion au massacre de la Saint-Barthélemy. Voir la note 3 de la page 120.

Ces êtres triomphants ont fait quelque bon coup.
L'un crie : assommons tout ! et l'autre : empochons tout !
L'autre agite une torche aux clartés aveuglantes.
Par places sur les murs on voit des mains sanglantes.
Les mets fument : la braise aux fourneaux empourprés
Flamboie ; on voit aller et venir affairés,
Des taches à leurs mains, des taches à leurs chausses,
Les Rianceys marmitons, les Nisards gâte-sauces ;
Et, — derrière la table où sont assis Fortoul,
Persil, Piétri, Carlier, Chapuys le capitoul,
Ducos et Magne au meurtre ajoutant leur paraphe,
Forey dont à Bondy[1] l'on change l'orthographe,
Rouher et Radetzky, Haynau près de Drouyn, —
Le porc Sénat fouillant l'ordure du grouin[2].
Ces gueux ont commis plus de crimes qu'un évêque
N'en bénirait. Explore, analyse, dissèque,
Dans leur âme où de Dieu le germe est étouffé,
Tu ne trouveras rien. — Sus donc, entre coiffé
Comme Napoléon, botté comme Macaire.
Le général Bertrand[3] te précède ; tonnerre
De bravos. Cris de joie aux hurlements mêlés.
Les spectres qui gisaient dans l'ombre échevelés
Te regardent entrer et rouvrent leurs yeux mornes ;
Autour de toi s'émeut l'essaim des maritornes,
À beaucoup de jargon mêlant un peu d'argot ;
La marquise Toinon, la duchesse Margot[4],
Houris au cœur de verre, aux regards d'escarboucles[5].
Maître, es-tu la régence ? on poudrera ses boucles ;
Es-tu le directoire ? on mettra des madras[6].

---

1. La forêt de Bondy était un traditionnel repaire de brigands.
2. Orthographe phonétique ; le mot est ordinairement de deux syllabes au XIXᵉ siècle, mais écrit « groin ».   **3.** Bertrand est le nom d'un général du Second Empire, mais aussi celui du lieutenant de Robert Macaire.   **4.** Diminutifs populaires d'Antoinette et de Marguerite, avec ce que cette familiarité suppose.   **5.** Charbon incandescent ; pierre rouge lumineuse (le grenat) ; par extension, tout ce qui brille d'un vif éclat.   **6.** Selon les modes : perruque poudrée de la Régence ; pour le Directoire, fichu ou robe d'une toile brillante et colorée, fabriquée à Madras de soie et de coton ou imitée.

Fais, ô bel étranger, tout ce que tu voudras.
Ton nom est million, entre ! — Autour de ces belles
Colombes de l'orgie, ayant toutes des ailes,
Folâtrent Suin, Mongis, Turgot et d'Aguesseau,
Et Saint-Arnaud qui vole autrement que l'oiseau.
Aux trois quarts gris déjà, Reibell le trabucaire [1]
Prend Fould pour un curé dont Sibour est vicaire.

Regarde, tout est prêt pour te fêter, bandit.

L'immense cheminée au centre resplendit.
Ton aigle, une chouette, en blasonne le plâtre.
Le bœuf Peuple rôtit tout entier devant l'âtre ;
La lèchefrite chante en recevant le sang ;
À côté sont assis, souriant et causant,
Magnan qui l'a tué, Troplong qui le fait cuire.
On entend cette chair pétiller et bruire,
Et sur son tablier de cuir, joyeux et las,
Le boucher Carrelet fourbit son coutelas.
La marmite budget pend à la crémaillère.
Viens, toi qu'aiment les juifs et que l'église éclaire,
Espoir des fils d'Ignace [2] et des fils d'Abraham,
Qui t'en vas vers Toulon et qui t'en viens de Ham [3],
Viens, la journée est faite et c'est l'heure de paître.
Prends devant ce bon feu ce bon fauteuil, ô maître.
Tout ici te vénère et te proclame roi ;
Viens ; rayonne, assieds-toi, chauffe-toi, sèche-toi,
Sois bon prince, ô brigand ! ô fils de la créole [4],
Dépouille ta grandeur, quitte ton auréole ;
Ce qu'on appelle ainsi dans ce nid de félons,
C'est la boue et le sang collés à tes talons,
C'est la fange rouillant ton éperon sordide.
Les héros, les penseurs portent, groupe splendide,

---

1. Bandit pyrénéen.   2. Ignace de Loyola (saint) : fondateur de la Compagnie de Jésus.   3. Forteresse où Louis-Napoléon fut incarcéré après la tentative du coup de force de Boulogne et dont il s'évada en 1846. Pour Toulon, voir *Toulon* (I, 2, p. 49). 4. Hortense de Beauharnais, fille de Joséphine et de son premier mari Alexandre de Beauharnais.

Leur immortalité sur leur radieux front ;
Toi, tu traînes ta gloire à tes pieds. Entre donc,
Ôte ta renommée avec un tire-bottes.
Vois, les grands hommes nains et les gloires nabotes
T'entourent en chantant, ô Tom-Pouce Attila ! [1]
Ce bœuf rôtit pour toi ; Maupas, ton nègre, est là ;
Et, jappant dans sa niche au coin du feu, Baroche
Vient te lécher les pieds tout en tournant la broche.

Pendant que dans l'auberge ils trinquent à grand bruit,
Dehors, par un chemin qui se perd dans la nuit,
Hâtant son lourd cheval dont le pas se rapproche,
Muet, pensif, avec des ordres dans sa poche,
Sous ce ciel noir qui doit redevenir ciel bleu [2],
Arrive l'avenir, le gendarme de Dieu.

                                Jersey, novembre 1852.
                                [1/2/1853]

---

1. Le cirque Barnum montrait alors à Paris un nain nommé
Tom-Pouce comme plusieurs nains des contes de fées anglais.
2. Lorsqu'un coin bleu s'ouvre dans un ciel sombre, la langue
populaire dit qu'il y a « de quoi faire une culotte de gendarme ».

LIVRE CINQUIÈME

L'AUTORITÉ EST SACRÉE

I

LE SACRE [1]

SUR L'AIR DE MALBROUCK

Dans l'affreux cimetière,
Paris tremble, ô douleur, ô misère !
Dans l'affreux cimetière
Frémit le nénuphar.

Castaing lève sa pierre,
Paris tremble, ô douleur, ô misère !
Castaing lève sa pierre
Dans l'herbe de Clamar,

Et crie et vocifère,
Paris tremble, ô douleur, ô misère !
Et crie et vocifère :
— Je veux être césar !

Cartouche en son suaire,
Paris tremble, ô douleur, ô misère !
Cartouche en son suaire
S'écrie ensanglanté :

---

1. On sait que le sacre projeté n'eut jamais lieu, le pape Pie IX ayant posé des conditions politiques inacceptables.

— Je veux aller sur terre,
Paris tremble, ô douleur, ô misère !
Je veux aller sur terre
Pour être majesté !

Mingrat monte à sa chaire,
Paris tremble, ô douleur, ô misère !
Mingrat monte à sa chaire,
Et dit, sonnant le glas :

— Je veux, dans l'ombre où j'erre,
Paris tremble, ô douleur, ô misère !
Je veux, dans l'ombre où j'erre
Avec mon coutelas,

Être appelé : mon frère,
Paris tremble, ô douleur, ô misère !
Être appelé : mon frère,
Par le czar Nicolas !

Poulmann, dans l'ossuaire,
Paris tremble, ô douleur, ô misère !
Poulmann, dans l'ossuaire
S'éveillant en fureur,

Dit à Mandrin : — Compère,
Paris tremble, ô douleur, ô misère !
Dit à Mandrin : — Compère,
Je veux être empereur !

— Je veux, dit Lacenaire,
Paris tremble, ô douleur, ô misère !
Je veux, dit Lacenaire,
Être empereur et roi !

Et Soufflard déblatère,
Paris tremble, ô douleur, ô misère !
Et Soufflard déblatère,
Hurlant comme un beffroi :

— Au lieu de cette bière,
Paris tremble, ô douleur, ô misère !
Au lieu de cette bière,
Je veux le Louvre, moi !

Ainsi, dans leur poussière,
Paris tremble, ô douleur, ô misère !
Ainsi, dans leur poussière,
Parlent les chenapans.

— Çà, dit Robert Macaire,
Paris tremble, ô douleur, ô misère !
— Çà, dit Robert Macaire,
Pourquoi ces cris de paons ?

Pourquoi cette colère ?
Paris tremble, ô douleur, ô misère !
Pourquoi cette colère ?
Ne sommes-nous pas rois ?

Regardez, le saint-père,
Paris tremble, ô douleur, ô misère !
Regardez, le saint-père,
Portant sa grande croix,

Nous sacre tous ensemble,
O misère, ô douleur, Paris tremble !
Nous sacre tous ensemble
Dans Napoléon trois !

Jersey, juillet 1853.
[17/1/1853]

II

CHANSON

Un jour, Dieu sur sa table
Jouait avec le diable
Du genre humain haï.
Chacun tenait sa carte ;
L'un jouait Bonaparte,
Et l'autre Mastaï.

Un pauvre abbé bien mince !
Un méchant petit prince,
Polisson hasardeux !
Quel enjeu pitoyable !
Dieu fit tant que le diable
Les gagna tous les deux.

« Prends ! cria Dieu le père,
Tu ne sauras qu'en faire ! »
Le diable dit : « Erreur ! »
Et, ricanant sous cape,
Il fit de l'un un pape,
De l'autre un empereur.

Jersey, juillet 1853.
[1/3/1853]

III

LE MANTEAU IMPÉRIAL [1]

Oh ! vous dont le travail est joie,
Vous qui n'avez pas d'autre proie
Que les parfums, souffles du ciel [2],
Vous qui fuyez quand vient décembre [3],
Vous qui dérobez aux fleurs l'ambre [4]
Pour donner aux hommes le miel,

Chastes [5] buveuses de rosée,
Qui, pareilles à l'épousée,
Visitez le lys du coteau [6],
O sœurs des corolles vermeilles,
Filles de la lumière, abeilles,
Envolez-vous de ce manteau !

Ruez-vous sur l'homme, guerrières !
O généreuses ouvrières,
Vous le devoir, vous la vertu,

---

1. Celui de Napoléon était semé d'abeilles d'or brodées, choisies parce qu'elles représentent l'activité du peuple français et devenues emblème de l'Empire.   2. Les Anciens croyaient que le miel était une rosée céleste recueillie par les abeilles sur les fleurs (Virgile, *Géorgiques*, IV, 1).   3. Parce que les abeilles se renferment dans la ruche pendant l'hiver et en raison de la date du coup d'État. 4. Au sens figuré — le suc —, en raison de la couleur de l'ambre jaune.   5. Les abeilles ne pondent pas, seule leur reine le fait. 6. Parce que la blancheur du lys en fait le symbole de la virginité, de la candeur, de l'innocence et de la pureté.

Ailes d'or et flèches de flamme,
Tourbillonnez sur cet infâme !
Dites-lui : « Pour qui nous prends-tu ?

« Maudit ! nous sommes les abeilles !
Des chalets ombragés de treilles
Notre ruche orne le fronton[1] ;
Nous volons, dans l'azur écloses,
Sur la bouche ouverte des roses
Et sur les lèvres de Platon[2].

« Ce qui sort de la fange y rentre.
Va trouver Tibère en son antre,
Et Charles neuf sur son balcon[3].
Va ! sur ta pourpre il faut qu'on mette,
Non les abeilles de l'Hymette,
Mais l'essaim noir de Montfaucon ! »

Et percez-le toutes ensemble,
Faites honte au peuple qui tremble,
Aveuglez l'immonde trompeur,
Acharnez-vous sur lui, farouches,
Et qu'il soit chassé par les mouches
Puisque les hommes en ont peur !

Jersey, juin 1853.
[6/1853]

---

1. Dans certaines régions de montagne les ruches sont rangées sur des tablettes fixées à la façade au-dessous du toit. **2.** La légende voulait que des abeilles se soient posées, dans son sommeil, sur la bouche de Platon enfant, la consacrant ainsi à des paroles sages et douces. **3.** Voir la note 3 de la page 120.

IV

TOUT S'EN VA

LA RAISON

Moi, je me sauve.

LE DROIT

Adieu ! je m'en vais.

L'HONNEUR

Je m'exile.

ALCESTE

Je vais chez les hurons leur demander asile.

LA CHANSON

J'émigre. Je ne puis souffler mot, s'il vous plaît,
Dire un refrain sans être empoignée au collet
Par les sergents de ville, affreux drôles livides.

UNE PLUME

Personne n'écrit plus ; les encriers sont vides.
On dirait d'un pays mogol, russe ou persan.
Nous n'avons plus ici que faire ; allons-nous-en,
Mes sœurs, je quitte l'homme et je retourne aux oies.

LA PITIÉ

Je pars. Vainqueurs sanglants, je vous laisse à vos joies.
Je vole vers Cayenne où j'entends de grands cris.

LA MARSEILLAISE

J'ouvre mon aile, et vais rejoindre les proscrits.

LA POÉSIE

Oh ! je pars avec toi, pitié, puisque tu saignes !

L'AIGLE

Quel est ce perroquet qu'on met sur vos enseignes,
Français ? de quel égout sort cette bête-là ?
Aigle selon Cartouche et selon Loyola,
Il a du sang au bec, français ; mais c'est le vôtre.
Je regagne les monts. Je ne vais qu'avec l'autre.
Les rois à ce félon peuvent dire : merci ;
Moi, je ne connais pas ce Bonaparte-ci !
Sénateurs ! courtisans ! je rentre aux solitudes !
Vivez dans le cloaque et dans les turpitudes,
Soyez vils, vautrez-vous sous les cieux rayonnants !

LA FOUDRE

Je remonte avec l'aigle aux nuages tonnants.
L'heure ne peut tarder. Je vais attendre un ordre.

UNE LIME

Puisqu'il n'est plus permis qu'aux vipères de mordre,
Je pars, je vais couper les fers dans les pontons.

LES CHIENS

Nous sommes remplacés par les préfets ; partons.

LA CONCORDE

Je m'éloigne. La haine est dans les cœurs sinistres.

LA PENSÉE

On n'échappe aux fripons que pour choir dans les cuistres.
Il semble que tout meure et que de grands ciseaux
Vont jusque dans les cieux couper l'aile aux oiseaux.
Toute clarté s'éteint sous cet homme funeste.
O France ! je m'enfuis et je pleure.

LE MÉPRIS

Je reste.

Jersey, novembre 1852.
[24/11/1852]

V[1]

O drapeau de Wagram ! ô pays de Voltaire !
Puissance, liberté, vieil honneur militaire,
Principes, droits, pensée, ils font en ce moment
De toute cette gloire un vaste abaissement.
Toute leur confiance est dans leur petitesse.
Ils disent, se sentant d'une chétive espèce :   [cœurs !
— Bah ! nous ne pesons rien ! régnons. — Les nobles
Ils ne savent donc pas, ces pauvres nains vainqueurs,
Sautés sur le pavois du fond d'une caverne,
Que lorsque c'est un peuple illustre qu'on gouverne,
Un peuple en qui l'honneur résonne et retentit,
On est d'autant plus lourd que l'on est plus petit !
Est-ce qu'ils vont changer, est-ce là notre compte ?
Ce pays de lumière en un pays de honte ?
Il est dur de penser, c'est un souci profond,
Qu'ils froissent dans les cœurs, sans savoir ce qu'ils font,
Les instincts les plus fiers et les plus vénérables.
Ah ! ces hommes maudits, ces hommes misérables
Éveilleront enfin quelque rébellion
À force de courber la tête du lion !
La bête est étendue à terre, et fatiguée ;
Elle sommeille, au fond de l'ombre reléguée ;
Le mufle fauve et roux ne bouge pas, d'accord ;
C'est vrai, la patte énorme et monstrueuse dort ;

1. Ce poème a été écrit, en fait, en octobre 1849, à une époque où partout en Europe, et à Rome en particulier, la réaction l'emportait, tandis que s'affirmait l'orientation réactionnaire de la politique du Prince-Président avec lequel Hugo, dès lors, prend ses distances.

Mais on l'excite assez pour que la griffe sorte.
J'estime qu'ils ont tort de jouer de la sorte.

Jersey, juin 1853.
[10/1849]

VI

On est Tibère, on est Judas, on est Dracon ;
Et l'on a Lambessa, n'ayant plus Montfaucon.
On forge pour le peuple une chaîne ; on enferme,
On exile, on proscrit le penseur libre et ferme ;
Tout succombe. On comprime élans, espoirs, regrets,
La liberté, le droit, l'avenir, le progrès,
Comme faisait Séjan, comme fit Louis onze [1],
Avec des lois de fer et des juges de bronze.
Puis, — c'est bien, — on s'endort, et le maître joyeux
Dit : l'homme n'a plus d'âme et le ciel n'a plus d'yeux.
O rêve des tyrans ! l'heure fuit, le temps marche,
Le grain croît dans la terre et l'eau coule sous l'arche.
Un jour vient où ces lois de silence et de mort
Se rompant tout à coup, comme, sous un effort,
Se rouvrent à grand bruit des portes mal fermées,
Emplissent la cité de torches enflammées.

Jersey, août 1853.
[17/1/1853]

---

1. Dont les « cages de fer » sont restées légendaires et envers qui
Hugo, dès *Notre-Dame de Paris*, ne partage pas l'admiration
commune pour son action centralisatrice et l'extension donnée au
domaine et à l'autorité royale.

VII

LES GRANDS CORPS DE L'ÉTAT

Ces hommes passeront comme un ver sur le sable.
Qu'est-ce que tu ferais de leur sang méprisable ?
　　　　Le dégoût rend clément.
Retenons la colère âpre, ardente, électrique.
Peuple, si tu m'en crois, tu prendras une trique
　　　　Au jour du châtiment.

O de Soulouque-deux burlesque cantonade ![1]
O ducs de Trou-Bonbon, marquis de Cassonade[2],
　　　　Souteneurs du larron,
Vous dont la poésie, ou sublime ou mordante,
Ne sait que faire, gueux, trop grotesques pour Dante,
　　　　Trop sanglants pour Scarron[3],

O jongleurs, noirs par l'âme et par la servitude,
Vous vous imaginez un lendemain trop rude,
　　　　Vous êtes trop tremblants,

---

1. Au sens propre, le mot désignait la partie d'une scène de théâtre où pouvaient se tenir des spectateurs privilégiés ; si la salle du trône est une scène, les courtisans se rangent dans la cantonade et les dignitaires de l'Empire sont les spectateurs du pitre Napoléon III.
2. Soulouque, empereur d'Haïti, avait créé une noblesse aux titres burlesques : duc de Trou-Bonbon, duc de Limonade, etc. La cassonade est une sauce sucrée utilisée dans le nord de la France.
3. À la fois pour son *Roman comique* — récit des aventures comiques d'une troupe de comédiens ambulants — et pour ses parodies burlesques : *Virgile travesti*.

[sommes,
Vous croyez qu'on en veut, dans l'exil où nous
                                         [hommes ;
À cette peau qui fait qu'on vous prend pour des
              Calmez-vous, nègres blancs ! [1]

Cambyse[2], j'en conviens, eût eu ce cœur de roche
De faire asseoir Troplong sur la peau de Baroche ;
              Au bout d'un temps peu long,
Il eût crié : Cet autre est pire. Qu'on l'étrangle !
Et, j'en conviens encore, eût fait asseoir Delangle
              Sur la peau de Troplong.

Cambyse était stupide et digne d'être auguste[3] ;
Comme s'il suffisait pour qu'un être soit juste,
              Sans vices, sans orgueil,
Pour qu'il ne soit pas traître à la loi, ni transfuge,
Que d'une peau de tigre ou d'une peau de juge
              On lui fasse un fauteuil !

Toi, peuple, tu diras : — Ces hommes se ressemblent.
                                         [tremblent
Voyons les mains. — Et tous trembleront comme
              Les loups pris aux filets.
                                         [écroue,
— Bon. Les uns ont du sang, qu'au bagne on les
À la chaîne ! Mais ceux qui n'ont que de la boue,
              Tu leur diras : — Valets !

---

   1. Ici encore Hugo fait flèche d'un mauvais bois. Voir la note 3
de la page 74.   **2.** Cambyse, roi de Perse au VIᵉ siècle avant J.-C.,
apprenant la vénalité d'un juge, le fit égorger, écorcher, et recouvrir
de sa peau le fauteuil du magistrat.   **3.** « Auguste » était le titre
commun aux empereurs romains depuis le premier, Octave.

La loi râlait, ayant en vain crié : main-forte !
Vous avez partagé les habits de la morte[1].
       Par César achetés,
De tous nos droits livrés vous avez fait des ventes ;
Toutes ses trahisons ont trouvé pour servantes
       Toutes vos lâchetés !

Allez, fuyez, vivez ! pourvu que, mauvais prêtre,
Mauvais juge, on vous voie en vos trous disparaître,
       Rampant sur vos genoux,
Et qu'il ne reste rien, sous les cieux que Dieu dore,
Sous le splendide azur où se lève l'aurore,
       Rien de pareil à vous !

Vivez, si vous pouvez ! l'opprobre est votre asile.
Vous aurez à jamais, toi, cardinal Basile,
       Toi, sénateur Crispin[2],
De quoi boire et manger dans vos fuites lointaines,
Si le mépris se boit comme l'eau des fontaines,
       Si la honte est du pain ! —

Peuple, alors nous prendrons au collet tous ces drôles,
Et tu les jetteras dehors par les épaules
       À grands coups de bâton ;
Et dans le Luxembourg, blancs sous les branches d'arbre,
Vous nous approuverez de vos têtes de marbre,
       O Lycurgue[3], ô Caton !

Citoyens ! le néant pour ces laquais se rouvre ;
Qu'importe, ô citoyens ! l'abjection les couvre
       De son manteau de plomb.

---

1. Allusion au partage des vêtements du Christ entre les soldats qui l'avaient mis à mort (Matthieu, XXVII, 35). 2. Basile, personnage de Beaumarchais, maître à chanter de Rosine dans *Le Barbier de Séville* et de la comtesse dans *Le Mariage de Figaro*, s'entremet auprès d'elles pour le comte Almaviva. Crispin : nom d'un personnage de valet fripon. 3. Voir la note 1 de la page 299.

Qu'importe que, le soir, un passant solitaire,
Voyant un récureur d'égouts sortir de terre,
      Dise : Tiens ! c'est Troplong !

Qu'importe que Rouher sur le Pont-Neuf[1] se carre,
Que Baroche et Delangle, en quittant leur simarre,
      Prennent des tabliers,
Qu'ils s'offrent pour trois sous, oubliés quoique infâmes,
Et qu'ils aillent, après avoir sali leurs âmes,
      Nettoyer vos souliers ![2]

Jersey, juin 1853.
[23/11/1852]

---

1. Longtemps le Pont-Neuf fut le quartier général des joueurs de gobelet, des charlatans, des chanteurs et marchands de chansons qui, le soir, laissaient place aux duellistes, filous, assassins et filles de joie. Du Palais de Justice, Rouher n'a qu'un pas à faire.   2. Le sens figuré et familier de « cirer les bottes » était déjà en usage au XIXe siècle.

VIII [1]

Le Progrès calme et fort, et toujours innocent,
Ne sait pas ce que c'est que de verser le sang.
Il règne, conquérant désarmé ; quoi qu'on fasse,
De la hache et du glaive il détourne sa face,
Car le doigt éternel écrit dans le ciel bleu
Que la terre est à l'homme et que l'homme est à Dieu ;
Car la force invincible est la force impalpable. —
Peuple, jamais de sang ! — Vertueux ou coupable,
Le sang qu'on a versé monte des mains au front.
Quand sur une mémoire, indélébile affront,
Il jaillit, plus d'espoir ; cette fatale goutte
Finit par la couvrir et la dévorer toute ;
Il n'est pas dans l'histoire une tache de sang
Qui sur les noirs bourreaux n'aille s'élargissant.
Sachons-le bien, la honte est la meilleure tombe.
Le même homme sur qui son crime enfin retombe
Sort sanglant du sépulcre et fangeux du mépris.
Le bagne dédaigneux sur les coquins flétris
Se ferme, et tout est dit ; l'obscur tombeau se rouvre [2].
Qu'on le fasse profond et muré, qu'on le couvre

1. Ce poème revient sur le refus d'appliquer à Napoléon III la
peine de mort. Voir les poèmes III, 15 et 16, p. 156 et 160, IV, 1,
p. 165 et la première strophe du poème précédent : *Les grands corps
de l'État* (V, 7, p. 215). 2. Tout ce qui suit adopte un schéma légè-
rement différent du célèbre poème *La Conscience* de *La Légende des
siècles* (I, 2 ; « Poésie II », p. 576) qui fut un temps destiné aux *Châtiments*. Ici, la victime, même coupable, vient poursuivre son meurtrier, même justicier. Louis-Napoléon, si on le tue au lieu de le punir
par le bagne, ne sera pas persécuté par la conscience de ses crimes ;
c'est lui qui viendra hanter ses bourreaux. L'image finale est celle
d'Oreste tel que le représente Eschyle : poursuivi par les Euménides
vengeant la mort, pourtant juste, de Clytemnestre.

D'une dalle de marbre et d'un plafond massif,
Quand vous avez fini, le fantôme pensif
Lève du front la pierre et lentement se dresse.
Mettez sur ce tombeau toute une forteresse,
Tout un mont de granit, impénétrable et sourd,
Le fantôme est plus fort que le granit n'est lourd.
Il soulève ce mont comme une feuille morte.
Le voici, regardez, il sort ; il faut qu'il sorte,
Il faut qu'il aille et marche et traîne son linceul ;
Il surgit devant vous dès que vous êtes seul ;
Il dit : c'est moi ; tout vent qui souffle vous l'apporte ;
La nuit, vous l'entendez qui frappe à votre porte.
Les exterminateurs, avec ou sans le droit,
Je les hais, mais surtout je les plains. On les voit,
À travers l'âpre histoire où le vrai seul demeure,
Pour s'être délivrés de leurs rivaux d'une heure,
D'ennemis innocents, ou même criminels,
Fuir dans l'ombre entourés de spectres éternels.

Jersey, octobre 1852.
[25/3/1853]

IX[1]

LE CHANT DE CEUX QUI S'EN VONT SUR MER

AIR BRETON

Adieu, patrie !
L'onde est en furie.
Adieu, patrie !
Azur !

Adieu, maison, treille au fruit mûr,
Adieu, les fleurs d'or du vieux mur !

Adieu, patrie !
Ciel, forêt, prairie !
Adieu, patrie,
Azur !

Adieu, patrie !
L'onde est en furie.
Adieu, patrie,
Azur !

Adieu, fiancée au front pur,
Le ciel est noir, le vent est dur.

---

1. Ce poème appartient à la fois au cycle consacré au peuple et à celui dédié aux proscrits, associés par l'éloignement de la patrie, les dangers et par l'incertitude de leur destin.

Adieu, patrie !
Lise, Anna, Marie !
Adieu, patrie,
Azur !

Adieu, patrie !
L'onde est en furie.
Adieu, patrie,
Azur !

Notre œil, que voile un deuil futur,
Va du flot sombre au sort obscur !

Adieu, patrie !
Pour toi mon cœur prie.
Adieu, patrie,
Azur !

En mer, 1er août 1852.
[31/7/1853]

X

À UN QUI VEUT SE DÉTACHER [1]

I

Maintenant il se dit : — L'empire est chancelant ;
      La victoire est peu sûre. —
Il cherche à s'en aller, furtif et reculant.
      Reste dans la masure !

Tu dis : — Le plafond croule. Ils vont, si l'on me voit,
      Empêcher que je sorte. —
N'osant rester ni fuir, tu regardes le toit,
      Tu regardes la porte ;

Tu mets timidement la main sur le verrou.
      Reste en leurs rangs funèbres !
Reste ! la loi qu'ils ont enfouie en un trou [2]
      Est là dans les ténèbres.

Reste ! elle est là, le flanc percé de leur couteau,
      Gisante, et sur sa bière
Ils ont mis une dalle. Un pan de ton manteau
      Est pris sous cette pierre !

---

1. Il s'agit de Montalembert, voir ce nom à l'Index.
2. Diérèse nécessaire sur « enfouie ».

Pendant qu'à l'Élysée en fête et plein d'encens
                On chante, on déblatère[1],
Qu'on oublie et qu'on rit, toi tu pâlis ; tu sens
                Ce spectre sous la terre !

Tu ne t'en iras pas ! quoi ! quitter leur maison
                Et fuir leur destinée !
Quoi ! tu voudrais trahir jusqu'à la trahison,
                Elle-même indignée !

Quoi ! tu veux renier ce larron au front bas
                Qui t'admire et t'honore !
Quoi ! Judas pour Jésus, tu veux pour Barabbas[2]
                Être Judas encore !

Quoi ! n'as-tu pas tenu l'échelle à ces fripons,
                En pleine connivence ?
Le sac de ces voleurs ne fut-il pas, réponds,
                Cousu par toi d'avance !

Les mensonges, la haine au dard froid et visqueux,
                Habitent ce repaire ;
Tu t'en vas ! de quel droit ? étant plus renard qu'eux,
                Et plus qu'elle vipère !

II

Quand l'Italie en deuil dressa, du Tibre au Pô,
                Son drapeau magnifique,
Quand ce grand peuple, après s'être couché troupeau,
                Se leva république[3],

---

1. Le mot — bavarder, surtout pour critiquer, décrier ou injurier — n'est pas familier au XIXe siècle.   2. Voir les Évangiles (Matthieu, XXVII, 15-25).   3. Voir II, 2, *Au Peuple*, et la note 2 de la page 92.

C'est toi, quand Rome aux fers jeta le cri d'espoir,
          Toi qui brisas son aile,
Toi qui fis retomber l'affreux capuchon noir [1]
          Sur sa face éternelle !

C'est toi qui restauras Montrouge et Saint-Acheul [2],
          Écoles dégradées,
Où l'on met à l'esprit frémissant un linceul,
          Un bâillon aux idées.

C'est toi qui, pour progrès rêvant l'homme animal,
          Livras l'enfant victime
Aux jésuites lascifs, sombres amants du mal,
          En rut devant le crime !

O pauvres chers enfants qu'ont nourris de leur lait
          Et qu'ont bercés nos femmes,
Ces blêmes oiseleurs ont pris dans leur filet
          Toutes vos douces âmes !

Hélas ! ce triste oiseau, sans plumes sur la chair,
          Rongé de lèpre immonde,
Qui rampe et qui se meurt dans leur cage de fer,
          C'est l'avenir du monde !

Si nous les laissons faire, on aura dans vingt ans,
          Sous les cieux que Dieu dore,
Une France aux yeux ronds, aux regards clignotants,
          Qui haïra l'aurore !

---

1. Celui de la robe portée par la plupart des ordres religieux.
2. Saint-Acheul et Montrouge étaient des écoles tenues par les jésuites, rouvertes après le vote de la loi Falloux (mars 1850). Voir le discours de Hugo prononcé contre cette loi le 15 janvier 1850 (*Actes et Paroles* ; « Politique », p. 217 et suiv.).

Ces noirs magiciens, ces jongleurs tortueux,
        Dont la fraude est la règle,
Pour en faire sortir le hibou monstrueux,
        Ont volé l'œuf de l'aigle !

III

Donc, comme les baskirs, sur Paris étouffé,
        Et comme les croates [1],
Créateurs du néant, vous avez triomphé
        Dans vos haines béates ;

Et vous êtes joyeux, vous, constructeurs savants
        Des préjugés sans nombre,
Qui, pareils à la nuit, versez sur les vivants
        Des urnes pleines d'ombre !

Vous courez saluer le nain Napoléon ;
        Vous dansez dans l'orgie.
Ce grand siècle est souillé ; c'était le Panthéon,
        Et c'est la tabagie.

Et vous dites : c'est bien ! vous sacrez parmi nous
        César, au nom de Rome,
L'assassin qui, la nuit, se met à deux genoux
        Sur le ventre d'un homme.

Ah ! malheureux ! louez César qui fait trembler,
        Adorez son étoile ;
Vous oubliez le Dieu vivant qui peut rouler
        Les cieux comme une toile !

---

1. Les Baskirs sont une population d'origine mongole, mal christianisée, « d'humeur vagabonde et belliqueuse » (P. Larousse), volontiers employée dans la cavalerie russe ; les Croates l'étaient dans l'armée autrichienne : allusion à l'occupation de Paris par les troupes coalisées en 1814 et 1815. Voir la note 1 de la page 31.

Encore un peu de temps, et ceci tombera[1] ;
        Dieu vengera sa cause !
Les villes chanteront, le lieu désert sera
        Joyeux comme une rose !

Encore un peu de temps, et vous ne serez plus,
        Et je viens vous le dire.
Vous êtes les maudits, nous sommes les élus.
        Regardez-nous sourire !

Je le sais, moi qui vis au bord du gouffre amer
        Sur les rocs centenaires,
Moi qui passe mes jours à contempler la mer
        Pleine de sourds tonnerres ![2]

IV

Toi, leur chef, sois leur chef ! c'est là ton châtiment.
        Sois l'homme des discordes !
Ces fourbes ont saisi le genre humain dormant
        Et l'ont lié de cordes.

Ah ! tu voulus défaire, épouvantable affront !
        Les âmes que Dieu crée ?
Eh bien, frissonne et pleure, atteint toi-même au front
        Par ton œuvre exécrée !

À mesure que vient l'ignorance, et l'oubli,
        Et l'erreur qu'elle amène,
À mesure qu'aux cieux décroît, soleil pâli,
        L'intelligence humaine,

---

1. La formule : « Encore un peu de temps et... » est inspirée de l'Évangile — par exemple Jean, XVI, 16-19 — comme plusieurs autres qui suivent.   2. Nouvelle image du poète qui associe ses aspects christiques et son intimité avec les éléments naturels ; voir la note 1 de la page 38.

Et que son jour s'éteint, laissant l'homme méchant
  Et plus froid que les marbres,
Votre honte, ô maudits, grandit comme au couchant
  Grandit l'ombre des arbres !

     V

Oui, reste leur apôtre ! oui, tu l'as mérité.
  C'est là ta peine énorme !
Regarde en frémissant dans la postérité
  Ta mémoire difforme.

On voit, louche rhéteur des vieux partis hurlants,
  Qui mens et qui t'emportes,
Pendre à tes noirs discours, comme à des clous sanglants,
  Toutes les grandes mortes,

La justice, la foi, bel ange souffleté
  Par la goule papale,
La vérité, fermant les yeux, la liberté
  Échevelée et pâle,

Et ces deux sœurs, hélas ! nos mères toutes deux,
  Rome, qu'en pleurs je nomme,
Et la France sur qui, raffinement hideux,
  Coule le sang de Rome !

Homme fatal ! l'histoire en ses enseignements
  Te montrera dans l'ombre,
Comme on montre un gibet entouré d'ossements
  Sur la colline sombre ![1]

        Jersey, janvier 1853.
          [24/1/1853]

---

1. Montalembert en Montfaucon.

XI

PAULINE ROLAND

Elle ne connaissait ni l'orgueil ni la haine ;
Elle aimait ; elle était pauvre, simple et sereine ;
Souvent le pain qui manque abrégeait son repas.
Elle avait trois enfants, ce qui n'empêchait pas
Qu'elle ne se sentît mère de ceux qui souffrent.
Les noirs évènements qui dans la nuit s'engouffrent,
Les flux et les reflux, les abîmes béants,
Les nains, sapant sans bruit l'ouvrage des géants,
Et tous nos malfaiteurs inconnus ou célèbres,
Ne l'épouvantaient point ; derrière ces ténèbres,
Elle apercevait Dieu construisant l'avenir.
Elle sentait sa foi sans cesse rajeunir ;
De la liberté sainte elle attisait les flammes ;
Elle s'inquiétait des enfants et des femmes ;
Elle disait, tendant la main aux travailleurs :
La vie est dure ici, mais sera bonne ailleurs.
Avançons ! — Elle allait, portant de l'un à l'autre
L'espérance : c'était une espèce d'apôtre
Que Dieu, sur cette terre où nous gémissons tous,
Avait fait mère et femme afin qu'il fût plus doux ;
L'esprit le plus farouche aimait sa voix sincère.
Tendre, elle visitait, sous leur toit de misère,
Tous ceux que la famine ou la douleur abat,
Les malades pensifs, gisant sur leur grabat,
La mansarde où languit l'indigence morose ;   [chose,
Quand, par hasard moins pauvre, elle avait quelque

Elle le partageait à tous comme une sœur ;
Quand elle n'avait rien, elle donnait son cœur.
Calme et grande, elle aimait comme le soleil brille.
Le genre humain pour elle était une famille
Comme ses trois enfants étaient l'humanité.
Elle criait : progrès ! amour ! fraternité !
Elle ouvrait aux souffrants des horizons sublimes.

Quand Pauline Roland eut commis tous ces crimes,
Le sauveur de l'église et de l'ordre la prit
Et la mit en prison. Tranquille, elle sourit,
Car l'éponge de fiel [1] plaît à ces lèvres pures.
Cinq mois, elle subit le contact des souillures,
L'oubli, le rire affreux du vice, les bourreaux,
Et le pain noir qu'on jette à travers les barreaux,
Édifiant la geôle au mal habituée,
Enseignant la voleuse et la prostituée.
Ces cinq mois écoulés, un soldat, un bandit,
Dont le nom souillerait ces vers, vint et lui dit :
— Soumettez-vous sur l'heure au règne qui commence,
Reniez votre foi ; sinon, pas de clémence,
Lambessa ! choisissez. — Elle dit : Lambessa.
Le lendemain la grille en frémissant grinça,
Et l'on vit arriver un fourgon cellulaire.
— Ah ! voici Lambessa, dit-elle sans colère.
Elles étaient plusieurs qui souffraient pour le droit
Dans la même prison. Le fourgon trop étroit
Ne put les recevoir dans ses cloisons infâmes ;
Et l'on fit traverser tout Paris à ces femmes
Bras dessus bras dessous avec les argousins.
Ainsi que des voleurs et que des assassins,
Les sbires les frappaient de paroles bourrues.
S'il arrivait parfois que les passants des rues,
Surpris de voir mener ces femmes en troupeau,
S'approchaient et mettaient la main à leur chapeau [2],

---

1. Allusion à un épisode de la mort du Christ (Matthieu,
XXVII, 48).   2. On se découvre, au XIXᵉ siècle, par politesse pour
saluer quelqu'un ou par respect au passage d'une personnalité, d'un
défilé portant le drapeau, d'une procession religieuse.

L'argousin leur jetait des sourires obliques,
Et les passants fuyaient, disant : filles publiques !
Et Pauline Roland disait : courage, sœurs !
L'océan au bruit rauque, aux sombres épaisseurs,
Les emporta. Durant la rude traversée,
L'horizon était noir, la bise était glacée,
Sans l'ami qui soutient, sans la voix qui répond,
Elles tremblaient. La nuit, il pleuvait sur le pont ;
Pas de lit pour dormir, pas d'abri sous l'orage,
Et Pauline Roland criait : mes sœurs, courage !
Et les durs matelots pleuraient en les voyant.
On atteignit l'Afrique au rivage effrayant,
Les sables, les déserts qu'un ciel d'airain calcine,
Les rocs sans une source et sans une racine ;
L'Afrique, lieu d'horreur pour les plus résolus,
Terre au visage étrange où l'on ne se sent plus
Regardé par les yeux de la douce patrie.
Et Pauline Roland, souriante et meurtrie,
Dit aux femmes en pleurs : courage, c'est ici.
Et quand elle était seule, elle pleurait aussi.
Ses trois enfants ! loin d'elle ! Oh ! quelle angoisse amère !
Un jour, un des geôliers dit à la pauvre mère
Dans la casbah de Bône aux cachots étouffants :
— Voulez-vous être libre et revoir vos enfants ?
Demandez grâce au prince. — Et cette femme forte
Dit : — J'irai les revoir lorsque je serai morte.
Alors sur la martyre, humble cœur indompté,
On épuisa la haine et la férocité.
Bagnes d'Afrique ! enfers qu'a sondés Ribeyrolles !
Oh ! la pitié sanglote et manque de paroles.
Une femme, une mère, un esprit ! ce fut là
Que malade, accablée et seule, on l'exila.
Le lit de camp, le froid et le chaud, la famine,
Le jour l'affreux soleil et la nuit la vermine,
Les verrous, le travail sans repos, les affronts,
Rien ne plia son âme ; elle disait : — Souffrons.
Souffrons comme Jésus, souffrons comme Socrate. —
Captive, on la traîna sur cette terre ingrate ;
Et, lasse, et quoiqu'un ciel torride l'écrasât,

On la faisait marcher à pied comme un forçat.
La fièvre la rongeait ; sombre, pâle, amaigrie,
Le soir elle tombait sur la paille pourrie,
Et de la France aux fers murmurait le doux nom.
On jeta cette femme au fond d'un cabanon.
Le mal brisait sa vie et grandissait son âme.
Grave, elle répétait : « Il est bon qu'une femme,
Dans cette servitude et cette lâcheté,
Meure pour la justice et pour la liberté. »
Voyant qu'elle râlait, sachant qu'ils rendront compte,
Les bourreaux eurent peur, ne pouvant avoir honte ;
Et l'homme de décembre abrégea son exil.
« Puisque c'est pour mourir, qu'elle rentre ! » dit-il.
Elle ne savait plus ce que l'on faisait d'elle.
L'agonie à Lyon la saisit. Sa prunelle,
Comme la nuit se fait quand baisse le flambeau,
Devint obscure et vague, et l'ombre du tombeau
Se leva lentement sur son visage blême.
Son fils, pour recueillir à cette heure suprême
Du moins son dernier souffle et son dernier regard,
Accourut. Pauvre mère ! Il arriva trop tard.
Elle était morte ; morte à force de souffrance,
Morte sans avoir su qu'elle voyait la France
Et le doux ciel natal aux rayons réchauffants ;
Morte dans le délire en criant : mes enfants !
On n'a pas même osé pleurer à ses obsèques ;
Elle dort sous la terre. — Et maintenant, évêques,
Debout, la mitre au front, dans l'ombre du saint lieu,
Crachez vos *Te Deum* [1] à la face de Dieu !

Jersey, décembre 1852.
[12/3/1853]

---

1. Voir *Le* Te Deum *du 1er janvier 1852* (I, 6, p. 60) et la note 1.

XII

Le plus haut attentat que puisse faire un homme,
C'est de lier la France ou de garrotter Rome[1] ;
C'est, quel que soit le lieu, le pays, la cité,
D'ôter l'âme à chacun, à tous la liberté.
Dans la curie auguste entrer avec l'épée,
Assassiner la loi dans son temple frappée,
Mettre aux fers tout un peuple, est un crime odieux
Que Dieu, calme et rêveur, ne quitte pas des yeux.
Dès que ce grand forfait est commis, point de grâce ;
La Peine au fond des cieux, lente, mais jamais lasse,
Se met en marche, et vient ; son regard est serein.
Elle tient sous son bras son fouet[2] aux clous d'airain.

Jersey, novembre 1852.
[1/12/1852]

---

1. Les deux nations républicaines, symboliques de la souveraineté des peuples sur eux-mêmes. La Rome papale n'est évidemment pas incluse. La curie était le lieu de réunion du Sénat, la plus haute autorité, collégiale, de la Rome antique. Il était absolument interdit d'y entrer en armes. **2.** Beaucoup de civilisations ont connu la peine du fouet, généralement infamante, au point qu'elle était réservée à Rome aux esclaves et, dans l'ancienne France, aux domestiques.

XIII

L'EXPIATION[1]

I

Il neigeait. On était vaincu par sa conquête.
Pour la première fois l'aigle baissait la tête.
Sombres jours ! l'empereur revenait lentement,
Laissant derrière lui brûler Moscou fumant[2].
Il neigeait. L'âpre hiver fondait en avalanche.
Après la plaine blanche une autre plaine blanche.
On ne connaissait plus les chefs ni le drapeau.

---

1. S'il en avait été besoin, l'idée de ce poème aurait pu être donnée à Hugo par Napoléon III lui-même qui, rapporte l'*Histoire d'un crime* (I, 1 ; p. 158), lui aurait dit, un jour de 1848 : « Que pourrais-je recommencer de Napoléon ? une seule chose. Un crime. » On sait que Hugo n'a pas toujours tenu le 18 Brumaire pour un crime et que, depuis l'*Ode à la Colonne*, il avait, plus que tout autre, contribué à forger la légende napoléonienne dont Louis-Napoléon sut tirer parti. L'idée centrale du poème est déjà notée à deux reprises dans *Napoléon le Petit* : « Le 18 Brumaire est un crime dont le Deux-Décembre a élargi la tache sur la mémoire de Napoléon » (I, 6 ; p. 15) et « L'homme qui assassine véritablement Napoléon, c'est Louis Bonaparte ; Hudson Lowe n'avait tué que sa vie, Louis Bonaparte tue sa gloire » (IV, 4 ; p. 86). Sur le motif antithétique des deux empereurs, voir la note 1 de la page 32.   2. L'incendie est depuis longtemps éteint lorsque Napoléon décide, un mois trop tard, de quitter Moscou. Mais il avait projeté d'y faire passer l'hiver à son armée et Koutouzov l'avait fait incendier pour l'en empêcher. Beaucoup de témoignages pouvaient informer Hugo du détail de la retraite, mais la vision de la catastrophe est celle de Chateaubriand dans les *Mémoires d'outre-tombe* (XXI, 4 et 5).

Hier la grande armée, et maintenant troupeau.
On ne distinguait plus les ailes ni le centre.
Il neigeait. Les blessés s'abritaient dans le ventre
Des chevaux morts ; au seuil des bivouacs désolés
On voyait des clairons à leur poste gelés,
Restés debout, en selle et muets, blancs de givre,
Collant leur bouche en pierre aux trompettes de cuivre.
Boulets, mitraille, obus, mêlés aux flocons blancs,
Pleuvaient ; les grenadiers, surpris d'être tremblants,
Marchaient pensifs, la glace à leur moustache grise.
Il neigeait, il neigeait toujours ! La froide bise
Sifflait ; sur le verglas, dans des lieux inconnus,
On n'avait pas de pain et l'on allait pieds nus.
Ce n'étaient plus des cœurs vivants, des gens de guerre :
C'était un rêve errant dans la brume, un mystère,
Une procession d'ombres sous le ciel noir.
La solitude vaste, épouvantable à voir,
Partout apparaissait, muette vengeresse.
Le ciel faisait sans bruit avec la neige épaisse
Pour cette immense armée un immense linceul.
Et chacun se sentant mourir, on était seul.
— Sortira-t-on jamais de ce funeste empire ?
Deux ennemis ! le czar, le nord. Le nord est pire.
On jetait les canons pour brûler les affûts.
Qui se couchait, mourait. Groupe morne et confus,
Ils fuyaient ; le désert dévorait le cortège.
On pouvait, à des plis qui soulevaient la neige,
Voir que des régiments s'étaient endormis là.
O chutes d'Annibal ! lendemains d'Attila !
Fuyards, blessés, mourants, caissons, brancards, civières,
On s'écrasait aux ponts pour passer les rivières[1],
On s'endormait dix mille, on se réveillait cent.
Ney, que suivait naguère une armée, à présent
S'évadait, disputant sa montre à trois cosaques.
Toutes les nuits, qui vive ! alerte, assauts ! attaques !
Ces fantômes prenaient leur fusil, et sur eux

---

1. Celle de la Bérésina en particulier, épisode dont Hugo évite le récit.

Ils voyaient se ruer, effrayants, ténébreux,
Avec des cris pareils aux voix des vautours chauves,
D'horribles escadrons, tourbillons d'hommes fauves[1].
Toute une armée ainsi dans la nuit se perdait.
L'empereur était là, debout, qui regardait.
Il était comme un arbre en proie à la cognée.
Sur ce géant, grandeur jusqu'alors épargnée,
Le malheur, bûcheron sinistre, était monté ;
Et lui, chêne vivant, par la hache insulté,
Tressaillant sous le spectre aux lugubres revanches,
Il regardait tomber autour de lui ses branches.
Chefs, soldats, tous mouraient. Chacun avait son tour.
Tandis qu'environnant sa tente avec amour,
Voyant son ombre aller et venir sur la toile,
Ceux qui restaient, croyant toujours à son étoile,
Accusaient le destin de lèse-majesté,
Lui se sentit soudain dans l'âme épouvanté.
Stupéfait du désastre et ne sachant que croire,
L'empereur se tourna vers Dieu ; l'homme de gloire
Trembla ; Napoléon comprit qu'il expiait
Quelque chose peut-être, et, livide, inquiet,
Devant ses légions sur la neige semées :
« Est-ce le châtiment, dit-il, Dieu des armées ? »
Alors il s'entendit appeler par son nom
Et quelqu'un qui parlait dans l'ombre lui dit : Non.

II

Waterloo ! Waterloo ! Waterloo ! morne plaine ![2]
Comme une onde qui bout dans une urne trop pleine,
Dans ton cirque de bois, de coteaux, de vallons,
La pâle mort mêlait les sombres bataillons.
D'un côté c'est l'Europe et de l'autre la France.
Choc sanglant ! des héros Dieu trompait l'espérance ;
Tu désertais, victoire, et le sort était las.

---

1. Les unités de la cavalerie cosaque.   2. Évocation à comparer
au récit des *Misérables* (II, 1 ; « Roman II », p. 241 et suiv.).

O Waterloo ! je pleure et je m'arrête, hélas !
Car ces derniers soldats de la dernière guerre
Furent grands ; ils avaient vaincu toute la terre,
Chassé vingt rois, passé les Alpes et le Rhin,
Et leur âme chantait dans les clairons d'airain !

Le soir tombait ; la lutte était ardente et noire.
Il avait l'offensive et presque la victoire ;
Il tenait Wellington acculé sur un bois.
Sa lunette à la main, il observait parfois
Le centre du combat, point obscur où tressaille
La mêlée, effroyable et vivante broussaille,
Et parfois l'horizon, sombre comme la mer.
Soudain, joyeux, il dit : Grouchy ! — C'était Blücher.
L'espoir changea de camp, le combat changea d'âme,
La mêlée en hurlant grandit comme une flamme.
La batterie anglaise écrasa nos carrés.
La plaine, où frissonnaient les drapeaux déchirés,
Ne fut plus, dans les cris des mourants qu'on égorge,
Qu'un gouffre flamboyant, rouge comme une forge ;
Gouffre où les régiments comme des pans de murs
Tombaient, où se couchaient comme des épis mûrs
Les hauts tambours-majors aux panaches énormes,
Où l'on entrevoyait des blessures difformes !
Carnage affreux ! moment fatal ! L'homme inquiet
Sentit que la bataille entre ses mains pliait.
Derrière un mamelon la garde était massée.
La garde, espoir suprême et suprême pensée !
« Allons ! faites donner la garde ! » cria-t-il.
Et, lanciers, grenadiers aux guêtres de coutil,
Dragons que Rome eût pris pour des légionnaires,
Cuirassiers, canonniers qui traînaient des tonnerres,
Portant le noir colback [1] ou le casque poli,
Tous, ceux de Friedland et ceux de Rivoli,
Comprenant qu'ils allaient mourir dans cette fête,

---

1. Coiffure militaire adoptée d'abord, en Égypte, par les chasseurs à cheval de la garde consulaire. Mais le mot vaut surtout par sa sonorité.

Saluèrent leur dieu, debout dans la tempête.
Leur bouche, d'un seul cri, dit : vive l'empereur !
Puis, à pas lents, musique en tête, sans fureur [1],
Tranquille, souriant à la mitraille anglaise,
La garde impériale entra dans la fournaise [2].
Hélas ! Napoléon, sur sa garde penché,
Regardait, et sitôt qu'ils avaient débouché
Sous les sombres canons crachant des jets de soufre,
Voyait, l'un après l'autre, en cet horrible gouffre,
Fondre ces régiments de granit et d'acier
Comme fond une cire au souffle d'un brasier.
Ils allaient, l'arme au bras, front haut, graves, stoïques.
Pas un ne recula. Dormez, morts héroïques !
Le reste de l'armée hésitait sur leurs corps
Et regardait mourir la garde. — C'est alors
Qu'élevant tout à coup sa voix désespérée,
La Déroute, géante à la face effarée
Qui, pâle, épouvantant les plus fiers bataillons,
Changeant subitement les drapeaux en haillons,
À de certains moments, spectre fait de fumées,
Se lève grandissante au milieu des armées,
La Déroute apparut au soldat qui s'émeut,
Et, se tordant les bras, cria : Sauve qui peut ![bouches
Sauve qui peut ! — affront ! horreur ! — toutes les
Criaient ; à travers champs, fous, éperdus, farouches,
Comme si quelque souffle avait passé sur eux,
Parmi les lourds caissons et les fourgons poudreux,
Roulant dans les fossés, se cachant dans les seigles,
Jetant shakos, manteaux, fusils, jetant les aigles [3],
Sous les sabres prussiens, ces vétérans, ô deuil !

---

1. Trimètre remarquable, avec un tout autre effet que le suivant.
2. Relire, dans *Les Misérables*, le chapitre *La Garde* (II, 1, 12 ;
p. 267) : « ... la garde entrant en ligne sous cet épouvantable écroulement. Comme elle sentait qu'elle allait mourir, elle cria : vive l'empereur ! L'histoire n'a rien de plus émouvant que cette agonie éclatant
en acclamations... »   **3.** Le trimètre est désarticulé à sa partie centrale ; comparer au précédent.

[clin d'œil,
Tremblaient, hurlaient, pleuraient, couraient ! — En un
Comme s'envole au vent une paille enflammée,
S'évanouit ce bruit qui fut la grande armée,
Et cette plaine, hélas, où l'on rêve aujourd'hui,
Vit fuir ceux devant qui l'univers avait fui !
Quarante ans sont passés, et ce coin de la terre,
Waterloo, ce plateau funèbre et solitaire,
Ce champ sinistre où Dieu mêla tant de néants,
Tremble encor d'avoir vu la fuite des géants !

Napoléon les vit s'écouler comme un fleuve ; [l'épreuve
Hommes, chevaux, tambours, drapeaux ; — et dans
Sentant confusément revenir son remords,
Levant les mains au ciel, il dit : « Mes soldats morts,
Moi vaincu ! mon empire est brisé comme verre.
Est-ce le châtiment cette fois, Dieu sévère ? »
Alors parmi les cris, les rumeurs, le canon,
Il entendit la voix qui lui répondait : Non !

III

Il croula. Dieu changea la chaîne de l'Europe.

Il est, au fond des mers que la brume enveloppe,
Un roc hideux, débris des antiques volcans.
Le Destin prit des clous, un marteau, des carcans,
Saisit, pâle et vivant, ce voleur du tonnerre,
Et, joyeux, s'en alla sur le pic centenaire
Le clouer, excitant par son rire moqueur
Le vautour Angleterre à lui ronger le cœur[1].

Évanouissement d'une splendeur immense !
Du soleil qui se lève à la nuit qui commence,
Toujours l'isolement, l'abandon, la prison,
Un soldat rouge au seuil, la mer à l'horizon,

---

1. Sainte-Hélène n'est pas nommée, ni Prométhée.

Des rochers nus, des bois affreux, l'ennui, l'espace,
Des voiles s'enfuyant comme l'espoir qui passe,
Toujours le bruit des flots, toujours le bruit des vents !
Adieu, tente de pourpre aux panaches mouvants,
Adieu, le cheval blanc que César éperonne !
Plus de tambours battant aux champs, plus de couronne,
Plus de rois prosternés dans l'ombre avec terreur,
Plus de manteau traînant sur eux, plus d'empereur !
Napoléon était retombé Bonaparte.
Comme un romain blessé par la flèche du parthe[1],
Saignant, morne, il songeait à Moscou qui brûla.
Un caporal anglais lui disait : halte-là !   [autre !][2]
Son fils aux mains des rois ! sa femme aux bras d'un
Plus vil que le pourceau qui dans l'égout se vautre,
Son sénat qui l'avait adoré l'insultait[3].
Au bord des mers, à l'heure où la bise se tait,
Sur les escarpements croulant en noirs décombres,
Il marchait, seul, rêveur, captif des vagues sombres.
Sur les monts, sur les flots, sur les cieux, triste et fier,
L'œil encore ébloui des batailles d'hier,
Il laissait sa pensée errer à l'aventure.
Grandeur, gloire, ô néant ! calme de la nature !
Les aigles qui passaient ne le connaissaient pas.
Les rois, ses guichetiers, avaient pris un compas
Et l'avaient enfermé dans un cercle inflexible.
Il expirait. La mort de plus en plus visible
Se levait dans sa nuit et croissait à ses yeux
Comme le froid matin d'un jour mystérieux.

---

1. Les soldats de ce peuple, entre l'Euphrate et la Caspienne, avaient pour tactique de tirer de leur arc par-dessus l'épaule en simulant une fuite. De là l'expression proverbiale de la « flèche du Parthe ». Vainqueurs de Crassus et d'Antoine, ils ne cédèrent à Rome qu'au IIe siècle.   **2.** Le roi de Rome, on le sait, fut élevé à la cour de Vienne, chez son grand-père ; Marie-Louise, dit-on, était devenue la maîtresse du comte de Neipperg, avant de l'épouser en 1821.   **3.** Au moins l'avait-il fait lors de la première abdication, dans le décret de déchéance du 2 avril 1814, stigmatisé par Chateaubriand : « ... ce décret libérateur pour la France, infâme pour ceux qui l'ont rendu, fait à l'espèce humaine un affront... » (*Mémoires d'outre-tombe*, XXII, 16).

Son âme palpitait, déjà presque échappée.
Un jour enfin il mit sur son lit son épée,
Et se coucha près d'elle, et dit : c'est aujourd'hui ![1]
On jeta le manteau de Marengo sur lui.
Ses batailles du Nil, du Danube, du Tibre,
Se penchaient sur son front, il dit : « Me voici libre !
Je suis vainqueur ! je vois mes aigles accourir ! »
Et, comme il retournait sa tête pour mourir,
Il aperçut, un pied dans la maison déserte,
Hudson Lowe guettant par la porte entr'ouverte.
Alors, géant broyé sous le talon des rois,
Il cria : « La mesure est comble cette fois !
Seigneur ! c'est maintenant fini ! Dieu que j'implore,
Vous m'avez châtié ! » La voix dit : Pas encore !

IV

O noirs évènements, vous fuyez dans la nuit !
L'empereur mort tomba sur l'empire détruit.
Napoléon alla s'endormir sous le saule[2].
Et les peuples alors, de l'un à l'autre pôle,
Oubliant le tyran, s'éprirent du héros.
Les poëtes, marquant au front les rois bourreaux,
Consolèrent, pensifs, cette gloire abattue.
À la colonne veuve on rendit sa statue[3].
Quand on levait les yeux, on le voyait debout

---

1. Hugo transpose ainsi en récit la description de Chateaubriand :
« Quand il ferma pour jamais les yeux, son épée, expirée avec lui,
était couchée à sa gauche... ». Toute l'évocation de Sainte-Hélène
retrouve à plusieurs reprises les *Mémoires d'outre-tombe* (XXIV, 9-
12). C'est le cercueil de l'Empereur qu'on recouvrit du manteau de
Marengo. Ses derniers mots furent : « tête... armée, ou tête d'armée. »
2. Notation symbolique, mais exacte également ; Napoléon fut
enterré à Sainte-Hélène dans une étroite vallée qu'il aimait, où cou-
lait une source ombragée par deux saules.   3. La statue de Napoléon Ier, au sommet de la colonne Vendôme, fut enlevée et fondue
en 1816, puis remplacée en 1833. Victor Hugo y avait directement
contribué : ode *À la colonne de la place Vendôme* (*Odes et Ballades*,
III, 7 ; « Poésie I », p. 189), pièce II des *Chants du crépuscule* : *À la
colonne* (*ibid.*, p. 691).

Au-dessus de Paris, serein, dominant tout,
Seul, le jour dans l'azur et la nuit dans les astres.
Panthéons, on grava son nom sur vos pilastres !
On ne regarda plus qu'un seul côté du temps,
On ne se souvint plus que des jours éclatants ;
Cet homme étrange avait comme enivré l'histoire ;
La justice à l'œil froid disparut sous sa gloire ;
On ne vit plus qu'Essling, Ulm, Arcole, Austerlitz ;
Comme dans les tombeaux des romains abolis,
On se mit à fouiller dans ces grandes années ;
Et vous applaudissiez, nations inclinées,
Chaque fois qu'on tirait de ce sol souverain
Ou le consul de marbre ou l'empereur d'airain !

V

Le nom grandit quand l'homme tombe ;
Jamais rien de tel n'avait lui.
Calme, il écoutait dans sa tombe
La terre qui parlait de lui.

La terre disait : « La victoire
A suivi cet homme en tous lieux.
Jamais tu n'as vu, sombre histoire,
Un passant plus prodigieux !

« Gloire au maître qui dort sous l'herbe !
Gloire à ce grand audacieux !
Nous l'avons vu gravir, superbe,
Les premiers échelons des cieux !

« Il envoyait, âme acharnée,
Prenant Moscou, prenant Madrid,
Lutter contre la destinée
Tous les rêves de son esprit.

« À chaque instant, rentrant en lice,
Cet homme aux gigantesques pas
Proposait quelque grand caprice
À Dieu, qui n'y consentait pas.

« Il n'était presque plus un homme.
Il disait, grave et rayonnant,
En regardant fixement Rome :
C'est moi qui règne maintenant !

« Il voulait, héros et symbole,
Pontife et roi, phare et volcan,
Faire du Louvre un Capitole
Et de Saint-Cloud un Vatican[1].

« César, il eût dit à Pompée :
Sois fier d'être mon lieutenant !
On voyait luire son épée
Au fond d'un nuage tonnant.

« Il voulait, dans les frénésies
De ses vastes ambitions,
Faire devant ses fantaisies
Agenouiller les nations,

« Ainsi qu'en une urne profonde,
Mêler races, langues, esprits,
Répandre Paris sur le monde,
Enfermer le monde en Paris !

---

1. Napoléon Ier avait, en effet, imaginé, retenant Pie VII à Saint-Cloud, d'y installer le Saint-Siège.

« Comme Cyrus dans Babylone [1],
Il voulait sous sa large main
Ne faire du monde qu'un trône
Et qu'un peuple du genre humain,

« Et bâtir, malgré les huées,
Un tel empire sous son nom,
Que Jéhovah dans les nuées
Fût jaloux de Napoléon ! »

VI

Enfin, mort triomphant, il vit sa délivrance,
Et l'océan rendit son cercueil à la France [2].

L'homme, depuis douze ans, sous le dôme doré
Reposait, par l'exil et par la mort sacré.
En paix ! — Quand on passait près du monument sombre,
On se le figurait, couronne au front, dans l'ombre,
Dans son manteau semé d'abeilles d'or, muet,
Couché sous cette voûte où rien ne remuait,
Lui, l'homme qui trouvait la terre trop étroite,
Le sceptre en sa main gauche et l'épée en sa droite,
À ses pieds son grand aigle ouvrant l'œil à demi,
Et l'on disait : C'est là qu'est César endormi !

Laissant dans la clarté marcher l'immense ville,
Il dormait ; il dormait confiant et tranquille.

---

1. J. Massin note que Cyrus, roi de Perse au Ve siècle av. J.-C., « est sans doute le premier à avoir conçu une monarchie universelle doublée d'un syncrétisme religieux où tous les hommes seraient frères dans les limites d'une royauté paternaliste ». Hugo, ajoute-t-il, l'avait peut-être appris à travers la lecture de la seconde partie du Livre d'Isaïe.   2. Louis-Philippe organisa le retour en France du corps de Napoléon, placé aux Invalides le 15 décembre 1840. Deux textes de Hugo racontent et célèbrent l'événement : le poème *Le Retour de l'Empereur* (éd. J. Massin, t. VI, p. 133) et les « Notes prises sur place » recueillies dans *Choses vues* (« Histoire », p. 805 et suiv.).

VII

Une nuit, — c'est toujours la nuit dans le tombeau, —
Il s'éveilla. Luisant comme un hideux flambeau,
D'étranges visions emplissaient sa paupière ;
Des rires éclataient sous son plafond de pierre ;
Livide, il se dressa ; la vision grandit ;
O terreur ! une voix qu'il reconnut, lui dit :

— Réveille-toi. Moscou, Waterloo, Sainte-Hélène,
L'exil, les rois geôliers, l'Angleterre hautaine
Sur ton lit accoudée à ton dernier moment,
Sire, cela n'est rien. Voici le châtiment :

La voix alors devint âpre, amère, stridente,
Comme le noir sarcasme et l'ironie ardente ;
C'était le rire amer mordant un demi-dieu.

— Sire ! on t'a retiré de ton Panthéon bleu !
Sire ! on t'a descendu de ta haute colonne !
Regarde. Des brigands, dont l'essaim tourbillonne,
D'affreux bohémiens, des vainqueurs de charnier
Te tiennent dans leurs mains et t'ont fait prisonnier.
À ton orteil d'airain leur patte infâme touche.
Ils t'ont pris. Tu mourus, comme un astre se couche,
Napoléon le Grand, empereur ; tu renais
Bonaparte, écuyer du cirque Beauharnais[1].
Te voilà dans leurs rangs, on t'a, l'on te harnache.
Ils t'appellent tout haut grand homme, entre eux, ganache.
Ils traînent, sur Paris qui les voit s'étaler,
Des sabres qu'au besoin ils sauraient avaler.
Aux passants attroupés devant leur habitacle[2],
Ils disent, entends-les : — Empire à grand spectacle !

---

1. Parce qu'il y a, de différentes manières, plus de Beauharnais que de Napoléon dans son douteux neveu et parce que Beauharnais offre un nom tout trouvé pour un cirque.   2. Au XIXe siècle, le mot est encore proche de sa valeur religieuse et son emploi est ironique ici.

Le pape est engagé dans la troupe ; c'est bien,
Nous avons mieux ; le czar en est ; mais ce n'est rien,
Le czar n'est qu'un sergent, le pape n'est qu'un bonze ;
Nous avons avec nous le bonhomme de bronze !
Nous sommes les neveux du grand Napoléon ! —
Et Fould, Magnan, Rouher, Parieu caméléon,
Font rage. Ils vont montrant un sénat d'automates.
Ils ont pris de la paille au fond des casemates
Pour empailler ton aigle[1], ô vainqueur d'Iéna !
Il est là, mort, gisant, lui qui si haut plana,
Et du champ de bataille il tombe au champ de foire.
Sire, de ton vieux trône ils recousent la moire[2].
Ayant dévalisé la France au coin d'un bois,
Ils ont à leurs haillons du sang, comme tu vois,
Et dans son bénitier Sibour lave leur linge.
Toi, lion, tu les suis ; leur maître, c'est le singe.
Ton nom leur sert de lit, Napoléon premier.
On voit sur Austerlitz un peu de leur fumier.
Ta gloire est un gros vin dont leur honte se grise.
Cartouche essaie et met ta redingote grise ;
On quête des liards dans le petit chapeau ;
Pour tapis sur la table ils ont mis ton drapeau ;
À cette table immonde où le grec[3] devient riche,
Avec le paysan on boit, on joue, on triche ;
Tu te mêles, compère, à ce tripot hardi,
Et ta main qui tenait l'étendard de Lodi,
Cette main qui portait la foudre, ô Bonaparte,
Aide à piper les dés et fait sauter la carte.
Ils te forcent à boire avec eux, et Carlier
Pousse amicalement d'un coude familier
Votre majesté, sire, et Piétri dans son antre
Vous tutoie, et Maupas vous tape sur le ventre.
Faussaires, meurtriers, escrocs, forbans, voleurs,

---

1. On disait que, lors de sa tentative de Boulogne, en 1840, Louis-Napoléon s'était muni, pour faire impression, d'un aigle empaillé — ou d'une volaille déguisée. Les casemates, parties enterrées des fortifications, servaient aussi de prison.   2. La richesse de cette étoffe convient à un trône.   3. Voir la note 3 de la page 74.

Ils savent qu'ils auront, comme toi, des malheurs ;
Leur soif en attendant vide la coupe pleine
À ta santé ; Poissy trinque avec Sainte-Hélène.
Regarde ! bals, sabbats, fêtes matin et soir.
La foule au bruit qu'ils font se culbute pour voir ;
Debout sur le tréteau qu'assiège une cohue
Qui rit, bâille, applaudit, tempête, siffle, hue,
Entouré de pasquins agitant leur grelot,
— Commencer par Homère et finir par Callot ![1]
Épopée ! épopée ! oh ! quel dernier chapitre ! —
Entre Troplong paillasse et Chaix-d'Est-Ange[2] pitre,
Devant cette baraque, abject et vil bazar
Où Mandrin mal lavé se déguise en César,
Riant, l'affreux bandit, dans sa moustache épaisse,
Toi, spectre impérial, tu bats la grosse caisse ! —

L'horrible vision s'éteignit. L'empereur,
Désespéré, poussa dans l'ombre un cri d'horreur,
Baissant les yeux, dressant ses mains épouvantées.
Les Victoires de marbre à la porte sculptées[3],
Fantômes blancs debout hors du sépulcre obscur,
Se faisaient du doigt signe, et, s'appuyant au mur,
Écoutaient le titan pleurer dans les ténèbres.
Et lui, cria : « Démon aux visions funèbres,
Toi qui me suis partout, que jamais je ne vois,
Qui donc es-tu ? — Je suis ton crime », dit la voix.
La tombe alors s'emplit d'une lumière étrange
Semblable à la clarté de Dieu quand il se venge ;

---

1. Callot : graveur et peintre du début du XVIIe siècle, nommé ici pour son goût du grotesque et de la caricature.   **2.** L'édition de 1853 portait : « Baroche ». Le fils de ce dernier étant mort au combat en octobre 1870, Hugo fit remplacer son nom, dans les éditions postérieures, par celui de Chaix-d'Est-Ange qui avait plaidé contre lui en 1832.   **3.** Par le sculpteur Pradier. Elles entourent le tombeau de l'Empereur.

Pareils aux mots que vit resplendir Balthazar [1],
Deux mots dans l'ombre écrits flamboyaient sur César ;
Bonaparte, tremblant comme un enfant sans mère,
Leva sa face pâle et lut : — DIX-HUIT BRUMAIRE !

Jersey, 30 novembre 1852.
[25-30/11/1852]

---

1. Au cours d'un festin que ce roi donnait, et où il avait eu la
double impiété d'employer les vases d'or et d'argent pris par son père
Nabuchodonosor au temple de Jérusalem, trois mots apparurent sur
les murs : « Mané, Técel, Pharès » : « mesuré, pesé, divisé ». Daniel
les interpréta : Dieu a mesuré ton pouvoir ; tu as été pesé ; ton
royaume sera divisé. La même nuit Balthazar fut assassiné (Daniel,
V). Ce fut le début de la décadence de Babylone.

LIVRE SIXIÈME

LA STABILITÉ EST ASSURÉE

I

NAPOLÉON III [1]

Donc c'est fait. Dût rugir de honte [2] le canon,
Te voilà, nain immonde, accroupi sur ce nom !
Cette gloire est ton trou, ta bauge, ta demeure !
Toi qui n'as jamais pris la fortune qu'à l'heure [3],
Te voilà presque assis sur ce hautain sommet !
Sur le chapeau d'Essling tu plantes ton plumet ;
Tu mets, petit Poucet, ces bottes de sept lieues ;
Tu prends Napoléon dans les régions bleues ;
Tu fais travailler l'oncle, et, perroquet ravi,
Grimper à ton perchoir l'aigle de Mondovi !
Thersite est le neveu d'Achille Péliade ! [4]
C'est pour toi qu'on a fait toute cette Iliade !
C'est pour toi qu'on livra ces combats inouïs !
C'est pour toi que Murat, aux russes éblouis,
Terrible, apparaissait, cravachant leur armée !
C'est pour toi qu'à travers la flamme et la fumée
Les grenadiers pensifs s'avançaient à pas lents !

---

1. Ce poème reprend le thème de *L'Expiation* assurant ainsi la transition d'un livre à l'autre. Voir aussi la note 1 de la page 32. **2.** Figure complexe : paronomase elliptique. **3.** La personnification féminine de la fortune (le destin plus que la chance) explique qu'elle ne puisse être l'épouse légitime de Louis-Napoléon, pas même sa concubine. **4.** Épithète homérique pour le grand héros de l'*Iliade* : « Achille fils de Pélée ».

C'est pour toi que mon père et mes oncles vaillants [1]
Ont répandu leur sang dans ces guerres épiques !
Pour toi qu'ont fourmillé les sabres et les piques,
Que tout le continent trembla sous Attila,
Et que Londres frémit, et que Moscou brûla !
C'est pour toi, pour tes Deutz et pour tes Mascarilles [2],
Pour que tu puisses boire avec de belles filles,
Et, la nuit, t'attabler dans le Louvre à l'écart,
C'est pour monsieur Fialin et pour monsieur Mocquart,
Que Lannes d'un boulet eut la cuisse coupée [3],
Que le front des soldats, entr'ouvert par l'épée,
Saigna sous le shako, le casque et le colback [4],
Que Lasalle à Wagram, Duroc à Reichenbach,
Expirèrent frappés au milieu de leur route,
Que Caulaincourt [5] tomba dans la grande redoute,
Et que la vieille garde est morte à Waterloo !
C'est pour toi qu'agitant le pin et le bouleau [6],
Le vent fait aujourd'hui, sous ses âpres haleines,
Blanchir tant d'ossements, hélas ! dans tant de plaines !
Faquin ! — Tu t'es soudé, chargé d'un vil butin,
Toi, l'homme du hasard, à l'homme du destin !
Tu fourres, impudent, ton front dans ses couronnes !
Nous entendons claquer dans tes mains fanfaronnes
Ce fouet prodigieux qui conduisait les rois ;
Et tranquille, attelant à ton numéro trois
Austerlitz, Marengo, Rivoli, Saint-Jean-d'Acre,
Aux chevaux du soleil [7] tu fais traîner ton fiacre !

Jersey, décembre 1852.
[31/5/1853]

---

1. Le père de Hugo, « héros au sourire si doux », fut général sous le Premier Empire ; de ses frères, tous soldats ou officiers, deux selon les érudits, cinq aux dires de Hugo, moururent au combat.   **2.** Voir la note 1 de la page 120.   **3.** À la bataille d'Essling, blessure mortelle.   **4.** Voir la note 1 de la page 237.   **5.** Auguste-Jean-Gabriel, et non Armand-Augustin-Louis, mort sur le champ de bataille de la Moskova.   **6.** Soit du Nord de l'Europe à la Méditerranée.   **7.** La mythologie antique — et Homère — représente ainsi la course du soleil.

II

LES MARTYRES[1]

Ces femmes, qu'on envoie aux lointaines bastilles,
Peuple, ce sont tes sœurs, tes mères et tes filles !
O peuple, leur forfait, c'est de t'avoir aimé !
Paris sanglant, courbé, sinistre, inanimé,
Voit ces horreurs et garde un silence farouche.

Celle-ci, qu'on amène un bâillon dans la bouche,
Cria — c'est là son crime — : à bas la trahison !
Ces femmes sont la foi, la vertu, la raison,
L'équité, la pudeur, la fierté, la justice.
Saint-Lazare[2] — il faudra broyer cette bâtisse !
Il n'en restera pas pierre sur pierre un jour ![3] —
Les reçoit, les dévore, et, quand revient leur tour,
S'ouvre, et les revomit par son horrible porte,
Et les jette au fourgon hideux qui les emporte.
Où vont-elles ? L'oubli le sait, et le tombeau
Le raconte au cyprès et ledit au corbeau.

Une d'elles était une mère sacrée[4].
Le jour qu'on l'entraîna vers l'Afrique abhorrée,

---

1. Il s'agit des femmes déportées en 1852 avec Pauline Roland
— voir ce poème (V, 11, p. 229) — et, plus généralement, victimes
de la réaction en Europe ; voir la Note V de Hugo,
p. 406.   2. Prison des femmes et des « filles » au XIXᵉ siècle.
3. Formule biblique. Le vers exige la prononciation, malcommode,
du *e* du premier « pierre ».   4. Pauline Roland.

Ses enfants étaient là qui voulaient l'embrasser ;
On les chassa. La mère en deuil les vit chasser
Et dit : partons ! Le peuple en larmes criait grâce.
La porte du fourgon étant étroite et basse,
Un argousin joyeux, raillant son embonpoint,
La fit entrer de force en la poussant du poing.

Elles s'en vont ainsi, malades, verrouillées,
Dans le noir chariot aux cellules souillées
Où le captif, sans air, sans jour, sans pleurs dans l'œil,
N'est plus qu'un mort vivant assis dans son cercueil.
Dans la route on entend leurs voix désespérées.
Le peuple hébété voit passer ces torturées[1].
À Toulon, le fourgon les quitte, le ponton
Les prend ; sans vêtements, sans pain, sous le bâton,
Elles passent la mer, veuves, seules au monde,
Mangeant avec les doigts dans la gamelle immonde.

Bruxelles, juillet 1852.
[8/7/1852]

---

1. Le *h* de hébété n'est pas aspiré.

III

HYMNE DES TRANSPORTÉS [1]

Prions ! voici l'ombre sereine.
Vers toi, grand Dieu, nos yeux et nos bras sont levés.
Ceux qui t'offrent ici leurs larmes et leur chaîne
Sont les plus douloureux parmi les éprouvés.
Ils ont le plus d'honneur ayant le plus de peine.

Souffrons ! le crime aura son tour.
Oiseaux qui passez, nos chaumières,
Vents qui passez, nos sœurs, nos mères
Sont là-bas, pleurant nuit et jour.
Oiseaux, dites-leur nos misères !
O vents, portez-leur notre amour !

---

1. Une loi votée en juin 1850 organisait la « transportation » ou
déportation — dans les îles de l'océan Pacifique —, comme peine
complémentaire ou substitutive du bagne (installé dans les ports français : Toulon, Brest, Nice, Lorient...). Hugo s'était opposé à cette
« guillotine sèche » (*Actes et Paroles* ; « Politique », p. 228 et suiv.).
En février 1851, on ajouta la Guyane et l'Algérie aux lieux initialement prévus. Une semaine après le coup d'État, un décret-loi donnait
au gouvernement la faculté de transporter à Cayenne ou en Algérie
les individus placés sous la surveillance de la « haute police » (police
politique), reconnus coupables de rupture de ban ou d'avoir fait partie d'une société secrète. C'est en vertu de cette législation que furent
déportés des militants comme Pauline Roland. Différents textes vinrent durcir encore la législation, en particulier après des initiatives de
rébellion à Lambessa. Les bagnes de Guyane, aménagés à la hâte
après le décret de décembre 1851, comptaient plus de deux mille
condamnés à la fin de l'année 1852. La Nouvelle-Calédonie ne
deviendra lieu de déportation que plus tard, en 1864.

Nous t'envoyons notre pensée,
Dieu ! nous te demandons d'oublier les proscrits,
Mais de rendre sa gloire à la France abaissée ;
Et laisse-nous mourir, nous brisés et meurtris,
Nous que le jour brûlant livre à la nuit glacée !

Souffrons ! le crime —

Comme un archer frappe une cible,
L'implacable soleil nous perce de ses traits ;
Après le dur labeur, le sommeil impossible ;
Cette chauve-souris qui sort des noirs marais,
La fièvre, bat nos fronts de son aile invisible.

Souffrons ! le crime —

On a soif, l'eau brûle la bouche ;
On a faim, du pain noir ; travaillez, malheureux !
À chaque coup de pioche en ce désert farouche
La mort sort de la terre avec son rire affreux,
Prend l'homme dans ses bras, l'étreint et se recouche.

Souffrons ! le crime —

Mais qu'importe ! rien ne nous dompte ;
Nous sommes torturés et nous sommes contents.
Nous remercions Dieu vers qui notre hymne monte
De nous avoir choisis pour souffrir dans ce temps
Où tous ceux qui n'ont pas la souffrance ont la honte.

Souffrons ! le crime —

Vive la grande République !
Paix à l'immensité du soir mystérieux !
Paix aux morts endormis dans la tombe stoïque !
Paix au sombre océan qui mêle sous les cieux
La plainte de Cayenne au sanglot de l'Afrique !

Souffrons ! le crime aura son tour.
Oiseaux qui passez, nos chaumières,
Vents qui passez, nos sœurs, nos mères
Sont là-bas, pleurant nuit et jour.
Oiseaux, dites-leur nos misères !
O vents, portez-leur notre amour !

Jersey, juillet 1853.
[23/7/1853]

IV

CHANSON

Nous nous promenions parmi les décombres
À Rozel-Tower[1],
Et nous écoutions les paroles sombres
Que disait la mer.

L'énorme océan, — car nous entendîmes
Ses vagues chansons, —
Disait : « Paraissez, vérités sublimes
Et bleus horizons !

« Le monde captif, sans lois et sans règles,
Est aux oppresseurs ;
Volez dans les cieux, ailes des grands aigles,
Esprits des penseurs !

« Naissez, levez-vous sur les flots sonores,
Sur les flots vermeils,
Faites dans la nuit poindre vos aurores,
Peuples et soleils !

---

1. Tour de Rozel, à Jersey, qui domine les restes, « décombres »,
de monuments mégalithiques.

« Vous, laissez passer la foudre et la brume,
Les vents et les cris,
Affrontez l'orage, affrontez l'écume,
Rochers et proscrits ![1] »

Jersey, octobre 1852.
[5/8/1853]

---

1. Sur l'image du poète, ici écho de l'Océan, voir les notes 1 des pages 38 et 47.

V

ÉBLOUISSEMENTS

O temps miraculeux ! ô gaîtés homériques !
O rires de l'Europe et des deux Amériques !
Croûtes qui larmoyez ! bons dieux mal accrochés
Qui saignez dans vos coins ! madones qui louchez ![1]
Phénomènes vivants ! ô choses inouïes !
Candeurs ! énormités au jour épanouies !
Le goudron déclaré fétide par le suif,
Judas flairant Shylock et criant : c'est un juif !
L'arsenic indigné dénonçant la morphine[2],
La hotte injuriant la borne[3], Messaline
Reprochant à Goton son regard effronté,
Et Dupin accusant Sauzet de lâcheté !

Oui, le vide-gousset flétrit le tire-laine[4],
Falstaff montre du doigt le ventre de Silène[5],
Lacenaire, pudique et de rougeur atteint,
Dit en baissant les yeux : J'ai vu passer Castaing !

---

1. Allusion aux miracles de Rose Tamisier, voir ce nom à l'Index. 2. Mme Lafarge accusée d'avoir employé l'arsenic venait d'être graciée ; Castaing lui, voir ce nom à l'Index, utilisait la morphine. 3. Voir la note 2 de la page 146. L'épouse de l'empereur romain Claude, Messaline, est restée dans l'histoire pour ses débauches plus encore que pour ses crimes. Elle se serait, par goût, livrée à la prostitution, à en croire Juvénal (*Satires*, VI). 4. Ce dernier dépouille les passants de leur manteau ; vide-gousset est plus générique : voleur. 5. Éducateur du dieu antique de la vigne et de l'ivresse, Dionysos, traditionnellement représenté comme un vieillard ivre au ventre proéminent.

Je contemple nos temps. J'en ai le droit, je pense.
Souffrir étant mon lot, rire est ma récompense.
Je ne sais pas comment cette pauvre Clio
Fera pour se tirer de cet imbroglio.
Ma rêverie au fond de ce règne pénètre,
Quand, ne pouvant dormir, la nuit, à ma fenêtre,
Je songe, et que là-bas, dans l'ombre, à travers l'eau,
Je vois briller le phare auprès de Saint-Malo[1].

Donc ce moment existe ! il est ! Stupeur risible !
On le voit ; c'est réel, et ce n'est pas possible.
L'empire est là, refait par quelques sacripants.
Bonaparte le Grand dormait. Quel guet-apens !
Il dormait dans sa tombe, absous par la patrie.
Tout à coup des brigands firent une tuerie
Qui dura tout un jour et du soir au matin ;
Napoléon le Nain en sortit. Le destin,
De l'expiation implacable ministre,
Dans tout ce sang versé trempa son doigt sinistre
Pour barbouiller, affront à la gloire en lambeau,
Cette caricature au mur de ce tombeau[2].

Ce monde-là prospère. Il prospère, vous dis-je !
Embonpoint de la honte ! époque callipyge ![3]
Il trône, ce cokney d'Eglinton et d'Epsom[4],
Qui, la main sur son cœur, dit : Je mens, *ergo sum*[5].
Les jours, les mois, les ans passent ; ce flegmatique,

---

1. Par temps clair, la côte française est visible de Jersey.
2. Voir la note 1 de la page 32. À quoi s'ajoute la variante, à la fois grotesque et terrible, du « Mané, Técel, Pharès » (voir la note 1 de la page 248).   3. En sculpture : « qui a de belles fesses », Vénus le plus souvent ; mais, en anthropologie, qui en a de grosses.   4. On sait que « cockney » avant de nommer l'argot de Londres désignait ceux qui le parlent, les gens du peuple et les voyous ; le terme entre en antithèse avec le nom du duc d'Eglinton, amateur de chevaux (Epsom) et qui avait organisé, à Londres, la reconstitution d'un tournoi médiéval où Louis-Napoléon figurait dans le personnage du Prince Noir.   5. Déviation de la célèbre formule de Descartes, *Cogito ergo sum* : « Je pense donc je suis. »

Ce somnambule obscur, brusquement frénétique,
Que Schœlcher a nommé le président Obus[1],
Règne, continuant ses crimes en abus.
O spectacle ! en plein jour, il marche et se promène,
Cet être horrible, insulte à la figure humaine !
Il s'étale effroyable, ayant tout un troupeau
De Suins et de Fortouls qui vivent sur sa peau,
Montrant ses nudités, cynique, infâme, indigne,
Sans mettre à son Baroche une feuille de vigne ![2]
Il rit de voir à terre et montre à Machiavel
Sa parole d'honneur qu'il a tuée en duel.
Il sème l'or ; — venez ! — et sa largesse éclate.
Magnan ouvre sa griffe et Troplong tend sa patte[3].
Tout va. Les sous-coquins aident le drôle en chef.
Tout est beau, tout est bon, et tout est juste ; bref,
L'église le soutient, l'opéra le constate.
Il vola ! *Te Deum*[4]. Il égorgea ! cantate.

Lois, mœurs, maître, valets, tout est à l'avenant.
C'est un bivouac de gueux, splendide et rayonnant.
Le mépris bat des mains, admire, et dit : courage !
C'est hideux. L'entouré ressemble à l'entourage.
Quelle collection ! quel choix ! quel Œil-de-bœuf ![5]
L'un vient de Loyola, l'autre vient de Babeuf ![6]
Jamais vénitiens, romains et bergamasques[7]
N'ont sous plus de sifflets vu passer plus de masques.
La société va sans but, sans jour, sans droit,
Et l'envers de l'habit est devenu l'endroit.
L'immondice au sommet de l'état se déploie.

---

1. Voir la Note II de Hugo, p. 400 et le nom de Schœlcher à l'Index. 2. Antonomase, mais quelle antonomase ! 3. Voir *Joyeuse vie* (III, 9) et la note 1 de la page 141. 4. Voir *Le Te Deum du 1ᵉʳ janvier 1852* (I, 6, p. 60) et la note 1. 5. Salle de Versailles où la Cour attendait le roi. 6. Babeuf (1764-1797) : on comprend mal pourquoi Hugo fait une injure du nom de ce révolutionnaire considéré comme un des premiers théoriciens du communisme. 7. Les carnavals de Venise et de Rome étaient célèbres (Byron et Goethe) ; Bergame était plus connue pour sa grande foire d'août.

Les chiffonniers, la nuit, courbés, flairant leur proie,
Allongent leurs crochets du côté du sénat.
Voyez-moi ce coquin, normand, corse, auvergnat[1] :
C'était fait pour vieillir bélître et mourir cuistre ;
C'est premier président, c'est préfet, c'est ministre.
Ce truand catholique au temps jadis vivait
Maigre, chez Flicoteaux plutôt que chez Chevet ;
Il habitait au fond d'un bouge à tabatière
Un lit fait et défait, hélas, par sa portière[2],
Et griffonnait dès l'aube, amer, affreux, souillé,
Exhalant dans son trou l'odeur d'un chien mouillé.
Il conseille l'état[3] pour vingt-cinq mille livres
Par an. Ce petit homme, étant teneur de livres
Dans la blonde Marseille, au pays du mistral,
Fit des faux. Le voici procureur général.
Celui-là, qui courait la foire avec un singe[4],
Est député ; cet autre, ayant fort peu de linge,
Sur la pointe du pied entrait dans les logis
Où bâillait quelque armoire aux tiroirs élargis,
Et du bourgeois absent empruntait la tunique ;
Nul mortel n'a jamais, de façon plus cynique,
Assouvi le désir des chemises d'autrui ;
Il était grinche[5] hier, il est juge aujourd'hui.
Ceux-ci, quand il leur plaît, chapelains de la clique,
Au saint-père accroupi font pondre une encyclique ;
Ce sont des gazetiers fort puissants en haut lieu,
Car ils sont les amis particuliers de Dieu ;
Sachez que ces béats, quand ils parlent du temple
Comme de leur maison, n'ont pas tort ; par exemple,

---

1. Respectivement Troplong, Piétri et Rouher. Dans les vers qui
suivent Hugo revient au contraste déjà exploité dans *Apothéose*
(III, 1, p. 119). 2. Les portières — aujourd'hui concierges —
assuraient souvent le ménage chez les locataires trop pauvres pour
avoir de domestique. 3. Il est membre du Conseil d'État. Plus
d'un correspondrait à ce curriculum vitae générique ; de même
pour ceux qui suivent. 4. Il s'agit sans doute du docteur Véron,
élu député en 1851, représenté par la caricature sous l'aspect d'un
marchand forain. Il avait inventé et lancé à grand renfort de publi-
cité une spécialité pharmaceutique. 5. « Voleur » en argot du
XIXe siècle.

J'ai toujours applaudi quand ils ont affecté
Avec les saints du ciel des airs d'intimité ;
Veuillot, certe, aurait pu vivre avec saint-Antoine[1].
Cet autre est général comme on serait chanoine,
Parce qu'il est très gras et qu'il a trois mentons.
Cet autre fut escroc. Cet autre eut vingt bâtons
Cassés sur lui. Cet autre, admirable canaille,
Quand la bise, en janvier, nous pince et nous tenaille,
D'une savate oblique écrasant les talons,
Pour se garer du froid mettait deux pantalons
Dont les trous par bonheur n'étaient pas l'un sur l'autre.
Aujourd'hui, sénateur, dans l'empire il se vautre.
Je regrette le temps que c'était dans l'égout.
Ce ventre a nom d'Hautpoul, ce nez a nom d'Argout.
Ce prêtre, c'est la honte à l'état de prodige.
Passons vite. L'histoire abrège, elle rédige
Royer d'un coup de fouet, Mongis d'un coup de pied,
Et fuit. Royer se frotte et Mongis se rassied ;
Tout est dit. Que leur fait l'affront ? l'opprobre engraisse.
Quant au maître qui hait les curieux, la presse,
La tribune, et ne veut pour son règne éclatant
Ni regards, ni témoins, il doit être content ;
Il a plus de succès encor qu'il n'en exige ;
César, devant sa cour, son pouvoir, son quadrige,
Ses lois, ses serviteurs brodés et galonnés,
Veut qu'on ferme les yeux ; on se bouche le nez.

Prenez ce Beauharnais et prenez une loupe ;
Penchez-vous, regardez l'homme et scrutez la troupe.
Vous n'y trouverez pas l'ombre d'un bon instinct.
C'est vil et c'est féroce. En eux l'homme est éteint ;
Et ce qui plonge l'âme en des stupeurs profondes,
C'est la perfection de ces gredins immondes.

À ce ramas se joint un tas d'affreux poussahs,
Un tas de Triboulets[2] et de Sancho Panças.

---

1. À titre de tentation, bien sûr.   2. Bouffon de François Ier et personnage du drame de Hugo *Le Roi s'amuse*.

Sous vingt gouvernements ils ont palpé des sommes.
Aucune indignité ne manque à ces bonshommes ;
Rufins poussifs, Verrès goutteux, Séjans fourbus,
Selles à tout tyran, sénateurs omnibus [1].
On est l'ancien soudard, on est l'ancien bourgmestre ;
On tua Louis seize, on vote avec de Maistre ;
Ils ont eu leur fauteuil dans tous les Luxembourgs [2] ;
Ayant vu les Maurys, ils sont faits aux Sibours ;
Ils sont gais, et, contant leurs antiques bamboches,
Branlent leurs vieux gazons sur leurs vieilles caboches.
Ayant été, du temps qu'ils avaient un cheveu,
Lâches sous l'oncle, ils sont abjects sous le neveu.
Gros mandarins chinois adorant le tartare [3],
Ils apportent leur cœur, leur vertu, leur catarrhe,
Et prosternent, cagneux, devant sa majesté
Leur bassesse avachie en imbécillité.

Cette bande s'embrasse et se livre à des joies.
Bon ménage touchant des vautours et des oies !

Noirs empereurs romains couchés dans les tombeaux,
Qui faisiez aux sénats discuter les turbots [4],
Toi, dernière Lagide, ô reine au cou de cygne [5],
Prêtre Alexandre six qui rêves dans ta vigne [6],
Despotes d'Allemagne éclos dans le Rœmer [7],

---

1. Le sens latin, « pour tous », rejoint la signification ferroviaire ; Hugo refera le jeu de mots dans *Les Misérables* (IV, 12, 3 ; « Roman II », p. 866).   **2.** Le palais du Luxembourg, siège déjà du Sénat sous le Premier Empire, puis de la Chambre des pairs, à nouveau du Sénat jusqu'à nos jours.   **3.** Souvent employé en nom générique pour tous les peuples compris entre la Sibérie, la Perse et le Tibet, au premier rang desquels les Mongols. Ici synonyme de barbare brutal.   **4.** Juvénal (*Satires*, IV) s'indigneque Domitien ait fait délibérer son conseil des ministres sur les mesures à prendre pour faire cuire un turbot dont la taille exceptionnelle dépassait celle de tous les plats existants.   **5.** Cléopâtre.   **6.** P. Albouy note qu'on appelait « vignes » les riches villas des environs de Rome : « vigne Borghèse », « vigne Aldobrandine ».   **7.** Château où étaient couronnés les empereurs d'Allemagne.

Nemrod qui hais le ciel, Xercès qui bats la mer [1],
Caïphe qui tressas la couronne d'épine,
Claude après Messaline épousant Agrippine,
Caïus [2] qu'on fit césar, Commode qu'on fit dieu,
Iturbide, Rosas, Mazarin, Richelieu [3],
Moines qui chassez Dante et brisez Galilée,
Saint-office, conseil des dix, chambre étoilée,
Parlements tout noircis de décrets et d'olims [4],
Vous sultans, les Mourads, les Achmets, les Sélims [5],
Rois qu'on montre aux enfants dans tous les syllabaires [6],
Papes, ducs, empereurs, princes, tas de Tibères !
Bourreaux toujours sanglants, toujours divinisés,
Tyrans ! enseignez-moi, si vous le connaissez,
Enseignez-moi le lieu, le point, la borne où cesse
La lâcheté publique et l'humaine bassesse !
Et l'archet frémissant fait bondir tout cela !
Bal à l'hôtel de ville, au Luxembourg gala.
Allons, juges, dansez la danse de l'épée !
Gambade, ô Dombidau, pour l'onomatopée !
Polkez, Fould et Maupas, avec votre écriteau,
Toi, Persil-Guillotine, au profil de couteau !

---

1. Nemrod est un personnage biblique (Genèse, X, 8-10) qui, selon le « mythe » hugolien développé dans *La Fin de Satan*, entreprend, le monde une fois conquis, de conquérir le ciel. Xercès, roi de Perse, fit fouetter la mer après sa défaite au combat naval de Salamine.   **2.** Caligula, l'empereur romain de si triste mémoire.- **3.** Pas plus que de ceux de Louis XI, Hugo n'a jamais convenu des mérites de Richelieu (cf. *Marion de Lorme*).   **4.** Le Conseil des dix était l'organe suprême du gouvernement oligarchique de l'ancienne République de Venise. La Chambre étoilée : tribunal anglais de juridiction exceptionnelle (fin xve siècle-début du xviie). Les « olims » sont les archives du Parlement de Paris.   **5.** On n'a que l'embarras du choix ; trois Achmet aux xviie et xviiie siècles, quatre Mourad — ou Amurat — dont les pires furent le dernier et le premier, chanté dans *La Légende des siècles* (VI, 3, *Sultan Mourad* ; « Poésie II », p. 695) ; trois Sélim, le premier surnommé « le féroce », le second « l'ivrogne ».   **6.** Livre de lecture élémentaire, décomposant les mots en syllabes.

Ours que Boustrapa [1] montre et qu'il tient par la sangle,
Valsez, Billault, Parieu, Drouyn, Lebœuf, Delangle !
Danse, Dupin ! dansez, l'horrible et le bouffon !
Hyènes, loups, chacals, non prévus par Buffon,
Leroy, Forey, tueurs au fer rongé de rouilles,
Dansez ! dansez, Berger, d'Hautpoul, Murat, citrouilles !

Et l'on râle en exil, à Cayenne, à Blidah !
Et sur le Duguesclin, et sur le Canada [2],
Des enfants de dix ans, brigands qu'on extermine,
Agonisent, brûlés de fièvre et de vermine !
Et les mères, pleurant sous l'homme triomphant,
Ne savent même pas où se meurt leur enfant !
Et Samson reparaît, et sort de ses retraites !
Et, le soir, on entend, sur d'horribles charrettes
Qui traversent la ville et qu'on suit à pas lents,
Quelque chose sauter dans des paniers sanglants !
Oh ! laissez ! laissez-moi m'enfuir sur le rivage !
Laissez-moi respirer l'odeur du flot sauvage !
Jersey rit, terre libre, au sein des sombres mers ;
Les genêts sont en fleur, l'agneau paît les prés verts ;
L'écume jette aux rocs ses blanches mousselines ;
Par moments apparaît, au sommet des collines,
Livrant ses crins épars au vent âpre et joyeux,
Un cheval effaré qui hennit dans les cieux ! [3]

Jersey, mai 1853.
[24/5/1853]

---

1. Surnom donné à Napoléon III rappelant ses trois coups de force : Boulogne, Strasbourg et Paris.   2. Noms de bateaux utilisés au transport des déportés en 1852 (voir *Histoire d'un crime, Cahier complémentaire — Amable Lemaître (pontons)* ; p. 513 et suiv. Hugo y note la présence de très jeunes adolescents parmi les déportés).   3. Pégase : voir *Les Chansons des rues et des bois, Le Cheval* et *Au Cheval* ; « Poésie II », p. 837 et 1031.

VI

À CEUX QUI DORMENT

Réveillez-vous, assez de honte !
Bravez boulets et biscayens.
Il est temps qu'enfin le flot monte.
Assez de honte, citoyens !
Troussez les manches de la blouse.
Les hommes de quatre vingt-douze
Affrontaient vingt rois combattants.
Brisez vos fers, forcez vos geôles !
Quoi ! vous avez peur de ces drôles !
Vos pères bravaient les titans ![1]

Levez-vous ! foudroyez et la horde et le maître !
Vous avez Dieu pour vous et contre vous le prêtre ;
       Dieu seul est souverain.
Devant lui nul n'est fort et tous sont périssables.
Il chasse comme un chien le grand tigre des sables
       Et le dragon marin ;   [arbre,
Rien qu'en soufflant dessus, comme un oiseau d'un
Il peut faire envoler de leur temple de marbre
       Les idoles d'airain.

    Vous n'êtes pas armés ? qu'importe !
    Prends ta fourche, prends ton marteau !
    Arrache le gond de ta porte,
    Emplis de pierres ton manteau !

---

1. Voir *À l'obéissance passive*, II, 7, p. 104.

Et poussez le cri d'espérance !
Redevenez la grande France !
Redevenez le grand Paris !
Délivrez, frémissants de rage,
Votre pays de l'esclavage,
Votre mémoire du mépris !

Quoi ! faut-il vous citer les royalistes même ? [1]
On était grand aux jours de la lutte suprême.
            Alors, que voyait-on ?
La bravoure, ajoutant à l'homme une coudée,
Était dans les deux camps. N'est-il pas vrai, Vendée,
            O dur pays breton ?
Pour vaincre un bastion, pour rompre une muraille,
Pour prendre cent canons vomissant la mitraille,
            Il suffit d'un bâton !

            Si dans ce cloaque on demeure,
            Si cela dure encore un jour,
            Si cela dure encore une heure,
            Je brise clairon et tambour,
            Je flétris ces pusillanimes,
            O vieux peuple des jours sublimes,
            Géants à qui nous les mêlions,
            Je les laisse trembler leurs fièvres,
            Et je déclare que ces lièvres
            Ne sont pas vos fils, ô lions !

                              Jersey, septembre 1853.
                              [15/1/1853]

---

1. Ici comme ailleurs Hugo ratisse large ; il s'agit d'exclure Louis-Napoléon de toutes les traditions, de toutes les convictions, de toutes les valeurs de la société française : de son histoire même selon le programme explicite du poème VII, 11, p. 342.

VII

LUNA

O France, quoique tu sommeilles,
Nous t'appelons, nous les proscrits !
Les ténèbres ont des oreilles,
Et les profondeurs ont des cris.

Le despotisme âpre et sans gloire
Sur les peuples découragés
Ferme la grille épaisse et noire
Des erreurs et des préjugés ;

Il tient sous clef l'essaim fidèle
Des fermes penseurs, des héros,
Mais l'Idée avec un coup d'aile
Écartera les durs barreaux,

Et, comme en l'an quatrevingt-onze,
Reprendra son vol souverain ;
Car briser la cage de bronze,
C'est facile à l'oiseau d'airain.

L'obscurité couvre le monde,
Mais l'Idée illumine et luit ;
De sa clarté blanche elle inonde
Les sombres azurs de la nuit.

Elle est le fanal solitaire,
Le rayon providentiel.
Elle est la lampe de la terre
Qui ne peut s'allumer qu'au ciel.

Elle apaise l'âme qui souffre,
Guide la vie, endort la mort ;
Elle montre aux méchants le gouffre,
Elle montre aux justes le port.

En voyant dans la brume obscure
L'Idée, amour des tristes yeux,
Monter calme, sereine et pure,
Sur l'horizon mystérieux,

Les fanatismes et les haines
Rugissent devant chaque seuil,
Comme hurlent les chiens obscènes[1]
Quand apparaît la lune en deuil.

Oh ! contemplez l'Idée altière,
Nations ! son front surhumain
A, dès à présent, la lumière
Qui vous éclairera demain !

Jersey, juillet 1853.
[31/3/1853]

---

1. Inspiré d'un vers de Virgile : « ... *obscenique canes...* »
(*Géorgiques*, I, 470), le mot peut également être pris au sens latin
de « sinistre, de mauvais augure ».

VIII

AUX FEMMES [1]

Quand tout se fait petit, femmes, vous restez grandes.
En vain, aux murs sanglants accrochant des guirlandes,
Ils ont ouvert le bal et la danse ; ô nos sœurs,
Devant ces scélérats transformés en valseurs
Vous haussez, — châtiment ! — vos charmantes épaules.
Votre divin sourire extermine ces drôles.
En vain leur frac brodé scintille ; en vain, brigands,
Pour vous plaire ils ont mis à leurs griffes des gants,
Et de leur vil tricorne [2] ils ont doré les ganses ;
Vous bafouez ces gants, ces fracs, ces élégances,
Cet empire tout neuf et déjà vermoulu.
Dieu vous a tout donné, femmes ; il a voulu
Que les seuls alcyons tinssent tête à l'orage,
Et qu'étant la beauté, vous fussiez le courage.

Les femmes ici-bas et là-haut les aïeux,
Voilà ce qui nous reste !

---

1. Comme les poèmes 6 et 9 de ce même livre, celui-ci reproche au peuple sa passivité. On y trouvera, ainsi que dans *Pauline Roland* (V, 11, p. 229), *Les Martyres* (VI, 2, p. 253) et dans le discours sur la mort de Louise Julien (Note V de Hugo, p. 413), un écho des thèses féministes de Hugo. P. Albouy cite encore ce vers inédit du Reliquat des *Châtiments* : « O femmes, c'est à vous que je donne ce livre. » **2.** Voir la note 3 de la page 183.

                              Abjection ! nos yeux
Plongent dans une nuit toujours plus épaissie.
Oui, le peuple français, oui, le peuple messie [1],
Oui, ce grand forgeron du droit universel
Dont, depuis soixante ans, l'enclume sous le ciel
Luit et sonne, dont l'âtre incessamment pétille,
Qui fit voler au vent les tours de la Bastille,
Qui broya, se dressant tout à coup souverain,
Mille ans de royauté sous son talon d'airain,
Ce peuple dont le souffle, ainsi que des fumées,
Faisait tourbillonner les rois et les armées,
Qui, lorsqu'il se fâchait, brisait sous son bâton
Le géant Robespierre et le titan Danton,
Oui, ce peuple invincible, oui, ce peuple superbe
Tremble aujourd'hui, pâlit, frissonne comme l'herbe,
Claque des dents, se cache et n'ose dire un mot
Devant Magnan, ce reître, et Troplong, ce grimaud !
Oui, nous voyons cela ! Nous tenant dans leurs serres,
Mangeant les millions en face des misères,
Les Fortoul, les Rouher, êtres stupéfiants,
S'étalent ; on se tait. Nos maîtres ruffians
À Cayenne, en un bagne, abîme d'agonie,
Accouplent l'héroïsme avec l'ignominie ;
On se tait. Les pontons râlent ; que dit-on ? rien.
Des enfants sont forçats en Afrique ; c'est bien.
Si vous pleurez, tenez votre larme secrète.
Le bourreau, noir faucheur, debout dans sa charrette,
Revient de la moisson avec son panier plein ;
Pas un souffle. Il est là, ce Tibère-Ezzelin [2]
Qui se croit scorpion et n'est que scolopendre,
Fusillant, et jaloux de Haynau qui peut pendre ;

---

1. L'idée est courante, au milieu du XIXe siècle, que la France des révolutions est une nation-Christ, apportant au monde un second évangile — politique — et se sacrifiant pour le salut des autres peuples ; ici, la métaphore prométhéenne ou herculéenne se substitue vite à cette image religieuse. Elle est une concession à l'esprit du temps : Hugo admire Jésus, mais au même titre que Socrate et ne voit en lui ni le fils de Dieu, ni le messie.   2. Ezzelin : famille princière italienne particulièrement féroce.

Éclaboussé de sang, le prêtre l'applaudit ;
Il est là, ce César chauve-souris qui dit   [crime ;
Aux rois : voyez mon sceptre ; aux gueux : voyez mon
Ce vainqueur qui, béni, lavé, sacré, sublime,
De deux pourpres vêtu, dans l'histoire s'assied
Le globe dans sa main[1], un boulet à son pied ;
Il nous crache au visage, il règne ! nul ne bouge.

Et c'est à votre front qu'on voit monter le rouge,
C'est vous qui vous levez et qui vous indignez,
Femmes ; le sein gonflé, les yeux de pleurs baignés,
Vous huez le tyran, vous consolez les tombes,
Et le vautour frémit sous le bec des colombes !

Et moi, proscrit pensif, je vous dis : Gloire à vous !
Oh ! oui, vous êtes bien le sexe fier et doux,
Ardent au dévouement, ardent à la souffrance,
Toujours prêt à la lutte, à Béthulie[2], en France,
Dont l'âme à la hauteur des héros s'élargit,
D'où se lève Judith, d'où Charlotte[3] surgit !
Vous mêlez la bravoure à la mélancolie.
Vous êtes Porcia, vous êtes Cornélie[4],
Vous êtes Arria[5] qui saigne et qui sourit ;
Oui, vous avez toujours en vous ce même esprit
Qui relève et soutient les nations tombées,
Qui suscite la Juive et les sept Machabées[6],

---

1. Depuis l'Antiquité, le globe tenu en main, et surmonté d'une croix pour les rois et empereurs chrétiens, figure la plénitude de la souveraineté.   **2.** Ville de Palestine où Judith tua Holopherne (Judith, VIII-XIII).   **3.** Charlotte Corday, meurtrière de Marat dont la réhabilitation par les historiens est bien postérieure à Hugo. **4.** Porcia, fille de Caton d'Utique et femme de Brutus, se donna la mort après la défaite des républicains à Philippes (42 avant J.-C.). Cornélie : mère et éducatrice des réformateurs romains Tiberius et Caius Gracchus.   **5.** Arria fit preuve d'un grand courage en donnant l'exemple d'un suicide serein à son mari dont le complot contre l'empereur Claude avait été découvert.   **6.** Les sept Maccabées, pour avoir refusé d'enfreindre les prescriptions de leur religion, furent suppliciés sous les yeux de leur mère (II Maccabées, VII).

Qui dans toi, Jeanne d'Arc, fait revivre Amadis [1],
Et qui, sur le chemin des tyrans interdits,
Pour les épouvanter dans leur gloire éphémère,
Met tantôt une vierge et tantôt une mère !

Si bien que, par moments, lorsqu'en nos visions
Nous voyons, secouant un glaive de rayons,
Dans les cieux apparaître une figure ailée,
Saint-Michel sous ses pieds foulant l'hydre écaillée,
Nous disons : c'est la Gloire et c'est la Liberté !
Et nous croyons, devant sa grâce et sa beauté, [nomme,
Quand nous cherchons le nom dont il faut qu'on le
Que l'archange est plutôt une femme qu'un homme !

Jersey, mai 1853.
[30/5/1853]

---

1. Amadis de Gaule : modèle du chevalier accompli dans les romans courtois.

IX

AU PEUPLE[1]

Il te ressemble ; il est terrible et pacifique.
Il est sous l'infini le niveau magnifique ;
Il a le mouvement, il a l'immensité.
Apaisé d'un rayon et d'un souffle agité,
Tantôt c'est l'harmonie et tantôt le cri rauque.
Les monstres sont à l'aise en sa profondeur glauque ;
La trombe y germe ; il a des gouffres inconnus
D'où ceux qui l'ont bravé ne sont pas revenus ;
Sur son énormité le colosse chavire ;
Comme toi le despote il brise le navire ;
Le fanal est sur lui comme l'esprit sur toi ;
Il foudroie, il caresse, et Dieu seul sait pourquoi ;
Sa vague, où l'on entend comme des chocs d'armures,
Emplit la sombre nuit de monstrueux murmures,
Et l'on sent que ce flot, comme toi, gouffre humain,
Ayant rugi ce soir, dévorera demain.
Son onde est une lame aussi bien que le glaive ;
Il chante un hymne immense à Vénus qui se lève ;
Sa rondeur formidable, azur universel,
Accepte en son miroir tous les astres du ciel ;
Il a la force rude et la grâce superbe ;
Il déracine un roc, il épargne un brin d'herbe ;
Il jette comme toi l'écume aux fiers sommets,

---

1. Voir la note 1 de la page 38 et l'autre poème de même titre
(II, 2, p. 91).

O peuple ; seulement, lui, ne trompe jamais
Quand, l'œil fixe, et debout sur sa grève sacrée,
Et pensif, on attend l'heure de sa marée.

Au bord de l'Océan, juillet 1853.
[23/1/1853]

X

Apportez vos chaudrons, sorcières de Shakspeare,
Sorcières de Macbeth, prenez-moi tout l'empire,
L'ancien et le nouveau ; sur le même réchaud
Mettez le gros Berger et le comte Frochot,
Maupas avec Réal, Hullin sur Espinasse,
La Saint-Napoléon avec la Saint-Ignace [1],
Fould et Maret, Fouché gâté, Troplong pourri,
Retirez Austerlitz, ajoutez Satory [2],
Penchez-vous, crins épars, œil ardent, gorge nue,
Soufflez à pleins poumons le feu sous la cornue ;
Regardez le petit se dégager du grand ;
Faites évaporer Baroche et Talleyrand,
Le neveu qui descend pendant que l'oncle monte ;
Que reste-t-il au fond de l'alambic ? La honte.

Jersey, avril 1853.
[26/5/1853]

---

1. Voir la note 2 de la page 199. **2.** C'est au camp militaire de Satory, près de Versailles, que les troupes avaient acclamé, en 1850, le Prince-Président aux cris de « Vive l'Empereur ! ».

XI

LE PARTI DU CRIME

« Amis et frères ! en présence de ce gouvernement infâme, négation de toute morale, obstacle à tout progrès social, en présence de ce gouvernement meurtrier du peuple, assassin de la République et violateur des lois, de ce gouvernement né de la force et qui doit périr par la force, de ce gouvernement élevé par le crime et qui doit être terrassé par le droit, le français digne du nom de citoyen ne sait pas, ne veut pas savoir s'il y a quelque part des semblants de scrutin, des comédies de suffrage universel et des parodies d'appel à la nation ; il ne s'informe pas s'il y a des hommes qui votent et des hommes qui font voter, s'il y a un troupeau qu'on appelle le sénat et qui délibère et un autre troupeau qu'on appelle le peuple et qui obéit ; il ne s'informe pas si le pape va sacrer au maître-autel de Notre-Dame l'homme qui — n'en doutez pas, ceci est l'avenir inévitable — sera ferré au poteau par le bourreau ; — en présence de M. Bonaparte et de son gouvernement, le citoyen digne de ce nom ne fait qu'une chose et n'a qu'une chose à faire : charger son fusil, et attendre l'heure.

« Jersey, 31 octobre 1852. »

Déclaration des proscrits républicains de Jersey, à propos de l'empire, publiée par *le Moniteur*, signée pour copie conforme :

VICTOR HUGO, FAURE, FOMBERTAUX.

« Nous flétrissons de l'énergie la plus vigoureuse de notre âme les ignobles et coupables manifestes du PARTI DU CRIME. »

(RIANCEY, journal *l'Union*, 22 novembre.)

« Le parti du crime relève la tête. »

(*Tous les journaux élyséens en chœur.*)

Ainsi ce gouvernant dont l'ongle est une griffe,
Ce masque impérial, Bonaparte apocryphe,
À coup sûr Beauharnais, peut-être Verhuell[1],
Qui, pour la mettre en croix, livra, sbire cruel,
Rome républicaine à Rome catholique[2],
Cet homme, l'assassin de la chose publique,
Ce parvenu, choisi par le destin sans yeux,
Ainsi, lui, ce glouton singeant l'ambitieux,
Cette altesse quelconque habile aux catastrophes,
Ce loup sur qui je lâche une meute de strophes,
Ainsi ce boucanier, ainsi ce chourineur[3]
A fait d'un jour d'orgueil un jour de déshonneur,
Mis sur la gloire un crime et souillé la victoire ;
Il a volé, l'infâme, Austerlitz à l'histoire[4] ;
Brigand, dans ce trophée il a pris un poignard ;
Il a broyé bourgeois, ouvrier, campagnard ;
Il a fait de corps morts une horrible étagère
Derrière les barreaux de la cité Bergère[5] ;
Il s'est, le sabre en main, rué sur son serment ;
Il a tué les lois et le gouvernement,
La justice, l'honneur, tout, jusqu'à l'espérance ;
Il a rougi de sang, de ton sang pur, ô France,
Tous nos fleuves, depuis la Seine jusqu'au Var[6] ;
Il a conquis le Louvre en méritant Clamar ;
Et maintenant il règne, appuyant, ô patrie,
Son vil talon fangeux sur ta bouche meurtrie ;
Voilà ce qu'il a fait ; je n'exagère rien ;
Et quand, nous indignant de ce galérien,

---

1. Voir ce nom à l'Index.   2. Voir la note 2 de la page 92.   3. Chourineur ou surineur : l'homme qui joue du surin (couteau). Dans un tout autre registre littéraire, *Les Mystères de Paris* d'Eugène Sue avaient déjà employé ce mot d'argot. 4. Louis-Napoléon avait choisi à dessein la date anniversaire d'Austerlitz pour son coup d'État. Hugo retourne le procédé. 5. La cité Bergère se trouvait sur le boulevard Montmartre, lieu du massacre du 4 décembre ; voir la note 1 de la page 36.   6. La résistance armée au coup d'État fut plus importante qu'on ne l'a longtemps dit, en particulier dans le Var. Voir M. Agulhon, *1848 ou l'apprentissage de la République*, Seuil, « Points », 1973, p. 178 et suiv.

Et de tous les escrocs de cette dictature,
Croyant rêver devant cette affreuse aventure,
Nous disons, de dégoût et d'horreur soulevés :
— Citoyens, marchons ! Peuple, aux armes, aux pavés !
À bas ce sabre abject qui n'est pas même un glaive !
Que le jour reparaisse et que le droit se lève ! —
C'est nous, proscrits frappés par ces coquins hardis,
Nous, les assassinés, qui sommes les bandits !
Nous qui voulons le meurtre et les guerres civiles !
Nous qui mettons la torche aux quatre coins des villes !

Donc, trôner par la mort, fouler aux pieds le droit ;
Être fourbe, impudent, cynique, atroce, adroit ;
Dire : je suis César, et n'être qu'un maroufle ;
Étouffer la pensée et la vie et le souffle ;
Forcer quatrevingt-neuf qui marche à reculer ;
Supprimer lois, tribune et presse ; museler
La grande nation comme une bête fauve ;
Régner par la caserne et du fond d'une alcôve ;
Restaurer les abus au profit des félons ;
Livrer ce pauvre peuple aux voraces Troplongs,
Sous prétexte qu'il fut, loin des temps où nous sommes,
Dévoré par les rois et par les gentilshommes ;
Faire manger aux chiens ce reste des lions ;
Prendre gaîment pour soi palais et millions ;
S'afficher tout crûment satrape, et, sans sourdines,
Mener joyeuse vie avec des gourgandines[1] ;
Torturer des héros dans le bagne exécré ;
Bannir quiconque est ferme et fier ; vivre entouré
De grecs, comme à Byzance autrefois le despote ;
Être le bras qui tue et la main qui tripote ;
Ceci, c'est la justice, ô peuple, et la vertu !
Et confesser le droit par le meurtre abattu ;
Dans l'exil, à travers l'encens et les fumées,
Dire en face aux tyrans, dire en face aux armées :
— Violence, injustice et force sont vos noms ;

---

1. Littré, qui est puriste, dit le terme très familier ; il sort du moins du registre de la grande poésie.

Vous êtes les soldats, vous êtes les canons ;
La terre est sous vos pieds comme votre royaume ;
Vous êtes le colosse et nous sommes l'atome ;
Eh bien ! guerre ! et luttons, c'est notre volonté,
Vous, pour l'oppression, nous, pour la liberté ! —
Montrer les noirs pontons, montrer les catacombes [1],
Et s'écrier, debout sur la pierre des tombes :
— Français ! craignez d'avoir un jour pour repentirs
Les pleurs des innocents et les os des martyrs !
Brise l'homme sépulcre, ô France ! ressuscite !
Arrache de ton flanc ce Néron parasite !
Sors de terre sanglante et belle, et dresse-toi,
Dans une main le glaive et dans l'autre la loi ! —
Jeter ce cri du fond de son âme proscrite,
Attaquer le forban, démasquer l'hypocrite
Parce que l'honneur parle et parce qu'il le faut,
C'est le crime, cela ! — Tu l'entends, toi, là-haut !
Oui, voilà ce qu'on dit, mon Dieu, devant ta face !
Témoin toujours présent qu'aucune ombre n'efface,
Voilà ce qu'on étale à tes yeux éternels !

Quoi ! le sang fume aux mains de tous ces criminels !
                                        [grosses,
Quoi ! les morts, vierge, enfant, vieillards et femmes
Ont à peine eu le temps de pourrir dans leurs fosses !
Quoi ! Paris saigne encor ! quoi ! devant tous les yeux,
Son faux serment est là qui plane dans les cieux !
Et voilà comme parle un tas d'êtres immondes !
O noir bouillonnement des colères profondes !

Et maint vivant, gavé, triomphant et vermeil,
Reprend : « Ce bruit qu'on fait dérange mon sommeil.
Tout va bien. Les marchands triplent leurs clientèles,
Et nos femmes ne sont que fleurs et que dentelles !

---

1. Celles de Rome où les premiers chrétiens, qui les avaient creusées, se réunissaient et enterraient leurs morts et non celles de Paris, carrières abandonnées utilisées très tardivement en dépôts d'ossements venus des anciens cimetières et charniers.

— De quoi donc se plaint-on ? crie un autre quidam ;
En flânant sur l'asphalte et sur le macadam,
Je gagne tous les jours trois cents francs à la Bourse.
L'argent coule aujourd'hui comme l'eau d'une source ;
Les ouvriers maçons ont trois livres dix sous [1],
C'est superbe ; Paris est sens dessus dessous.
Il paraît qu'on a mis dehors les démagogues.
Tant mieux. Moi j'applaudis les bals et les églogues
Du prince qu'autrefois à tort je reniais.
Que m'importe qu'on ait chassé quelques niais ?
Quant aux morts, ils sont morts. Paix à ces imbéciles !
Vivent les gens d'esprit ! vivent ces temps faciles
Où l'on peut à son choix prendre pour nourricier
Le crédit mobilier ou le crédit foncier ! [2]
La république rouge aboie en ses cavernes,
C'est affreux ! Liberté, droit, progrès, balivernes !
Hier encor j'empochais une prime d'un franc ;
Et moi, je sens fort peu, j'en conviens, je suis franc,
Les déclamations m'étant indifférentes,
La baisse de l'honneur dans la hausse des rentes [3]. »

O langage hideux ! on le tient, on l'entend !
Eh bien, sachez-le donc, repus au cœur content,
Que nous vous le disions bien une fois pour toutes,
Oui, nous, les vagabonds dispersés sur les routes,
Errant sans passeport, sans nom et sans foyer,
Nous autres, les proscrits qu'on ne fait pas ployer,
Nous qui n'acceptons point qu'un peuple s'abrutisse,
Qui d'ailleurs ne voulons, tout en voulant justice,

---

1. Le sou est la vingtième partie du franc, la livre son équivalent ; un franc du XIXe siècle vaut entre 50 et 100 de nos francs.
2. Les deux premières institutions modernes de crédit, intervenant respectivement dans l'activité industrielle et dans les immeubles, toutes deux créées en 1852.   3. On sait que la France connut sous le Second Empire un puissant développement industriel, stimulé, en particulier, par la construction du réseau ferré. Cet essor économique s'accompagna d'une activité financière florissante, surtout en matière de Bourse. Voir aussi *Un bon bourgeois dans sa maison* (III, 7, p. 133).

D'aucune représaille et d'aucun échafaud,
Nous, dis-je, les vaincus sur qui Mandrin prévaut,
Pour que la liberté revive, et que la honte
Meure, et qu'à tous les fronts l'honneur serein remonte,
Pour affranchir romains, lombards, germains, hongrois,
Pour faire rayonner, soleil de tous les droits,
La république mère au centre de l'Europe,
Pour réconcilier le palais et l'échoppe,
Pour faire refleurir la fleur Fraternité,
Pour fonder du travail le droit incontesté [1],
Pour tirer les martyrs de ces bagnes infâmes,
Pour rendre aux fils le père et les maris aux femmes,
Pour qu'enfin ce grand siècle et cette nation
Sortent du Bonaparte et de l'abjection,
Pour atteindre à ce but où notre âme s'élance,
Nous nous ceignons les reins [2] dans l'ombre et le silence ;
Nous nous déclarons prêts, prêts, entendez-vous bien ?
— Le sacrifice est tout, la souffrance n'est rien, —
Prêts, quand Dieu fera signe, à donner notre vie ;
Car, à voir ce qui vit, la mort nous fait envie,
Car nous sommes tous mal sous ce drôle effronté,
Vivant, nous sans patrie, et vous sans liberté !

Oui, sachez-le, vous tous que l'air libre importune
Et qui dans ce fumier plantez votre fortune,
Nous ne laisserons pas le peuple s'assoupir ;
Oui, nous appellerons, jusqu'au dernier soupir,
Au secours de la France aux fers et presque éteinte,

----

1. L'inversion poétique permet de confondre le « droit du travail », encore très embryonnaire (durée quotidienne limitée pour les enfants) mais admis par tous, et le « droit au travail » que les républicains et les socialistes n'avaient pas réussi à faire entrer dans la Constitution en 1848 — et qui n'y figure toujours pas.   2. Littéralement : relever et prendre dans la ceinture le bas des vêtements longs (robe, tunique ou manteau) de manière qu'ils n'entravent pas la marche, donc se préparer à un effort et à des épreuves. Formule biblique consacrée et solennisée par le rituel de la Pâque : l'agneau se mange les reins ceints, sandales aux pieds, un bâton à la main (Exode, XII, 11).

Comme nos grands aïeux, l'insurrection sainte[1] ;
Nous convierons Dieu même à foudroyer ceci ;
Et c'est notre pensée et nous sommes ainsi,
Aimant mieux, dût le sort nous broyer sous sa roue[2],
Voir couler notre sang que croupir votre boue.

> Jersey, novembre 1852.
> [28/1/1853]

---

1. Voir la Note III de Hugo (p. 401) se rapportant à ces vers.   **2.** La catachrèse implicite (roue de la fortune) est renouvelée par l'image tirée non du supplice de la roue mais des techniques anciennes de broyage (grains, olives).

XII

On dit : — Soyez prudents. — Puis vient ce dithyrambe :
     « ... Qui veut frapper Néron
Rampe, et ne se fait pas précéder d'un ïambe
     Soufflant dans un clairon.

« Souviens-toi d'Ettenheim [1] et des pièges célèbres ;
     Attends le jour marqué.
Sois comme Chéréas [2] qui vient dans les ténèbres,
     Seul, muet et masqué.

« La prudence conduit au but qui sait la suivre.
     Marche, d'ombre vêtu... »
C'est bien ; je laisse à ceux qui veulent longtemps vivre
     Cette lâche vertu.

Jersey, août 1853.
[2/8/1853]

---

1. Ville d'Allemagne où Napoléon fit enlever le duc d'Enghien, conduit à Paris et exécuté. Hugo à Bruxelles ne jugeait pas impossible qu'une opération analogue soit montée contre lui. **2.** Chéréas tua Caligula, la nuit, dans un souterrain du palais.

XIII

À JUVÉNAL

I

Retournons à l'école, ô mon vieux Juvénal.
Homme d'ivoire et d'or [1], descends du tribunal
Où depuis deux mille ans tes vers superbes tonnent.
Il paraît, vois-tu bien, ces choses nous étonnent,
Mais c'est la vérité selon monsieur Riancey,
Que lorsqu'un peu de temps sur le sang a passé,
Après un an ou deux, c'est une découverte,
Quoi qu'en disent les morts avec leur bouche verte,
Le meurtre n'est plus meurtre et le vol n'est plus vol.
Monsieur Veuillot, qui tient d'Ignace et d'Auriol,
Nous l'affirme, quand l'heure a tourné sur l'horloge,
De notre entendement ceci fait peu l'éloge,
Pourvu qu'à Notre-Dame on brûle de l'encens
Et que l'abonné vienne aux journaux bien pensants,
Il paraît que, sortant de son hideux suaire,
Joyeux, en panthéon changeant son ossuaire,
Dans l'opération par monsieur Fould aidé,
Par les juges lavé, par les filles fardé,
O miracle ! entouré de croyants et d'apôtres,

---

1. À l'apogée de l'époque classique grecque, Phidias avait sculpté les statues colossales et légendaires d'Athéna et de Zeus dans ces matériaux. Ils sont précieux, purs et inaltérables.

En dépit des rêveurs, en dépit de nous autres
Noirs poëtes bourrus qui n'y comprenons rien,
Le mal prend tout à coup la figure du bien.

II

Il est l'appui de l'ordre ; il est bon catholique ;
Il signe hardiment : prospérité publique.
La trahison s'habille en général français ;
L'archevêque ébloui bénit le dieu Succès ;
C'était crime jeudi, mais c'est haut fait dimanche.
Du pourpoint Probité l'on retourne la manche.
Tout est dit. La vertu tombe dans l'arriéré [1].
L'honneur est un vieux fou dans sa cave muré.
O grand penseur de bronze, en nos dures cervelles
Faisons entrer un peu ces morales nouvelles,
Lorsque sur la Grand'Combe ou sur le blanc de zinc [2]
On a revendu vingt ce qu'on a payé cinq,
Sache qu'un guet-apens par où nous triomphâmes
Est juste, honnête et bon. Tout au rebours des femmes,
Sache qu'en vieillissant le crime devient beau.
Il plane cygne après s'être envolé corbeau.
Oui, tout cadavre utile exhale une odeur d'ambre.
Que vient-on nous parler d'un crime de décembre
Quand nous sommes en juin ! l'herbe a poussé dessus.
Toute la question, la voici : fils, tissus,
Cotons et sucres bruts prospèrent ; le temps passe.
Le parjure difforme et la trahison basse
En avançant en âge ont la propriété
De perdre leur bassesse et leur difformité ;
Et l'assassinat louche et tout souillé de fange.
Change son front de spectre en un visage d'ange.

---

1. Dette échue sans avoir été payée, et qui a peu de chances de l'être.   2. Nom des actions des mines de houille et de fer de la Grande-Combe et des mines de zinc de la Vieille-Montagne. Voir *Le Parti du crime* (VI, 11, p. 283).

III

Et comme en même temps, dans ce travail normal[1],
La vertu devient faute et le bien devient mal,
Apprends que, quand Saturne[2] a soufflé sur leur rôle,
Néron est un sauveur et Spartacus un drôle.
La raison obstinée a beau faire du bruit ;
La justice, ombre pâle, a beau, dans notre nuit,
Murmurer comme un souffle à toutes les oreilles ;
On laisse dans leur coin bougonner ces deux vieilles.
Narcisse gazetier lapide Scévola[3].
Accoutumons nos yeux à ces lumières-là
Qui font qu'on aperçoit tout sous un nouvel angle,
Et qu'on voit Malesherbe en regardant Delangle.
Sachons dire : Lebœuf est grand, Persil est beau ;
Et laissons la pudeur au fond du lavabo.

IV

Le bon, le sûr, le vrai, c'est l'or dans notre caisse.
L'homme est extravagant qui, lorsque tout s'affaisse,
Proteste seul debout dans une nation,
Et porte à bras tendu son indignation.
Que diable ! il faut pourtant vivre de l'air des rues,
Et ne pas s'entêter aux choses disparues.
Quoi ! tout meurt ici-bas, l'aigle comme le ver,
Le charançon périt sous la neige l'hiver,
Quoi ! le Pont-Neuf fléchit lorsque les eaux sont grosses,

---

1. Ici, qui sert de norme et non qui y est conforme.
2. Saturne — Cronos pour les Grecs — préside au temps, aux
saisons et comme tel aux changements. Aux fêtes romaines des
Saturnales, les distinctions de caste et de rang étaient abolies,
parfois même inversées, les maîtres servant les esclaves.
3. Narcisse : affranchi, ministre, conseiller et homme de main
de l'empereur romain Claude. Mucius Scaevola est un héros
légendaire de la guerre contre les Étrusques aux origines de
Rome.

Quoi ! mon coude est troué, quoi ! je perce mes chausses,
Quoi ! mon feutre était neuf et s'est usé depuis,
Et la vérité, maître, aurait, dans son vieux puits[1],
Cette prétention rare d'être éternelle !
De ne pas se mouiller quand il pleut, d'être belle
À jamais, d'être reine en n'ayant pas le sou,
Et de ne pas mourir quand on lui tord le cou !
Allons donc ! Citoyens, c'est au fait qu'il faut croire !

V

Sur ce, les charlatans prêchent leur auditoire
D'idiots, de mouchards, de grecs, de philistins,
Et de gens pleins d'esprit détroussant les crétins ;
La Bourse rit ; la hausse offre aux badauds ses prismes ;
La douce hypocrisie éclate en aphorismes ;
C'est bien, nous gagnons gros et nous sommes contents ;
Et ce sont, Juvénal, les maximes du temps.
Quelque sous-diacre, éclos dans je ne sais quel bouge,
Trouva ces vérités en balayant Montrouge[2],
Si bien qu'aujourd'hui fiers et rois des temps nouveaux,
Messieurs les aigrefins et messieurs les dévots
Déclarent, s'éclairant aux lueurs de leur cierge,
Jeanne d'Arc courtisane et Messaline vierge.

Voilà ce que curés, évêques, talapoins[3],
Au nom du Dieu vivant, démontrent en trois points,
Et ce que le filou qui fouille dans ma poche
Prouve par A plus B, par Argout plus Baroche.

---

1. Formule passée dans le langage courant — allusion à un mot de Démocrite ? — selon laquelle la vérité se cache, nue, au fond d'un puits : il faut l'y aller chercher et sa vue choque autant qu'elle ravit. **2.** Voir la note 2 de la page 225. **3.** Bonzes bouddhistes du Siam ; Voltaire emploie volontiers le mot pour désigner les moines par dérision.

VI

Maître ! voilà-t-il pas de quoi nous indigner ?
À quoi bon s'exclamer ? à quoi bon trépigner ?
Nous avons l'habitude, en songeurs que nous sommes,
                       [hommes ;
De contempler les nains bien moins que les grands
Même toi satirique, et moi tribun amer,
Nous regardons en haut, le bourgeois dit : en l'air ;
C'est notre infirmité. Nous fuyons la rencontre
Des sots et des méchants. Quand le Dombidau montre
Son crâne et que le Fould avance son menton,
J'aime mieux Jacques Cœur, tu préfères Caton ;
La gloire des héros, des sages que Dieu crée,
Est notre vision éternelle et sacrée ;
Éblouis, l'œil noyé des clartés de l'azur,
Nous passons notre vie à voir dans l'éther pur
Resplendir les géants, penseurs ou capitaines ;
Nous regardons, au bruit des fanfares lointaines,
Au-dessus de ce monde où l'ombre règne encor,
Mêlant dans les rayons leurs vagues poitrails d'or,
Une foule de chars voler dans les nuées.
Aussi l'essaim des gueux et des prostituées,
Quand il se heurte à nous, blesse nos yeux pensifs.

Soit. Mais réfléchissons. Soyons moins exclusifs.
Je hais les cœurs abjects, et toi, tu t'en défies ;
Mais laissons-les en paix dans leurs philosophies.

VII

Et puis, même en dehors de tout ceci, vraiment,
Peut-on blâmer l'instinct et le tempérament ?
Ne doit-on pas se faire aux natures des êtres ?
La fange a ses amants et l'ordure a ses prêtres ;
De la cité bourbier le vice est citoyen ;
Où l'un se trouve mal, l'autre se trouve bien ;
J'en atteste Minos et j'en fais juge Éaque,

Le paradis du porc, n'est-ce pas le cloaque ?
Voyons, en quoi, réponds, génie âpre et subtil,
Cela nous touche-t-il et nous regarde-t-il,
Quand l'homme du serment dans le meurtre patauge,
Quand monsieur Beauharnais fait du pouvoir une auge,
Si quelque évêque arrive et chante alleluia,
Si Saint-Arnaud bénit la main qui le paya,
Si tel ou tel bourgeois le célèbre et le loue,
S'il est des estomacs qui digèrent la boue ?
Quoi ! quand la France tremble au vent des trahisons,
Stupéfaits et naïfs, nous nous ébahissons
Si Parieu vient manger des glands[1] sous ce grand chêne !
Nous trouvons surprenant que l'eau coule à la Seine,
Nous trouvons merveilleux que Troplong soit Scapin,
Nous trouvons inouï que Dupin soit Dupin !

VIII

Un vieux penchant humain mène à la turpitude.
L'opprobre est un logis, un centre, une habitude,
Un toit, un oreiller, un lit tiède et charmant,
Un bon manteau bien ample où l'on est chaudement.
L'opprobre est le milieu respirable aux immondes.
Quoi ! nous nous étonnons d'ouïr dans les deux mondes
Les dupes faisant chœur avec les chenapans,
Les gredins, les niais vanter ce guet-apens !
Mais ce sont là les lois de la mère nature.
C'est de l'antique instinct l'éternelle aventure.
Par le point qui séduit ses appétits flattés
Chaque bête se plaît aux monstruosités.
Quoi ! ce crime est hideux ! quoi ! ce crime est stupide !
N'est-il plus d'animaux pour l'admirer ? Le vide
S'est-il fait ? N'est-il plus d'êtres vils et rampants ?
N'est-il plus de chacals ? n'est-il plus de serpents ?

---

1. Les paysans de l'ancienne France nourrissaient leurs cochons avec les glands du chêne, arbre, par ailleurs, symbolique de la force : saint Louis juge au pied d'un chêne, etc.

Quoi ! les baudets ont-ils pris tout à coup des ailes,
Et se sont-ils enfuis aux voûtes éternelles ?
De la création l'âne a-t-il disparu ?
Quand Cyrus, Annibal, César, montaient à cru
Cet effrayant cheval qu'on appelle la gloire,
Quand, ailés, effarés de joie et de victoire,
Ils passaient flamboyants au fond des cieux vermeils,
Les aigles leur criaient : vous êtes nos pareils !
Les aigles leur criaient : vous portez le tonnerre !
Aujourd'hui les hiboux acclament Lacenaire.
Eh bien ! je trouve bon que cela soit ainsi.
J'applaudis les hiboux et je leur dis : merci.
La sottise se mêle à ce concert sinistre,
Tant mieux. Dans sa gazette, ô Juvénal, tel cuistre
Déclare, avec messieurs d'Arras et de Beauvais [1],
Mandrin très bon, et dit l'honnête homme mauvais,
Foule aux pieds les héros et vante les infâmes,
C'est tout simple ; et, vraiment, nous serions bonnes âmes
De nous émerveiller lorsque nous entendons
Les Veuillots aux lauriers préférer les chardons ! [2]

IX

Donc laissons aboyer la conscience humaine
Comme un chien qui s'agite et qui tire sa chaîne.
Guerre aux justes proscrits ! gloire aux coquins fêtés !
Et faisons bonne mine à ces réalités.
Acceptons cet empire unique et véritable.
Saluons sans broncher Trestaillon connétable,
Mingrat grand aumônier, Bosco grand électeur ;
Et ne nous fâchons pas s'il advient qu'un rhéteur,
Un homme du sénat, un homme du conclave,

---

1. Mgr Parisis, député en 1848, évêque d'Arras depuis 1851, était l'auteur d'ouvrages en faveur de l'enseignement libre. Mgr Gignoux, évêque de Beauvais, avait fondé des séminaires et des établissements d'enseignement.   2. Nourriture favorite des ânes.

Un eunuque, un cagot, un sophiste, un esclave,
Esprit sauteur prenant la phrase pour tremplin,
Après avoir chanté César de grandeur plein,
Et ses perfections et ses mansuétudes,
Insulte les bannis jetés aux solitudes,
Ces brigands qu'a vaincus Tibère Amphitryon[1].
Vois-tu, c'est un talent de plus dans l'histrion ;
C'est de l'art de flatter le plus exquis peut-être ;
On chatouille moins bien Henri huit, le bon maître,
En louant Henri huit qu'en déchirant Morus[2].
Les dictateurs d'esprit, bourrés d'éloges crus,
Sont friands, dans leur gloire et dans leurs arrogances,
De ces raffinements et de ces élégances.
Poëte, c'est ainsi que les despotes sont.
Le pouvoir, les honneurs sont plus doux quand ils ont
Sur l'échafaud du juste une fenêtre ouverte.
Les exilés, pleurant près de la mer déserte,
Les sages torturés, les martyrs expirants
Sont l'assaisonnement du bonheur des tyrans.
Juvénal, Juvénal, mon vieux lion classique,
Notre vin de Champagne et ton vin de Massique[3],
Les festins, les palais, et le luxe effréné,
L'adhésion du prêtre et l'amour de Phryné[4],
Les triomphes, l'orgueil, les respects, les caresses,
Toutes les voluptés et toutes les ivresses
Dont s'abreuvait Séjan, dont se gorgeait Rufin,
Sont meilleures à boire, ont un goût bien plus fin,
Si l'on n'est pas un sot à cervelle exiguë,
Dans la coupe où Socrate hier but la ciguë !

Jersey, novembre 1852.
[5/2/1853]

---

1. Synonyme d'hôte fastueux. Allusion aux fêtes et aux gratifications offertes par l'Empereur aux siens. 2. Le chancelier d'Angleterre, Thomas Morus, refusa de servir son roi, Henri VIII, lorsque celui-ci eut abjuré le catholicisme. Il fut décapité (1535). 3. Cru renommé à Rome et chanté par Horace. 4. Voir la note 2 de la page 70.

XIV

FLORÉAL [1]

Au retour des beaux jours, dans ce vert floréal
Où meurent les Danton trahis par les Réal,
Quand l'étable s'agite au fond des métairies,
Quand l'eau vive au soleil se change en pierreries,
Quand la grisette [2] assise, une aiguille à la main,
Soupire, et, de côté regardant le chemin,
Voudrait aller cueillir des fleurs au lieu de coudre,
Quand les nids font l'amour, quand le pommier se poudre
Pour le printemps ainsi qu'un marquis pour le bal,
Quand, par mai réveillés, Charles douze, Annibal,
Disent : c'est l'heure ! et font vers les sanglants tumultes
Rouler, l'un les canons, l'autre les catapultes ;
Moi, je crie : ô soleil ! salut ! parmi les fleurs
J'entends les gais pinsons et les merles siffleurs ;
L'arbre chante ; j'accours ; ô printemps ! on vit double ;
Gallus entraîne au bois Lycoris qui se trouble [3] ;
Tout rayonne ; et le ciel, couvant l'homme enchanté,
N'est plus qu'un grand regard plein de sérénité !
Alors l'herbe m'invite et le pré me convie ;
Alors j'absous le sort, je pardonne à la vie,

---

1. Ce mois du calendrier révolutionnaire ne désigne pas une date précise ; il fait de la Révolution un printemps de l'Histoire. Le poème revient sur la fonction du poète : voir l'Introduction et la note 1 de la page 47.   **2.** Ces jeunes ouvrières, souvent dans les métiers de couture, n'avaient pas la sévérité des mœurs bourgeoises ; la Fantine des *Misérables* est des leurs (I, 3, 2 et suiv.).   **3.** - Personnages d'une *Bucolique* de Virgile.

Et je dis : Pourquoi faire autre chose qu'aimer ?
Je sens, comme au dehors, tout en moi s'animer,
Et je dis aux oiseaux : « Petits oiseaux, vous n'êtes
Que des chardonnerets et des bergeronnettes,
Vous ne me connaissez pas même, vous allez
Au hasard dans les champs, dans les bois, dans les blés,
Pêle-mêle, pluviers, grimpereaux, hochequeues,
Dressant vos huppes d'or, lissant vos plumes bleues ;
Vous êtes, quoique beaux, très bêtes ; votre loi,
C'est d'errer ; vous chantez en l'air sans savoir quoi ;
Eh bien, vous m'inondez d'émotions sacrées !
Et quand je vous entends sur les branches dorées,
Oiseaux, mon aile s'ouvre, et mon cœur rajeuni
Boit à l'amour sans fond et s'emplit d'infini ! »
Et je me laisse aller aux longues rêveries.
O feuilles d'arbre ! oubli ! bœufs mugissants ! prairies !
Mais dans ces moments-là, tu le sais, Juvénal,
Qu'il sorte par hasard de ma poche un journal,
Et que mon œil distrait, qui vers les cieux remonte,
Heurte l'un de ces noms qui veulent dire honte,
Alors toute l'horreur revient ; dans les bois verts
Némésis m'apparaît et me montre à travers
Les rameaux et les fleurs sa gorge de furie[1].

C'est que tu veux tout l'homme, ô devoir ! ô patrie !
C'est que lorsque ton flanc saigne, ô France, tu veux
Que l'angoisse nous tienne et dresse nos cheveux,
Que nous ne regardions plus autre chose au monde,
Et que notre œil, noyé dans la pitié profonde,
Cesse de voir les cieux pour ne voir que ton sang !

Et je me lève, et tout s'efface, et, frémissant,
Je n'ai plus sous les yeux qu'un peuple à la torture,
Crimes sans châtiment, griefs sans sépulture,
Les géants garrottés livrés aux avortons,

---

1. La mythologie latine connaissait trois Furies, divinités char-
gées de la vengeance des crimes, et les confondait avec les Érinyes
grecques.

Femmes dans les cachots, enfants dans les pontons,
Bagnes, sénats, proscrits, cadavres, gémonies ;
Alors, foulant aux pieds toutes les fleurs ternies,
Je m'enfuis, et je dis à ce soleil si doux :
Je veux l'ombre ! et je crie aux oiseaux : taisez-vous !

Et je pleure ! et la strophe, éclose de ma bouche,
Bat mon front orageux de son aile farouche.

Ainsi pas de printemps ! ainsi pas de ciel bleu !
O bandits, et toi, fils d'Hortense de Saint-Leu [1],
Soyez maudits, d'abord d'être ce que vous êtes,
Et puis soyez maudits d'obséder les poëtes !
Soyez maudits, Troplong, Fould, Magnan, Faustin deux,
De faire au penseur triste un cortège hideux,
De le suivre au désert, dans les champs, sous les ormes,
De mêler aux forêts vos figures difformes !
Soyez maudits, bourreaux qui lui masquez le jour,
D'emplir de haine un cœur qui déborde d'amour !

Jersey, mai 1853.
[28/5/1853]

---

1. Nouvelle allusion à la filiation douteuse de Louis-Napoléon dont on ne connaît que la mère : Hortense de Beauharnais, propriétaire du château de Saint-Leu-Taverny.

XV

STELLA [1]

Je m'étais endormi la nuit près de la grève.
Un vent frais m'éveilla, je sortis de mon rêve,
J'ouvris les yeux, je vis l'étoile du matin.
Elle resplendissait au fond du ciel lointain
Dans une blancheur molle, infinie et charmante.
Aquilon [2] s'enfuyait emportant la tourmente.
L'astre éclatant changeait la nuée en duvet.
C'était une clarté qui pensait, qui vivait ;
Elle apaisait l'écueil où la vague déferle ;
On croyait voir une âme à travers une perle.
Il faisait nuit encor, l'ombre régnait en vain,
Le ciel s'illuminait d'un sourire divin,
La lueur argentait le haut du mât qui penche ;
Le navire était noir, mais la voile était blanche ;

---

1. Ce poème est important dans l'histoire de l'inspiration de
Hugo puisqu'il marque, écrit P. Albouy, « la naissance de la mythologie hugolienne ». Dans ce recueil nocturne que sont *Les Châtiments*, on notera, entre *Nox*, *Luna*, *Stella* et *Lux*, une évidente
progression vers la lumière. Le Second Empire, envers de la République lumineuse, est aussi sombre, mais également aussi irréel et
fugitif que la nuit. Enfin ce texte est de ceux qui, à l'intérieur même
du recueil, définissent sa nature et celle de la poésie (voir la note 1
de la page 47). On le rapprochera de cette phrase qui, dans *Napoléon le Petit*, conclut le chapitre intitulé *Puissance de la parole* :
« Du verbe de Dieu est sortie la création des êtres ; du verbe de
l'homme sortira la société des peuples. » (V, 5 ; p. 92). **2.** L'absence de l'article suffit à personnifier ce vent froid du nord qui, sur
nos côtes, dissipe les brumes et éclaircit le ciel.

Des goëlands debout sur un escarpement,
Attentifs, contemplaient l'étoile gravement
Comme un oiseau céleste et fait d'une étincelle ;
L'océan, qui ressemble au peuple, allait vers elle,
Et, rugissant tout bas, la regardait briller,
Et semblait avoir peur de la faire envoler.
Un ineffable amour emplissait l'étendue.
L'herbe verte à mes pieds frissonnait éperdue,
Les oiseaux se parlaient dans les nids ; une fleur
Qui s'éveillait me dit : c'est l'étoile ma sœur.
Et pendant qu'à longs plis l'ombre levait son voile,
J'entendis une voix qui venait de l'étoile
Et qui disait : — Je suis l'astre qui vient d'abord.
Je suis celle qu'on croit dans la tombe et qui sort.
J'ai lui sur le Sina, j'ai lui sur le Taygète[1] ;
Je suis le caillou d'or et de feu que Dieu jette,
Comme avec une fronde, au front noir de la nuit[2].
Je suis ce qui renaît quand un monde est détruit.
O nations ! je suis la poésie ardente.
J'ai brillé sur Moïse et j'ai brillé sur Dante.
Le lion océan est amoureux de moi.
J'arrive. Levez-vous, vertu, courage, foi !
Penseurs, esprits, montez sur la tour, sentinelles !
Paupières, ouvrez-vous, allumez-vous, prunelles,
Terre, émeus le sillon, vie, éveille le bruit,
Debout, vous qui dormez ! — car celui qui me suit,
Car celui qui m'envoie en avant la première,
C'est l'ange Liberté, c'est le géant Lumière ![3]

Jersey, juillet 1853.
[12/1852]

---

1. Sur le Sinaï Yahvé donne la Loi à Moïse ; le Taygète, voisin de Sparte, évoque les lois, sévères et justes, de Lycurgue.   2. De même que, selon le récit biblique, David frappe à mort le géant Goliath.   3. Ainsi l'étoile du matin tout à la fois précède la Révolution, comme Jean Baptiste fut le précurseur du Christ, et annonce son retour, comme la première venue du Christ anticipe sur sa « parousie » à la fin des temps.

XVI

LES TROIS CHEVAUX

Trois chevaux, qu'on avait attachés au même arbre,
Causaient.

      L'un, coureur leste à la croupe de marbre,
Valait cent mille francs, était vainqueur d'Epsom,
Et, tout harnaché d'or, s'écriait : *sum qui sum !* [1]
Cela parle latin, les bêtes. Des mains blanches
Cent fois de ce pur-sang avaient flatté les hanches,
Et souvent il avait, dans le turf ébloui.
Senti courir les cœurs des femmes après lui.
De là bien des succès à son propriétaire.

Le second quadrupède était un militaire,
Un dada formidable, une brute d'acier [2],
Un cheval que Racine eût appelé coursier.
Il se dressait, bridé, superbe, ivre de joie,
D'autant plus triomphant qu'il avait l'œil d'une oie.
Sur sa housse on lisait : Essling, Ulm, Iéna.
Il avait la fierté massive que l'on a
Lorsqu'on est orgueilleux de tout ce qu'on ignore ;
Son caparaçon fauve était riche et sonore ;
Il piaffait, il semblait écouter le tambour.

---

1. « Je suis celui qui est ». C'est ce que répond Yahvé à Moïse
lui demandant son nom, et le sens même de l'hébreu « Yahvé »
(Exode, III, 14).   2. Les valeurs étymologiques latines de « formidable » — « qui inspire la terreur » — et de « brute » — « animal » — contrastent plaisamment avec l'enfantin « dada ».

Et le troisième était un cheval de labour.
Un bât de corde au cou, c'était là sa toilette.
Triste bête ! on croyait voir marcher un squelette,
Ayant assez de peau sous la bise et le vent
Pour faire un peu l'effet d'un être encor vivant.

Le beau cheval de luxe, espèce de jocrisse,
Disait :

      « Ici le pape, et là le baron Brisse ;
Pour l'estomac Brébant, pour l'âme Loyola ;
Être béni, bien boire et bien manger, voilà
Ce que prêche mon maître ; et moi, roi de la joute,
J'estime que mon maître a raison, et j'ajoute
Que les cocottes [1] font l'ornement du derby.
Il faut au peuple un dieu par les prêtres fourbi,
À nous une écurie en acajou, la bible   [possible.
Pour l'homme, et des journaux, morbleu, le moins
Le Jockey-Club vaut mieux que l'esprit Légion [2].
Pas de société sans la religion.
Si je n'étais cheval, je voudrais être moine.

— Moi, je voudrais manger parfois un peu d'avoine
Et de foin, soupira le cheval paysan.
Je travaille beaucoup, et je suis, jugez-en
Par ma côte saignante et mon échine maigre,
Presque aussi mal traité que l'homme appelé nègre.
Compter les coups de fouet que je reçois serait
Compter combien d'oiseaux chantent dans la forêt ;
J'ai faim, j'ai soif, j'ai froid ; je ne suis pas féroce,
Mais je suis malheureux. »

----

1. Aux deux sens.   2. Hugo détourne le nom donné par
l'Évangile à un démon chassé de l'âme d'un possédé par le Christ
(Marc, V, 1-17). Ici comme dans *Force des choses* (VII, 13, p. 354)
l'esprit Légion est l'esprit humain.

Ainsi parla la rosse.

Le cheval de bataille alors, plein de fureur,
Indigné, bien pensant, dit : — Vive l'empereur !

[29/7/1868]

XVII

APPLAUDISSEMENT

O grande nation, vous avez à cette heure,   [pleure,
Tandis qu'en bas dans l'ombre on souffre, on râle, on
Un empire qui fait sonner ses étriers,
Les éblouissements des panaches guerriers,
Une cour où pourrait trôner le roi de Thune [1],
Une Bourse où l'on peut faire en huit jours fortune,
Des rosières jetant aux soldats leurs bouquets ;
Vous avez des abbés, des juges, des laquais,
Dansant sur des sacs d'or une danse macabre,
La banque à deux genoux qui harangue le sabre,
Des boulets qu'on empile au fond des arsenaux,
Un sénat, les sermons remplaçant les journaux,
Des maréchaux dorés sur toutes les coutures,
Un Paris qu'on refait tout à neuf [2], des voitures
À huit chevaux, entrant dans le Louvre à grand bruit,
Des fêtes tout le jour, des bals toute la nuit,
Des lampions, des jeux, des spectacles ; en somme,
Tu t'es prostituée à ce misérable homme !

Tout ce que tu conquis est tombé de tes mains ;
On dit les vieux français comme les vieux romains,
Et leur nom fait songer leurs fils rouges de honte ;
Le monde aimait ta gloire et t'en demande compte,

---

1. Roi des truands à la cour des Miracles (voir *Notre-Dame de Paris*, II, 6).   **2.** Plusieurs travaux d'urbanisme étaient déjà entrepris dans Paris, achevés et complétés ensuite par Haussmann.

Car il se réveillait au bruit de ton clairon.
Tu contemples d'un œil abruti ton Néron
Qu'entourent des Romieux déguisés en Sénèques ;
Tu te complais à voir brailler ce tas d'évêques
Qui, pendant que César se vautre en son harem,
Entonnent leur *Salvum fac imperatorem*[1].
(Au fait, faquin devait se trouver dans la phrase.)
Ton âme est comme un chien sous le pied qui l'écrase ;
Ton fier quatrevingt-neuf reçoit des coups de fouet
D'un gueux qu'hier encor l'Europe bafouait.
Tes propres souvenirs, folle, tu les lapides.
La Marseillaise est morte à tes lèvres stupides.
Ton Champ de Mars[2] subit ces vainqueurs répugnants,
Ces Maupas, ces Fortouls, ces Bertrands, ces Magnans,
Tous ces tueurs portant le tricorne en équerre[3],
Et Korte, et Carrelet, et Canrobert Macaire[4].
Tu n'es plus rien ; c'est dit, c'est fait, c'est établi.
Tu ne sais même plus, dans ce lugubre oubli,
Quelle est la nation qui brisa la Bastille.
On te voit le dimanche aller à la Courtille[5],
Riant, sautant, buvant, sans un instinct moral,
Comme une drôlesse ivre au bras d'un caporal.
Des soufflets qu'il te donne on ne sait plus le nombre.
Et, tout en revenant sur ce boulevard sombre
Où le meurtre a rempli tant de noirs corbillards,
Où bourgeois et passants, femmes, enfants, vieillards,
Tombèrent effarés d'une attaque soudaine,
Tu chantes Turlurette et la Faridondaine ![6]

---

1. Voir la Chronologie à la date du 1ᵉʳ janvier 1852. **2.** Lieu des grandes cérémonies militaires depuis Louis XV mais surtout de la Fête de la Fédération le 14 juillet 1790. **3.** Voir la note 3 de la page 183. **4.** Contraction de Canrobert et de Robert Macaire — voir ces noms à l'Index. **5.** Populaire lieu de promenade et de distraction à Belleville. **6.** Même valeur que « landerirette », voir la note 2 de la page 184.

C'est bien, descends encore et je m'en réjouis,
Car ceci nous promet des retours inouïs,
Car, France, c'est ta loi de ressaisir l'espace,
Car tu seras bien grande ayant été si basse !
L'avenir a besoin d'un gigantesque effort.
Va, traîne l'affreux char d'un satrape ivre-mort,
Toi qui de la victoire as conduit les quadriges.
J'applaudis. Te voilà condamnée aux prodiges.
Le monde, au jour marqué, te verra brusquement
Égaler la revanche à l'avilissement,
O Patrie, et sortir, changeant soudain de forme,
Par un immense éclat de cet opprobre énorme !
Oui, nous verrons, ainsi va le progrès humain,
De ce vil aujourd'hui naître un fier lendemain,
Et tu rachèteras, ô prêtresse, ô guerrière,
Par cent pas en avant chaque pas en arrière !
Donc recule et descends ! tombe, ceci me plaît !
Flatte le pied du maître et le pied du valet !
Plus bas ! baise Troplong ! plus bas ! lèche Baroche !
Descends, car le jour vient, descends, car l'heure approche,
Car tu vas t'élancer, ô grand peuple courbé,
Et, comme le jaguar dans un piège tombé,
Tu donnes pour mesure, en tes ardentes luttes,
À la hauteur des bonds la profondeur des chutes !

Oui, je me réjouis ; oui, j'ai la foi ; je sais
Qu'il faudra bien qu'enfin tu dises : c'est assez !
Tout passe à travers toi comme à travers le crible ;
Mais tu t'éveilleras bientôt, pâle et terrible,
Peuple, et tu deviendras superbe tout à coup.
De cet empire abject, bourbier, cloaque, égout,
Tu sortiras splendide, et ton aile profonde,
En secouant la fange, éblouira le monde !
Et les couronnes d'or fondront au front des rois,
Et le pape, arrachant sa tiare et sa croix,
Tremblant, se cachera comme un loup sous sa chaire,
Et la Thémis [1] aux bras sanglants, cette bouchère,

---

1. Ici figure de la pénalité légale et non du droit, ni de la justice.

S'enfuira vers la nuit, vieux monstre épouvanté,
Et tous les yeux humains s'empliront de clarté,
Et l'on battra des mains de l'un à l'autre pôle,
Et tous les opprimés, redressant leur épaule,
Se sentiront vainqueurs, délivrés et vivants,
Rien qu'à te voir jeter ta honte aux quatre vents !

Jersey, septembre 1853.
[4/4/1853]

LIVRE SEPTIÈME

LES SAUVEURS SE SAUVERONT

I

Sonnez, sonnez toujours, clairons de la pensée[1].

Quand Josué rêveur, la tête aux cieux dressée,
Suivi des siens, marchait, et, prophète irrité,
Sonnait de la trompette autour de la cité,
Au premier tour qu'il fit, le roi se mit à rire[2] ;
Au second tour, riant toujours, il lui fit dire :
« Crois-tu donc renverser ma ville avec du vent ? »
À la troisième fois l'arche allait en avant,
Puis les trompettes, puis toute l'armée en marche,
Et les petits enfants venaient cracher sur l'arche,
Et, soufflant dans leur trompe, imitaient le clairon ;
Au quatrième tour, bravant les fils d'Aaron[3],
Entre les vieux créneaux tout brunis par la rouille,
Les femmes s'asseyaient en filant leur quenouille,
Et se moquaient, jetant des pierres aux hébreux ;
À la cinquième fois, sur ces murs ténébreux,
Aveugles et boiteux vinrent, et leurs huées
Raillaient le noir clairon sonnant sous les nuées ;
À la sixième fois, sur sa tour de granit
Si haute qu'au sommet l'aigle faisait son nid,
Si dure que l'éclair l'eût en vain foudroyée,

---

1. Le livre du châtiment s'ouvre, comme il se clôt, sur l'image du poète qui en est l'auteur. Voir la note 1 de la page 47. Hugo transpose ici le récit biblique de la prise de Jéricho par le prophète : Josué, VI, 1-21.   **2.** Voir *L'homme a ri* (III, 2, p. 122). On a souvent tort de rire dans l'œuvre de Hugo.   **3.** Non pas les Hébreux mais les prêtres, héritiers de ce frère de Moïse, premier grand prêtre du peuple élu.

Le roi revint, riant à gorge déployée,
Et cria : « Ces hébreux sont bons musiciens ! »
Autour du roi joyeux riaient tous les anciens
Qui le soir sont assis au temple, et délibèrent.

À la septième fois, les murailles tombèrent.

Jersey, septembre 1853.
[19/3/1853]

II

LA RECULADE[1]

I

Je disais : — Ces soldats ont la tête trop basse.
     Il va leur ouvrir des chemins.
Le peuple aime la poudre, et quand le clairon passe
     La France chante et bat des mains.
La guerre est une pourpre où le meurtre se drape ;
     Il va crier son : *quos ego !*[2]
Un beau jour, de son crime, ainsi que d'une trappe,
     Nous verrons sortir Marengo.
Il faut bien qu'il leur jette enfin un peu de gloire
     Après tant de honte et d'horreur !
Que, vainqueur, il défile avec tout son prétoire
     Devant Troplong le procureur ;
Qu'il tâche de cacher son carcan à l'histoire,
     Et qu'il fasse par le doreur

---

1. Le désaccord entre la Russie et la Turquie, soutenue par la France et l'Angleterre, aboutit en janvier 1854 à la guerre dont les opérations se déroulèrent en Crimée. Hugo, victime d'une manœuvre diplomatique, a écrit ce poème en septembre 1853, à une date où Louis-Napoléon, qui voulait la guerre, semblait se soumettre aux exigences du tsar pour l'éviter. Il lui a suffi d'antidater *La Reculade* et de méconnaître dans *La Fin* (p. 421) la politique guerrière de Napoléon III pour faire du second poème la suite logique et la confirmation du premier.   **2.** Citation d'un vers de Virgile (*Énéide*, I, 135) où Neptune adresse une menace non suivie d'effet aux vents désobéissants.

Ajuster sa sellette au vieux char de victoire
    Où monta le grand empereur.
Il voudra devenir César, frapper, dissoudre
    Les anciens états ébranlés,
Et, calme, à l'univers montrer, tenant la foudre,
    La main qui fit des fausses clés.
Il fera du vieux monde éclater la machine ;
    Il voudra vaincre et surnager.
Hudson Lowe, Blücher, Wellington, Rostopschine [1],
    Que de souvenirs à venger !
L'occasion abonde à l'époque où nous sommes.
    Il saura saisir le moment.
On ne peut pas rester avec cinq cent mille hommes
    Dans la fange éternellement.
Il ne peut les laisser courbés sous leur sentence ;
    Il leur faut les hauts faits lointains ;
À la meute guerrière il faut une pitance
    De lauriers et de bulletins [2].
Ces soldats, que Décembre orne comme une dartre,
    Ne peuvent pas, chiens avilis,
Ronger à tout jamais le boulevard Montmartre,
    Quand leurs pères ont Austerlitz ! —

II

Eh bien non ! je rêvais. Illusion détruite !
    Gloire ! songe, néant, vapeur !
O soldats ! quel réveil ! l'empire, c'est la fuite.
    Soldats ! l'empire, c'est la peur [3].
Ce Mandrin de la paix est plein d'instincts placides ;
    Ce Schinderhannes craint les coups.

---

1. Respectivement : le gouverneur de Sainte-Hélène, les deux vainqueurs de Waterloo et le gouverneur de Moscou qui, en ordonnant l'incendie de sa ville, mit Napoléon Ier en difficulté. **2.** Terme générique pour les publications officielles. Mais il s'agit ici des « Bulletins de la Grande Armée » par lesquels Napoléon annonçait — et amplifiait — ses victoires. **3.** Voir « L'empire, c'est la paix » (I, 4, p. 56).

O châtiment ! pour lui vous fûtes parricides,
  Soldats, il est poltron pour vous.
Votre gloire a péri sous ce hideux incube
  Aux doigts de fange, au cœur d'airain.
Ah ! frémissez ! le czar marche sur le Danube,
  Vous ne marchez pas sur le Rhin !

III

O nos pauvres enfants ! soldats de notre France !
  Ô triste armée à l'œil terni !
Adieu la tente ! Adieu les camps ! plus d'espérance !
  Soldats ! soldats ! tout est fini !
N'espérez plus laver dans les combats le crime
  Dont vous êtes éclaboussés.
Pour nous ce fut le piège et pour vous c'est l'abîme.
  Cartouche règne ; c'est assez.
Oui, Décembre à jamais vous tient, hordes trompées !
  Oui, vous êtes ses vils troupeaux !
Oui, gardez sur vos mains, gardez sur vos épées,
  Hélas ! gardez sur vos drapeaux
Ces souillures qui font horreur à vos familles
  Et qui font sourire Dracon,
Et que ne voudrait pas avoir sur ses guenilles
  L'équarrisseur de Montfaucon ! [1]
Gardez le deuil, gardez le sang, gardez la boue !
  Votre maître hait le danger,
Il vous fait reculer ; gardez sur votre joue
  L'âpre soufflet de l'étranger !
Ce nain à sa stature a rabaissé vos tailles.
  Ce n'est qu'au vol qu'il est hardi.
Adieu la grande guerre et les grandes batailles !

---

1. Longtemps encore après la destruction du gibet (1761) on désignait par ce nom la voirie qui s'était établie au voisinage : dépôt d'ordures et centre d'équarrissage (abattage et dépeçage des animaux impropres à la consommation et récupération des carcasses de boucherie).

Adieu Wagram ! adieu Lodi !
Dans cette horrible glu[1] votre aile est prisonnière.
      Derrière un crime il faut marcher.
C'est fini. Désormais vous avez pour bannière
      Le tablier de ce boucher !
Renoncez aux combats, au nom de Grande Armée,
      Au vieil orgueil des trois couleurs ;
Renoncez à l'immense et superbe fumée,
      Aux femmes vous jetant des fleurs,
À l'encens, aux grands arcs triomphaux que fréquentent
      Les ombres des héros le soir ;
Hélas ! contentez-vous de ces prêtres qui chantent
      Des *Te Deum* dans l'abattoir !
Vous ne conquerrez point la palme expiatoire,
      La palme des exploits nouveaux,
Et vous ne verrez pas se dorer dans la gloire
      La crinière de vos chevaux !

IV

Donc l'épopée échoue avant qu'elle commence !
      Annibal a pris un calmant ;
L'Europe admire, et mêle une huée immense
      À cet immense avortement.
Donc ce neveu s'en va par la porte bâtarde ![2]
      Donc ce sabreur, ce pourfendeur,
Ce masque moustachu dont la bouche vantarde
      S'ouvrait dans toute sa grandeur,
Ce césar qu'un valet tous les matins harnache
      Pour s'en aller dans les combats,
Cet ogre galonné dont le hautain panache
      Faisait oublier le front bas,

---

1. Cette matière visqueuse et collante, tirée de plusieurs végé-
taux, servait à prendre au piège les oiseaux.   2. Porte intermédiaire entre la porte cochère et la porte piétonne : bien faite pour
Louis-Napoléon, ni soldat ni civil et bâtard au sens propre.

Ce tueur qui semblait l'homme que rien n'étonne,
    Qui jouait, dans les hosanna,
Tout barbouillé du sang du ruisseau Tiquetonne,
    La pantomime d'Iéna,
Ce héros que Dieu fit général des jésuites,
    Ce vainqueur qui s'est dit absous,
Montre à Clio son nez meurtri de pommes cuites,
    Son œil éborgné de gros sous !
Et notre armée, hélas ! sa dupe et sa complice,
    Baisse un front lugubre et puni,
Et voit sous les sifflets s'enfuir dans la coulisse
    Cet écuyer de Franconi !
Cet histrion, qu'on cingle à grands coups de lanière,
    A le crime pour seul talent ;
Les Saint-Barthélemy [1] vont mieux à sa manière
    Qu'Aboukir et que Friedland.
Le cosaque stupide arrache à ce superbe
    Sa redingote à brandebourgs [2] ;
L'âne russe a brouté ce Bonaparte en herbe.
    Sonnez, clairons ! battez, tambours !
Tranche-Montagne, ainsi que Basile, a la fièvre ;
    La colique empoigne Agramant [3] ;
Sur le crâne du loup les oreilles du lièvre
    Se dressent lamentablement.
Le fier-à-bras tremblant se blottit dans son antre ;
    Le grand sabre a peur de briller ;
La fanfare bégaie et meurt ; la flotte rentre
    Au port, et l'aigle au poulailler [4].

---

1. Voir les références des autres allusions à la Saint-Barthélemy : note 3 de la page 120.   2. Celle de Napoléon était, comme on sait, grise et sans aucun ornement.   3. Tranche-Montagne : comme Matamore. Le nom de Basile fait allusion à une scène du *Barbier de Séville* (III, 11). Agramant est un preux du *Roland furieux* de l'Arioste.   4. Louis Napoléon finit comme il a commencé, voir la note 1 de la page 246.

V

Et tous ces capitans dont l'épaulette brille
    Dans les Louvres et les châteaux
Disent : « Mangeons la France et le peuple en famille.
    Sire, les boulets sont brutaux. »
Et Forey va criant : « Majesté, prenez garde. »
    Reibell dit : « Morbleu, sacrebleu !
Tenons-nous coi. Le czar fait manœuvrer sa garde.
    Ne jouons pas avec le feu. »
Espinasse reprend : « César, gardez la chambre.
    Ces kalmoucks [1] ne sont pas manchots. »
« Coiffez-vous, dit Leroy, du laurier de décembre,
    Prince, et tenez-vous les pieds chauds. »
Et Magnan dit : « Buvons et faisons l'amour, sire ! »
    Les rêves s'en vont à vau-l'eau.
Et dans sa sombre plaine, ô douleur, j'entends rire
    Le noir lion de Waterloo ! [2]

Jersey, juillet 1853.
[1/9/1853]

---

    1. Peuple mongol mal contrôlé par la Russie, réputé pour ses vertus guerrières et dont des éléments, comme les cosaques et les Baskirs, étaient employés dans les armées des tsars.   **2.** Il s'agit, et quoique Hugo n'aimât pas ce monument, de la statue représentant un lion élevée sur le champ de bataille de Waterloo.

III

LE CHASSEUR NOIR [1]

Qu'es-tu, passant ? Le bois est sombre,
Les corbeaux volent en grand nombre,
    Il va pleuvoir.
— Je suis celui qui va dans l'ombre,
    Le Chasseur Noir !

Les feuilles des bois, du vent remuées,
    Sifflent... on dirait
Qu'un sabbat nocturne emplit de huées
    Toute la forêt ;
Dans une clairière au sein des nuées
    La lune apparaît.

— Chasse le daim, chasse la biche,
Cours dans les bois, cours dans la friche,
    Voici le soir.
Chasse le czar, chasse l'Autriche,
    O Chasseur Noir !

Les feuilles des bois —

---

1. Le Chasseur Noir est un personnage d'une légende rhénane ; voir, dans *Le Rhin, Légende du beau Pécopin et de la belle Bauldour* (« Voyages », p. 164). Ici, c'est tout à la fois le poète, le peuple, le destin ou « le gendarme de Dieu » qui est figuré sous les traits du Chasseur Noir.

Souffle en ton cor, boucle ta guêtre,
Chasse les cerfs qui viennent paître
    Près du manoir.
Chasse le roi, chasse le prêtre,
    O Chasseur Noir !

Les feuilles des bois —

Il tonne, il pleut, c'est le déluge.
Le renard fuit, pas de refuge
    Et pas d'espoir !
Chasse l'espion, chasse le juge,
    O Chasseur Noir !

Les feuilles des bois —

Tous les démons de saint-Antoine
Bondissent dans la folle avoine
    Sans t'émouvoir ;
Chasse l'abbé, chasse le moine,
    O Chasseur Noir !

Les feuilles des bois —

Chasse les ours ! ta meute jappe.
Que pas un sanglier n'échappe !
    Fais ton devoir !
Chasse César, chasse le pape,
    O Chasseur Noir !

Les feuilles des bois —

Le loup de ton sentier s'écarte.
Que ta meute à sa suite parte !
    Cours ! fais-le choir !
Chasse le brigand Bonaparte,
    O Chasseur Noir !

Les feuilles des bois, du vent remuées,
              Tombent... on dirait
Que le sabbat sombre aux rauques huées
              A fui la forêt ;
Le clair chant du coq perce les nuées ;
              Ciel ! l'aube apparaît !

              Tout reprend sa forme première.
              Tu redeviens la France altière
                            Si belle à voir,
              L'ange blanc vêtu de lumière,
                            O Chasseur Noir !

Les feuilles des bois, du vent remuées,
              Tombent... on dirait
Que le sabbat sombre aux rauques huées
              A fui la forêt ;
Le clair chant du coq perce les nuées,
              Ciel ! l'aube apparaît !

Jersey, septembre 1853.
[22/10/1852]

IV

L'ÉGOUT DE ROME [1]

Voici le trou, voici l'échelle. Descendez.
Tandis qu'au corps de garde en face on joue aux dés
En riant sous le nez des matrones [2] bourrues,
Laissez le crieur rauque, assourdissant les rues,
Proclamer le numide ou le dace aux abois,
Et, groupés sous l'auvent des échoppes de bois,
Les savetiers romains et les marchandes d'herbes
De la Minerve étrusque échanger les proverbes [3] ;
Descendez.

      Vous voilà dans un lieu monstrueux.
Enfer d'ombre et de boue aux porches tortueux,
Où les murs ont la lèpre, où, parmi les pustules,
Glissent les scorpions mêlés aux tarentules.
Morne abîme !

      Au-dessus de ce plafond fangeux,
Dans les cieux, dans le cirque immense et plein de jeux,

---

1. La Rome antique était effectivement équipée d'un système d'égouts, entrepris dès le VIᵉ siècle av. J.-C. et assez perfectionné pour être encore partiellement en usage au moment où Hugo écrit. Ce poème est à mettre en parallèle avec le célèbre développement des *Misérables* (*L'Intestin du Léviathan*, V, 2 ; « Roman II », p. 991 et suiv.). **2.** Hugo joue avec le sens latin : dames, voire grandes dames. **3.** Ovide (*Fastes*, III) rapporte que, vainqueurs des Étrusques, les Romains amenèrent à Rome leur Minerve, déesse des artisans. Les Numides (Berbères d'Afrique du Nord) et les Daces (occupant les actuelles Roumanie et Hongrie) furent parmi les plus coriaces adversaires de Rome.

Sur les pavés sabins, dallages centenaires,
Roulent les chars, les bruits, les vents et les tonnerres ;
Le peuple gronde ou rit dans le forum sacré ;
Le navire d'Ostie au port est amarré,
L'arc triomphal rayonne, et sur la borne agraire
Tettent, nus et divins, Rémus avec son frère
Romulus, louveteaux de la louve d'airain ;
Non loin, le fleuve Tibre épand son flot serein,
Et la vache au flanc roux y vient boire, et les buffles
Laissent en fils d'argent l'eau tomber de leurs mufles.

Le hideux souterrain s'étend dans tous les sens ;
Il ouvre par endroits sous les pieds des passants
Ses soupiraux infects et flairés par les truies ;
Cette cave se change en fleuve au temps des pluies ;
Vers midi, tout au bord du soupirail vermeil,
Les durs barreaux de fer découpent le soleil,
Et le mur apparaît semblable au dos des zèbres ;
Tout le reste est miasme, obscurité, ténèbres ;
Par places le pavé, comme chez les tueurs,
Paraît sanglant ; la pierre a d'affreuses sueurs ;
Ici l'oubli, la peste et la nuit font leurs œuvres ;
Le rat heurte en courant la taupe ; les couleuvres
Serpentent sur le mur comme de noirs éclairs ;
Les tessons, les haillons, les piliers aux pieds verts,
Les reptiles laissant des traces de salives,
La toile d'araignée accrochée aux solives,
Des mares dans les coins, effroyables miroirs,
Où nagent on ne sait quels êtres lents et noirs,
Font un fourmillement horrible dans ces ombres.
La vieille hydre chaos rampe sous ces décombres.
On voit des animaux accroupis et mangeant ;
La moisissure rose aux écailles d'argent
Fait sur l'obscur bourbier luire ses mosaïques ;
L'odeur du lieu mettrait en fuite des stoïques [1] ;
Le sol partout se creuse en gouffres empestés ;
Et les chauves-souris volent de tous côtés

---

1. Et même des stoïciens stoïques.

Comme au milieu des fleurs s'ébattent les colombes.
On croit, dans cette brume et dans ces catacombes,
Entendre bougonner la mégère Atropos ;
Le pied sent dans la nuit le dos mou des crapauds ;
L'eau pleure ; par moments quelque escalier livide
Plonge lugubrement ses marches dans le vide.
Tout est fétide, informe, abject, terrible à voir.

Le charnier, le gibet, le ruisseau, le lavoir,
Les vieux parfums rancis dans les fioles persanes [1],
Le lavabo vidé des pâles courtisanes,
L'eau lustrale épandue aux pieds des dieux menteurs,
Le sang des confesseurs et des gladiateurs,
Les meurtres, les festins, les luxures hardies,
Le chaudron renversé des noires Canidies [2],
Ce que Trimalcion vomit sur le chemin,
Tous les vices de Rome, égout du genre humain,
Suintent, comme en un crible, à travers cette voûte,
Et l'immonde univers y filtre goutte à goutte.
Là-haut, on vit, on teint ses lèvres de carmin,
On a le lierre [3] au front et la coupe à la main,
Le peuple sous les fleurs cache sa plaie impure
Et chante ; et c'est ici que l'ulcère suppure.
Ceci, c'est le cloaque, effrayant, vil, glacé.

---

1. « Babylone fut pendant longtemps l'entrepôt principal des aromates du monde entier. Elle recevait les épices de l'Inde et du golfe Persique, les gommes odorantes de l'Arabie et les baumes précieux de la Judée. On voit au musée britannique des vases en verre et en albâtre destinés à contenir les onguents et les parfums. Lorsque Alexandre s'empara des équipages et des trésors de Darius, il trouva dans sa tente une riche cassette remplie des parfums les plus précieux ; le conquérant fit jeter au vent ces aromates et les remplaça par les œuvres du chantre d'Achille. [...] Les Romains, en héritant des richesses du monde grec et asiatique, héritèrent aussi de ses habitudes efféminées. Sous l'empire, le goût des parfums devint une fureur. [...] Néron consomma aux funérailles de Poppée plus d'encens que l'Arabie ne pouvait en produire en dix ans » (P. Larousse, *Grand Dictionnaire...*).   2. Canidie est une sorcière à qui Horace s'en prend dans les *Satires* et les *Épîtres*.
3. Emblème de Dionysos-Bacchus, dieu du vin, de l'ivresse et des délires.

Et Rome tout entière avec tout son passé,
Joyeuse, souveraine, esclave, criminelle,
Dans ce marais sans fond croupit, fange éternelle.
C'est le noir rendez-vous de l'immense néant ;
Toute ordure aboutit à ce gouffre béant ;
La vieille au chef branlant qui gronde et qui soupire
Y vide son panier, et le monde l'empire.
L'horreur emplit cet antre, infâme vision.
Toute l'impureté de la création
Tombe et vient échouer sur cette sombre rive.
Au fond, on entrevoit, dans une ombre où n'arrive
Pas un reflet de jour, pas un souffle de vent,
Quelque chose d'affreux qui fut jadis vivant,
Des mâchoires, des yeux, des ventres, des entrailles,
Des carcasses qui font des taches aux murailles ;
On approche, et longtemps on reste l'œil fixé
Sur ce tas monstrueux, dans la bourbe enfoncé,
Jeté là par un trou redouté des ivrognes,
Sans pouvoir distinguer si ces mornes charognes
Ont une forme encor visible en leurs débris,
Et sont des chiens crevés ou des césars pourris.

Jersey, avril 1853.
[30/4/1853]

V

C'était en juin, j'étais à Bruxelle ; on me dit :
Savez-vous ce que fait maintenant ce bandit ?
Et l'on me raconta le meurtre juridique,
Charlet assassiné sur la place publique,
Cirasse, Cuisinier, tous ces infortunés
Que cet homme au supplice a lui-même traînés
Et qu'il a de ses mains liés sur la bascule.
O sauveur, ô héros, vainqueur de crépuscule,
César ! Dieu fait sortir de terre les moissons,
La vigne, l'eau courante abreuvant les buissons,
Les fruits vermeils, la rose où l'abeille butine,
Les chênes, les lauriers, et toi, la guillotine.

Prince qu'aucun de ceux qui lui donnent leurs voix
Ne voudrait rencontrer le soir au coin d'un bois !

J'avais le front brûlant ; je sortis par la ville.
Tout m'y parut plein d'ombre et de guerre civile ;
Les passants me semblaient des spectres effarés ;
Je m'enfuis dans les champs paisibles et dorés ;
O contre-coups du crime au fond de l'âme humaine !
La nature ne put me calmer. L'air, la plaine,
Les fleurs, tout m'irritait ; je frémissais devant
Ce monde où je sentais ce scélérat vivant.
Sans pouvoir m'apaiser je fis plus d'une lieue.
Le soir triste monta sous la coupole bleue ;

Linceul frissonnant, l'ombre autour de moi s'accrut ;
Tout à coup la nuit vint, et la lune apparut
Sanglante, et dans les cieux, de deuil enveloppée,
Je regardai rouler cette tête coupée.

Jersey, mai 1853.
[20/5/1853]

VI

CHANSON

Sa grandeur éblouit l'histoire.
    Quinze ans, il fut
Le dieu que traînait la victoire
    Sur un affût ;
L'Europe sous la loi guerrière
    Se débattit. —
Toi, son singe, marche derrière,
    Petit, petit.

Napoléon dans la bataille,
    Grave et serein,
Guidait à travers la mitraille
    L'aigle d'airain.
Il entra sur le pont d'Arcole,
    Il en sortit. —
Voici de l'or, viens, pille et vole,
    Petit, petit.

Berlin, Vienne, étaient ses maîtresses ;
    Il les forçait,
Leste, et prenant les forteresses
    Par le corset.
Il triompha de cent bastilles
    Qu'il investit. —
Voici pour toi, voici des filles,
    Petit, petit.

Il passait les monts et les plaines,
        Tenant en main
La palme, la foudre, et les rênes
        Du genre humain ;
Il était ivre de sa gloire
        Qui retentit. —
Voici du sang, accours, viens boire,
        Petit, petit.

Quand il tomba, lâchant le monde,
        L'immense mer
Ouvrit à sa chute profonde
        Son gouffre amer ;
Il y plongea, sinistre archange,
        Et s'engloutit. —
Toi, tu te noieras dans la fange,
        Petit, petit.

Jersey, septembre 1853.
[9/1853]

VII

PATRIA

MUSIQUE DE BEETHOVEN [1]

Là-haut qui sourit ?
   Est-ce un esprit ?
   Est-ce une femme ?
Quel front sombre et doux !
   Peuple, à genoux !
   Est-ce notre âme
   Qui vient à nous ?

Cette figure en deuil
Paraît sur notre seuil,
Et notre antique orgueil
   Sort du cercueil.

---

1. On sait que la musique, donnée en note dans l'édition de 1870 (voir p. 405), n'est pas de Beethoven. Hugo avait été trompé par le titre, *Air de Beethoven*, de la partition, publiée en 1827, d'un air « composé par M. Melesville sur une suite d'accords formant le carillon de Saint-Pétersbourg attribué à Beethoven ». Saint-Saëns découvrit l'erreur et en avertit Hugo qui, informations — fausses — prises, persista à croire à l'authenticité de cet air qu'il aimait et se faisait souvent jouer. Il n'avait pas entièrement tort : les nombreuses exécutions de ce chant, en 1870-1871, en avaient effectivement fait le symbole de la « sainte fraternité de la France et de l'Allemagne ».

Ses fiers regards vainqueurs
Réveillent tous les cœurs,
Les nids dans les buissons,
    Et les chansons.

    C'est l'ange du jour ;
      L'espoir, l'amour
      Du cœur qui pense ;
    Du monde enchanté
      C'est la clarté.
      Son nom est France
      Ou Vérité.

Bel ange, à ton miroir
Quand s'offre un vil pouvoir,
Tu viens, terrible à voir,
    Sous le ciel noir.
Tu dis au monde : Allons !
Formez vos bataillons !
Et le monde ébloui
    Te répond : Oui.

    C'est l'ange de nuit.
      Rois, il vous suit,
      Marquant d'avance
    Le fatal moment
      Au firmament.
      Son nom est France
      Ou Châtiment.

Ainsi que nous voyons
En mai les alcyons,
Voguez, ô nations,
    Dans ses rayons !
Son bras aux cieux dressé
Ferme le noir passé
Et les portes de fer
    Du sombre enfer.

C'est l'ange de Dieu.
Dans le ciel bleu
Son aile immense
Couvre avec fierté
L'humanité.
Son nom est France
Ou Liberté !

Jersey, septembre 1853.
[Avant mars 1853]

VIII

LA CARAVANE

I

Sur la terre, tantôt sable, tantôt savane,
L'un à l'autre liés en longue caravane,
Échangeant leur pensée en confuses rumeurs,
Emmenant avec eux les lois, les faits, les mœurs,
Les esprits, voyageurs éternels, sont en marche.
L'un porte le drapeau, les autres portent l'arche[1] ;
Ce saint voyage a nom Progrès. De temps en temps,
Ils s'arrêtent, rêveurs, attentifs, haletants,
Puis repartent. En route ! ils s'appellent, ils s'aident,
Ils vont ! Les horizons aux horizons succèdent,
Les plateaux aux plateaux, les sommets aux sommets.
On avance toujours, on n'arrive jamais.
À chaque étape un guide accourt à leur rencontre ;
Quand Jean Huss disparaît, Luther pensif se montre ;
Luther s'en va, Voltaire alors prend le flambeau ;
Quand Voltaire s'arrête, arrive Mirabeau.
Ils sondent, pleins d'espoir, une terre inconnue ;
À chaque pas qu'on fait, la brume diminue ;
Ils marchent, sans quitter des yeux un seul instant

---

1. Armée en marche (« drapeau »), la « caravane » est apparentée par l'arche au peuple élu de l'Exode, marchant vers la Terre promise. Plus loin le nom de La Mecque et la juxtaposition des religions (« saint musulman... patron chrétien ») achèvent de corriger l'« européocentrisme » donné à la représentation du Progrès humain par les noms cités (Huss, Luther, Voltaire, Mirabeau).

Le terme du voyage et l'asile où l'on tend,
Point lumineux au fond d'une profonde plaine,
La Liberté sacrée, éclatante et lointaine,
La Paix dans le travail, l'universel Hymen,
L'Idéal, ce grand but, Mecque du genre humain.

Plus ils vont, plus la foi les pousse et les exalte.
Pourtant, à de certains moments, lorsqu'on fait halte,
Que la fatigue vient, qu'on voit le jour blêmir,
Et qu'on a tant marché qu'il faut enfin dormir,
C'est l'instant où le Mal, prenant toutes les formes,
Morne oiseau, vil reptile ou monstre aux bonds énormes,
Chimère, préjugé, mensonge ténébreux,
C'est l'heure où le Passé, qu'ils laissent derrière eux,
Voyant dans chacun d'eux une proie échappée,
Surprend la caravane assoupie et campée,
Et, sortant hors de l'ombre et du néant profond,
Tâche de ressaisir ces esprits qui s'en vont.

II

Le jour baisse ; on atteint quelque colline chauve
Que l'âpre solitude entoure, immense et fauve,
Et dont pas même un arbre, une roche, un buisson
Ne coupe l'immobile et lugubre horizon ;
Les tchaouchs [1], aux lueurs des premières étoiles,
Piquent des pieux en terre et déroulent les toiles ;
En cercle autour du camp les feux sont allumés,
Il est nuit. Gloire à Dieu ! voyageurs las, dormez.

Non, veillez ! car autour de vous tout se réveille.

---

1. Le terme désigne, en Turquie et dans les pays sous administration turque, les serviteurs du palais et de l'administration : huissiers, appariteurs — par extension, tout serviteur.

Écoutez ! écoutez ! debout ! prêtez l'oreille !
Voici qu'à la clarté du jour zodiacal [1],
L'épervier gris, le singe obscène, le chacal,
Les rats abjects et noirs, les belettes, les fouines,
Nocturnes visiteurs des tentes bédouines,
L'hyène au pas boiteux qui menace et qui fuit,
Le tigre au crâne plat où nul instinct ne luit,
Dont la férocité ressemble à de la joie,
Tous, les oiseaux de deuil et les bêtes de proie,
Vers le feu rayonnant poussant d'étranges voix,
De tous les points de l'ombre arrivent à la fois.
Dans la brume, pareils aux brigands qui maraudent,
Bandits de la nature, ils sont tous là qui rôdent.
Le foyer se reflète aux yeux des léopards.
Fourmillement terrible ! on voit de toutes parts
Des prunelles de braise errer dans les ténèbres.
La solitude éclate en hurlements funèbres.
Des pierres, des fossés, des ravins tortueux,
De partout, sort un bruit farouche et monstrueux.
Car lorsqu'un pas humain pénètre dans ces plaines,
Toujours, à l'heure où l'ombre épanche ses haleines,
Où la création commence son concert,
Le peuple [2] épouvantable et rauque du désert,
Horrible et bondissant sous les pâles nuées,
Accueille l'homme avec des cris et des huées.
Bruit lugubre ! chaos des forts et des petits
Cherchant leur proie avec d'immondes appétits !
L'un glapit, l'autre rit, miaule, aboie, ou gronde.
Le voyageur invoque en son horreur profonde
Ou son saint musulman ou son patron chrétien.

Soudain tout fait silence et l'on n'entend plus rien.

Le tumulte effrayant cesse, râles et plaintes

---

1. Lumière qui, à l'équinoxe de printemps, suit le coucher du
soleil et précède son lever à l'équinoxe d'automne.   2. L'image
du peuple, comme dans tout le recueil, est double : l'allégorie le
représente par le lion, mais aussi par les bêtes qu'il met en fuite.

Meurent comme des voix par l'agonie éteintes,
Comme si, par miracle et par enchantement,
Dieu même avait dans l'ombre emporté brusquement
Renards, singes, vautours, le tigre, la panthère,
Tous ces monstres hideux qui sont sur notre terre
Ce que sont les démons dans le monde inconnu.
Tout se tait.

         Le désert est muet, vaste et nu.
L'œil ne voit sous les cieux que l'espace sans borne.

Tout à coup, au milieu de ce silence morne
Qui monte et qui s'accroît de moment en moment,
S'élève un formidable et long rugissement !

C'est le lion.

III

         Il vient, il surgit où vous êtes,
Le roi sauvage et roux des profondeurs muettes !

Il vient de s'éveiller comme le soir tombait,
Non, comme le loup triste, à l'odeur du gibet,
Non, comme le jaguar, pour aller dans les havres
Flairer si la tempête a jeté des cadavres,
Non, comme le chacal furtif et hasardeux,
Pour déterrer la nuit les morts, spectres hideux,
Dans quelque champ qui vit la guerre et ses désastres ;
Mais pour marcher dans l'ombre à la clarté des astres.
Car l'azur constellé plaît à son œil vermeil ;
Car Dieu fait contempler par l'aigle le soleil,
Et fait par le lion regarder les étoiles.
Il vient, du crépuscule il traverse les voiles,
Il médite, il chemine à pas silencieux,
Tranquille et satisfait sous la splendeur des cieux ;
Il aspire l'air pur qui manquait à son antre ;
Sa queue à coups égaux revient battre son ventre,

Et, dans l'obscurité qui le sent approcher,
Rien ne le voit venir, rien ne l'entend marcher.
Les palmiers, frissonnant comme des touffes d'herbe,
Frémissent. C'est ainsi que, paisible et superbe,
Il arrive toujours par le même chemin,
Et qu'il venait hier, et qu'il viendra demain,
À cette heure où Vénus à l'occident décline.

Et quand il s'est trouvé proche de la colline,
Marquant ses larges pieds dans le sable mouvant,
Avant même que l'œil d'aucun être vivant
Eût pu, sous l'éternel et mystérieux dôme,
Voir poindre à l'horizon son vague et noir fantôme,
Avant que dans la plaine il se fût avancé,
Il se taisait ; son souffle a seulement passé,
Et ce souffle a suffi, flottant à l'aventure,
Pour faire tressaillir la profonde nature,
Et pour faire soudain taire au plus fort du bruit
Toutes ces sombres voix qui hurlent dans la nuit.

IV

Ainsi, quand, de ton antre enfin poussant la pierre,
Et las du long sommeil qui pèse à ta paupière,
O peuple, ouvrant tes yeux d'où sort une clarté,
Tu te réveilleras dans ta tranquillité,
Le jour où nos pillards, où nos tyrans sans nombre
Comprendront que quelqu'un remue au fond de l'ombre,
Et que c'est toi qui viens, ô lion ! ce jour-là,
Ce vil groupe où Falstaff s'accouple à Loyola,
Tous ces gueux devant qui la probité se cabre,
Les traîneurs de soutane et les traîneurs de sabre,
Le général Soufflard, le juge Barabbas,
Le jésuite au front jaune [1], à l'œil féroce et bas,
Disant son chapelet dont les grains sont des balles,

---

1. Voir la note 3 de la page 179.

Les Mingrats bénissant les Héliogabales[1],
Les Veuillots qui naguère, errant sans feu ni lieu,
Avant de prendre en main la cause du bon Dieu,
Avant d'être des saints, traînaient dans les ribotes
Les haillons de leur style et les trous de leurs bottes,
L'archevêque, ouléma du Christ ou de Mahom[2],
Mâchant avec l'hostie un sanglant *Te Deum*[3],
Les Troplong, les Rouher, violateurs de chartes,
Grecs qui tiennent les lois comme ils tiendraient les cartes,
Les beaux fils dont les mains sont rouges sous leurs gants,
Ces dévots, ces viveurs, ces bedeaux, ces brigands,
Depuis les hommes vils jusqu'aux hommes sinistres,
Tout ce tas monstrueux de gredins et de cuistres
Qui grincent, l'œil ardent, le mufle ensanglanté,
Autour de la raison et de la vérité,
Tous, du maître au goujat, du bandit au maroufle,
Pâles, rien qu'à sentir au loin passer ton souffle,
Feront silence, ô peuple ! et tous disparaîtront
Subitement, l'éclair ne sera pas plus prompt,
Cachés, évanouis, perdus dans la nuit sombre,
Avant même qu'on ait entendu, dans cette ombre
Où les justes tremblants aux méchants sont mêlés,
Ta grande voix monter vers les cieux étoilés !

Jersey, juin 1853.
[25/11/1852]

---

1. Héliogabale, prêtre syrien, devint empereur de Rome (218-222).   **2.** Les « oulémas » sont, en pays de religion musulmane, des docteurs en matière religieuse et juridique. Mahom pour Mahomet, lui-même pour Mohammed.   **3.** Voir *Le Te Deum du 1er janvier 1852* (I, 6, p. 60).

IX

Cette nuit, il pleuvait, la marée était haute,
Un brouillard lourd et gris couvrait toute la côte,
Les brisants aboyaient comme des chiens, le flot
Aux pleurs du ciel profond joignait son noir sanglot,
L'infini secouait et mêlait dans son urne
Les sombres tournoiements de l'abîme nocturne ;
Les bouches de la nuit semblaient rugir dans l'air.

J'entendais le canon d'alarme [1] sur la mer.
Des marins en détresse appelaient à leur aide.
Dans l'ombre où la rafale aux rafales succède,
Sans pilote, sans mât, sans ancre, sans abri,
Quelque vaisseau perdu jetait son dernier cri.
Je sortis. Une vieille, en passant effarée,
Me dit : « Il a péri ; c'est un chasse-marée [2]. »
Je courus à la grève et ne vis qu'un linceul
De brouillard et de nuit, et l'horreur, et moi seul ;
Et la vague, dressant sa tête sur l'abîme,
Comme pour éloigner un témoin de son crime,
Furieuse, se mit à hurler après moi.

Qu'es-tu donc, Dieu jaloux, Dieu d'épreuve et d'effroi,
Dieu des écroulements, des gouffres, des orages,
Que tu n'es pas content de tant de grands naufrages,
Qu'après tant de puissants et de forts engloutis,

---

1. Pièce d'artillerie de gros calibre chargée à poudre. Elle est installée à terre. 2. Petit bâtiment de pêche côtière ou de petit cabotage.

Il te reste du temps encor pour les petits,
Que sur les moindres fronts ton bras laisse sa marque,
Et qu'après cette France, il te faut cette barque !

Jersey, avril 1853.
[5/4/1853]

X

I

Ce serait une erreur de croire que ces choses
Finiront par des chants et des apothéoses ;
Certe, il viendra, le rude et fatal châtiment ;
Jamais l'arrêt d'en haut ne recule et ne ment,
Mais ces jours effrayants seront des jours sublimes.
Tu feras expier à ces hommes leurs crimes,
O peuple généreux, ô peuple frémissant,
Sans glaive, sans verser une goutte de sang,
Par la loi ; sans pardon, sans fureur, sans tempête.
Non, que pas un cheveu ne tombe d'une tête ;
Que l'on n'entende pas une bouche crier ;
Que pas un scélérat ne trouve un meurtrier.
Les temps sont accomplis ; la loi de mort est morte ;
Du vieux charnier humain nous avons clos la porte.
Tous ces hommes vivront. — Peuple, pas même lui ! [1]

Nous le disions hier, nous venons aujourd'hui
Le redire, et demain nous le dirons encore,
Nous qui des temps futurs portons au front l'aurore,
Parce que nos esprits, peut-être pour jamais,
De l'adversité sombre habitent les sommets ;
Nous, les absents, allant où l'exil nous envoie ;
Nous, proscrits, qui sentons, pleins d'une douce joie,
Dans le bras qui nous frappe une main nous bénir ;
Nous, les germes du grand et splendide avenir

---

1. Voir sur la même question *Non* (III, 16, p. 160), *Sacer esto* (IV, 1, p. 165) et « *Le Progrès calme et fort...* » (V, 8, p. 219).

Que le Seigneur, penché sur la famille humaine,
Sema dans un sillon de misère et de peine[1].

II

Ils tremblent, ces coquins, sous leur nom accablant ;
Ils ont peur pour leur tête infâme, ou font semblant ;
Mais, marauds, ce serait déshonorer la Grève ![2]
Des révolutions remuer le vieux glaive
Pour eux ! y songent-ils ? diffamer l'échafaud !
Mais, drôles, des martyrs qui marchaient le front haut,
Des justes, des héros, souriant à l'abîme,
Sont morts sur cette planche et l'ont faite sublime !
Quoi ! Charlotte Corday, quoi ! madame Roland
Sous cette grande hache ont posé leur cou blanc,
Elles l'ont essuyée avec leur tresse blonde,
Et Magnan y viendrait faire sa tache immonde !
Où le lion gronda, grognerait le pourceau !
Pour Rouher, Fould et Suin, ces rebuts du ruisseau,
L'échafaud des Camille et des Vergniaud superbes !
Quoi, grand Dieu, pour Troplong la mort de Malesherbes !
Traiter le sieur Delangle ainsi qu'André Chénier !
Jeter ces têtes-là dans le même panier[3],
Et, dans ce dernier choc qui mêle et qui rapproche,
Faire frémir Danton du contact de Baroche ![4]
Non, leur règne, où l'atroce au burlesque se joint,
Est une mascarade, et, ne l'oublions point,

---

1. Nouvelle image du poète, autorisé ici par son exil. Voir la note 1 de la page 47.   2. C'est sur la place de Grève (actuelle place de l'Hôtel-de-Ville) qu'était installée la guillotine jusqu'en 1830.   3. Singulière réactivation de l'expression commune : la tête du guillotiné tombait effectivement dans un panier.   4. C'est le temps de la Révolution qui est opposé au Second Empire et non tel parti puisque, dans la liste des victimes, nous trouvons à côté des jacobins Danton, Robespierre et Saint-Just, les girondins Mme Roland, Vergniaud et Camille Desmoulins et des contre-révolutionnaires : A. Chénier, Malesherbes et Charlotte Corday.

Nous en avons pleuré, mais souvent nous en rîmes [1].
Sous prétexte qu'il a commis beaucoup de crimes,
Et qu'il est assassin autant que charlatan,
Paillasse après Saint-Just, Robespierre et Titan,
Monterait cette échelle effrayante et sacrée !
Après avoir coupé le cou de Briarée [2],
Ce glaive couperait la tête d'Arlequin !
Non, non ! maître Rouher, vous êtes un faquin,
Fould, vous êtes un fat, Suin, vous êtes un cuistre.
L'échafaud est le lieu du triomphe sinistre,
Le piédestal, dressé sur le noir cabanon [3],
Qui fait tomber la tête et fait surgir le nom,
C'est le faîte vermeil d'où le martyr s'envole,
C'est la hache impuissante à trancher l'auréole,
C'est le créneau sanglant, étrange et redouté,
Par où l'âme se penche et voit l'éternité.
Ce qu'il faut, ô justice, à ceux de cette espèce,
C'est le lourd bonnet vert, c'est la casaque épaisse,
C'est le poteau [4] ; c'est Brest, c'est Clairvaux, c'est Toulon,
C'est le boulet roulant derrière leur talon [5],
Le fouet et le bâton, la chaîne, âpre compagne,
Et les sabots sonnant sur le pavé du bagne !
Qu'ils vivent accouplés et flétris ! L'échafaud,
Sévère, n'en veut pas. Qu'ils vivent, il le faut,
L'un avec sa simarre [6] et l'autre avec son cierge !
La mort devant ces gueux baisse ses yeux de vierge.

Jersey, juillet 1853.
[23/5/1853]

---

1. P. Albouy note que l'aveu est précieux et que le grotesque des *Châtiments* procède du contact grinçant de toutes les formes de la gravité avec celles du comique. Noter aussi la rime. **2.** Paillasse : personnage de valet stupide dans la Comédie-Italienne et bouffon de théâtre forain. Briarée est un des Titans révoltés contre les dieux dans la mythologie grecque. **3.** Voir la note 2 de la page 373. **4.** Instrument de l'exposition dans l'ancienne pénalité ; un écriteau indiquait le nom et le crime. **5.** Voir la note 1 de la page 51. **6.** Voir la note 1 de la page 92.

XI

Quand l'eunuque régnait à côté du césar,
Quand Tibère, et Caïus[1], et Néron, sous leur char
Foulaient Rome, plus morte, hélas ! que Babylone[2],
Le poëte saisit ces bourreaux sur leur trône ;
La muse entre deux vers, tout vivants, les scia[3].
Toi, faux prince, cousin du blême hortensia,
Hidalgo par ta femme, amiral par ta mère[4],
Tu règnes par décembre et tu vis sur brumaire,
Mais la muse t'a pris ; et maintenant, c'est bien,
Tu tressailles aux mains du sombre historien.
Pourtant, quoique tremblant sous la verge lyrique,
Tu dis dans ton orgueil : — Je vais être historique. —
Non, coquin ! Le charnier des rois t'est interdit.
Non, tu n'entreras point dans l'histoire, bandit ![5]
Haillon humain, hibou déplumé, bête morte,
Tu resteras dehors et cloué sur la porte[6].

Jersey, octobre 1853.
[1/8/1853]

---

1. Voir la note 2 de la page 266. **2.** Voir la note 1 de la page 248. **3.** P. Larousse donne ce supplice comme en usage chez les Hébreux. **4.** « Hortensia » fait, finement, allusion à Hortense de Beauharnais, mère de Napoléon III dont la femme, Eugénie de Montijo, est de noblesse espagnole et dont le père, naturel, serait l'amiral Verhuell. **5.** Cette interdiction historique est au cœur même de l'entreprise des *Châtiments*. Les faits lui offraient un terrain favorable (voir par exemple la note 1 de la page 141), la défaite de 1870 vint la sanctionner ; et Zola y trouva le terrain idéologique favorable à son ambition. Mais le mérite en est resté à Hugo ; de là une bonne part de sa gloire au retour de l'exil. **6.** C'était un usage ancien dans les campagnes, encore pratiqué à la fin du siècle et sans doute superstitieux, que de clouer à la porte de fermes ou de châteaux la dépouille d'un hibou.

XII

PAROLES D'UN CONSERVATEUR

À PROPOS D'UN PERTURBATEUR

Était-ce un rêve ? étais-je éveillé ? jugez-en.
Un homme, — était-il grec, juif, chinois, turc, persan ? —
Un membre du parti de l'ordre, véridique
Et grave, me disait : « Cette mort juridique [1]
Frappant ce charlatan, anarchiste éhonté,
Est juste. Il faut que l'ordre et que l'autorité
Se défendent. Comment souffrir qu'on les discute ?
D'ailleurs les lois sont là pour qu'on les exécute.
Il est des vérités éternelles qu'il faut
Faire prévaloir, fût-ce au prix de l'échafaud.
Ce novateur prêchait une philosophie.
Amour, progrès, mots creux, et dont je me défie.
Il raillait notre culte antique et vénéré.
Cet homme était de ceux qui n'ont rien de sacré,
Il ne respectait rien de tout ce qu'on respecte.
Pour leur inoculer sa doctrine suspecte,
Il allait ramassant dans les plus méchants lieux
Des bouviers, des pêcheurs, des drôles bilieux,
D'immondes va-nu-pieds n'ayant ni sou ni maille ;
Il faisait son cénacle [2] avec cette canaille.

---

1. L'ambiguïté — exécution ou exil et privation des droits civiques — permet la surprise finale, qui joue malgré la progressive élucidation de l'énigme.   **2.** Le sens latin n'oblitère pas les deux autres.

Il ne s'adressait pas à l'homme intelligent,
Sage, honorable, ayant des rentes, de l'argent,
Du bien ; il n'avait garde. Il égarait les masses ;
Avec des doigts levés en l'air et des grimaces,
Il prétendait guérir malades et blessés
Contrairement aux lois. Mais ce n'est pas assez.
L'imposteur, s'il vous plaît, tirait les morts des fosses.
Il prenait de faux noms et des qualités fausses,
Et se faisait passer pour ce qu'il n'était pas.
Il errait au hasard, disant : — Suivez mes pas, —
Tantôt dans la campagne et tantôt dans la ville.
N'est-ce pas exciter à la guerre civile,
Au mépris, à la haine entre les citoyens ?
On voyait accourir vers lui d'affreux payens,
Couchant dans les fossés et dans les fours à plâtre [1],
L'un boiteux, l'autre sourd, l'autre un œil sous l'emplâtre,
L'autre raclant sa plaie avec un vieux tesson.
L'honnête homme indigné rentrait dans sa maison
Quand ce jongleur passait avec cette séquelle.
Dans une fête, un jour, je ne sais plus laquelle,
Cet homme prit un fouet, et criant, déclamant,
Il se mit à chasser, mais fort brutalement,
Des marchands patentés, le fait est authentique,
Très braves gens tenant sur le parvis boutique,
Avec permission, ce qui, je crois, suffit,
Du clergé qui touchait sa part de leur profit [2].
Il traînait à sa suite une espèce de fille [3] ;
Il allait, pérorant, ébranlant la famille,
Et la religion, et la société ;
Il sapait la morale et la propriété [4] ;
Le peuple le suivait, laissant les champs en friches ;
C'était fort dangereux. Il attaquait les riches,
Il flagornait le pauvre, affirmant qu'ici-bas
Les hommes sont égaux et frères, qu'il n'est pas

---

1. Il y avait dans les campagnes beaucoup de petits fours à plâtre, artisanaux, qui étaient des constructions couvertes mais ouvertes. 2. Voir la note 2 de la page 172. 3. Marie Madeleine. 4. Voir ici les titres des livres du recueil lui-même et, un peu plus bas, le développement de la devise républicaine.

De grands ni de petits, d'esclaves ni de maîtres,
Que le fruit de la terre est à tous ; quant aux prêtres,
Il les déchirait ; bref, il blasphémait. Cela
Dans la rue. Il contait toutes ces horreurs-là
Aux premiers gueux venus, sans cape et sans semelles.
Il fallait en finir ; les lois étaient formelles,
On l'a crucifié. »

                    Ce mot, dit d'un air doux,
Me frappa. Je lui dis : « Mais qui donc êtes-vous ? »
Il répondit : « Vraiment, il fallait un exemple.
Je m'appelle Élizab [1], je suis scribe du temple.
— Et de qui parlez-vous ? » demandai-je. Il reprit :
« Mais ! de ce vagabond qu'on nomme Jésus-Christ. »

Jersey, novembre 1852.
[23/12/1852]

---

1. Hugo lui-même, dans un fragment, explique l'origine de ce nom :
« Éliasib, grand prêtre juif au temps d'Artaxerce Longuemain. (Contient
Basile. Comme Élisab qui en est le renversement exact et que j'ai mis
dans *Les Châtiments*.) »

XIII

FORCE DES CHOSES [1]

Que devant les coquins l'honnête homme soupire ;
Que l'histoire soit laide et plate ; que l'empire
Boite avec Talleyrand ou louche avec Parieu [2] ;
Qu'un tour d'escroc bien fait ait nom grâce de Dieu ;
Que le pape en massue ait changé sa houlette ;
Qu'on voie au Champ de Mars [3] piaffer sous l'épaulette
Le Meurtre général, le Vol aide de camp ;
Que hors de l'Élysée un prince débusquant,
Qu'un flibustier quittant l'île de la Tortue [4],
Assassine, extermine, égorge, pille et tue ;
Que les bonzes chrétiens, cognant sur leur tam-tam,
Hurlent devant Soufflard : *Attollite portam !* [5]
Que pour claqueurs [6] le crime ait cent journaux infâmes,
Ceux qu'à la Maison-d'or [7], sur les genoux des femmes,
Griffonnent les Romieux, le verre en main, et ceux
Que saint-Ignace inspire à des gredins crasseux ;
Qu'en ces vils tribunaux, où le regard se heurte

---

1. L'expression avait été fréquemment employée par les historiens libéraux de la Restauration pour désigner la nécessité historique. 2. Effectivement, l'un boitait et l'autre louchait. 3. Voir la note 2 de la page 304. 4. Cette île, célèbre repaire de flibustiers, dépend d'Haïti, où règne l'empereur Soulouque (voir ce nom à l'Index). 5. Citation du psaume (XXIII, 8) : « Élevez une porte d'honneur, un arc de triomphe » pour l'entrée du Messie au Ciel. 6. Les hommes payés, au XIXe siècle, pour manifester leur satisfaction dans les théâtres et faire monter « l'applaudimètre ». 7. Café-restaurant parisien.

De Moreau de la Seine à Moreau de la Meurthe,
La justice ait reçu d'horribles horions ;
Que, sur un lit de camp, par des centurions [1]
La loi soit violée et râle à l'agonie ;
Que cet être choisi, créé par Dieu génie,
L'homme, adore à genoux le loup fait empereur ;
Qu'en un éclat de rire abrégé par l'horreur,
Tout ce que nous voyons aujourd'hui se résume ;
Qu'Hautpoul vende son sabre et Cucheval sa plume ;
Que tous les grands bandits, en petit copiés,
Revivent ; qu'on emplisse un sénat de plats-pieds [2]
Dont la servilité négresse et mamelouque
Eût révolté Mahmoud et lasserait Soulouque ;
Que l'or soit le seul culte, et qu'en ce temps vénal,
Coffre-fort étant Dieu, Gousset [3] soit cardinal ;
Que la vieille Thémis ne soit plus qu'une gouine [4]
Baisant Mandrin dans l'antre où Mongis baragouine ;
Que Montalembert bave accoudé sur l'autel ;
Que Veuillot sur Sibour crève sa poche au fiel [5] ;
Qu'on voie aux bals de cour s'étaler des guenipes [6]
Qui le long des trottoirs traînaient hier leurs nippes,
Beautés de lansquenet avec un profil grec [7] ;

---

1. Les capitaines de l'armée de la Rome antique.   2. Ou pieds-plats, dont la platitude ne s'arrête pas aux pieds.   3. Un gousset : bourse ou poche du gilet, là, de toute manière, où l'on porte de l'argent sur soi ; mais voir aussi le nom à l'Index.   4. Ici sens vieilli : une prostituée.   5. Voir la note 1 de la page 174.   6. « Femme sale, vile, méprisable, adonnée à une basse débauche » (P. Larousse, *Grand Dictionnaire*...).   7. Le vers associe sans doute deux choses ; d'une part la pire espèce de mercenaires de l'histoire de l'Europe, jadis valets de pied des chevaliers (*Landsknecht*) puis bandes soldatesques soldées dont on renonça à faire usage dès Henri IV — et « un sergent faisait la police des femmes de mauvaise vie qui suivaient les compagnies » (P. Larousse) ; d'autre part un jeu de cartes mis en honneur par les précédents en raison de la facilité d'y tricher, remis à la mode ; sous la Monarchie de Juillet, « jeu de prédilection de cette société interlope que l'on a baptisée du nom de demi-monde et qui n'est en réalité qu'une réunion de dupes et de fripons » (P. Larousse). Il se jouait entre un « banquier » et un nombre quelconque de joueurs appelés « pontes » ou « carabins ». Je suppose que les figures féminines y avaient le « profil grec ».

Que Haynau dans Brescia soit pire que Lautrec [1] ;
Que partout, des Sept-Tours aux colonnes d'Hercule [2],
Napoléon, le poing sur la hanche, recule,
Car l'aigle est vieux, Essling grisonne, Marengo
A la goutte, Austerlitz est pris d'un lombago ;
Que le czar russe ait peur tout autant que le nôtre ;
                                        [l'autre ;
Que l'ours noir et l'ours blanc tremblent l'un devant
Qu'avec son grand panache et sur son grand cheval
Rayonne Saint-Arnaud, ci-devant Florival,
Fort dans la pantomime et les combats à *l'hache* [3] ;
Que Sodome se montre et que Paris se cache ;
Qu'Escobar et Houdin vendent le même onguent ;
Que grâce à tous ces gueux qu'on touche avec le gant,
Tout dorés au dehors, au dedans noirs de lèpres,
Courant les bals, courant les jeux, allant à vêpres,
Grâce à ces bateleurs mêlés aux scélérats,
La Saint-Barthélemy [4] s'achève en mardi gras ;
O nature profonde et calme, que t'importe !
Nature, Isis [5] voilée assise à notre porte,
Impénétrable aïeule aux regards attendris,
Vieille comme Cybèle et fraîche comme Iris,
Ce qu'on fait ici-bas s'en va devant ta face ;
À ton rayonnement toute laideur s'efface ;

---

1. Voir *Carte d'Europe* (I, 12, p. 79) et la note 2. Lautrec, maréchal de France, gouverneur du Milanais en 1516, y exerça une féroce tyrannie.   **2.** Le château des Sept-Tours est à Constantinople ; les colonnes d'Hercule désignent le détroit de Gibraltar ; Hugo fait ainsi allusion aux manœuvres de Napoléon III qui semblait abandonner ses alliés : l'Angleterre et la Turquie ; voir *La Reculade* (VII, 2, p. 311).   **3.** La formule renvoie vraisemblablement aux combats à l'arme blanche. Difficile de dire si c'est pour l'extrême brutalité des troupes conduites par Saint-Arnaud en Algérie et surnommées « colonnes infernales », ou pour celle de son action lors du coup d'État.   **4.** Voir la note 3 de la page 120.   **5.** Isis : divinité égyptienne adoptée par les Grecs comme déesse de la Terre, souvent représentée voilée : soit pour le deuil de son époux Osiris, soit par allégorie du caractère mystérieux des processus de la nature. Cybèle : divinité grecque de la fertilité et de la fécondité. L'iconographie montre souvent Iris, messagère des dieux, courant sur l'arc-en-ciel.

Tu ne t'informes pas quel drôle ou quel tyran
Est fait premier chanoine à Saint-Jean-de-Latran[1] ;
Décembre, les soldats ivres, les lois faussées,
Les cadavres mêlés aux bouteilles cassées,
Ne te font rien ; tu suis ton flux et ton reflux.
Quand l'homme des faubourgs s'endort et ne sait plus
Bourrer dans un fusil des balles de calibre[2] ;
Quand le peuple français n'est plus le peuple libre ;
Quand mon esprit, fidèle au but qu'il se fixa,
Sur cette léthargie applique un vers moxa[3],
Toi, tu rêves ; souvent du fond des geôles sombres,
Sort, comme d'un enfer, le murmure des ombres
Que Baroche et Rouher gardent sous les barreaux,
Car ce tas de laquais est un tas de bourreaux ;
Étant les cœurs de boue, ils sont les cœurs de roche ;
Ma strophe alors se dresse, et, pour cingler Baroche,
Se taille un fouet sanglant dans Rouher écorché ;
Toi, tu ne t'émeus point ; flot sans cesse épanché,
La vie indifférente emplit toujours tes urnes ;
Tu laisses s'élever des attentats nocturnes,
Des crimes, des fureurs, de Rome mise en croix,
De Paris mis aux fers, des guets-apens des rois,
Des pièges, des serments, des toiles d'araignées,
L'orageuse clameur des âmes indignées ;
Dans ce calme où toujours tu te réfugias,
Tu laisses le fumier croupir chez Augias.
Et renaître un passé dont nous nous affranchîmes,
Et le sang rajeunir les abus cacochymes,
La France en deuil jeter son suprême soupir,
Les prostitutions chanter, et se tapir
Les lâches dans leurs trous, la taupe en ses cachettes,
Et gronder les lions, et rugir les poëtes !
Ce n'est pas ton affaire à toi de t'irriter.
Tu verrais, sans frémir et sans te révolter,

---

1. Titre donné de Henri IV à 1905 à tous les chefs d'État français.   2. De calibre : de diamètre adapté aux armes à feu ; on dirait de nos jours, du bon calibre. La rime importe.   3. Moxa : technique et instruments de cautérisation par brûlure, encore en usage à la fin du XIXe siècle.

Sur tes fleurs, sous tes pins, tes ifs et tes érables,
Errer le plus coquin de tous ces misérables.
Quand Troplong, le matin, ouvre un œil chassieux,
Vénus, splendeur sereine éblouissant les cieux,
Vénus, qui devrait fuir courroucée et hagarde,
N'a pas l'air de savoir que Troplong la regarde !
Tu laisserais cueillir une rose à Dupin !
Tandis que, de velours recouvrant le sapin[1],
L'escarpe couronné que l'Europe surveille,
Trône et guette, et qu'il a, lui parlant à l'oreille,
D'un côté Loyola, de l'autre Trestaillon,
Ton doigt au blé dans l'ombre entr'ouvre le sillon.
Pendant que l'horreur sort des sénats, des conclaves,
Que les États-Unis ont des marchés d'esclaves[2]
Comme en eut Rome avant que Jésus-Christ passât,
Que l'américain libre à l'africain forçat
Met un bât, et qu'on vend des hommes pour des piastres,
Toi, tu gonfles la mer, tu fais lever les astres,
Tu courbes l'arc-en-ciel, tu remplis les buissons
D'essaims, l'air de parfums et les nids de chansons,
Tu fais dans le bois vert la toilette des roses,
Et tu fais concourir, loin des hommes moroses,
Pour des prix inconnus par les anges cueillis,
La candeur de la vierge et la blancheur du lys.
Et quand, tordant ses mains devant les turpitudes,
Le penseur douloureux fuit dans tes solitudes,
Tu lui dis : Viens ! c'est moi ! moi que rien ne corrompt !
Je t'aime ! et tu répands dans l'ombre, sur son front
Où de l'artère ardente il sent battre les ondes,
L'âcre fraîcheur de l'herbe et des feuilles profondes !
Par moments, à te voir, parmi les trahisons,

---

1. Napoléon Ier en 1814 : « Le trône en lui-même n'est qu'un
assemblage de quelques pièces de bois recouvertes de velours. »
Au vers suivant, « escarpe » : truand en ancien argot.
2. La République de 1848 avait aboli — tardivement — l'esclavage ; il était discuté en Amérique : la guerre de Sécession commence
en 1860. Chateaubriand avait popularisé, dans *Le Génie du christianisme*, l'idée, discutable, que le christianisme avait effacé l'esclavage du monde antique.

Mener paisiblement tes mois et tes saisons,
À te voir impassible et froide, quoi qu'on fasse,
Pour qui ne creuse point plus bas que la surface,
Tu sembles bien glacée, et l'on s'étonne un peu.
Quand les proscrits, martyrs du peuple, élus de Dieu,
Stoïques, dans la mort se couchent sans se plaindre,
Tu n'as l'air de songer qu'à dorer et qu'à peindre
L'aile du scarabée errant sur leurs tombeaux.
Les rois font les gibets, toi, tu fais les corbeaux.
Tu mets le même ciel sur le juste et l'injuste.
Occupée à la mouche, à la pierre, à l'arbuste,
Aux mouvements confus du vil monde animal,
Tu parais ignorer le bien comme le mal ;
Tu laisses l'homme en proie à sa misère aiguë.
Que t'importe Socrate ! et tu fais la ciguë.
Tu créas le besoin, l'instinct et l'appétit ;
Le fort mange le faible et le grand le petit,
L'ours déjeune du rat, l'autour de la colombe,
Qu'importe ! allez, naissez, fourmillez pour la tombe,
Multitudes ! vivez, tuez, faites l'amour,
Croissez ! le pré verdit, la nuit succède au jour,
L'âne brait, le cheval hennit, le taureau beugle.
O figure terrible, on te croirait aveugle !
Le bon et le mauvais se mêlent sous tes pas.
Dans cet immense oubli, tu ne vois même pas
Ces deux géants lointains penchés sur ton abîme,
Satan, père du mal, Caïn, père du crime !

Erreur ! erreur ! erreur ! ô géante aux cent yeux,
Tu fais un grand labeur, saint et mystérieux !
Oh ! qu'un autre que moi te blasphème, ô nature !
Tandis que notre chaîne étreint notre ceinture,
Et que l'obscurité s'étend de toutes parts,
Les principes cachés, les éléments épars,
Le fleuve, le volcan à la bouche écarlate,
Le gaz qui se condense et l'air qui se dilate,
Les fluides, l'éther, le germe sourd et lent,
Sont autant d'ouvriers dans l'ombre travaillant ;
Ouvriers sans sommeil, sans fatigue, sans nombre.

Tu viens dans cette nuit, libératrice sombre !
Tout travaille, l'aimant, le bitume, le fer,
Le charbon ; pour changer en éden notre enfer,
Les forces à ta voix sortent du fond des gouffres.

Tu murmures tout bas : — Race d'Adam qui souffres,
Hommes, forçats pensants au vieux monde attachés,
Chacune de mes lois vous délivre. Cherchez ! —
Et chaque jour surgit une clarté nouvelle,
Et le penseur épie et le hasard révèle ;
Toujours le vent sema, le calcul récolta.
Ici Fulton, ici Galvani, là Volta [1],
Sur tes secrets profonds que chaque instant nous livre,
Rêvent ; l'homme ébloui déchiffre enfin ton livre.
D'heure en heure on découvre un peu plus d'horizon ;
Comme un coup de bélier au mur d'une prison,
Du genre humain qui fouille et qui creuse et qui sonde,
Chaque tâtonnement fait tressaillir le monde.
L'hymen des nations s'accomplit. Passions,
Intérêts, mœurs et lois, les révolutions
Par qui le cœur humain germe et change de formes,
Paris, Londres, New-York, les continents énormes,
Ont pour lien un fil qui tremble au fond des mers [2].
Une force inconnue, empruntée aux éclairs,
Mêle au courant des flots le courant des idées.
La science, gonflant ses ondes débordées,
Submerge trône et sceptre, idole et potentat.
Tout va, pense, se meut, s'accroît. L'aérostat
Passe, et du haut des cieux ensemence les hommes [3].
Chanaan [4] apparaît ; le voilà, nous y sommes !

----

1. Fulton : constructeur du premier bateau à vapeur (1803) ;
Galvani et Volta : physiciens de la fin du XVIIIe siècle, auteurs
des découvertes décisives en électricité.   **2.** En 1852, la France
et l'Angleterre étaient déjà reliées par un câble télégraphique
sous-marin ; on en posait un entre la France et les États-
Unis.   **3.** Hugo fondait de grands espoirs sur les progrès de la navi-
gation aérienne ; voir *Napoléon le Petit*, Conclusion, II, 2 ;
p. 148.   **4.** Ou Canaan : le nom biblique de la « Terre promise »
aux Hébreux.

L'amour succède aux pleurs et l'eau vive à la mort,
Et la bouche qui chante à la bouche qui mord.
La science, pareille aux antiques pontifes,
Attelle aux chars tonnants d'effrayants hippogriffes[1] ;
Le feu souffle aux naseaux de la bête d'airain.
Le globe esclave cède à l'esprit souverain.
Partout où la terreur régnait, où marchait l'homme,
Triste et plus accablé que la bête de somme,
Traînant ses fers sanglants que l'erreur a forgés,
Partout où les carcans sortaient des préjugés,
Partout où les césars, posant le pied sur l'âme,
Étouffaient la clarté, la pensée et la flamme,
Partout où le mal sombre, étendant son réseau,
Faisait ramper le ver, tu fais naître l'oiseau !
Par degrés, lentement, on voit sous ton haleine
La liberté sortir de l'herbe de la plaine,
Des pierres du chemin, des branches des forêts,
Rayonner, convertir la science en décrets,
Du vieil univers mort briser la carapace,
Emplir le feu qui luit, l'eau qui bout, l'air qui passe,
Gronder dans le tonnerre, errer dans les torrents,
Vivre ! et tu rends le monde impossible aux tyrans !
La matière, aujourd'hui vivante, jadis morte,
Hier écrasait l'homme et maintenant l'emporte.
Le bien germe à toute heure et la joie en tout lieu.
Oh ! sois fière en ton cœur, toi qui, sous l'œil de Dieu,
Nous prodigues les dons que ton mystère épanche,
Toi qui regardes, comme une mère se penche[2]
Pour voir naître l'enfant que son ventre a porté,
De ton flanc éternel sortir l'humanité !

---

1. La comparaison n'est pas limpide : les Pontifes romains, qui fixaient les cérémonies du culte et leur calendrier mais arrêtaient également la liste des dieux et des êtres divins, auraient pu imaginer un prodige comparable à celui du train tiré par la locomotive. L'hippogriffe, animal fabuleux d'origine littéraire (Arioste), est un quadrupède ailé, moitié cheval moitié griffon.   **2.** Exceptionnellement chez Hugo, la coupe syntaxique efface ici presque entièrement la césure.

Vie ! idée ! avenir bouillonnant dans les têtes !

Le progrès, reliant entre elles ses conquêtes,
Gagne un point après l'autre, et court contagieux.
De cet obscur amas de faits prodigieux   [nomme,
Qu'aucun regard n'embrasse et qu'aucun mot ne
Tu nais plus frissonnant que l'aigle, esprit de l'homme,
Refaisant mœurs, cités, codes, religion.
Le passé n'est que l'œuf d'où tu sors, Légion ! [1]

O nature ! c'est là ta genèse sublime.
Oh ! l'éblouissement nous prend sur cette cime !
Le monde, réclamant l'essor que Dieu lui doit,
Vibre, et dès à présent, grave, attentif, le doigt
Sur la bouche, incliné sur les choses futures,
Sur la création et sur les créatures,
Une vague lueur dans son œil éclatant,
Le voyant, le savant, le philosophe entend
Dans l'avenir, déjà vivant sous ses prunelles,
La palpitation de ces millions d'ailes !

Jersey, mai 1853.
[23/5/1853]

---

1. C'est le nom, dans un récit évangélique, d'un démon qui tourmentait un possédé guéri par le Christ. À plusieurs reprises Hugo a utilisé en des sens divers ce symbole qui désigne ici l'esprit humain. Voir aussi texte et note 2 de la page 307.

XIV

CHANSON [1]

À quoi ce proscrit pense-t-il ?
À son champ d'orge ou de laitue,
À sa charrue, à son outil,
À la grande France abattue.
Hélas ! le souvenir le tue.
Pendant qu'on rente les Dupin
Le pauvre exilé souffre et prie.
— On ne peut pas vivre sans pain ;
On ne peut pas non plus vivre sans la patrie. —

L'ouvrier rêve l'atelier,
Et le laboureur sa chaumière,
Les pots de fleurs sur l'escalier,
Le feu brillant, la vitre claire,
Au fond le lit de la grand'mère.
Quatre gros glands de vieux crépin [2]
En faisaient la coquetterie.
— On ne peut pas vivre sans pain ;
On ne peut pas non plus vivre sans la patrie. —

---

1. Voir la Note V de Hugo, p. 406.   2. Il faudrait le féminin, crépine, pour l'ouvrage de passementerie, à jours en haut et franges en bas, qui ornait les dais et les lits. Le nom des saints patrons des cordonniers, Crépin et Crépinien, a peut-être favorisé la confusion avec le masculin « crépin », qui désigne l'ensemble des outils de cette profession ; à moins que ce ne soit l'argot, où « crépine » désigne une bourse — en cuir.

En mai volait la mouche à miel ;
On voyait courir dans les seigles
Les moineaux, partageux[1] du ciel ;
Ils pillaient nos champs, ces espiègles,
Tout comme s'ils étaient des aigles.
Un château du temps de Pépin
Croulait près de la métairie.
    — On ne peut pas vivre sans pain ;
On ne peut pas non plus vivre sans la patrie. —

Avec sa lime ou son maillet[2]
On soutenait enfants et femme ;
De l'aube au soir on travaillait
Et le travail égayait l'âme.
O saint travail ! lumière et flamme !
De Watt, de Jacquart, de Papin[3],
La jeunesse ainsi fut nourrie.
    — On ne peut pas vivre sans pain ;
On ne peut pas non plus vivre sans la patrie. —

Les jours de fête, l'ouvrier
Laissait les soucis en fourrière[4] ;
Chantant les chants de février[5],
Blouse au vent, casquette en arrière[6],
On s'en allait à la barrière.

---

1. C'est le nom, péjoratif, qu'on donnait alors aux socialistes et aux communistes, accusés de vouloir partager les propriétés. **2.** Lime : travail du fer ; maillet, celui du bois : synecdoque de tous les travaux manuels. **3.** Deux de ces inventeurs : Watt (machine à vapeur) et Jacquart (métier à tisser programmé par cartons perforés) avaient été ouvriers. Ce n'était pas le cas de Papin, inventeur du principe de la machine à vapeur. **4.** Le sens est le même au XIXe siècle qu'aujourd'hui, mais concernait plus souvent les animaux abandonnés ou responsables de quelconques dégâts. **5.** Voir la note 1 de la page 179. **6.** Vêtements, au XIXe siècle, des ouvriers.

On mangeait un douteux lapin [1]
Et l'on buvait à la Hongrie.
— On ne peut pas vivre sans pain ;
On ne peut pas non plus vivre sans la patrie. —

Les dimanches le paysan
Appelait Jeanne ou Jacqueline [2],
Et disait : « Femme, viens-nous-en,
Mets ta coiffe de mousseline ! »
Et l'on dansait sur la colline.
Le sabot, et non l'escarpin,
Foulait gaîment l'herbe fleurie !
— On ne peut pas vivre sans pain ;
On ne peut pas non plus vivre sans la patrie. —

Les exilés s'en vont pensifs.
Leur âme, hélas ! n'est plus entière.
Ils regardent l'ombre des ifs
Sur les fosses du cimetière ;
L'un songe à l'Allemagne altière,
L'autre au beau pays transalpin,
L'autre à sa Pologne chérie [3].
— On ne peut pas vivre sans pain ;
On ne peut pas non plus vivre sans la patrie. —

Un proscrit, lassé de souffrir,
Mourait ; calme, il fermait son livre ;
Et je lui dis : « Pourquoi mourir ? »

---

1. Ce pourrait bien être un chat. Sur les bistrots des barrières, voir la note 2 de la page 75. Les républicains et les patriotes ne boivent à l'indépendance de la Hongrie qu'à partir du printemps 1848 — voir la note 1 de la page 79 — mais la cause de la Pologne fut la leur durant tout le siècle.   **2.** Prénoms alors typiquement populaires mais littérairement anoblis par la religion (les deux saints Jacques, les deux saints Jean) ou l'histoire (Jeanne d'Arc, Jeanne Hachette, Jacques Cœur et toutes les « jacque-ries »).   **3.** À Bruxelles, à Londres et dans les îles anglo-nor-mandes se retrouvèrent les proscrits de toutes les nationalités en lutte, avant et surtout après 1848, pour leur indépendance et leur liberté.

Il me répondit : « Pourquoi vivre ? »
Puis il reprit : « Je me délivre.
Adieu ! je meurs. Néron-Scapin
Met aux fers la France flétrie... »
— On ne peut pas vivre sans pain ;
On ne peut pas non plus vivre sans la patrie. —

« ... Je meurs de ne plus voir les champs
Où je regardais l'aube naître,
De ne plus entendre les chants
Que j'entendais de ma fenêtre.
Mon âme est où je ne puis être.
Sous quatre planches de sapin,
Enterrez-moi dans la prairie [1]. »
— On ne peut pas vivre sans pain ;
On ne peut pas non plus vivre sans la patrie. —

Jersey, avril 1853.
[13/4/1853]

---

1. Deux exilés moururent à Jersey en avril 1853. Hugo fut appelé par les proscrits de l'île à parler devant la tombe de l'un d'eux, Jean Bousquet (voir le texte du discours à la Note V de Hugo, p. 406), puis en juillet pour Louise Julien (voir p. 413), et pour bien d'autres ensuite. Progressivement, dans ce milieu très vivement anticlérical voire athée, la pratique s'étendit de l'enterrement civil, dont un tel discours formait l'essentiel de la cérémonie. Tolérées par la loi anglaise et en Belgique, ces inhumations irréligieuses firent scandale lorsqu'elles furent introduites en France, vers 1860, et la législation, puis les mœurs, s'y opposèrent longtemps. Souvent on y reprenait, en les adaptant, les discours dont Hugo avait donné l'exemple et le modèle.

XV

Il est des jours abjects où, séduits par la joie
    Sans honneur,
Les peuples au succès se livrent, triste proie
    Du bonheur.

Alors des nations, que berce un fatal songe
    Dans leur lit,
La vertu coule et tombe, ainsi que d'une éponge
    L'eau jaillit.

Alors, devant le mal, le vice, la folie,
    Les vivants
Imitent les saluts du vil roseau qui plie
    Sous les vents.

Alors festins et jeux ; rien de ce que dit l'âme
    Ne s'entend ;
On boit, on mange, on chante, on danse, on est infâme
    Et content.

Le crime heureux, servi par d'immondes ministres,
    Sous les cieux
Rit, et vous frissonnez, grands ossements sinistres
    Des aïeux.

On vit honteux, les yeux troubles, le pas oblique,
    Hébété ;
Tout à coup un clairon jette aux vents : République !
    Liberté !

Et le monde, éveillé par cette âpre fanfare,
            Est pareil
Aux ivrognes de nuit qu'en se levant effare
            Le soleil.

                                        Jersey, 1853.
                                          [1854]

XVI

SAINT-ARNAUD[1]

Cet homme avait donné naguère un coup de main
Au recul de la France et de l'esprit humain ;
Ce général avait les états de service
D'un chacal, et le crime aimait en lui le vice.
Buffon[2] l'eût admis, certe, au rang des carnassiers.
Il avait fait charger le septième lanciers,
Secouant les guidons aux trois couleurs françaises,
Sur des bonnes d'enfants, derrière un tas de chaises ;
Il était le vainqueur des passants de Paris ;
Il avait mitraillé les cigares surpris
Et broyé Tortoni fumant, à coups de foudre ;
Fier, le tonnerre au poing, il avait mis en poudre
Un marchand de coco près des Variétés ;
Avec quinze escadrons, bien armés, bien montés,
Et trente bataillons, et vingt pièces de douze[3],
Il avait pris d'assaut le perron Sallandrouze ;
Il avait réussi même, en fort peu de temps,
À tuer sur sa porte un enfant de sept ans ;
Et sa gloire planait dans l'ouragan qui tonne

---

1. Ce poème est écrit après la mort de Saint-Arnaud (26 septembre 1853), victime du choléra qui décimait les troupes engagées en Crimée (voir la note 1 de la page 311). À la date de sa rédaction, le siège de Sébastopol vient de commencer.   **2.** Entre d'autres travaux, Buffon corrigea la classification des espèces proposée par Linné.   **3.** Canons d'un calibre de 12 pouces, à moins que Hugo confonde avec le fameux canon de 0,12 m, également dit canon de douze, dont Louis-Napoléon fit équiper l'armée à partir de 1853.

De l'égout Poissonnière au ruisseau Tiquetonne[1].
Tout cela l'avait fait maréchal. Nous aussi,
Nous étions des vaincus, je dois le dire ici ;
Nous étions douze cents ; eux, ils étaient cent mille.

Or ce Verrès croyait qu'on devient Paul-Émile[2].
Pendant que Beauharnais, l'être ignorant le mal,
Affiche aux trois poteaux d'un chiffre impérial[3]
Son nom hideux, dégoût des lèvres de l'histoire ;
Pendant qu'un bas empire éclôt sous un prétoire
Et s'étale, amas d'ombre où rampent les serpents,
Fumier de trahison, de dol, de guet-apens,
Dont n'auraient pas voulu les poules de Carthage[4] ;
Pendant que de la France on se fait le partage ;
Pendant que des milliers d'innocents égorgés
Pourrissent, par le ver du sépulcre rongés ;
Pendant que les proscrits, que la chiourme accompagne,
Cheminant deux à deux dans les sabots du bagne,
Vieillards, enfants brûlés de fièvre, sans sommeil,
Vont à Guelma casser des pierres au soleil ;
Pendant qu'à Bône on meurt et qu'en Guyane on tombe,
Et qu'ici, chaque jour, nous creusons une tombe,
Ce sbire galonné du crime, ce vainqueur,
De la fraude et du vol sinistre remorqueur,
Cet homme, bras sanglant de la trahison louche,
Ce Mars Mandrin ayant pour Jupiter Cartouche,
S'était dit : « Bah ! la France oublie. Un vrai laurier !
Et l'on n'osera plus sur mes talons crier.
En guerre ! Il n'est pas bon que la gloire demeure
Au charnier Montfaucon ; nous avons à cette heure
Trop de Dix-huit Brumaire et trop peu d'Austerlitz ;
Lorsque nous secouons nos drapeaux, de leurs plis

---

1. Voir *Souvenir de la nuit du 4* (II, 3, p. 95).   **2.** Glorieux
général de la République romaine au IIe siècle avant J.-C.   **3.** Le
chiffre III, en caractères romains, et voir la note 4 de la
page 341.   **4.** P. Albouy comprend ainsi : « La mauvaise foi
punique (carthaginoise) était proverbiale chez les Romains ; or,
toutes "puniques" qu'elles fussent, les poules de Carthage elles-
mêmes auraient été dégoûtées par le Second Empire ! »

Ils ne laissent tomber sur nous que des huées ;
Au lieu des vieillards morts et des femmes tuées,
Il est temps qu'il se dresse autour de nous un peu
De fanfare et d'orgueil, chantant dans le ciel bleu ;
Or, voici que la guerre à l'orient se lève !
Je ne suis que couteau, je puis devenir glaive.
On me crache au visage aujourd'hui, mais demain
J'apparaîtrai, superbe, éclatant, surhumain,
Vainqueur, dans une illustre et splendide fumée,
Et duc de la mer Noire et prince de Crimée [1],
Et je ferai voler ce mot : Sébastopol,
Des tours de Notre-Dame au dôme de Saint-Paul ! [2]
Le vieux monstre Russie, aux regards longs et troubles,
Qui fascine l'Europe avec des yeux de roubles,
Je le prendrai, j'irai le saisir dans son trou,
Et je rapporterai sur mon poing ce hibou.
On verra sous mes pieds fondre le czar qui croule.
Paris m'admirera de la Bastille au Roule [3] ;
On me battra des mains au fond des vieux faubourgs ;
Les gamins marqueront le pas à mes tambours ;
La porte Saint-Denis [4] tirera des fusées ;
Et, quand je passerai, du haut de ses croisées
Le boulevard Montmartre applaudira. Partons.
Effaçons d'un seul trait tûrie, exils, pontons,
Et jetons cette poudre aux yeux froids de l'histoire.
Je m'en irai Massacre et reviendrai Victoire ;

---

1. Titres fictifs à l'image de ceux donnés à ses généraux par Napoléon Ier. Effectivement, le second empereur en inventa de tels, mais après la date de rédaction de ce poème.   2. Voir la note 2 de la page 61. Mais au lieu de conduire à l'église du sacre de Napoléon, ce vol aboutissant à la grande cathédrale de Londres consacre la prééminence des Anglais, vainqueurs et bourreaux de l'Empereur. Bénéficiant de l'asile politique de l'Angleterre, Hugo ne pouvait guère en dire plus, mais l'alliance du neveu avec les plus constants ennemis de l'oncle avait choqué beaucoup de mémoires en France.   3. Quartier Ouest de Paris (faubourg Saint-Honoré), symétrique de la Bastille à l'est, et qui est aussi celui du palais de l'Élysée.   4. Toute proche des boulevards Poissonnière et Montmartre, lieux de la fusillade du 4 décembre, voir la note 1 de la page 36.

Je serai parti chien, je reviendrai lion.
En guerre ! »

Tu mettrais Atlas sur Pélion[1],
Tu ferais plus qu'aucun dont l'homme se souvienne,
Tu forcerais Moscou, Pétersbourg, Berlin, Vienne,
Tu tordrais dans tes mains ainsi que des serpents
Tous les fleuves domptés, tremblants, soumis, rampants,
Le Don, le Nil, le Tibre, et le Rhin basaltique[2],
Tu prendrais la mer Noire avec la mer Baltique,
On te verrait, vainqueur, au front des escadrons,
Précédé des tambours et suivi des clairons,
Parmi les plus fameux marcher le plus insigne,
Que tu ne ferais pas décroître d'une ligne
L'épaisseur du carcan qui pend à l'échafaud !
Que tu n'ôterais pas une lettre au fer chaud
Que l'histoire, quand vient l'heure de comparaître,
Imprime au dos du lâche et sur le front du traître !

On est ivre parfois quand on a bu du sang.
Nul ne sait le destin. Fais ton rêve, passant !
L'éternel océan nous regarde, et sanglote.

Il prit ce qu'il voulut dans l'armée et la flotte ;
Il reçut le baiser de Néron le Petit,
Gagna Toulon, sa ville[3], et partit. Il partit,
Traînant des millions après lui dans ses coffres,
Entouré de banquiers qui lui faisaient des offres,
En satrape persan, en proconsul romain,
Son bâton de velours et d'aigles dans sa main,
Emportant pour sa table un service de Chine,
Suivi de vingt fourgons, brodé jusqu'à l'échine,

---

1. Pour attaquer l'Olympe, les Géants de la mythologie auraient « entassé Pélion sur Ossa », deux montagnes de la Grèce. L'Atlas est un mont d'Afrique du Nord, mais aussi le nom de l'un des Géants. 2. La géologie de l'époque identifie des dépôts basaltiques depuis les Ardennes jusqu'au-delà de Cassel et leur associe également certaines grandes excavations, telle la Käsegrotte située sur les bords du Rhin entre Trèves et Coblentz. 3. Parce que Saint-Arnaud serait chez lui au bagne de Toulon.

Empanaché, doré, magnifique, hideux.
Un jour, on déterra l'un de ceux de l'an deux,
Un vieux républicain, le général Dampierre ;
On le trouva couché tout armé sous la pierre,
Et portant, fier soldat que nul n'avait vu fuir,
L'épaulette de laine et la dragonne en cuir[1].

Il partit, tout trempé d'eau bénite ; et ce reître
Partout sur son chemin baisait la griffe au prêtre ;
Car cette hypocrisie est le genre actuel ;
Le crime, qui jadis bravait le rituel,
L'ancien vieux crime impie à présent dégénère
En clins d'yeux qu'à Tartuffe adresse Lacenaire ;
Le brigand est béni du curé, point ingrat ;
Papavoine aujourd'hui se confesse à Mingrat ;
Le bedeau Poulmann sert la messe. — Ah ! je l'avoue,
Quand un bandit sincère, entier, sentant la roue,
Honnête à sa façon, bonne fille, complet,
Se déclare bandit, s'annonce ce qu'il est,
Fuit les honnêtes gens, sent qu'il les dépareille,
Et porte carrément son crime sur l'oreille,
Mon Dieu ! quand un voleur dit : je suis un voleur,
Quand un pauvre histrion de foire, un avaleur
De sabres, au milieu d'un torrent de paroles,
Un arracheur de dents, avec ses bottes molles,
Orné de galons faux et de poil de lapin[2],
Quand un drôle ingénu, qui peut-être est sans pain,
Met sa main dans ma poche et m'empoigne ma montre,
Quand, le matin, poussant ma porte qu'il rencontre,
Il entre, prend ma bourse et mes couverts d'argent,

---

1. Le général Dampierre, tué au combat en 1793, fut enterré sur le champ de bataille. La Convention décréta le transfert de ses cendres au Panthéon. Son corps fut exhumé en 1836 et la simplicité de son uniforme avait été remarquée. 2. Comme beaucoup d'autres métiers dont la clientèle était insuffisante pour un établissement permanent, celui de dentiste, à la campagne, était forain. Sur les marchés et dans les foires l'arracheur de dents, rivalisant avec les saltimbanques, vantait son art en promettant qu'il ne ferait pas mal. La profession n'avait pas de vêtement distinctif : il est très probable que celui décrit est une « chose vue ».

Et, si je le surprends à même [1] et pataugeant,
Me dit : c'est vrai, monsieur, je suis une canaille ;
Je ris, et je suis prêt à dire : qu'il s'en aille !
Amnistie au coquin qui se donne pour tel !
Mais quand l'assassinat s'étale sur l'autel
Et que sous une mitre un prêtre l'escamote ;
Quand un soldat féroce entre ses dents marmotte
Un oremus infâme au bout d'un sacrebleu ;
Quand on fait devant moi cette insulte au ciel bleu
De faire Magnan saint et Canrobert ermite ;
Quand le carnage prend des airs de chattemite,
Et quand Jean l'Écorcheur se confit en Veuillot ;
Quand le massacre affreux, le couteau, le billot,
Le rond-point la Roquette et la place Saint-Jacques [2],
Tout ruisselants de sang, viennent faire leurs pâques ;
Quand les larrons, après avoir coupé le cou
Au voyageur, et mis ses membres dans un trou,
Vont au lieu saint ouvrir et piller la valise ;
Quand j'attends la caverne et quand je vois l'église ;
Quand le meurtre sournois qui chourina [3] sans bruit
La loi, par escalade et guet-apens, la nuit,
Et qui par la fenêtre entra dans nos demeures,
Prend un cierge, se signe, ânonne un livre d'heures,
Offre sa pince au Dieu sous qui l'Horeb tremblait,
Et de sa corde à nœuds se fait un chapelet,
Alors, ô cieux profonds ! ma prunelle s'allume,
Mon pouls bat sur mon cœur comme sur une enclume,
Je sens grandir en moi la colère, géant,
Et j'accours éperdu, frémissant, secouant
Sur ces horreurs, à l'âme humaine injurieuses,
Dans mes deux mains, des fouets de strophes furieuses !

Stamboul, lui prodiguant galas, orchestre et bal,
Lui fit fête, Capoue où manquait Annibal.
Ce bandit rayonna quelque temps dans des gloires ;

---

1. Locution archaïque ou populaire : « à la chose même » = « à le faire ».   **2.** Lieux des exécutions capitales après 1830.   **3.** Voir la note 3 de la page 280.

Byzance illumina pour lui ses promontoires.
Au cirque Franconi, quand vient le dénoûment,
Quand la toile de fond se lève brusquement
Et que tout le décor n'est plus qu'une astragale[1],
On voit ces choses-là dans un feu de Bengale.
Et, pendant ces festins et ces jeux, on brûla,
Les russes, Silistrie, et les anglais, Kola[2].

Le moment vint ; l'escadre appareilla ; les roues
Tournèrent ; par ce tas de voiles et de proues,
Dont l'âpre artillerie en vingt salves gronda,
L'infini se laissa violer. L'armada,
Formidable, penchant, prête à cracher le soufre,
Les gueules des canons sur les gueules du gouffre,
Nageant, polype humain, sur l'abîme béant,
Et, comme un noir poisson dans un filet géant,
Prenant l'ouragan sombre en ses mille cordages,
S'ébranla ; dans ses flancs, les haches d'abordages,
Les sabres, les fusils, le lourd tromblon marin,
La fauve caronade aux ailerons d'airain[3]
Se heurtaient ; et, jetant de l'écume aux étoiles,
Et roulant dans ses plis des tempêtes de toiles,
Frégate, aviso, brick, brûlot, trois-ponts, steamer,
Le troupeau monstrueux couvrit la vaste mer.
La flotte ainsi marchait en ordre de bataille.

O mouches ! il est temps que cet homme s'en aille.
Venez ! Souffle, ô vent noir des moustiques de feu !
Hurrah ! les inconnus, les punisseurs de Dieu,

---

1. Comprendre : Et que tout le décor n'est plus qu'une merveille dont je vous passe la description, par l'allusion à un vers de Boileau, devenu proverbial, qui ridiculisait la description fastidieuse et pompeuse d'un palais dans un poème contemporain : « Ce ne sont que festons, ce ne sont qu'astragales. »   2. Pendant la guerre de Crimée, après l'échec du blocus de la ville de Silistrie, les Russes incendièrent leurs installations de siège, tandis que les Anglais brûlaient un fort à Kola.   3. La caronade est un gros canon court, employé dans la marine. Hugo désigne sans doute par « ailerons », terme employé en mécanique pour certaines tiges, les tourillons du canon, ou le boulon fixé sur eux...

L'obscure légion des hydres invisibles,
L'infiniment petit, rempli d'ailes horribles,
Accourut ; l'âpre essaim des moucherons, tenant
Dans un souffle, et qui fait trembler un continent,
L'atome, monde affreux peuplant l'ombre hagarde,
Que l'œil du microscope avec effroi regarde,
Vint, groupe insaisissable et vague où rien ne luit,
Et plana sur la flotte énorme dans la nuit[1].

Et les canons, hurlant contre l'homme, molosses
De la mort, les vaisseaux, titaniques colosses,
Les mortiers lourds, volcans aux hideux entonnoirs,
Les grands steamers, dragons dégorgeant des flots noirs,
Tous ces géants tremblaient au sein des flots terribles
Sous ce frémissement d'ailes imperceptibles !

Et le lugubre essaim, vil, céleste, infernal,
Planait, planait toujours, attendant un signal.

Terre ! dit la vigie. Et l'on toucha la rive.
La gloire, qui, parfois, jusqu'aux bandits arrive,
Apparut, et cet homme entrevit les combats,
Les tentes, les bivouacs, et, tout au fond, là-bas,
Vous couvrant de son ombre, horreurs atténuées,
L'immense arc de triomphe au milieu des nuées.

Il débarqua. L'essaim planait toujours. Hurrah !
C'est l'heure. Et le Seigneur fit signe au choléra.
La peste, saisissant son condamné sinistre,

---

1. Le mode de propagation du choléra était encore inconnu ;
plusieurs hypothèses étaient proposées, mais il ne semble pas qu'on
ait incriminé les mouches. Celles-ci sont à l'armée de Saint-Arnaud
ce que sont les abeilles au maître dans *Le Manteau impérial* (V, 3,
p. 207). Présent également le souvenir des plaies dont Dieu frappe
l'Égypte : moustiques, taons, sauterelles (Exode, VIII-X). Mais
Hugo recueille aussi l'écho des discussions toutes récentes, et
encore en cours, sur la génération spontanée et les « animalcules »
observés au microscope, qui aboutiront quelques années plus tard
aux démonstrations de Pasteur.

À défaut du césar acceptant le ministre,
Dit à la guerre pâle et reculant d'effroi :
— Va-t'en. Ne me prends pas cet homme. Il est à moi.
Et cria de sa voix où siffle une couleuvre :
— Bataille, fais ta tâche et laisse-moi mon œuvre.
Alors, suivant le doigt qui d'en haut l'avertit,
L'essaim vertigineux sur ce front s'abattit ;
Le monstre aux millions de bouches, l'impalpable,
L'infini, se rua sur le blême coupable ;
Les ténèbres, mordant, rongeant, piquant, suçant,
Entrèrent dans cet homme, et lui burent le sang,
Et l'enfer, le tordant vivant dans ses tenailles,
Se mit à lui manger dans l'ombre les entrailles.

Et dans ce même instant la bataille tonna,
Et cria dans les cieux : Wagram ! Ulm ! Iéna !
En avant, bataillons, dans la fière mêlée !

Peuples ! ceci descend de la voûte étoilée,
Et c'est l'histoire, et c'est la justice de Dieu :
Pendant que, sous des flots de mitraille, au milieu
Des balles, bondissaient vers le but électrique
Les highlanders d'Écosse et les spahis d'Afrique,
Tandis que, s'excitant et s'entre-regardant,
Le chasseur de Vincenne et le zouave ardent
Rampaient et gravissaient la montagne en décombres,
Tandis que Mentschikoff et ses grenadiers sombres,
À travers les obus, sur l'âpre escarpement,
Voyaient, plus effarés de moment en moment,
Monter vers eux ce tas de tigres dans les ronces,
Et que les lourds canons s'envoyaient des réponses,
Et qu'on pouvait, fût-on serf, esclave ou troupeau,
Tomber du moins en brave à l'ombre d'un drapeau,
Lui, l'homme frémissant du boulevard Montmartre,
Ayant son crime au flanc, qui se changeait en dartre,
Les boulets indignés se détournant de lui,
Vil, la main sur le ventre, et plein d'un sombre ennui,
Il voyait, pâle, amer, l'horreur dans les narines,

Fondre sous lui sa gloire en allée aux latrines[1].
Il râlait ; et, hurlant, fétide, ensanglanté,
À deux pas de son champ de bataille, à côté
Du triomphe, englouti dans l'opprobre incurable,
Triste, horrible, il mourut. Je plains ce misérable.

Ici, spectre ! Viens là que je te parle. Oui,
Puisque dans le néant tu t'es évanoui
Sous l'œil mystérieux du Dieu que je contemple,
Puisque la mort a fait sur toi ce grand exemple,
Et que, traînant ton crime, abject, épouvanté,
Te voilà face à face avec l'éternité,
Puisque c'est du tombeau que la prière monte,
Que tu n'es plus qu'une ombre, et que Dieu sur la honte
De ton commencement met l'horreur de ta fin,
Quoique au-dessous du tigre esclave de la faim,
Tu me serres le cœur, bandit, et je t'avoue
Que je me sens un peu de pitié pour ta boue,
Que je frémis de voir comme mon Dieu te suit,
Et que, plusieurs ici, qui sommes dans la nuit,
Nous avons fait un signe avec notre front pâle,
Quand l'ange Châtiment, qui, penché sur ton râle,
Te gardait, et tenait sur toi ses yeux baissés,
S'est tourné vers nous, spectre, en disant : Est-ce assez ?[2]

                                                    Jersey.
                                              [17/10/1854]

---

1. L'importance des diarrhées est l'un des symptômes les plus caractéristiques et les plus dangereux du choléra. 2. Il n'y a pas là que l'expression d'une pitié d'ailleurs tardive. Ce qui étonne dans ces vers, c'est que la punition du maréchal Saint-Arnaud, sa mort, apparaît comme l'œuvre du poète, non seulement parce que l'ange prend ses ordres de lui, mais aussi parce que son nom est le titre de l'œuvre et que la fin du châtiment coïncide avec celle du poème et, au-delà, du recueil. C'est à lui-même que le poète dit : c'est assez. Voir la note 1 de la page 47.

XVII

ULTIMA VERBA [1]

La conscience humaine est morte ; dans l'orgie,
Sur elle il s'accroupit [2] ; ce cadavre lui plaît ;
Par moments, gai, vainqueur, la prunelle rougie,
Il se retourne et donne à la morte un soufflet.

La prostitution du juge est la ressource.
Les prêtres font frémir l'honnête homme éperdu ;
Dans le champ du potier ils déterrent la bourse [3] ;
Sibour revend le Dieu que Judas a vendu.

Ils disent : — César règne, et le Dieu des armées
L'a fait son élu. Peuple, obéis, tu le dois ! —
                                 [fermées,
Pendant qu'ils vont chantant, tenant leurs mains
On voit le sequin d'or qui passe entre leurs doigts.

---

1. « Dernières paroles » ou « C'est mon dernier mot ». En décembre 1852, Napoléon III avait signé la grâce de plusieurs proscrits. Mais il fallait l'avoir demandée et s'engager à ne pas agir contre le régime. Sur le sens du poème, voir les Commentaires et la note 1 de la page 47. **2.** Posture caractéristique, on l'aura remarqué, du faux empereur et des siens. **3.** Judas, pris de remords, avait jeté dans le Temple l'argent de sa trahison ; les prêtres s'en servirent pour acheter « le champ du potier » qu'ils destinaient à l'installation du cimetière des étrangers (Matthieu, XXVII, 3-10).

Oh ! tant qu'on le verra trôner, ce gueux, ce prince,
Par le pape béni, monarque malandrin,
Dans une main le sceptre et dans l'autre la pince,
Charlemagne taillé par Satan dans Mandrin ;

Tant qu'il se vautrera, broyant dans ses mâchoires
Le serment, la vertu, l'honneur religieux,
Ivre, affreux, vomissant sa honte sur nos gloires ;
Tant qu'on verra cela sous le soleil des cieux ;

Quand même grandirait l'abjection publique
À ce point d'adorer l'exécrable trompeur ;
Quand même l'Angleterre et même l'Amérique
Diraient à l'exilé : — Va-t'en ! nous avons peur ! [1]

Quand même nous serions comme la feuille morte ;
Quand, pour plaire à César, on nous renîrait tous ;
Quand le proscrit devrait s'enfuir de porte en porte,
Aux hommes déchiré comme un haillon aux clous ;

Quand le désert, où Dieu contre l'homme proteste,
Bannirait les bannis, chasserait les chassés ;
Quand même, infâme aussi, lâche comme le reste,
Le tombeau jetterait dehors les trépassés ;

Je ne fléchirai pas ! Sans plainte dans la bouche,
Calme, le deuil au cœur, dédaignant le troupeau,
Je vous embrasserai dans mon exil farouche,
Patrie, ô mon autel ! Liberté, mon drapeau !

Mes nobles compagnons, je garde votre culte ;
Bannis, la république est là qui nous unit.
J'attacherai la gloire à tout ce qu'on insulte ;
Je jetterai l'opprobre à tout ce qu'on bénit !

---

1. Telle avait été l'attitude du gouvernement belge à la publication de *Napoléon le Petit*, formalisée ensuite par la loi Faider (voir
Commentaires, p. 445 et suiv. et *À propos de la loi Faider*, III, 14,
p. 155).

Je serai, sous le sac de cendre qui me couvre[1],
La voix qui dit : malheur ! la bouche qui dit : non !
Tandis que tes valets te montreront ton Louvre,
Moi, je te montrerai, césar, ton cabanon[2].

Devant les trahisons et les têtes courbées,
Je croiserai les bras, indigné, mais serein.
Sombre fidélité pour les choses tombées,
Sois ma force et ma joie et mon pilier d'airain !

Oui, tant qu'il sera là, qu'on cède ou qu'on persiste,
O France ! France aimée et qu'on pleure toujours,
Je ne reverrai pas ta terre douce et triste,
Tombeau de mes aïeux et nid de mes amours !

Je ne reverrai pas ta rive qui nous tente,
France ! hors le devoir, hélas ! j'oublîrai tout.
Parmi les éprouvés je planterai ma tente.
Je resterai proscrit, voulant rester debout.

J'accepte l'âpre exil, n'eût-il ni fin ni terme,
Sans chercher à savoir et sans considérer
Si quelqu'un a plié qu'on aurait cru plus ferme,
Et si plusieurs s'en vont qui devraient demeurer.

Si l'on n'est plus que mille, eh bien, j'en suis ! Si même
Ils ne sont plus que cent, je brave encor Sylla ;
S'il en demeure dix, je serai le dixième ;
Et s'il n'en reste qu'un, je serai celui-là !

Jersey, 2 décembre 1852.
[14/12/1852]

---

1. Le sac et la cendre sont, dans la Bible, les insignes de la
fonction prophétique.   2. Cachot aggravant la détention dans une
prison ; on dirait de nos jours « quartier de sécurité ».

LUX[1]

I

Temps futurs ! vision sublime !
Les peuples sont hors de l'abîme.
Le désert morne est traversé[2].
Après les sables, la pelouse ;
Et la terre est comme une épouse,
Et l'homme est comme un fiancé !

Dès à présent l'œil qui s'élève
Voit distinctement ce beau rêve
Qui sera le réel un jour ;
Car Dieu dénoûra toute chaîne,
Car le passé s'appelle haine
Et l'avenir se nomme amour !

---

1. P. Albouy note que *Lux* « représente une date dans la poésie hugolienne ; c'est [...] le premier de ces chants messianiques qui, après la dénonciation du mal, célèbrent l'inéluctable et total triomphe du bien ». *Lux* (en latin « lumière » et c'est le mot du Créateur : *Fiat lux*, que la lumière soit) annonce *Ce que dit la bouche d'ombre* dans *Les Contemplations*, *Tout le passé et tout l'avenir* dans *La Légende des siècles*, et les grands poèmes métaphysiques de l'exil : *Dieu* et *L'Âne*. Voir aussi la note 1 de la page 47. 2. L'histoire moderne recommence ainsi celle du peuple élu vers la « terre promise » et l'exil est un nouvel « exode ».

Dès à présent dans nos misères
Germe l'hymen des peuples frères ;
Volant sur nos sombres rameaux,
Comme un frelon que l'aube éveille,
Le progrès, ténébreuse abeille,
Fait du bonheur avec nos maux.

Oh ! voyez ! la nuit se dissipe.
Sur le monde qui s'émancipe,
Oubliant Césars et Capets,
Et sur les nations nubiles [1],
S'ouvrent dans l'azur, immobiles,
Les vastes ailes de la paix !

O libre France enfin surgie !
O robe blanche après l'orgie !
O triomphe après les douleurs !
Le travail bruit dans les forges,
Le ciel rit, et les rouges-gorges
Chantent dans l'aubépine en fleurs !

La rouille mord les hallebardes.
De vos canons, de vos bombardes
Il ne reste pas un morceau
Qui soit assez grand, capitaines,
Pour qu'on puisse prendre aux fontaines
De quoi faire boire un oiseau.

Les rancunes sont effacées ;
Tous les cœurs, toutes les pensées,
Qu'anime le même dessein,
Ne font plus qu'un faisceau superbe ;
Dieu prend pour lier cette gerbe
La vieille corde du tocsin [2].

---

1. Parvenues à l'âge adulte et en âge de se marier d'abord les unes aux autres.   **2.** Voir la note 1 de la page 94.

Au fond des cieux un point scintille.
Regardez, il grandit, il brille,
Il approche, énorme et vermeil.
O République universelle [1],
Tu n'es encor que l'étincelle,
Demain tu seras le soleil !

II

Fêtes dans les cités, fêtes dans les campagnes !
                          [bagnes.
Les cieux n'ont plus d'enfers, les lois n'ont plus de
Où donc est l'échafaud ? ce monstre a disparu.
Tout renaît. Le bonheur de chacun est accru
De la félicité des nations entières.
Plus de soldats l'épée au poing, plus de frontières,
Plus de fisc, plus de glaive ayant forme de croix.
L'Europe en rougissant dit : — Quoi ! j'avais des rois !
Et l'Amérique dit : — Quoi ! j'avais des esclaves ! [2]
Science, art, poésie [3], ont dissous les entraves
De tout le genre humain. Où sont les maux soufferts ?
Les libres pieds de l'homme ont oublié les fers.
Tout l'univers n'est plus qu'une famille unie.
Le saint labeur de tous se fond en harmonie ;
Et la société, qui d'hymnes retentit,
Accueille avec transport l'effort du plus petit ;
L'ouvrage du plus humble au fond de sa chaumière
Émeut l'immense peuple heureux dans la lumière ;

---

1. La « République universelle » s'identifie immédiatement avec l'idée républicaine elle-même, pour Hugo comme pour beaucoup de ses contemporains qui renouent ainsi avec la pensée de la grande Révolution. Fondée sur les droits naturels des hommes et non sur l'histoire particulière d'une communauté, la République ignore logiquement les frontières autant que les particularités de classe, de religion ou d'appartenance ethnique. **2.** Voir la note 2 de la page 350. **3.** Les temps nouveaux étant ceux de la vérité et non plus de la force ou du pouvoir qui, toujours, dénaturent l'homme de quelque manière, ce sont les penseurs qui y conduisent, plus que les « politiques » et même les militants.

Toute l'humanité dans sa splendide ampleur
Sent le don que lui fait le moindre travailleur ;
Ainsi les verts sapins, vainqueurs des avalanches,
Les grands chênes, remplis de feuilles et de branches,
Les vieux cèdres touffus, plus durs que le granit,
Quand la fauvette en mai vient y faire son nid,
Tressaillent dans leur force et leur hauteur superbe,
Tout joyeux qu'un oiseau leur apporte un brin d'herbe [1].

Radieux avenir ! essor universel !
Épanouissement de l'homme sous le ciel !

III

O proscrits, hommes de l'épreuve,
Mes compagnons vaillants et doux,
Bien des fois, assis près du fleuve,
J'ai chanté ce chant parmi vous [2] ;

Bien des fois, quand vous m'entendîtes,
Plusieurs m'ont dit : « Perds ton espoir.
Nous serions des races maudites,
Le ciel ne serait pas plus noir !

« Que veut dire cette inclémence ?
Quoi ! le juste a le châtiment !
La vertu s'étonne et commence
À regarder Dieu fixement.

---

1. L'un des traits les plus caractéristiques du génie de Hugo est cette transgression des ordres de grandeur communément admis. Il y voit une paralysie de l'esprit, assez esclave des hiérarchies sociales pour croire que le cosmos les respecte aussi. 2. Transposition du psaume de l'Écriture sainte qui évoque le souvenir de la chute de Jérusalem et de l'exil : « Au bord des fleuves de Babylone /Nous étions assis et nous pleurions, /Nous souvenant de Sion... » (Psaumes, 136).

« Dieu se dérobe et nous échappe.
Quoi donc ! l'iniquité prévaut !
Le crime, voyant où Dieu frappe,
Rit d'un rire impie et dévot.

« Nous ne comprenons pas ses voies.
Comment ce Dieu des nations
Fera-t-il sortir tant de joies
De tant de désolations ?

« Ses desseins nous semblent contraires
À l'espoir qui luit dans tes yeux [1]... »
— Mais qui donc, ô proscrits, mes frères,
Comprend le grand mystérieux ?

Qui donc a traversé l'espace,
La terre, l'eau, l'air et le feu,
Et l'étendue où l'esprit passe ?
Qui donc peut dire : « J'ai vu Dieu !

« J'ai vu Jéhova ! je le nomme !
Tout à l'heure il me réchauffait.
Je sais comment il a fait l'homme,
Comment il fait tout ce qu'il fait !

« J'ai vu cette main inconnue
Qui lâche en s'ouvrant l'âpre hiver,
Et les tonnerres dans la nue,
Et les tempêtes sur la mer,

« Tendre et ployer la nuit livide ;
Mettre une âme dans l'embryon ;

---

1. Ce discours s'inspire de plusieurs textes bibliques qui protestent de la même manière contre les desseins de Dieu : si incompréhensibles qu'ils semblent injustes. Par exemple : « Il fait périr de même justes et coupables. /Quand un fléau mortel s'abat soudain, /Il se rit de la détresse des innocents. /Dans un pays livré au pouvoir d'un méchant, /Il met un voile sur les yeux des juges. /Si ce n'est pas lui, qui donc alors ? » (Job, IX, 22-24.)

Appuyer dans l'ombre du vide
Le pôle du septentrion [1] ;

« Amener l'heure où tout arrive ;
Faire au banquet du roi fêté
Entrer la mort, ce noir convive
Qui vient sans qu'on l'ait invité ;

« Créer l'araignée et sa toile,
Peindre la fleur, mûrir le fruit,
Et, sans perdre une seule étoile,
Mener tous les astres la nuit ;

« Arrêter la vague à la rive ;
Parfumer de roses l'été ;
Verser le temps comme une eau vive
Des urnes de l'éternité ;

« D'un souffle, avec ses feux sans nombre,
Faire, dans toute sa hauteur,
Frissonner le firmament sombre
Comme la tente d'un pasteur ;

« Attacher les globes aux sphères
Par mille invisibles liens...
Toutes ces choses sont très claires.
Je sais comment il fait ! j'en viens ! »

Qui peut dire cela ? personne.
Nuit sur nos cœurs ! nuit sur nos yeux !
L'homme est un vain clairon qui sonne.
Dieu seul parle aux axes des cieux.

---

1. La réponse s'inspire aussi de la Bible, ici du Livre de Job (XXVI, 7) : « C'est lui qui fait reposer le pôle du Septentrion sur le vide... », ailleurs d'Isaïe, d'Ezéchiel et du Cantique des cantiques.

IV

Ne doutons pas ! croyons ! La fin, c'est le mystère.
Attendons. Des Nérons comme de la panthère
      Dieu sait briser la dent.
Dieu nous essaie, amis. Ayons foi, soyons calmes,
Et marchons. O désert ! s'il fait croître des palmes,
      C'est dans ton sable ardent !

Parce qu'il ne fait pas son œuvre tout de suite,
Qu'il livre Rome au prêtre et Jésus au jésuite,
      Et les bons au méchant,
Nous désespérerions ! de lui ! du juste immense !
Non ! non ! lui seul connaît le nom de la semence
      Qui germe dans son champ.

Ne possède-t-il pas toute la certitude ?
Dieu ne remplit-il pas ce monde, notre étude,
      Du nadir au zénith ?
Notre sagesse auprès de la sienne est démence.
Et n'est-ce pas à lui que la clarté commence,
      Et que l'ombre finit ?

Ne voit-il pas ramper les hydres sur leurs ventres ?
Ne regarde-t-il pas jusqu'au fond de leurs antres
      Atlas et Pélion ?
Ne connaît-il pas l'heure où la cigogne émigre ?
Sait-il pas ton entrée et ta sortie, ô tigre,
      Et ton antre, ô lion ?

Hirondelle, réponds, aigle à l'aile sonore,
Parle, avez-vous des nids que l'Éternel ignore ?
      O cerf, quand l'as-tu fui ?
Renard, ne vois-tu pas ses yeux dans la broussaille ?

Loup, quand tu sens la nuit une herbe qui tressaille,
          Ne dis-tu pas : c'est lui ! [1]

Puisqu'il sait tout cela, puisqu'il peut toute chose,
Que ses doigts font jaillir les effets de la cause
          Comme un noyau d'un fruit,   [l'arbre,
Puisqu'il peut mettre un ver dans les pommes de
Et faire disperser les colonnes de marbre
          Par le vent de la nuit ;

Puisqu'il bat l'océan pareil au bœuf qui beugle,
Puisqu'il est le voyant et que l'homme est l'aveugle,
          Puisqu'il est le milieu,
Puisque son bras nous porte, et puisqu'à son passage
La comète frissonne ainsi qu'en une cage
          Tremble une étoupe en feu ;

Puisque l'obscure nuit le connaît, puisque l'ombre
Le voit, quand il lui plaît, sauver la nef qui sombre,
          Comment douterions-nous,
Nous qui, fermes et purs, fiers dans nos agonies,
Sommes debout devant toutes les tyrannies,
          Pour lui seul à genoux !

                              [d'amertume,
D'ailleurs, pensons. Nos jours sont des jours
Mais quand nous étendons les bras dans cette brume,
          Nous sentons une main ;
Quand nous marchons, courbés, dans l'ombre du martyre,
Nous entendons quelqu'un derrière nous nous dire :
          C'est ici le chemin.

O proscrits, l'avenir est aux peuples ! Paix, gloire,
Liberté, reviendront sur des chars de victoire
          Aux foudroyants essieux ;

------

1. Plus d'une fois Hugo formule cette étonnante spéculation que
les autres êtres vivants sentent et pensent autrement que les
hommes, qu'ils ignorent ce que nous savons mais que, eux, peuvent
voir Dieu.

Ce crime qui triomphe est fumée et mensonge,
Voilà ce que je puis affirmer, moi qui songe
   L'œil fixé sur les cieux !

Les césars sont plus fiers que les vagues marines,
Mais Dieu dit : « Je mettrai ma boucle en leurs narines,
   Et dans leur bouche un mors,
Et je les traînerai, qu'on cède ou bien qu'on lutte,
Eux et leurs histrions et leurs joueurs de flûte,
   Dans l'ombre où sont les morts. »

Dieu dit ; et le granit que foulait leur semelle
S'écroule, et les voilà disparus pêle-mêle
   Dans leurs prospérités !
Aquilon ! aquilon ! qui viens battre nos portes,
Oh ! dis-nous, si c'est toi, souffle, qui les emportes,
   Où les as-tu jetés ?

v

Bannis ! bannis ! bannis ! c'est là la destinée.
Ce qu'apporte le flux sera dans la journée
   Repris par le reflux.
Les jours mauvais fuiront sans qu'on sache leur nombre,
Et les peuples joyeux et se penchant sur l'ombre
   Diront : Cela n'est plus !

Les temps heureux luiront, non pour la seule France,
Mais pour tous. On verra dans cette délivrance,
   Funeste au seul passé,
Toute l'humanité chanter, de fleurs couverte,
Comme un maître qui rentre en sa maison déserte
   Dont on l'avait chassé.

Les tyrans s'éteindront comme des météores.
Et, comme s'il naissait de la nuit deux aurores
   Dans le même ciel bleu,

Nous vous verrons sortir de ce gouffre où nous sommes,
Mêlant vos deux rayons, fraternité des hommes,
      Paternité de Dieu ![1]

Oui, je vous le déclare, oui, je vous le répète,
Car le clairon redit ce que dit la trompette,
      Tout sera paix et jour !
Liberté ! plus dé serf et plus de prolétaire !
O sourire d'en haut ! ô du ciel pour la terre
      Majestueux amour !

L'arbre saint du Progrès, autrefois chimérique,
Croîtra, couvrant l'Europe et couvrant l'Amérique,
      Sur le passé détruit,
Et, laissant l'éther pur luire à travers ses branches,
Le jour, apparaîtra plein de colombes blanches,
      Plein d'étoiles, la nuit.

Et nous qui serons morts, morts dans l'exil peut-être,
                [maître,
Martyrs saignants, pendant que les hommes, sans
      Vivront, plus fiers, plus beaux,
Sous ce grand arbre, amour des cieux qu'il avoisine,
Nous nous réveillerons pour baiser sa racine
      Au fond de nos tombeaux !

Jersey, septembre 1853.
[16-20/12/1852]

---

1. Idée essentielle dans la pensée de Hugo parce qu'elle articule le religieux et l'éthique, mais aussi le cosmique et le métaphysique, avec le politique et l'historique : la fraternité humaine n'a de sens que liée à la paternité divine. Et réciproquement, sauf à imaginer un Dieu absurde ou méchant et une histoire humaine insensée.

NOTES

NOTE PREMIÈRE

ÉCRIT EN DESCENDANT DE LA TRIBUNE
LE 17 JUILLET 1851
Livre IV, page 181.

Le 17 juillet 1851, on débattait à l'Assemblée nationale la révision de la Constitution[1]. Il est bon de jeter aujourd'hui un coup d'œil rétrospectif sur cette lutte. L'auteur de ce livre resta quatre heures à la tribune. Son discours remplit la séance. On peut le lire tout entier dans le recueil complet de ses discours, publié en deux volumes à Bruxelles, sous ce titre : *Œuvres oratoires de Victor Hugo*[2].

1. La Constitution de novembre 1848 prévoyait en effet que le président de la République n'était pas immédiatement rééligible. Son mandat devant prendre fin en mai 1852, le président fit organiser, dès mars 1851, une campagne politique tendant à obtenir une révision de la Constitution (abrogation de l'article 45) telle qu'il puisse être à nouveau candidat l'année suivante. Discutée trois mois durant, la révision fut rejetée le 20 juillet 1851 par 446 voix pour et 278 contre ; elle aurait dû réunir, pour être adoptée, les trois quarts des voix, trois fois de suite et à un mois d'intervalle. Car les représentants de la Constituante avaient prémuni la constitution républicaine contre les risques de restauration, monarchique ou impériale.   2. Le texte complet a été recueilli également, plus tard, dans *Actes et Paroles* (« Politique », p. 270 et suiv.).

Nous en extrayons, pour l'enseignement et la méditation du lecteur, ce qui suit :

....

....

« Mais des publicistes d'une autre couleur, des journaux d'une autre nuance, qui expriment bien incontestablement la pensée du gouvernement, car ils sont vendus dans les rues avec privilège et à l'exclusion de tous les autres, ces journaux nous crient :

« "Vous avez raison ; la légitimité est impossible, la monarchie de droit divin et de principe est morte ; mais l'autre, la monarchie de gloire, l'empire, celle-là est non-seulement possible, mais nécessaire."

« Voilà le langage qu'on nous tient.

« Ceci est l'autre côté de la question monarchie. Examinons.

« Et d'abord, la monarchie de gloire, dites-vous ! Tiens ! vous avez de la gloire ? Montrez-nous-la ! *(Hilarité.)* Je serais curieux de voir de la gloire sous ce gouvernement-ci *(Rires et applaudissements à gauche)* ! de la gloire qui soit à vous !

« Voyons ! votre gloire, où est-elle ? Je la cherche. Je regarde autour de moi ; de quoi se compose-t-elle ?

« M. LEPIC. — Demandez à votre père !

« M. VICTOR HUGO. — Quels en sont les éléments ? Qu'est-ce que j'ai devant moi ? Qu'est-ce que nous avons devant les yeux ? Toutes nos libertés prises au piège l'une après l'autre et garrottées ; le suffrage universel trahi, livré, mutilé ; les programmes socialistes aboutissant à une politique jésuite[1] ; pour gouvernement, une immense intrigue *(Mouvement)*, l'histoire dira peut-être un complot *(Vive sensation)* ; je ne sais quel sous-entendu inouï qui donne à la République l'empire pour but, et qui fait de cinq cent mille fonctionnaires une sorte de franc-maçonnerie bonapartiste au milieu de la nation ! toute réforme ajournée ou

---

1. Louis Napoléon avait publié un livre, *L'Extinction du paupérisme*, et quelques autres écrits qui avaient brièvement fait illusion.

bafouée, les impôts improportionnels et onéreux au peuple maintenus ou rétablis, l'état de siège pesant sur cinq départements, Paris et Lyon mis en surveillance, l'amnistie refusée, la transportation aggravée, la déportation votée, des gémissements à la kasbah de Bône, des tortures à Belle-Isle, des casemates où l'on ne veut pas laisser pourrir des matelas, mais où on laisse pourrir des hommes *(Sensation)* !... la presse traquée, le jury trié, pas assez de justice et beaucoup trop de police ; la misère en bas, l'anarchie en haut ; l'arbitraire, la compression[1], l'iniquité ! Au dehors, le cadavre de la république romaine[2]. *(Bravos à gauche.)*

« VOIX À DROITE. — C'est le bilan de la République.

« M. LE PRÉSIDENT. — Laissez donc ; n'interrompez pas. Cela constate que la tribune est libre. Continuez. *(Très-bien ! très-bien ! à gauche.)*

« M. CHARRAS. — Malgré vous.

« M. VICTOR HUGO. — ... La potence, c'est-à-dire l'Autriche *(Mouvement)*, debout sur la Hongrie, sur la Lombardie, sur Milan, sur Venise ; la Sicile livrée aux fusillades ; l'espoir des nationalités dans la France détruit ; le lien intime des peuples rompu ; partout le droit foulé aux pieds, au nord comme au midi, à Cassel comme à Palerme ; une coalition de rois latente et qui n'attend que l'occasion ; notre diplomatie muette, je ne veux pas dire complice ; quelqu'un qui est toujours lâche devant quelqu'un qui est toujours insolent ; la Turquie laissée sans appui contre le czar et forcée d'abandonner les proscrits ; Kossuth agonisant dans un

---

1. Ce mot était alors utilisé dans le même sens que notre actuel « répression ». 2. Hugo fait ici allusion aux principaux actes du gouvernement de la Deuxième République après juin 1848 : loi électorale de mai 1850, lois sur la presse et sur les clubs, loi Falloux sur l'enseignement, répression et poursuites après les journées de juin 1848 et 1849 (déportations à Belle-Isle et transfert des déportés en Algérie). Voir aussi la Chronologie. Sur la politique extérieure française — affaire de Rome — et le triomphe de la réaction en Europe qu'évoque le paragraphe suivant, voir les poèmes : *L'Art et le Peuple* (I, 9, p. 71), *Carte d'Europe* (I, 12, p. 79) et *Au Peuple* (II, 2, p. 91) et les notes qui s'y rapportent.

cachot de l'Asie Mineure ; voilà où nous en sommes !
La France baisse la tête, Napoléon tressaille de honte
dans sa tombe, et cinq ou six mille coquins crient :
Vive l'Empereur ! Est-ce tout cela que vous appelez
votre gloire, par hasard ? *(Profonde agitation.)*

« M. DE LADEVANSAYE. — C'est la République qui
nous a donné tout cela !

« M. LE PRÉSIDENT. — C'est aussi au gouvernement
de la République qu'on reproche tout cela.

« M. VICTOR HUGO. — Maintenant, votre empire,
causons-en, je le veux bien. *(Rires à gauche.)*

« M. VIEILLARD*. — Personne n'y songe, vous le
savez bien !

« M. VICTOR HUGO. — Messieurs, des murmures tant
que vous voudrez, mais pas d'équivoques. On me crie :
Personne ne songe à l'empire. J'ai pour habitude d'arracher les masques.

« Personne ne songe à l'empire, dites-vous ! Que
signifient donc ces cris payés de : Vive l'empereur !
Une simple question : Qui les paye ?

« Personne ne songe à l'empire, vous venez de l'entendre ! Que signifient donc ces paroles du général
Changarnier, ces allusions aux prétoriens en débauche
applaudies par vous ? Que signifient ces paroles de
M. Thiers, également applaudies par vous : L'empire
est fait ?

« Que signifie ce pétitionnement ridicule et mendié
pour la prolongation des pouvoirs ?

« Qu'est-ce que la prolongation, s'il vous plaît ?
C'est le consulat à vie. Où mène le consulat à vie ? À
l'empire. Messieurs, il y a là une intrigue ! Une intrigue ! vous dis-je. J'ai le droit de la fouiller. Je la fouille !
Allons ! le grand jour sur tout cela !

« Il ne faut pas que la France soit prise par surprise
et se trouve, un beau matin, avoir un empereur sans
savoir pourquoi ! *(Applaudissements.)*

« Un empereur ! Discutons un peu la prétention.

* Aujourd'hui sénateur. 30,000 francs par an.

« Quoi ! parce qu'il y a eu un homme qui a gagné la bataille de Marengo, et qui a régné, vous voulez régner, vous qui n'avez gagné que la bataille de Satory ! [1] *(Rires.)*

« M. FERDINAND BARROT[*]. — Il y a trois ans qu'il gagne une bataille : celle de l'ordre contre l'anarchie.

« M. VICTOR HUGO. — Quoi ! parce que, il y a dix siècles de cela, Charlemagne, après quarante années de gloire, a laissé tomber sur la face du globe un sceptre et une épée tellement démesurés que personne ensuite n'a pu et n'a osé y toucher, — et pourtant il y a eu dans l'intervalle des hommes qui se sont appelés Philippe-Auguste, François Ier, Henri IV, Louis XIV ! — Quoi ! parce que mille ans après, car il ne faut pas moins d'une gestation de mille années à l'humanité pour reproduire de pareils hommes, parce que, mille ans après, un autre génie est venu qui a ramassé ce glaive et ce sceptre, et qui s'est dressé debout sur le continent, qui a fait l'histoire gigantesque dont l'éblouissement dure encore, qui a enchaîné la Révolution en France et qui l'a déchaînée en Europe, qui a donné à son nom, pour synonymes éclatants, Rivoli, Iéna, Essling, Friedland, Montmirail ! quoi ! parce que, après dix ans d'une gloire immense, d'une gloire presque fabuleuse à force de grandeur, il a, à son tour, laissé tomber d'épuisement ce sceptre et ce glaive qui avaient accompli tant de choses colossales, vous venez, vous, vous voulez, vous, les ramasser après lui, comme il les a ramassés, lui, Napoléon, après Charlemagne, et prendre dans vos petites mains ce sceptre des titans, cette épée des géants ! Pourquoi faire ? *(Longs applaudissements.)* Quoi ! après Auguste, Augustule ! Quoi ! parce que nous avons eu Napoléon le Grand, il faut que nous ayons Napoléon le Petit ! *(La gauche applau-*

---

[*] Aujourd'hui sénateur. 30,000 francs par an.

1. Sur ces événements, voir à l'Index le nom de Changarnier et la note 2 de la page 278.

dit, la droite crie. La séance est interrompue pendant plusieurs minutes. Tumulte inexprimable.)

« À GAUCHE. — Monsieur le président, nous avons écouté M. Berryer ; la droite doit écouter M. Victor Hugo. Faites taire la majorité.

« M. SAVATIER-LAROCHE. — On doit le respect aux grands orateurs. *(À gauche : Très-bien !)*

« M. DE LA MOSKOWA *. — M. le président devrait faire respecter le gouvernement de la République dans la personne du président de la République.

« M. LEPIC **. — On déshonore la République !

« M. DE LA MOSKOWA. — Ces messieurs crient : *Vive la République !* et insultent le président.

« M. ERNEST DE GIRARDIN. — Napoléon Bonaparte a eu six millions de suffrages ; vous insultez l'élu du peuple ! *(Vive agitation au banc des ministres. — M. le président essaye en vain de se faire entendre au milieu du bruit.)*

« M. DE LA MOSKOWA. — Et, sur les bancs des ministres, pas un mot d'indignation n'éclate à de pareilles paroles !

« M. BAROCHE, *ministre des affaires étrangères ***. — Discutez, mais n'insultez pas.

« M. LE PRÉSIDENT. — Vous avez le droit de contester l'abrogation de l'article 45 en termes de droit, mais vous n'avez pas le droit d'insulter ! *(Les applaudissements de l'extrême gauche redoublent et couvrent la voix de M. le président.)*

« M. LE MINISTRE DES AFFAIRES ÉTRANGÈRES. — Vous discutez des projets qu'on n'a pas, et vous insultez ! *(Les applaudissements de l'extrême gauche continuent.)*

« UN MEMBRE DE L'EXTRÊME GAUCHE. — Il fallait défendre la République hier quand on l'attaquait !

« M. LE PRÉSIDENT. — L'opposition a affecté de

---

* Aujourd'hui sénateur. 30,000 francs par an.   ** Aujourd'hui aide de camp de l'empereur.   *** Aujourd'hui président du conseil d'État de l'empire. 150,000 francs par an.

couvrir d'applaudissements et mon observation et celle de M. le ministre, que la mienne avait précédée.

« Je disais à M. Victor Hugo qu'il a parfaitement le droit de contester la convenance de demander la révision de l'article 45 en termes de droit, mais qu'il n'a pas le droit de discuter, sous une forme insultante, une candidature personnelle qui n'est pas en jeu.

« VOIX À L'EXTRÊME GAUCHE. — Mais si, elle est en jeu.

« M. CHARRAS. — Vous l'avez vu vous-même, à Dijon, face à face [1].

« M. LE PRÉSIDENT. — Je vous rappelle à l'ordre ici, parce que je suis président ; à Dijon, je respectais les convenances, et je me suis tu.

« M. CHARRAS. — On ne les a pas respectées envers vous.

« M. VICTOR HUGO. — Je réponds à M. le ministre et à M. le président, qui m'accusent d'offenser M. le président de la République, qu'ayant le droit constitutionnel d'accuser M. le président de la République, j'en userai le jour où je le jugerai convenable, et je ne perdrai pas mon temps à l'offenser ; mais ce n'est pas l'offenser que de dire qu'il n'est pas un grand homme. *(Vives réclamations sur quelques bancs de la droite.)*

« M. BRIFFAUT. — Vos insultes ne peuvent aller jusqu'à lui.

« M. DE CAULAINCOURT. — Il y a des injures qui ne peuvent l'atteindre, sachez-le bien !

« M. LE PRÉSIDENT. — Si vous continuez après mon avertissement, je vous rappellerai à l'ordre.

« M. VICTOR HUGO. — Voici ce que j'ai à dire, et M. le président ne m'empêchera pas de compléter mon explication. *(Vive agitation.)*

« Ce que nous demandons à M. le président respon-

---

1. Le 1er juin 1851, à Dijon, au cours d'une tournée électorale en province, Louis-Napoléon avait attaqué l'Assemblée en ces termes : « Quand j'ai voulu faire le bien et adoucir le sort des populations, je n'ai rencontré (à l'Assemblée) que l'inertie. »

sable de la République, ce que nous attendons de lui,
ce que nous avons le droit d'attendre fermement de lui,
ce n'est pas qu'il tienne le pouvoir en grand homme,
c'est qu'il le quitte en honnête homme.

« À GAUCHE. — Très-bien ! très-bien !

« M. CLARY *. — Ne le calomniez pas en attendant.

« M. VICTOR HUGO. — Ceux qui l'offensent, ce sont
ceux de ses amis qui laissent entendre que le deuxième
dimanche de mai il ne quittera pas le pouvoir purement
et simplement, comme il le doit, à moins d'être un
séditieux.

« VOIX À GAUCHE. — Et un parjure !

« M. VIELLARD **. — Ce sont là des calomnies ;
M. Victor Hugo le sait bien.

« M. VICTOR HUGO. — Messieurs de la majorité, vous
avez supprimé la liberté de la presse ; voulez-vous supprimer la liberté de la tribune ? *(Mouvement.)* Je ne
viens pas demander de la faveur, je viens demander de
la franchise. Le soldat qu'on empêche de faire son
devoir brise son épée ; si la liberté de la tribune est
morte, dites-le-moi, afin que je brise mon mandat. Le
jour où la tribune ne sera plus libre, j'en descendrai
pour n'y plus remonter. *(À droite : Le beau malheur !)*
La tribune sans liberté n'est acceptable que pour l'orateur sans dignité. *(Profonde sensation.)*

« Eh bien, si la tribune est respectée, je vais voir. Je
continue. Non ! après Napoléon le Grand, je ne veux
pas de Napoléon le Petit !

« Allons, respectez les grandes choses. Trêve aux
parodies ! Pour qu'on puisse mettre un aigle sur les
drapeaux, il faut d'abord avoir un aigle aux Tuileries !
Où est l'aigle ? *(Longs applaudissements.)*

« M. LÉON FAUCHER. — L'orateur insulte le président de la République. *(Oui, oui ! à droite.)*

« M. LE PRÉSIDENT. — Vous offensez le président

---

* Aujourd'hui sénateur. 30,000 francs par an. **Sénateur.
30,000 francs par an.

de la République. *(Oui ! oui ! à droite. — M. Abatucci** gesticule vivement.)*

« M. VICTOR HUGO. — Je reprends :

« Messieurs, comme tout le monde, comme vous tous, j'ai tenu dans mes mains ces journaux, ces brochures, ces pamphlets impérialistes ou césaristes, comme on dit aujourd'hui. Une idée me frappe, et il m'est impossible de ne pas la communiquer à l'assemblée. *(Immense agitation, l'orateur poursuit :)* Oui, il m'est impossible de ne pas la laisser déborder devant cette assemblée. Que dirait ce soldat, ce grand soldat de la France, qui est couché là, aux Invalides, et à l'ombre duquel on s'abrite, et dont on invoque si souvent et si étrangement le nom, que dirait ce Napoléon, qui, parmi tant de combats prodigieux, est allé, à huit cents lieues de Paris, provoquer la vieille barbarie moscovite à ce grand duel de 1812 ; que dirait ce sublime esprit, qui n'entrevoyait qu'avec horreur la possibilité d'une Europe cosaque, et qui, certes, quels que fussent ses instincts d'autorité, lui préférait l'Europe républicaine, que dirait-il, lui ! si, du fond de son tombeau, il pouvait voir que son empire, son glorieux et belliqueux empire, a aujourd'hui pour panégyristes, pour apologistes, pour théoriciens et pour reconstructeurs, qui ? des hommes qui, dans notre époque rayonnante et libre, se tournent vers le Nord avec un désespoir qui serait risible, s'il n'était monstrueux ! des hommes qui, chaque fois qu'ils nous entendent prononcer les mots démocratie, liberté, humanité, progrès, se couchent à plat ventre avec terreur et se collent l'oreille contre terre pour écouter s'ils n'entendront pas enfin venir le canon russe !

« *(Longs applaudissements à gauche. Clameurs à droite. — Toute la droite se lève et couvre de ses cris les dernières paroles de l'orateur : — À l'ordre ! à l'ordre ! à l'ordre !)*

---

* Aujourd'hui ministre de la justice de l'empire. 120,000 francs par an.

« *(Plusieurs ministres se lèvent sur leurs bancs et protestent avec vivacité contre les paroles de l'orateur. — Le tumulte va croissant. — Des apostrophes violentes sont lancées à l'orateur par un grand nombre de membres. — MM. Bineau*, le général Gourgaud et plusieurs autres représentants siégeant sur les premiers bancs de la droite se font remarquer par leur animation.)*

« M. LE MINISTRE DES AFFAIRES ÉTRANGÈRES**. — Vous savez bien que cela n'est pas vrai ! Au nom de la France, nous protestons.

« M. DE RANCÉ***. — Nous demandons le rappel à l'ordre.

« M. DE CROUSEILLES, *ministre de l'instruction publique*****. — Faites une application personnelle de vos paroles ! À qui les appliquez-vous ? Nommez ! nommez !

« M. LE PRÉSIDENT. — Je vous rappelle à l'ordre, monsieur Victor Hugo, parce que, malgré mes avertissements, vous ne cessez pas d'insulter.

« QUELQUES VOIX À DROITE. — C'est un insulteur à gages !

« M. CHAPOT. — Que l'orateur nous dise à qui il s'adresse.

« M. DE STAPLANDE. — Nommez ceux que vous accusez, si vous en avez le courage ! *(Agitation tumultueuse.)*

« VOIX DIVERSES À DROITE. — Vous êtes un infâme calomniateur. — C'est une lâcheté et une insolence. *(À l'ordre ! à l'ordre !)*

« M. LE PRÉSIDENT. — Avec le bruit que vous faites, vous avez empêché d'entendre le rappel à l'ordre que j'ai prononcé.

* Aujourd'hui sénateur. 30,000 francs et ministre des finances de l'empire, 120,000 francs ; total, 150,000 francs par an.   ** Le même Baroche.   *** Aujourd'hui commissaire général de police. 40,000 francs par an.   ****Aujourd'hui sénateur. 30,000 francs par an.

« M. VICTOR HUGO. — Je demande à m'expliquer. *(Murmures bruyants et prolongés.)*

« M. DE HEECKEREN [*]. — Laissez, laissez-le jouer sa pièce.

« M. LÉON FAUCHER, *ministre de l'intérieur.* — L'orateur... *(Interruption à gauche.)* L'orateur...

« À GAUCHE. — Vous n'avez pas la parole !

« M. LE PRÉSIDENT. — Laissez M. Victor Hugo s'expliquer. Il est rappelé à l'ordre.

« M. LE MINISTRE DE L'INTÉRIEUR. — Comment, messieurs, un orateur pourra insulter ici le président de la République... *(Bruyante interruption à gauche.)*

« M. VICTOR HUGO. — Laissez-moi m'expliquer ! je ne vous cède pas la parole.

« M. LE PRÉSIDENT. — Vous n'avez pas la parole. Ce n'est pas à vous à faire la police de l'Assemblée. M. Victor Hugo est rappelé à l'ordre ; il demande à s'expliquer ; je lui donne la parole, et vous rendrez la police impossible si vous voulez usurper mes fonctions.

« M. VICTOR HUGO. — Messieurs, vous allez voir le danger des interruptions précipitées. *(Plus haut ! plus haut !)* J'ai été rappelé à l'ordre, et un honorable membre que je n'ai pas l'honneur de connaître...

« M. BOURBOUSSON. — C'est moi, M. Bourbousson.

« M. VICTOR HUGO. — ... Dit qu'il faudrait m'infliger la censure.

« VOIX À DROITE. — Oui ! oui !

« M. VICTOR HUGO. — Pourquoi ? Pour avoir qualifié, comme c'est mon droit... *(Dénégation à droite.)* Pour avoir qualifié les auteurs des pamphlets césaristes. *(Réclamations à droite. — M. Victor Hugo se penche vers le sténographe du* Moniteur *et lui demande communication immédiate de la phrase de son discours qui a provoqué l'émotion de l'Assemblée.)*

« VOIX À DROITE. — M. Victor Hugo n'a pas le droit de faire changer la phrase au *Moniteur.*

---

[*] Sénateur. 30,000 francs par an.

« M. LE PRÉSIDENT. — L'Assemblée s'est soulevée contre les paroles qui ont dû être recueillies par le sténographe du *Moniteur*. Le rappel à l'ordre s'applique à ces paroles, telles que vous les avez prononcées, et qu'elles resteront certainement. Maintenant, en vous expliquant, si vous les changez, l'Assemblée sera juge.

« M. VICTOR HUGO. — Comme le sténographe du *Moniteur* les a recueillies de ma bouche... (*Interruptions diverses.*)

« PLUSIEURS MEMBRES. — Vous les avez changées ! — Vous avez parlé au sténographe. (*Bruits confus.*)

« M. DE PANAT ET AUTRES MEMBRES. — Vous n'avez rien à craindre. Les paroles paraîtront au *Moniteur* comme elles sont sorties de la bouche de l'orateur.

« M. VICTOR HUGO. — Messieurs, demain, quand vous lirez le *Moniteur...* (*Rumeurs à droite*), quand vous y lirez cette phrase, que vous avez interrompue et que vous n'avez pas entendue, cette phrase dans laquelle je dis que Napoléon s'étonnerait, s'indignerait de voir que son empire, son glorieux empire, a aujourd'hui pour théoriciens et pour reconstructeurs, qui ? des hommes qui, chaque fois que nous prononçons les mots *démocratie, liberté, humanité, progrès,* se couchent à plat ventre avec terreur, et se collent l'oreille contre terre pour écouter s'ils n'entendront pas enfin venir le canon russe...

« VOIX À DROITE. — À qui appliquez-vous cela ?

« VOIX À GAUCHE. — À Romieu ! au *Spectre rouge* !

« M. VICTOR HUGO. — J'ai été rappelé à l'ordre pour cela !

« M. LE PRÉSIDENT, *à M. Victor Hugo.* — Vous ne pouvez pas isoler une phrase de votre discours entier. Et tout cela est venu à la suite d'une comparaison insultante entre l'empereur qui n'est plus, et le président de la République qui existe. (*Agitation prolongée. — Un grand nombre de membres descendent dans l'hémicycle ; ce n'est qu'avec peine que, sur l'ordre de M. le président, les huissiers font reprendre les places et ramènent un peu de silence.*)

« M. VICTOR HUGO. — Vous reconnaîtrez demain la vérité de mes paroles.

« VOIX À DROITE. — Vous avez dit : *Vous.*

« M. VICTOR HUGO. — Jamais, et je le dis du haut de cette tribune, jamais il n'est entré dans mon esprit un seul instant de les adresser à qui que ce soit dans l'Assemblée. *(Réclamations et rires bruyants à droite.)*

« M. LE PRÉSIDENT. — Alors l'insulte reste tout entière pour M. le président de la République.

« M. DE HEECKEREN *. — S'il ne s'agit pas de nous, pourquoi nous le dire, et ne pas réserver la chose pour l'*Événement ?*

« M. VICTOR HUGO, *se tournant vers M. le président.* — Ce n'est pas du président de la République qu'il s'agit maintenant.

« M. LE PRÉSIDENT. — Vous l'avez traîné aussi bas que possible...

« M. VICTOR HUGO. — Ce n'est pas là la question !

« M. LE PRÉSIDENT. — Dites que vous n'avez pas voulu insulter M. le président de la République dans votre parallèle, à la bonne heure ! *(L'agitation continue ; des apostrophes d'une extrême violence sont adressées à l'orateur et échangées entre plusieurs membres de droite et de gauche.)*

(M. Lefebvre-Duruflé, s'approchant de la tribune, remet à l'orateur une feuille de papier qu'il le prie de lire.)

« M. VICTOR HUGO, *après avoir lu.* — On me transmet l'observation que voici, et à laquelle je vais donner immédiatement satisfaction. Voici :

« ¨Ce qui a révolté l'Assemblée, c'est que vous avez dit *vous*, et que vous n'avez pas parlé indirectement.¨

« L'auteur de cette observation reconnaîtra demain, en lisant le *Moniteur*, que je n'ai pas dit *vous*, que j'ai parlé indirectement, que je ne me suis adressé à personne directement dans l'Assemblée, et je répète que je ne m'adresse à personne.

* Sénateur.

« Faisons cesser ce malentendu.

« VOIX À DROITE. — Bien ! bien ! Passez outre !

« M. LE PRÉSIDENT. — Faites sortir l'Assemblée de l'état où vous l'avez mise.

« Messieurs, veuillez faire silence.

« M. VICTOR HUGO. — Vous lirez demain le *Moniteur* qui a recueilli mes paroles, et vous regretterez votre précipitation. Jamais je n'ai songé un seul instant à un seul membre de cette Assemblée, je le déclare, et je laisse mon rappel à l'ordre sur la conscience de M. le président. *(Mouvement. — Très-bien ! Très-bien !)*

« Encore un instant, et je descends de la tribune.

« *(Le silence se rétablit sur tous les bancs. L'orateur se tourne vers la droite.)*

« Monarchie légitime, monarchie impériale, qu'est-ce que vous nous voulez ? Nous sommes des hommes d'un autre âge. Pour nous, il n'y a de fleurs de lis qu'à Fontenoy, et il n'y a d'aigle qu'à Eylau et à Wagram.

« Je vous l'ai déjà dit, vous êtes le passé. De quel droit mettez-vous le présent en question ? qu'y a-t-il de commun entre vous et lui ? Contre qui et pour qui vous coalisez-vous ? Et puis, que signifie cette coalition ? Qu'est-ce que c'est que cette alliance ? Qu'est-ce que c'est que cette main de l'empire que je vois dans la main de la légitimité ? Légitimistes, l'empire a tué le duc d'Enghien ! Impérialistes, la légitimité a fusillé Murat ! *(Vive impression.)*

« Vous vous touchez les mains ; prenez garde, vous mêlez des taches de sang ! *(Sensation.)*

« Et puis, qu'espérez-vous ? détruire la République ? Vous entreprenez là une besogne rude. Y avez-vous bien songé ? Quand un ouvrier a travaillé dix-huit heures, quand un peuple a travaillé dix-huit siècles, et qu'ils ont enfin l'un et l'autre reçu leur payement, allez donc essayer d'arracher à cet ouvrier son salaire et à ce peuple sa république ! *(Applaudissements.)*

« Savez-vous ce qui fait la République forte ? savez-vous ce qui la fait invincible ? savez-vous ce qui la fait indestructible ? Je vous l'ai dit en commençant, et en terminant je vous le répète, c'est qu'elle est la somme du labeur des générations, c'est qu'elle est le produit accumulé des efforts antérieurs, c'est qu'elle est un résultat historique autant qu'un fait politique, c'est qu'elle fait pour ainsi dire partie du climat actuel de la civilisation ; c'est qu'elle est la forme absolue, suprême, nécessaire, du temps où nous vivons ; c'est qu'elle est l'air que nous respirons, et qu'une fois que les nations ont respiré cet air-là, prenez-en votre parti, elles ne peuvent plus en respirer d'autre ! Oui, savez-vous ce qui fait que la République est impérissable ? C'est qu'elle s'identifie d'un côté avec le siècle, et de l'autre avec le peuple ! Elle est l'idée de l'un et la couronne de l'autre ! *(Bravo ! bravo !)*

« Messieurs les révisionnistes, je vous ai demandé ce que vous vouliez. Ce que je veux, moi, je vais vous le dire. Toute ma politique, la voici en deux mots : il faut supprimer dans l'ordre social un certain degré de misère, et dans l'ordre politique une certaine nature d'ambition. Plus de paupérisme et plus de monarchisme. La France ne sera tranquille que lorsque, par la puissance des institutions qui donneront du travail et du pain aux uns et qui ôteront l'espérance aux autres, nous aurons vu disparaître du milieu de nous tous ceux qui tendent la main, depuis les mendiants jusqu'aux prétendants. *(Explosion d'applaudissements. — Cris et murmures à droite.)* »

NOTE II

Ce somnambule obscur, brusquement frénétique,
Que Schœlcher a nommé le président Obus.

Livre VI, page 262. Éblouissements.

Le représentant Schœlcher, un de ceux qui ont le plus contribué à imprimer un cachet d'héroïsme aux luttes armées de la gauche contre le coup d'État dans les rues de Paris, était, on le sait, membre du comité des Sept qui, pendant quatre jours, dirigea le combat. Le représentant Schœlcher a continué dans l'exil sa vaillante et généreuse guerre au crime et à l'usurpation. Il a raconté en détail toutes les scélératesses du coup d'État et du gouvernement engendré par le coup d'État, dans les deux livres excellents intitulés : *Les Crimes du Deux-Décembre*, Londres, 1852 ; — *Le Gouvernement du Deux-Décembre*, Londres, 1853.

NOTE III

Oui, nous appellerons, jusqu'au dernier soupir,
Au secours de la France aux fers et presque éteinte,
Comme nos grands aïeux, l'insurrection sainte.

Livre VI, page 284-285, *Le Parti du crime*.

M. Bonaparte ayant jugé utile à ses intérêts de publier dans son *Moniteur* la déclaration des proscrits républicains de Jersey au sujet du vote à l'empire, nous lui rendons le service de la reproduire ici :

« AU PEUPLE

« Citoyens,

« L'empire va se faire. Faut-il voter ? Faut-il continuer de s'abstenir ? Telle est la question qu'on nous adresse [1].

« Dans le département de la Seine, un certain nombre de républicains, de ceux qui, jusqu'à ce jour,

---

1. À la fin d'octobre 1852, il était certain que Louis-Napoléon demanderait prochainement aux électeurs de rétablir par plébiscite l'Empire héréditaire. Les républicains « de l'intérieur » étaient tentés d'utiliser ce scrutin pour se compter et pour relancer leur action politique ; les proscrits et les exilés préféraient l'abstention pure et simple. Hugo fonde ici une partie de son argumentation sur la crainte du trucage électoral déjà dénoncé, à tort hélas ! dans *Napoléon le Petit* (VI, 3 ; p. 102). Il semble que la consigne du refus de vote n'ait pas été suivie à Paris où l'on compta 208 000 oui et 56 000 non.

se sont abstenus, comme ils le devaient, de prendre part, sous quelque forme que ce fût, aux actes du gouvernement de M. Bonaparte, sembleraient aujourd'hui ne pas être éloignés de penser qu'à l'occasion de l'empire une manifestation opposante de la ville de Paris, par la voie du scrutin, pourrait être utile, et que le moment serait peut-être venu d'intervenir dans le vote. Ils ajoutent que, dans tous les cas, le vote pourrait être un moyen de recensement pour le parti républicain ; grâce au vote, on se compterait.

« Ils nous demandent conseil.

« Notre réponse sera simple, et ce que nous dirons pour la ville de Paris peut être dit pour tous les départements.

« Nous ne nous arrêterons point à faire remarquer que M. Bonaparte ne s'est pas décidé à se déclarer empereur sans avoir au préalable arrêté avec ses complices le nombre de voix dont il lui convient de dépasser les 7 500 000 de son 20 décembre. À l'heure qu'il est, huit millions, neuf millions, dix millions, son chiffre est fait. Le scrutin n'y changera rien. Nous ne prendrons pas la peine de vous rappeler ce que c'est que le « suffrage universel » de M. Bonaparte, ce que c'est que les scrutins de M. Bonaparte. Manifestation de la ville de Paris ou de la ville de Lyon, recensement du parti républicain, est-ce que cela est possible ? Où sont les garanties du scrutin ? où est le contrôle ? où sont les scrutateurs ? où est la liberté ? Songez à toutes ces dérisions. Qu'est-ce qui sort de l'urne ? La volonté de M. Bonaparte. Pas autre chose. M. Bonaparte a les clefs des boîtes dans sa main, les Oui et les Non dans sa main, le vote dans sa main. Après le travail des préfets et des maires terminé, ce gouvernement de grands chemins s'enferme tête à tête avec le scrutin, et le dépouille. Pour lui, ajouter ou retrancher des voix, altérer un procès-verbal, inventer un total, fabriquer un chiffre, qu'est-ce que c'est ? Un mensonge, c'est-à-dire peu de chose ; un faux, c'est-à-dire rien.

« Restons dans les principes, citoyens. Ce que nous avons à vous dire, le voici :

« M. Bonaparte trouve que l'instant est venu de s'appeler majesté. Il n'a pas restauré un pape pour le laisser à rien faire ; il entend être sacré et couronné. Depuis le 2 décembre, il a le fait, le despotisme ; maintenant il veut le mot, l'empire. Soit.

« Nous, républicains, quelle est notre fonction ? quelle doit être notre attitude ?

« Citoyens, Louis Bonaparte est hors la Loi ; Louis Bonaparte est hors l'Humanité. Depuis dix mois que ce malfaiteur règne, le droit à l'insurrection est en permanence et domine toute la situation. À l'heure où nous sommes, un perpétuel appel aux armes est au fond des consciences. Or, soyons tranquilles, ce qui se révolte dans toutes les consciences arrive bien vite à armer tous les bras.

« Amis et Frères ! en présence de ce gouvernement infâme, négation de toute morale, obstacle à tout progrès social, en présence de ce gouvernement meurtrier du peuple, assassin de la République et violateur des lois, de ce gouvernement né de la force et qui doit périr par la force, de ce gouvernement élevé par le crime et qui doit être terrassé par le droit, le Français, digne du nom de citoyen, ne sait pas, ne veut pas savoir s'il y a quelque part des semblants de scrutin, des comédies de suffrage universel et des parodies d'appel à la nation ; il ne s'informe pas s'il y a des hommes qui votent et des hommes qui font voter, s'il y a un troupeau qu'on appelle le sénat et qui délibère, et un autre troupeau qu'on appelle le peuple et qui obéit ; il ne s'informe pas si le pape va sacrer au maître-autel de Notre-Dame l'homme qui — n'en doutez pas, ceci est l'avenir inévitable — sera ferré au poteau par le bourreau ; — en présence de M. Bonaparte et de son gouvernement, le citoyen, digne de ce nom, ne fait qu'une chose et n'a qu'une chose à faire : charger son fusil et attendre l'heure.

« VIVE LA RÉPUBLIQUE !

« *Les Proscrits démocrates socialistes de France,
résidant à Jersey et réunis en assemblée générale, le
31 octobre 1852.*

« Pour copie conforme :

« *La commission :*

« VICTOR HUGO, FOMBERTAUX, PHILIPPE FAURE. »

NOTE IV

PATRIA. *Musique de Beethoven.*

Livre VII, page 328.

Ce chant en l'honneur de la France a deux auteurs : l'un, français, pour les paroles ; l'autre, allemand, pour la musique ; symbole de cette sainte fraternité de la France et de l'Allemagne que les rois ne parviendront point à détruire. Voici l'admirable musique de Beethoven :

Là – haut, qui sou–rit? Est-ce un es–prit? Est-ce u–ne fem – me? Quel front sombre et doux! Peuple à ge – noux! Est – ce notre â – – me Qui vient à nous? FIN
Cet te fi–gure en deuil Paraît sur no–tre seuil, Et notre antique or–gueil Sort du cercueil. Ses fiers regards vainqueurs Ré veillent tous les cœurs, Les nids dans les buissons Et les chansons.

NOTE V

On ne peut pas vivre sans pain ;
On ne peut pas non plus vivre sans la patrie.

Livre VII, p. 355. *Chanson*.

Nous croyons utile de reproduire ici les deux discours de l'auteur de ce livre, au nom de la proscription de Jersey, sur la tombe des deux derniers proscrits morts à Jersey. (Nous écrivons cette note le 1er octobre 1853.) Voici les discours :

I

(23 AVRIL 1853. — AU CIMETIÈRE DE SAINT-JEAN.)

« Citoyens,

« L'homme auquel nous sommes venus dire l'adieu suprême, JEAN BOUSQUET (de Tarn-et-Garonne), fut un énergique soldat de la démocratie. Nous l'avons vu, proscrit inflexible, dépérir douloureusement au milieu de nous. Le mal du pays le rongeait ; il se sentait lentement empoisonné par le souvenir de tout ce qu'on laisse derrière soi ; il pouvait revoir les êtres absents, les lieux aimés, sa ville, sa maison ; il pouvait revoir la France, il n'avait qu'un mot à dire, cette humiliation exécrable que M. Bonaparte appelle amnistie ou grâce [1] s'offrait à lui, il l'a chastement repoussée, et il est

---

1. Voir la note 1 de la page 371.

mort. Il avait trente-quatre ans. Maintenant le voilà !
(*L'orateur montre la fosse.*)

« Je n'ajouterai pas un éloge à cette simple vie, à
cette grande mort. Qu'il repose en paix, dans cette
fosse obscure où la terre va le couvrir et où son âme est
allée retrouver les éternelles espérances du tombeau !

« Qu'il dorme ici, ce républicain, et que le peuple
sache qu'il y a encore des cœurs fiers et purs, dévoués
à sa cause ! Que la République sache qu'on meurt plutôt que de l'abandonner ! Que la France sache qu'on
meurt parce qu'on ne la voit plus !

« Qu'il dorme, ce patriote, au pays de l'étranger ! Et
nous, ses compagnons de lutte et d'adversité, nous qui
lui avons fermé les yeux, à sa ville natale, à sa famille,
à ses amis, s'ils nous demandent : Où est-il ? nous
répondrons : Mort dans l'exil ! comme les soldats
répondaient au nom de Latour-d'Auvergne : Mort au
champ d'honneur !

« Citoyens ! aujourd'hui, en France, les apostasies
sont en joie. La vieille terre du 14 juillet et du 10 août
assiste à l'épanouissement hideux des trahisons et à la
marche triomphale des traîtres. Pas une indignité qui
ne reçoive immédiatement une récompense. Ce maire
a violé la loi : on le fait préfet ; ce soldat a déshonoré
le drapeau : on le fait général ; ce prêtre a vendu la
religion : on le fait évêque ; ce juge a prostitué la justice : on le fait sénateur ; cet aventurier, ce prince a
commis tous les crimes, depuis les turpitudes devant
lesquelles reculerait un filou jusqu'aux horreurs devant
lesquelles reculerait un assassin : il passe empereur.
Autour de ces hommes, tout est fanfares, banquets,
danses, harangues, applaudissements, génuflexions. Les
servilités viennent féliciter les ignominies. Citoyens, ces
hommes ont leurs fêtes ; eh bien ! nous aussi nous avons
les nôtres. Quand un de nos compagnons de bannisse-
ment, dévoré par la nostalgie, épuisé par la fièvre lente
des habitudes rompues et des affections brisées, après
avoir bu jusqu'à la lie toutes les agonies de la proscription, succombe enfin et meurt, nous suivons sa bière

couverte d'un drap noir ; nous venons au bord de la fosse ; nous nous mettons à genoux, nous aussi, non devant le succès, mais devant le tombeau ; nous nous penchons sur notre frère enseveli et nous lui disons :
— Ami ! nous te félicitons d'avoir été vaillant, nous te félicitons d'avoir été généreux et intrépide, nous te félicitons d'avoir été fidèle, nous te félicitons d'avoir donné à ta foi républicaine jusqu'au dernier souffle de ta bouche, jusqu'au dernier battement de ton cœur, nous te félicitons d'avoir souffert, nous te félicitons d'être mort ! — Puis nous relevons la tête, et nous nous en allons, le cœur plein d'une sombre joie. Ce sont là les fêtes de l'exil.

« Telle est la pensée austère et sereine qui est au fond de toutes nos âmes : et devant ce sépulcre, devant ce gouffre où il semble que l'homme s'engloutit, devant cette sinistre apparence du néant, nous nous sentons consolidés dans nos principes et dans nos certitudes ; l'homme convaincu n'a jamais le pied plus ferme que sur la terre mouvante du tombeau ; et l'œil fixé sur ce mort, sur cet être évanoui, sur cette ombre qui a passé, croyants inébranlables, nous glorifions celle qui est immortelle et celui qui est éternel, la Liberté et Dieu !

« Oui, Dieu ! jamais une tombe ne doit se fermer sans que ce grand mot, sans que ce mot vivant y soit tombé. Les morts le réclament, et ce n'est pas nous qui le leur refuserons. Que le peuple religieux et libre au milieu duquel nous vivons le comprenne bien, les hommes du progrès, les hommes de la démocratie, les hommes de la révolution savent que la destinée de l'âme est double, et l'abnégation qu'ils montrent dans cette vie prouve combien ils comptent profondément sur l'autre. Leur foi dans ce grand et mystérieux avenir résiste même au spectacle repoussant que nous donne depuis le 2 décembre le clergé catholique asservi. Le papisme romain en ce moment épouvante la conscience humaine. Ah ! je le dis, et j'ai le cœur plein d'amertume en songeant à tant d'abjection et de honte, ces prêtres qui, pour de l'argent, pour des palais, pour des mitres et des crosses, pour l'amour des biens temporels, bénissent et glorifient le parjure, le meurtre et la trahison, ces églises où l'on chante *Te Deum* au crime couronné, oui, ces églises, oui, ces prêtres suffiraient pour ébranler les plus fermes convictions dans les âmes les plus profondes, si l'on n'apercevait, au-dessus de l'église, le ciel, et, au-dessus du prêtre, Dieu !

« Et ici, citoyens, sur le seuil de cette tombe ouverte, au milieu de la foule recueillie qui environne cette fosse, le moment est venu de semer, pour qu'elle germe dans toutes les consciences, une grave et solennelle parole.

« Citoyens, à l'heure où nous sommes, heure fatale et qui sera comptée dans les siècles, le principe absolutiste, le vieux principe du passé, triomphe par toute l'Europe ; il triomphe comme il lui convient de triompher, par le glaive, par la hache, par la corde et le billot, par les massacres, par les fusillades, par les tortures, par les supplices. Le despotisme, ce Moloch entouré d'ossements, célèbre à la face du soleil ses effroyables mystères sous le pontificat sanglant des Haynau, des Bonaparte et des Radetzky. Potences en Hongrie, potences en Lombardie, potences en Sicile ; en France, la guillotine, la déportation et l'exil. Rien que dans les États du pape, et je cite le pape qui s'intitule *le roi de douceur*, rien que dans les États du pape, dis-je, depuis trois ans, seize cent quarante-quatre patriotes, le chiffre est authentique, sont morts fusillés ou pendus, sans compter les innombrables morts ensevelis vivants dans les cachots et les oubliettes. Au moment où je parle, le continent, comme aux plus mauvais temps de l'histoire, est encombré d'échafauds et de cadavres, et le jour où la Révolution voudrait se faire un drapeau des linceuls de toutes les victimes, l'ombre de ce drapeau noir couvrirait l'Europe [1].

---

1. Sur la réaction européenne, voir la Note I de Hugo, p. 385, et notre annotation qui s'y rapporte. J. Massin remarque que ce n'est pas le drapeau noir, mais le rouge qui fut déployé à l'enterrement de J. Bousquet. Hugo ne s'y opposa pas ; il déclare même

« Ce sang, tout ce sang qui coule de toutes parts, à ruisseaux, à torrents, démocrates, c'est le vôtre.

« Eh bien ! citoyens, en présence de cette saturnale de massacre et de meurtre, en présence de ces infâmes tribunaux où siègent des assassins en robes de juges, en présence de tous ces cadavres chers et sacrés, en présence de cette lugubre et féroce victoire des réactions, je le déclare solennellement, au nom des proscrits de Jersey qui m'en ont donné le mandat, et j'ajoute au nom de tous les proscrits républicains, car pas une voix de vrai républicain ayant quelque autorité ne me démentira, je le déclare devant ce cercueil d'un proscrit, le deuxième que nous descendons dans la fosse depuis dix jours, nous les exilés, nous les victimes, nous abjurons, au jour inévitable et prochain du grand dénoûment révolutionnaire, nous abjurons toute volonté, tout sentiment, toute idée de représailles sanglantes !

« Les coupables seront châtiés, certes, tous les coupables, et châtiés sévèrement, il le faut ; mais pas une tête ne tombera ; pas une goutte de sang, pas une éclaboussure d'échafaud ne tachera la robe immaculée de la République de Février. La tête même du brigand de décembre sera respectée avec horreur par le progrès. La Révolution fera de cet homme un plus grand exemple en remplaçant sa pourpre d'empereur par la casaque du forçat [1]. Non, nous ne répliquerons pas à l'échafaud par l'échafaud. Nous répudions la vieille et inepte loi du talion. Comme la monarchie, le talion fait partie du passé ; nous répudions le passé. La peine de mort, glorieusement abolie par la République en 1848 [2], odieusement rétablie par Louis Bonaparte, reste abolie pour nous, abolie à jamais. Nous avons emporté dans

---

faire sien le drapeau rouge dans un court texte de ses papiers personnels se référant à cet événement (éd. J. Massin, t. VIII, p. 1118).

1. On sait que c'est la position constante de Hugo dans *Les Châtiments* ; voir la note 1 de la page 219. **2.** Effectivement et dès le premier jour, mais en matière politique seulement.

l'exil le dépôt sacré du progrès ; nous le rapporterons
à la France fidèlement. Ce que nous demandons à
l'avenir, ce que nous voulons de lui, c'est la justice, ce
n'est pas la vengeance. D'ailleurs de même que, pour
avoir à jamais le dégoût des orgies, il suffisait aux
Spartiates d'avoir vu des esclaves ivres de vin, à nous
républicains, pour avoir à jamais horreur des échafauds, il suffit de voir les rois ivres de sang.

« Oui, nous le déclarons, et nous attestons cette mer
qui lie Jersey à la France, ces champs, cette calme
nature qui nous entoure, cette libre Angleterre qui nous
écoute, les hommes de la Révolution, quoi qu'en disent
les abominables calomnies bonapartistes, rentreront en
France, non comme des exterminateurs, mais comme
des frères ! Nous prenons à témoin de nos paroles ce
ciel sacré qui rayonne au-dessus de nos têtes et qui ne
verse dans nos âmes que des pensées de concorde et
de paix ! nous attestons ce mort qui est là dans cette
fosse et qui, pendant que je parle, murmure à voix
basse dans son suaire : Oui, frères, repoussez la mort !
je l'ai acceptée pour moi, je n'en veux pas pour autrui !

« La République, c'est l'union, l'unité, l'harmonie,
la lumière, le travail créant le bien-être, la suppression
des conflits d'homme à homme et de nation à nation,
la fin des exploitations inhumaines, l'abolition de la loi
de mort et l'établissement de la loi de vie.

« Citoyens, cette pensée est dans vos esprits, et je
n'en suis que l'interprète ; le temps des sanglantes et
terribles nécessités révolutionnaires est passé [1] ; pour
ce qui reste à faire, l'indomptable loi du progrès suffit ;
d'ailleurs soyons tranquilles, tout combat avec nous
dans les grandes batailles qui nous restent à livrer,

---

1. Hugo dit ici très clairement son refus d'un retour à 93 ; sur
cet aspect contre-révolutionnaire de la politique hugolienne, voir
Nox, p. 42-44. Mais il est assez curieux, et un peu inquiétant, de
voir Hugo reprendre la même formule, « Le temps des sanglantes
et terribles nécessités révolutionnaires est passé », dans une lettre
au « Congrès libre et laïque de l'éducation » en 1878 ! (éd. J. Massin, t. XV-XVI-2, p. 550.)

batailles dont l'évidente nécessité n'altère pas la sérénité des penseurs ; batailles dans lesquelles l'énergie
révolutionnaire égalera l'acharnement monarchique ;
batailles dans lesquelles la force unie au droit terrassera
la violence alliée à l'usurpation ; batailles superbes, glo-
rieuses, enthousiastes, décisives, dont l'issue n'est pas
douteuse, et qui seront les Tolbiac, les Hastings et les
Austerlitz de la démocratie. Citoyens, l'époque de la dis-
solution du vieux monde est arrivée. Les antiques despotismes sont condamnés par la loi providentielle ; le
temps, ce fossoyeur courbé dans l'ombre, les ensevelit ;
chaque jour qui tombe les enfouit plus avant dans le
néant. Dieu jette les années sur les trônes comme nous
jetons les pelletées de terre sur les cercueils.

« Et maintenant, frères, au moment de nous séparer,
poussons le cri de triomphe, poussons le cri de réveil ;
c'est sur les tombes qu'il faut parler de résurrection.
Certes, l'avenir, un avenir prochain, je le répète, nous
promet en France la victoire de l'idée démocratique,
l'avenir nous promet la victoire de l'idée sociale, mais
il nous promet plus encore, il nous promet sous tous
les climats, sous tous les soleils, dans tous les continents, en Amérique aussi bien qu'en Europe, la fin de
toutes les oppressions et de tous les esclavages. Après
les dures épreuves que nous subissons, ce qu'il nous
faut, ce n'est pas seulement l'émancipation de telle ou
telle classe qui a souffert trop longtemps, l'abolition
de tel ou tel privilège, la consécration de tel ou tel
droit ; cela, nous l'aurons ; mais cela ne nous suffit
pas ; ce qu'il nous faut, ce que nous obtiendrons, n'en
doutez pas, ce que pour ma part, du fond de cette nuit
sombre de l'exil, je contemple d'avance avec l'éblouissement de la joie, citoyens, c'est la délivrance de tous
les peuples, c'est l'affranchissement de tous les hommes ! Amis, nos souffrances engagent Dieu. Il nous en
doit le prix. Il est débiteur fidèle, il s'acquittera. Ayons
donc une foi virile et faisons avec transport notre sacrifice. Opprimés de toutes les nations, offrez vos plaies,
Polonais, offrez vos misères, Hongrois, offrez votre

gibet, Italiens, offrez votre croix, héroïques déportés de Cayenne et d'Afrique, nos frères, offrez votre chaîne ; proscrits, offrez votre proscription, et toi, martyr, offre ta mort à la liberté du genre humain.

« *Vive la République universelle !* »[1]

II
(26 JUILLET 1853. — AU CIMETIÈRE DE SAINT-JEAN.)

« Citoyens,

« Trois cercueils en quatre mois.

« La mort se hâte et Dieu nous délivre un à un.

« Nous ne t'accusons pas, nous te remercions, Dieu puissant qui nous rouvres, à nous exilés, les portes de la patrie éternelle !

« Cette fois l'être inanimé et cher que nous apportons à la tombe, c'est une femme.

« Le 21 janvier dernier, une femme fut arrêtée chez elle par le sieur Boudrot, commissaire de police à Paris. Cette femme, jeune encore, elle avait trente-cinq ans, mais estropiée et infirme, fut envoyée à la préfecture et enfermée dans la cellule n° 1, dite *cellule d'essai*. Cette cellule, sorte de cage de sept à huit pieds carrés à peu près, sans air et sans jour, la malheureuse prisonnière l'a peinte d'un mot ; elle l'appelle : *cellule-tombeau* ; elle dit, je cite ses propres paroles : « C'est dans cette cellule-tombeau qu'estropiée, malade, j'ai passé vingt et un jours, collant mes lèvres d'heure en heure contre le treillage, pour aspirer un peu d'air vital

---

1. Voir la note 1 de la page 377.

et ne pas mourir*. » — Au bout de ces vingt et un
jours, le 14 février, le gouvernement de décembre mit
cette femme dehors et l'expulsa. Il la jeta à la fois hors
de la prison et hors de la patrie. La proscrite sortait du
cachot d'essai avec les germes de la phthisie. Elle
quitta la France et gagna la Belgique. Le dénûment la
força de voyager, toussant, crachant le sang, les poumons malades, en plein hiver, dans le Nord, sous la
pluie et la neige, dans ces affreux wagons découverts
qui déshonorent les riches entreprises des chemins de
fer. Elle arriva à Ostende ; elle était chassée de France,
la Belgique la chassa. Elle passa en Angleterre. À
peine débarquée à Londres, elle se mit au lit. La maladie contractée dans le cachot, aggravée par le voyage
forcé de l'exil, était devenue menaçante. La proscrite,
je devrais dire la condamnée à mort, resta gisante deux
mois et demi. Puis, espérant un peu de printemps et de
soleil, elle vint à Jersey. On se souvient encore de l'y
avoir vue arriver par une froide matinée pluvieuse, à
travers les brumes de la mer, râlant et grelottant sous
sa pauvre robe de toile, toute mouillée. Peu de jours
après son arrivée, elle se coucha ; elle ne s'est plus
relevée.

« Il y a trois jours, elle est morte.

« Vous me demanderez ce qu'était cette femme et
ce qu'elle avait fait pour être traitée ainsi ; je vais vous
le dire.

« Cette femme, par des chansons patriotiques, par
de sympathiques et cordiales paroles, par de bonnes et
civiques actions, avait rendu célèbre, dans les faubourgs de Paris, le nom de Louise Julien, sous lequel
le peuple la connaissait et la saluait. Ouvrière, elle
avait nourri sa mère malade ; elle l'avait soignée et
soutenue dix ans. Dans les jours de lutte civile, elle
faisait de la charpie ; et boiteuse et se traînant, elle
allait dans les ambulances et secourait les blessés de

---

* Voir *Les Bagnes d'Afrique et la Transportation de Décembre*,
par Ch. Ribeyrolles, page 199.

tous les partis. Cette femme du peuple était un poëte, cette femme du peuple était un esprit ; elle chantait la République, elle aimait la liberté, elle appelait ardemment l'avenir fraternel de toutes les nations et de tous les hommes ; elle croyait à Dieu, au peuple, au progrès, à la France ; elle versait autour d'elle, comme un vase, dans les esprits des prolétaires, son grand cœur plein d'amour et de foi. Voilà ce que faisait cette femme. M. Bonaparte l'a tuée.

« Ah ! une telle tombe n'est pas muette : elle est pleine de sanglots, de gémissements et de clameurs.

« Citoyens, les peuples, dans le légitime orgueil de leur toute-puissance et de leur droit, construisent avec le granit et le marbre des édifices sonores, des enceintes majestueuses, des estrades sublimes, du haut desquelles parle leur génie, du haut desquelles se répandent à flots dans les âmes les éloquences saintes du patriotisme, du progrès et de la liberté ; les peuples, s'imaginant qu'il suffit d'être souverains pour être invincibles, croient inaccessibles et imprenables ces citadelles de la parole, ces forteresses sacrées de l'intelligence humaine et de la civilisation, et ils disent : la tribune est indestructible. Ils se trompent : ces tribunes-là peuvent être renversées. Un traître vient, des soldats arrivent, une bande de brigands se concerte, se démasque, fait feu, et le sanctuaire est envahi, et la pierre et le marbre sont dispersés, et le palais, et le temple où la grande nation parlait au monde s'écroule et l'immonde tyran vainqueur s'applaudit, bat des mains et dit : c'est fini. Personne ne parlera plus. Pas une voix ne s'élèvera désormais. Le silence est fait. — Citoyens ! à son tour le tyran se trompe. Dieu ne veut pas que le silence se fasse ; Dieu ne veut pas que la liberté, qui est son verbe, se taise ; citoyens ! au moment où les despotes triomphants croient la leur avoir ôtée à jamais, Dieu redonne la parole aux idées. Cette tribune détruite, il la reconstruit. Non au milieu de la place publique, non avec le granit et le marbre, il n'en a pas besoin. Il la reconstruit dans la solitude ; il la reconstruit avec l'herbe du cimetière, avec l'ombre des cyprès, avec le monticule sinistre que font les cercueils cachés sous terre ; et de cette solitude, de cette herbe, de ces cyprès, de ces cercueils disparus, savez-vous ce qui sort, citoyens ? Il en sort le cri déchirant de l'humanité, il en sort la dénonciation et le témoignage, il en sort l'accusation inexorable qui fait pâlir l'accusé couronné, il en sort la formidable protestation des morts ! Il en sort la voix vengeresse, la voix inextinguible, la voix qu'on n'étouffe pas, la voix qu'on ne bâillonne pas ! — Ah ! M. Bonaparte a fait taire la tribune ; c'est bien ; maintenant qu'il fasse donc taire le tombeau ! [1]

« Lui et ses pareils n'auront rien fait tant qu'on entendra sortir un soupir d'une tombe, et tant qu'on verra rouler une larme dans les yeux augustes de la pitié.

« Pitié !... ce mot que je viens de prononcer, il a jailli du plus profond de mes entrailles devant ce cercueil, cercueil d'une femme, cercueil d'une sœur, cercueil d'une martyre ! Pauline Roland en Afrique, Louise Julien à Jersey, Francesca Maderspach à Temeswar, Bianca Téléki à Pesth, tant d'autres, Rosalie Gobert, Eugénie Guillemot, Augustine Péan, Blanche Clouart, Joséphine Prabeil, Élisabeth Parlès, Marie Reviel, Claudine Hibruit, Anne Sangla, veuve Combescure, Armantine Huet, et tant d'autres encore, sœurs, mères, filles, épouses, proscrites, exilées, transportées, torturées, suppliciées, crucifiées, ô pauvres femmes ! Oh ! quel sujet de larmes profondes et d'inexprimables attendrissements ! Faibles, souffrantes, malades, arrachées à leur famille, à leurs maris, à leurs parents, à leurs soutiens, vieilles quelquefois et brisées par l'âge, toutes ont été des héroïnes, plusieurs ont été des héros !

---

1. Cette voix d'outre-tombe, en qui ressuscite Louise Julien, parole secourable et parole poétique, c'est, bien sûr, la protestation qu'élève la mort des innocents, c'est aussi celle de Hugo dont l'exil, disparition civile et sociale, est une sorte de mort et c'est enfin celle du poète dont le langage, proféré d'au-delà de lui-même, tue le « moi ». Voir les Commentaires et la note 1 de la page 47.

Oh ! ma pensée en ce moment se précipite dans ce sépulcre et baise les pieds froids de cette morte dans son cercueil ! Ce n'est pas une femme que je vénère dans Louise Julien, c'est la femme ; la femme de nos jours, la femme digne de devenir citoyenne ; la femme telle que nous la voyons autour de nous, dans tout son dévouement, dans toute sa douceur, dans tout son sacrifice, dans toute sa majesté ! Amis, dans les temps futurs, dans cette belle, et paisible, et tendre, et fraternelle République sociale de l'avenir, le rôle de la femme sera grand ; mais quel magnifique prélude à ce rôle que de tels martyres si vaillamment endurés ! Hommes et citoyens, nous avons dit plus d'une fois dans notre orgueil : le XVIIIe siècle a proclamé le droit de l'homme ; le XIXe proclamera le droit de la femme [1] ; — mais il faut l'avouer, citoyens, nous ne nous sommes point hâtés ; beaucoup de considérations, qui étaient graves, j'en conviens, et qui voulaient être mûrement examinées, nous ont arrêtés ; et à l'instant où je parle, au point même où le progrès est parvenu, parmi les meilleurs républicains, parmi les démocrates les plus vrais et les plus purs, bien des esprits excellents hésitent encore à admettre dans l'homme et dans la femme l'égalité de l'âme humaine, et par conséquent l'assimilation, sinon l'identité complète des droits civiques. Disons-le bien haut, citoyens, tant que la prospérité a duré, tant que la République a été debout, les femmes, oubliées par nous, se sont oubliées elles-mêmes ; elles se sont bornées à rayonner comme la lumière, à échauffer les esprits, à attendrir les cœurs, à éveiller les enthousiasmes, à montrer du doigt à tous le bon, le juste, le grand et le vrai. Elles n'ont rien ambitionné au delà. Elles qui, par moments, sont l'image de la

---

1. Le féminisme de Hugo, qui nous semble timide, était effectivement loin d'être accepté par tous les progressistes et le droit de vote des « citoyennes » ne figurait pas au programme des « démocrates-socialistes » de la Deuxième République. Voir également les poèmes *Pauline Roland* (V, 11, p. 229), *Les Martyres* (VI, 2, p. 253) et *Aux Femmes* (VI, 8, p. 272).

patrie vivante, elles qui pouvaient être l'âme de la cité, elles ont été simplement l'âme de la famille. À l'heure de l'adversité, leur attitude a changé : elles ont cessé d'être modestes ; à l'heure de l'adversité, elles nous ont dit : — Nous ne savons pas si nous avons droit à votre puissance, à votre liberté, à votre grandeur ; mais ce que nous savons, c'est que nous avons droit à votre misère. Partager vos souffrances, vos accablements, vos dénûments, vos détresses, vos renoncements, vos exils, votre abandon si vous êtes sans asile, votre faim si vous êtes sans pain, c'est là le droit de la femme, et nous le réclamons. — O mes frères ! et les voilà qui nous suivent dans le combat, qui nous accompagnent dans la proscription, et qui nous devancent dans le tombeau !

« Citoyens, puisque cette fois encore vous avez voulu que je parlasse en votre nom, puisque votre mandat donne à ma voix l'autorité qui manquerait à une parole isolée ; sur la tombe de Louise Julien, comme il y a trois mois sur la tombe de Jean Bousquet, le dernier cri que je veux jeter, c'est le cri de courage, d'insurrection et d'espérance !

« Oui, des cercueils comme celui de cette noble femme qui est là signifient et prédisent la chute prochaine des bourreaux, l'inévitable écroulement des despotismes et des despotes. Les proscrits meurent l'un après l'autre, le tyran creuse leur fosse ; mais à un jour venu, citoyens, la fosse tout à coup attire et engloutit le fossoyeur.

« O morts qui m'entourez et qui m'écoutez, malédiction à Louis Bonaparte ! O morts, exécration à cet homme ! Pas d'échafauds quand viendra la victoire, mais longue et infamante expiation à ce misérable ! Malédiction sous tous les cieux, sous tous les climats, en France, en Autriche, en Lombardie, en Sicile, à Rome, en Pologne, en Hongrie, malédiction aux violateurs du droit humain et de la loi divine ! Malédiction aux pourvoyeurs des pontons, aux dresseurs de gibets, aux destructeurs des familles, aux tourmenteurs des peuples ! Malédiction aux proscripteurs des pères, des mères et des enfants ! Malédiction aux fouetteurs de femmes ! Proscrits ! soyons implacables dans ces solennelles et religieuses revendications du droit et de l'humanité. Le genre humain a besoin de ces cris terribles ; la conscience universelle a besoin de ces saintes indignations de la pitié. Exécrer les bourreaux, c'est consoler les victimes. Maudire les tyrans, c'est bénir les nations !

« Vive la République universelle ! »

LA FIN

Jersey, 9 octobre 1853 [1]

Comme j'allais fermer ces pages inflexibles,
Sur les trônes croulants, perdus par leur sauveur,
La guerre s'est dressée, et j'ai vu, moi rêveur,
Passer dans un éclair sa face aux cris terribles.

Et j'ai vu frissonner l'homme de grand chemin !
Cette foudre subite éblouit ses prunelles.
Il frémit, effaré, devant les Dardanelles,
　　　　O lâche ! Et peut-être demain,

Grâce aux soldats nos fils, vaillants, quoique infidèles,
Demain sur ce front vil, sur cet abject cimier,
Comme un aigle parfois s'abat sur un fumier,
Quelque victoire aveugle ira poser ses ailes !

---

1. La date est exacte ; la guerre entre la Russie et la Turquie
alliée à la France et à l'Angleterre n'est pas encore déclarée, mais
semble certaine. Hugo attend la chute du régime impérial qu'il croit
très prochaine. Ce poème qui, dans l'édition originale comme dans
celle de 1870, prend place après les notes, apparaît, de ce fait,
comme la confirmation ajoutée après coup de ce que le livre avait
annoncé. Mais ce qui, en 1853, était dénégation magique de l'histoire est, en 1870, ultime et véridique prophétie que les faits ont
vérifiée, puisque c'est bien une guerre perdue qui vient de mettre
fin à l'Empire. *La Fin* entre ainsi en rapport de symétrie avec *La
Reculade* (VII, 2, p. 311) pour le Livre VII et, pour le recueil dans
son ensemble, avec *Au moment de rentrer en France*, p. 25.

Malgré ta couardise, il faut combattre, allons !
Bats-toi, bandit ! c'est dur ; il le faut. Dieu t'opprime.
Toi qui, le front levé, te ruas dans le crime,
          Marche à la gloire à reculons !

[couche,
Quoi ! même en se traînant comme un chien qui se
Quoi ! même en criant grâce, en demandant pardon,
Même en léchant les pieds des cosaques du Don,
On ne peut éviter Austerlitz ? Non, Cartouche.

Nul moyen de sortir de la peau de César !
En guerre, faux lion ! ta crinière l'exige.
Voici le Rhin, voici l'Elster, voici l'Adige [1],
          Voici la fosse auprès du char !

La guerre, c'est la fin. O peuples, nous y sommes.
Pour t'entendre sonner, je monte sur ma tour,
Formidable angelus de ce grand point du jour,
Dernière heure des rois, première heure des hommes !

Droits, progrès, qu'on croyait éclipsés pour jamais,
Liberté, qu'invoquaient nos voix exténuées,
Vous surgissez ! voici qu'à travers les nuées
          Reparaissent les grands sommets !

Des révolutions nous revoyons les cimes.
Vieux monde du passé, marche, allons ! c'est la loi.
L'ange au glaive de feu, debout derrière toi,
Te met l'épée aux reins et te pousse aux abîmes !

[9/10/1853]

---

1. Pour le Rhin et l'Adige, voir la note 2 de la page 105 ; l'Elster est le fleuve qui borde Leipzig, lieu de l'une des plus terribles batailles du Premier Empire (1813).

COMMENTAIRES
par
Jean-Marie Gleize et Guy Rosa

Originalité de l'œuvre

Il est difficile de ne pas remarquer que l'année de la gestation du Second Empire après le coup d'État, 1852, a été celle de deux événements poétiques forts : la parution d'*Émaux et Camées* de Théophile Gautier et des *Poèmes antiques* de Leconte de Lisle, deux manifestes de la littérature « froide », si l'on peut dire, prosodiquement restauratrice, engagée dans la recherche artisanale de sa forme, de son évidence impersonnelle et lisse, à l'écart. Dans ce contexte, le recueil massif et hirsute de Hugo frappe très fort à l'inverse : poésie incandescente, brûlante, tout entière au présent, dans l'ici-maintenant d'un conflit de langues, qui est un conflit historique-politique, engagée, elle, dans la transformation incessante de l'informe, prosodiquement révolutionnaire, emportée-lyrique, subjective-collective, très radicalement.

Ce qui frappe immédiatement le lecteur des *Châtiments*, c'est son extraordinaire unité, l'impression qu'il donne (jusqu'à, dans une première lecture, la sensation d'une confusion des mots, des vers et des poèmes) d'être un seul et même texte, cent fois repris, réécrit, relancé. Monotone et cacophonique à la fois, nombreux mais identique à lui-même, très « océan » en quelque sorte. De fait, le livre est d'abord cela, la réitération virtuellement interminable du même geste verbal, vocal, d'indignation. Une fois la structure mythique posée (de *Nox* à *Lux* en passant par *L'Expiation*), dit Pierre Albouy, elle s'avérait « capable de se remplir indéfiniment ». Une poésie donc, *cumulative,* énumérative, de la petite à la grande unité, du vers au livre.

Cette accumulation, d'une certaine manière, bien qu'elle se batte contre lui, mime formellement le « tas » (c'est un mot qui revient fréquemment au fil des poèmes), tout l'informe grouillant qui s'impose et que le poète fouille, « fouaille » (I, 11) et remue.

Répétitive aussi, bien sûr, simultanément, et ceci pour plusieurs raisons sans doute : d'abord parce que la répétition est une figure de l'obsession. Il ne faut pas craindre de dire que l'écriture des *Châtiments* est obsessionnelle (de la même façon qu'on admet parfaitement, sur le plan thématique, ses composantes sado-masochistes) : Hugo est investi par une idée fixe qu'il travaille jusqu'à s'en délivrer, il y a de la décharge compulsive dans l'énergie répétitive-cumulative de ce livre. La seconde raison appartient au système de l'énonciation. Le poète postule que l'un des deux destinataires, le Peuple, est sourd, mutilé moralement comme physiquement, sous anesthésie, absent de lui-même. Il faut donc lui parler fort, et clair, et long-temps, et d'autant plus qu'on lui parle de loin et de haut, depuis un lieu certes éminent et éminemment légitime, mais à travers toutes sortes de brouillards et de brouillages, d'obstacles matériels ou idéologiques ; d'où l'anaphore et la reprise, l'écho et la surimpres-sion : « Lazare ! Lazare ! Lazare ! » Il est une troisième raison qui concerne l'autre interlocuteur, Bonaparte, celui que vise la performance verbale, le poème comme châtiment. Car il ne s'agit pas tant de l'inventi-ver ou de le menacer que de le châtier *hic et nunc*, dans et par le langage, de le marquer. La voix impalpable, « insaisissable » comme le dit la Préface, et qui tire une partie de sa force dans cette immatérialité même doit cependant pour châtier effectivement devenir ins-cription, scarification, morsure ; la parole être chauffée à blanc, portée à son maximum d'intensité concrète. Et c'est bien, là encore, le soulignement perpétuel, la répétition cumulative systématique, qui donnent corps à la voix, la font toucher sa cible, la produisent poéti-quement (au moins) indélébile.

Si le texte ne dit qu'une chose, la même chose, plusieurs fois, il la dit aussi de *toutes* les façons possibles. Il ne s'agit pas seulement pour Hugo de faire tourner la cible sur elle-même de façon à la marquer de tous les côtés, cette mobilité extrême est également celle du langage poésie, de la poésie considérée et mise en branle dans son corps multiple. La poésie « dans tous ses états », pourrait-on dire. *Les Châtiments* mobilisent en effet toutes les armes, toutes les « cordes de la lyre », et superposent à la stratégie de la répétition à outrance celle de la *variation* forcenée. De la « fable » ou de la courte chanson au long poème discursif à rimes plates, tout l'éventail des façons de dire est successivement essayé, selon un calcul d'alternance plus ou moins rigoureux (Hugo pense toujours la fabrique du Livre comme tel, avec précision, en vue du maximum d'efficacité productive, mais jamais de façon mécanique), de répons ou d'échos qui font de cette variation réglée un élément fondamental de la prosodie. Multigénérique, donc, polymorphe comme la perversion qu'il vise à dénoncer, kaléidoscopique, le recueil fonctionne essentiellement, lui aussi, comme une sorte de « monstre ». On comprend la raison de la « chanson » (ou ce qui en tient lieu, ici, sous ce titre) : il s'agissait pour Hugo de renvoyer au « peuple » une forme venue de lui ; de destinataire le peuple, muet, redeviendrait, par l'intermédiaire des chansons, le destinateur du message, actif, ressuscité. On comprend aussi pourquoi le « discours » : en l'absence du Peuple, qui dort, qui « a voté », qui est mort ou déporté, le Poète est celui qui porte le discours, qui parle au nom de tous et de la vérité. De la Tribune ou du Rocher, Hugo accomplit sa mission de médiateur-conducteur, horizontalement (de conscience à conscience, par diffusion, et le discours est alors poétique-politique), verticalement bien sûr aussi, du trente-sixième dessous à la pleine Lumière, selon une topique et une logique ascensionnelle qui fondent sa légitimité (et le discours

est alors poétique-philosophique, prophétique, eschato-
logique). Il est bien entendu possible d'assigner à chacun des poèmes telle étiquette qui le caractérise
spécifiquement, et cela paraîtra d'autant plus facile
qu'on voudra s'en tenir à des critères tout extérieurs
(type de vers, type de rime ou de strophe, titre du
poème...). Pourtant c'est Hugo qui nous avertit : *Fable*
ou *Histoire*, l'un ou l'autre, l'un et l'autre, l'un dans
l'autre ; au-delà des effets d'alternance voulus, qui
créent un rythme, la caractéristique principale des *Châtiments* est la contamination des genres, des styles, des
tons. Sans distinction. De l'obscène (et pour cause !)
au métaphysique.

   La discussion critique à cet égard s'est rapidement
et justement focalisée autour de la question de l'épique.
Le célèbre dernier fragment de *Nox*, qui convoque à la
fois Juvénal et Dante, fait aussi préface pour l'ensemble du volume : « Dressons sur cet empire heureux
et rayonnant, / Et sur cette victoire au tonnerre échappée, / Assez de piloris pour faire une épopée ! »
L'épique, et ses longues ou profondes perspectives, est
ici directement enté sur le satirique, en même temps
que c'est évidemment l'effort tendu d'accumulation
qui est censé porter la satire à la hauteur du Grand
Poème. Cette greffe modifie bien sûr l'un et l'autre
style : la satire-châtiment est surdimensionnée, tandis
que l'épopée se colore en noir et rouge et se contor-
sionne sous les décharges contradictoires du « grotesque ». Tout se passe comme si, en effet, la définition
théorique du grotesque donnée par Hugo dès 1827
(dans la préface de *Cromwell*), comme la rencontre du
« difforme » et de l'« horrible » d'une part, du « comique » et du « bouffon » de l'autre, trouvaient ici, grâce
au Deux-Décembre, sa juste table de dissection. Voyez
par exemple *Éblouissements* : « l'horrible et le bouffon » s'y accouplent sous nos yeux ; et dans tout le
livre. Reste qu'il faudrait sans doute parler, comme le
font certains critiques, d'une « épopée à l'envers »
(puisqu'il s'agit, paradoxalement, de mettre en scène

la suprématie du nain), voire peut-être d'un « grotesque
à l'envers », ou d'un grotesque « perverti », puisque
la vertu du difforme (si puissamment contestataire de
l'ordre établi dans l'œuvre de Hugo, par ailleurs) se
trouve maintenant de l'autre côté, du côté du pouvoir.
Tout dépend, en effet, de quoi l'on parle : du sujet (le
nain, le crime, etc.) ou du texte lui-même : épopée
d'une anti-épopée, satire armée, « grotesque » en ses
formes mêmes, d'un grotesque déchu, insignifiant,
« arrivé ». Perversion et inversion sont devenues les
signes mêmes de l'impossible, de l'impensable à quoi
le poète décide de faire face. On retiendra ici surtout
l'échange des genres, et leur travail les uns sur les
autres. Hugo trans-forme, c'est-à-dire invente une écriture, contre la rhétorique.

Multigénérique, le texte est également polyphonique
en ce sens qu'il fait entendre plusieurs voix. Qu'il les
fait se croiser et s'interpeller. *Les Châtiments* sont un
immense dialogue ininterrompu. Mais pour bien
entendre le Poème comme dialogue il faut d'abord
mettre l'accent sur ce qui constitue *Les Châtiments*
comme tels : une méditation en acte sur les pouvoirs
de la parole.

À l'ouverture du recueil, le premier fragment de *Nox*
se termine par le vers suivant : [la République] « Dort,
avec ton serment, prince, pour oreiller ». Plus loin dans
le livre (I, 2 ; I, 12, etc.), l'allusion au crime du parjure
reviendra de façon insistante. « Cet homme » (comme
dit Hugo) a prêté un faux serment. Dès lors la validité
des signes s'écroule. Le langage est en danger. Il ne
veut plus rien dire, les mots se vident de leur sens
comme les cadavres se sont vidés de leur sang. Plus
grave encore, le serment de fidélité à la Constitution a
été prêté dans le « Temple » même de la Parole sacrée,
le Parlement : « Ce serment avait le double caractère
de la nécessité et de la grandeur, c'était le pouvoir exé-
cutif, pouvoir subordonné, qui le prêtait au pouvoir
législatif, pouvoir supérieur ; c'était mieux que cela

encore ; à l'inverse de la fiction monarchique où le peuple prêtait serment à l'homme investi de la puissance, c'était l'homme investi de la puissance qui prêtait serment au peuple » (*Napoléon le Petit*, I, 1 ; p. 4-5). Acte donc, doublement capital, en tant qu'acte de parole (d'une communauté fondée, depuis 1789, sur la Vérité, la légalité et le respect de la parole), et en tant que symbolique, dans son rituel même, du nouvel ordre des choses, du devenir lumineux de l'histoire. C'est sur le fond de cet écroulement qu'il faut comprendre l'entreprise poétique de Hugo.

Il s'agira d'abord de redresser le langage, de dévoiler la nature antiphrastique du discours impérial sous toutes ses formes. À cet égard, les titres des livres (collage de citations) constituent le premier indice spectaculaire de la lutte langage contre langage, torsion inverse contre distorsion. Devoir d'autant plus pressant pour Hugo que la puissance effective, politique, du faux discours est soutenue (c'est à la fois son fondement et son objectif) par la mutité du peuple (voir I, 11 : « Tant qu'un gueux forcera les bouches à se taire... » ou I, 7, sur l'usage du discours délibérément tourné vers la paralysie du Peuple : « Notre parole, hostile au siècle qui s'écoule, / Tombera de la chaire en flocons sur la foule... »).

En second lieu, si le sujet du livre est bien le langage du pouvoir, l'efficacité du poème, sa capacité à annoncer prophétiquement le châtiment comme aussi bien à le réaliser par le vers, n'est possible que parce que s'affirme, explicite dans maint poème, la confiance dans le pouvoir du langage poétique, la certitude de sa légitimité : « puissance de l'énonciation », « énonciation comme puissance » (H. Meschonnic). On l'a vu dans la Préface, on le reverra dans les notes. Il suffira peut-être ici de souligner la force que devait avoir pour Hugo le mot *verba* dans le titre du dernier poème : car le Verbe est « force sacrée. Du verbe de Dieu est sortie la création des êtres ; du verbe de l'homme sortira la société des peuples » (*Napoléon le Petit*, V, 5 ; p. 92).

En l'occurrence, provisoirement, pas de n'importe quel homme, mais de « celui-là » que son exil et son impuissance autorisent à opposer son Verbe aux paroles de tous les autres.

On prendra donc garde à ne pas entendre la notion de « dialogue » en un sens trop restrictif. Il ne s'agit pas seulement des dialogues satiriques ou lyriques qui parsèment le recueil (II, 1 ou III, 15 par exemple), mais d'un principe généralisé de circulation du discours : Hugo-je (ou nous) parle au peuple qui lui parle, aux proscrits, à Dieu, à l'Histoire ; l'adresse est bien une figure rectrice du Poème (dès les titres), et la fonction dite conative (supplicative, exhortative, imprécative...) une des dominantes du message. Inversement les « bandits » ont tour à tour la parole, se parlent entre eux ou répliquent au poète qui leur réplique à son tour. Hugo met ici en scène non seulement des situations, des événements, des personnages, mais des discours et des noms propres (qui font eux-mêmes discours, pris qu'ils sont dans la chaîne ou la trame prosodique). La vertu critique ou dénonciatrice du poème tient non seulement à sa force performative posée en principe, mais à tout un travail de montage (ou collage) : le heurt des discours entre eux, la mise en évidence brutale de l'euphémisme, du mensonge et de l'antiphrase, ou, tout simplement, la mise au jour d'un discours latent, cynique, restitué à ceux qui parlent à l'envers.

Composition et thématique

Les Châtiments, comme tous les grands recueils de Hugo, forme un tout *composé*, autre chose que la simple juxtaposition de textes. Entre les deux grands poèmes *Nox* et *Lux*, qui font cadre, les sept livres se tiennent dans un relatif équilibre quant au nombre des pièces : 15 poèmes pour le Livre premier, puis 7, 16, 13, 13, 17 et 17. Nulle « progression » donc, à cet égard, mais plutôt un édifice. Ce que la table des matières donne à lire, c'est bien d'emblée un double fonctionnement contradictoire (ou complémentaire) : d'une part l'indice d'une dynamique orientée, de la nuit à la lumière, et d'autre part, simultanément, par le jeu de l'équilibre des masses et celui des titres-collages sans lien apparemment visible avec les titres des poèmes qu'ils dominent, une certaine immobilité, comme si une série de coupes verticales avaient été successivement effectuées dans la réalité de l'empire, réalité elle-même essentiellement immobile, figée, « stable » évidemment, comme l'indique ironiquement le titre du Livre sixième juste avant qu'un futur (Livre VII : *Les sauveurs se sauveront*) ne vienne interrompre le système des parallélismes et faire basculer le texte en avant, vers sa fin.

Ce dispositif simple et clair engage le lecteur dans plusieurs directions possibles. Tout d'abord il l'incite à rechercher, compte tenu du paradigme des titres (société, ordre, famille, religion, autorité, stabilité...), quel type d'unité ou d'homogénéité définit chacun des livres. Force est de constater que mis à part peut-être le livre IV, principalement consacré à la religion foulée aux pieds par ceux-là même qui prétendent la servir, à la foi en une religion vraie contre ses travestissements, à l'affirmation de la confiance en la justice de Dieu, et le livre VII tourné vers la promesse de la victoire (non sans de nombreux retours aux thèmes du présent opprimé), tous les motifs, plus ou moins spécifiquement modulés en fonction du contexte, sont présents dans tous les livres. Ce sont sept coups de sonde dans les profondeurs d'une histoire arrêtée.

La seconde tentation, non moins justifiée, est de prendre appui sur les deux points extrêmes, pour vérifier comment s'effectue, dans le corps du livre, le cheminement de l'un à l'autre : de l'opacité à la transparence, de la barbarie à la Civilisation promise, de la manifestation radicale du Mal à l'annonciation de l'avènement du Bien absolu, du circonstanciel nocturne du Deux-Décembre à l'achronie ou l'utopie de la République universelle. Les indices d'une telle progression ne manquent pas. Outre le futur du titre du livre VII, annonciateur du bouleversement, le titre du poème du dernier livre, *Ultima Verba*, désigne claire- ment le travail de positionnement des poèmes ; comme aussi bien le septième coup de clairon à l'entrée du livre VII. Il n'est pas d'autre explication non plus de la genèse du poème initial : le manuscrit de ce texte comportait (prématurément sans doute pour figurer à ce point du livre) l'image de la levée de l'astre ; image que Hugo, finalement, réserve, et autour de laquelle il écrit aussitôt (le lendemain) *Luna* qui trouvera sa place en septième position dans le livre VI, en un lieu du dispositif où l'espoir peut enfin se dire. Il y a donc bien geste de composition dynamique et ce geste a affaire à l'élaboration d'un vecteur, d'un développement et d'un dévoilement progressifs. C'est en ce sens que parle H. Meschonnic : « De *Nox* à *Lux*, cette composition est une rhétorique de l'histoire, du sens de l'histoire, vers le progrès identifié à la lumière. » C'est en ce sens également que P. Albouy nous propose de comprendre la structure du livre, comme une application du schéma chute-expiation-rédemption. Dans ce cas, l'articulation principale de l'ensemble se trouverait au poème *L'Ex- piation* (V, 13) qui fournit l'explication du scandale du Second Empire, comme châtiment infligé par la Provi- dence en raison du péché originel du 18 Brumaire. Accessoirement, en amont, la question du sort qui doit être réservé à Bonaparte aura été posée et réso- lue (à la fin du livre III et au début du livre IV, soit à peu près au centre géométrique de l'édifice), tandis qu'en aval, une fois logiquement ou métaphy- siquement résolue l'énigme du pourquoi, pourront se lever (livres VI et VII) les promesses, les signes, les certitudes d'un avenir meilleur (c'est bien le sens de *Stella* par exemple).

Ceci posé, qui concerne les grandes lignes de force, reste à mesurer l'efficacité productive des multiples effets de positionnement des poèmes. Si l'on met de côté la permanence des thèmes (qui fait que chaque poème entre en relation avec plusieurs autres en plusieurs points du texte global), on peut observer la relation privilégiée de dialogue qu'entretiennent entre elles certaines pièces, en des lieux non marqués du recueil, dans des livres différents (comme II, 2 et VI, 9 toutes les deux intitulées *Au peuple* et dont la seconde répond à la première en l'infirmant), ou à l'intérieur d'un même livre (comme VI, 7, *Luna*, et VI, 15, *Stella*, dont la seconde prolonge et confirme la première). Mais les « événements » de cet ordre sont surtout remarquables et significatifs aux points sensibles que sont les places *marquées* de la grille (initiale ou terminale). À l'encadrement externe *Nox*/*Lux* s'ajoute l'encadrement interne I, 1/VII, 17 qui concerne l'essentiel problème de la place du Poète, du placement de sa voix. En I, 1 (dont le futur a valeur littérale et vise d'abord l'énonciation du livre qui est sur le point de surgir), cette voix est invisible, quasi anonyme, en tout cas non encore assumée en première personne, tandis qu'à l'autre bout du recueil, *Ultima verba* fait retentir une voix, celle du Moi, cette fois radicalement personnelle parce que assurée de son universalité. Et cet effet d'encadrement continue à jouer, dans certains cas, à l'intérieur des livres : *L'Expiation* (V, 13) répond directement au sacre (V, 1), tandis qu'*Ultima verba* (VII, 17), l'affirmation personnelle du Poète, fait face à la figure mythique de Josué qui lui servait encore de substitut au tout début du livre VII. Le point terminal, conclusif, est également un point sensible en ce qu'il permet l'articulation d'un livre à l'autre. Si à la fin du livre III *Non* répond immédiatement à la pièce qui le précède (il s'agit de l'éventualité d'un châtiment mortel pour le criminel), il est clair que le premier poème du livre suivant, *Sacer esto*, approfondit et justifie théoriquement cette réponse négative. Il en va de même pour *Napoléon III* (VI, 1) qui reprend le thème de *L'Expiation* (V, 13).

De telles analyses doivent progressivement descendre à l'intérieur des textes pour mettre au jour ce qui, de façon sans doute moins spectaculaire mais tout aussi poétiquement utile, accroche un poème à un autre et surdétermine leur contiguïté. Le treizième poème du livre VI s'intitule *À Juvénal* et c'est précisément sur l'invocation du nom du satirique latin que bascule, au milieu de son développement, le poème qui le suit (*Floréal*) ; si III, 8 s'intitule *Splendeurs*, on observera que la troisième section du poème suivant commence par « O paradis ! splendeurs... » ; inversement, que le dernier poème du livre IV s'exerce à restituer la lecture d'un signifiant perdu « On y déchiffre encor ces quelques lettres : — Sacre ; — /Texte obscur et tronqué, reste du mot Massacre... » et, bien sûr, le premier poème du livre suivant s'intitule *Le Sacre*. Ces effets de montage, qui font le rythme et le sens du recueil, rendent, c'est l'évidence, très dangereuse toute manipulation de type anthologique : pas plus que le vers le poème n'est absolument pour Hugo une unité autonome. *Les Châtiments* sont un *livre*.

Deux logiques (au moins) se partagent donc le texte. La première est une logique linéaire : temporelle-narrative si l'on veut d'abord, chrono-logique et chrono-symbolique, de l'hiver du Deux-Décembre et de la Nuit du 4 aux « Temps futurs » dans « l'azur », hors saisons, hors histoire, en passant par les exigences du Printemps (Floréal) ou bien encore, selon le déroulement des « faits », du coup d'État au Sacre en passant par la loi Faider, etc. Toute une scansion datée, individuelle et collective. De surcroît, ce roman-journal, à la fois réaliste et utopique, autobiographique et mythique, fonctionne comme la mise en œuvre d'un schème théorique ; la dynamique linéaire n'est pas seulement narrative-factuelle ou narrative-symbolique, elle est aussi, on l'a vu, discursive-conceptuelle. C'est bien sans doute le « grand » modèle Chute/Expiation/Rédemption qui organise en profondeur tout le livre, en superposant plusieurs « petits » modèles supposés complémentaires (au prix d'une sorte de bricolage poétique qui court-cir-

cuite efficacement la philosophie) : celui, théologique,
de la Providence (*L'Expiation*) et celui, positiviste, du
Progrès (*Force des choses*) par exemple. On ne peut,
ici, que se contenter de l'indiquer avec insistance :
interroger la « thématique » des *Châtiments*, ce sera,
s'il se peut, isoler par priorité les catégories motrices
de ces différents schèmes. Qu'en est-il de l'ensemble
des marques du *temps*, de la datation sous le texte ou
sur le texte (au titre), des marqueurs du circonstanciel,
aux rythmes cosmiques (nuit/aube, hiver/printemps,
etc.) ? Qu'en est-il des « philosophèmes » porteurs
(« nature », « mal », « vérité », « liberté », « progrès »,
« loi », etc.) et de leur figuration poétique puisque le
poète se déclare à la fois « penseur » et « pensif »,
puisqu'il se donne pour tâche de rendre visibles les
abstractions ?

Il est une autre logique, plus discontinue, qui est la
logique musicale du retour et de la variation des motifs
obsessionnels. Celle-là est mieux décrite, en ce qui
concerne Les Châtiments, et nous ne répéterons pas les
analyses de P. Albouy dans son édition ; qu'il nous soit
permis d'y renvoyer, ainsi qu'aux « pistes » ouvertes
dans les notes du présent volume. Il suffira d'énumérer
les principaux de ces motifs : l'orgie et le festin, le
crime, le vice et le sang, le cloaque, l'océan, l'étoile
qui se lève... tous « mots » qui appartiennent au texte
et font tourner autour d'eux une nébuleuse lexicale et
figurative. Pour chacun de ces thèmes, sans doute, un
poème donne la tonalité majeure (*L'Égout de Rome*
pour le « cloaque » par exemple) et d'autre part, pour
l'essentiel de ces obsessions, aucune n'est tout à fait
spécifique au recueil ; seule l'intensité (en ce qui
concerne les motifs sadiques par exemple) particularise
ce livre ; il s'agit en fait de thèmes qui traversent
l'œuvre entière dans son développement métaphorique
(pour certains depuis *Bug Jargal*...). Sans nier l'intérêt
évident de telles listes et de telles enquêtes — d'autant
que ces champs sémantiques s'imposent avec force et
violence —, on notera toutefois que bien souvent elles

s'élaborent au prix d'une grande incertitude méthodologique : le « sang » est certes un mot thème, mais il ne saurait être considéré isolément, il est pris dans l'ensemble figural du Crime lui-même articulé à celui de l'Orgie. Faire se succéder le Vin et l'Océan comme s'il s'agissait de catégories de même niveau ou l'Océan et la Nature comme si l'un n'était pas un élément de l'autre, ne va pas sans un certain risque de confusion. Cette réserve faite, on se reportera pour cet aspect de l'œuvre aux analyses de P. Albouy qui met précisément en évidence le processus hugolien de transformation de l'image au mythe ou à celles de Baudouin pour certaines modulations psychanalytiques de cette réserve d'images insistantes.

Pour notre part nous ajouterons ceci : il serait sans doute fructueux d'interroger de ce point de vue thématique non pas directement ces grosses unités récurrentes qui occupent le devant de la scène (le Sang, le Vin, la Boue, etc.), mais des catégories plus abstraites, comme l'*amorphe* par exemple, liée à la notion de « monstruosité », telle qu'elle se manifeste à travers l'emploi du mot « tas » en des contextes toujours négatifs : « tas monstrueux » (p. 323, 336), « tas » de gredins (p. 336), de laquais (p. 349), de bourreaux (p. 349), de tigres (p. 369), d'affreux poussahs (p. 264), d'évêques (p. 304), ou dans sa relation avec le péjoratif « ramas » (p. 264), par opposition à l'informe subi (du côté des victimes) auquel semble réservé le mot « amas » : « C'est de ce sombre amas de pères et de mères/Qui se tordent les bras... » (*Joyeuse vie*). Ou mieux encore des couples qui définissent un espace et dont le jeu dialectique est ici fondamental : *l'envers et l'endroit* bien sûr, qui tiennent toute la problématique de l'illusion, du renversement, du retournement, du détournement, de la parodie, etc. (« La société va sans but, sans jour, sans droit, /Et l'envers de l'habit est devenu l'endroit »), le *singulier* (Moi, la Vérité, le Droit, etc.) et le *pluriel* (toutes les figures du grouillement, du multiple infernal), la *matière* (le vin, la boue, la fange, etc.) et l'*impondérable* (la lumière, la voix, etc.), *le haut et le bas* qui font jouer ces figures rectrices qui sont celles de l'ascension, de l'envol, de l'« essor » d'une part, et de la chute, de l'abaissement, de l'avilissement, de l'« écroulement » (p. 193) d'autre part ; mais aussi qui impliquent le dédoublement du jeu : la Vérité, Dieu, l'Histoire, le Poète, le Vengeur sont en haut, tandis que l'Empire est en bas ; aussi bien, à l'inverse : l'Empire est en haut (à son Festin) tandis que le Peuple et le Poète sont en bas (dans les « cavernes », dans la « fosse », dans les « caves », dans l'« abîme »...). Toutes ces figures demandent à être analysées dans leur articulation, leur mouvement : c'est bien par exemple l'image de *l'écrasement* du peuple par les profiteurs de l'Empire (« L'ombre est là sous leurs pieds[...] Ils marchent sur toi, peuple ») qui explique et justifie en retour le fantasme de l'écrasement physique de Napoléon III par le poète (conclusion de *A l'obéissance passive* : « J'écraserai du pied l'antre et la bête fauve, /L'empire et l'empereur ! »). Une telle démarche permet peut-être d'éviter d'isoler indûment des mots-images, et de les restituer à leur fonctionnement productif, dans toutes les « situations » qui sont les leurs, à tous les différents niveaux du système.

Noms et personnages

Plus que de donner à voir des personnages *Les Châtiments* semblent donner à lire des noms. « Un nom c'est un moi », dit Hugo dans *Les Misérables*, et il se trouve que le coup d'Etat, dans la lecture que veut en faire le poète, c'est d'abord une affaire de responsabilité individuelle, personnelle. De là découle une poétique nominative et, d'un même geste, accusatrice : « nommer fort », comme on frappe. Interpeller l'individu en chef et la multitude d'acolytes qui l'entourent. Un nom (celui de Bonaparte, Napoléon « le petit » ou Napoléon « dernier »), des noms (ceux du personnel de l'Empire), qui sont sans doute d'abord comme la déclinaison du nom principal, du nom du prince, à tous ses différents cas : « Et que mon œil distrait, qui vers les cieux remonte, / Heurte l'un de ces noms qui veulent dire honte... ». Le premier scandale (de quoi découlent sans doute nombre d'anomalies sémantiques que le recueil aura pour tâche de radiographier — on se souvient du couple sacre/massacre...) —, c'est celui de *l'usurpation* d'un nom : « Te voilà, nain immonde, accroupi sur ce nom » (VI, 1), usurpation « assumée » (malgré lui) par l'usurpateur lui-même dans la troisième partie de *Nox* : « Je me sers de son nom... ». L'apparence est donc bien que *Les Châtiments* sont un recueil surpeuplé. Un index exhaustif en fournirait la preuve éclatante et celui que nous proposons, partiel, est déjà très significatif à cet égard.

Mais il est clair, tout aussi bien, que cette population nommée est en même temps une population indifférenciée. Nous parlions tout à l'heure de déclinaison du nom focal, on pourrait tout aussi bien dire que la foule des noms périphériques à Bonaparte fonctionne comme autant de qualificatifs qui s'accordent à lui, et le font « resplendir » de mille attributs, nuances, complémentaires. En réalité ces personnages ne sont doués d'aucune vie autonome, leur individuation textuelle par le nom propre n'implique aucune espèce d'individualisation psychologique ou dramatique. Ils ne sont même pas, ou à peine, des adjuvants du protagoniste, tout au plus à de certains moments particuliers, des instruments (au début de *Nox*, par exemple, lorsqu'ils sont « programmés » par leur maître pour donner l'assaut). Lorsqu'un poème particulier est consacré à l'un d'entre eux, comme c'est le cas en IV, 5 et IV, 7, le titre est très clair : *Quelqu'un, Un autre...* Bien sûr, il s'agit de Saint-Arnaud et de Veuillot, mais s'ils figurent nommés dans le « troupeau » des noms accumulés à l'intérieur des poèmes, ils ne méritent pas l'accession au titre, le titre les renvoie de leur destin textuel qui est l'anonymat, l'interchangeabilité, à leur destin histo-

rique qui est la disparition dans le néant. On pourrait
dire de ces personnages qu'ils sombrent sous leur nom,
voués au tourniquet d'une synonymie exténuante
(Sibour, Maupas, Magnan, Hardouin, Riancey, etc.
égale l'hypocrisie, la honte, la trahison, la platitude,
le meurtre, etc.), étouffant sous le poids de la rime
(Argout/égout, caillot/Veuillot), réduits au degré zéro
de la figuration, constamment soumis à la métamor-
phose monstrueuse (à la population proliférante des
noms correspond la prolifération du bestiaire métaphorique, comme si l'un n'était que l'envers retourné de
la peau de l'autre, hydres, loups, hyènes, requins, pourceaux, vipères, chacals, porcs, scorpions, etc.), consti-
tuant l'ombre naine d'une série seconde, historique ou
mythologique ou légendaire (de Mandrin-Cartouche à
Tibère, Héliogabale, etc.).

On lit de « quelqu'un » (IV, 5) qu'il va « déclamant
son rôle ». Il est au moins en effet un modèle qui permet de comprendre comment se met en place une
structure simple de communication, d'interaction, c'est
celui de la scène : théâtralité du texte, réalité de l'Empire comme un théâtre. Illusions et métamorphoses !
Maîtres et valets ! Monstres et manèges ! Jeu des
« masques » ! Tout se passe comme dans la *parade*
rimbaldienne : « des faciès déformés, plombés, blêmes,
incendiés ; des enrouements folâtres ! La démarche
cruelle des oripeaux ! ». Mais alors que la stratégie
illuminante de Rimbaud défait, superpose, tous les différents pôles de la théâtralité, *Les Châtiments* au
contraire construisent un espace net. Anne Ubersfeld
en a décrit les principales composantes ; si tour à tour
l'« opéra », le « cirque » (et ses « bateleurs »), le « tréteau de Bobèche » sont évoqués, c'est une forme particulière de représentation que le poème privilégie : celle
d'un théâtre de marionnettes. Sur la scène les masques,
la foule des personnages, héros et traîtres, victimes et
bourreaux. Un auteur, qui, à l'occasion, participe à la
mise en scène : Louis Napoléon. Il lui arrive aussi de

tenir son rôle ; il est bien à la fois hors du spectacle comme son instigateur et dedans, comme personnage ô combien *impliqué*, comme « histrion du crime ». Devant : les spectateurs, la foule, le peuple, le Destinataire essentiellement muet, qui peut, lui aussi, se voir représenté sur la scène, dans le costume de la victime, ou se trouver hors scène (comme dans une autre figure, parfaitement homologue sous le lieu du Festin), dans les dessous du plateau, dans les profondeurs de la cave ou de l'égout. Le spectacle comporte également une coulisse dans laquelle se profile une puissance occulte sans laquelle il n'aurait pas lieu : l'argent, l'or, la réalité du profit.

On voit dès lors quelle peut être la place du poète dans ce dispositif. Si le Destinataire ne répond pas, s'il est comme paralysé par son ignorance ou par sa peur, victime devant ou dessous, le Poète aura pour mission de lui expliquer le spectacle ; il est en position de « montreur », en retrait dans la scène ; il désigne (« Regardez... », « Voyez... » sont un des mouvements les plus insistants dans le texte), il nomme (on a vu combien et comment), il commente, il interprète, parce que lui, il « sait » : que ce personnage qui se prend pour l'auteur n'est en réalité que le pantin dérisoire de l'auteur véritable qui est la Providence, que le peuple-objet dans l'action représentée est en fait le Peuple-sujet d'un procès ou d'un progrès qui reprend son cours, etc. Le montreur, en tant qu'il est aussi celui qui écrit *Les Châtiments*, *redistribue* incessamment les rôles.

Un très grand nombre de personnages donc, un « fourmillement terrible » (VII, 8), mais en même temps, on a tenté de le suggérer, « un théâtre d'ombres nominales » (Meschonnic). Ou bien encore, un petit nombre de fonctions dans le cadre d'un système réglé d'échanges, de déplacements. Déplaçons notre regard : il se peut qu'il n'y ait dans ce livre, en fait, que deux personnages : Bonaparte et Victor Hugo. Un face-à-face. Fondamentalement le livre ne parle pas de l'empereur, il s'adresse à lui. Le très court poème *L'homme a ri* (III, 2) fournit le paradigme du fantasme : le châtiment se réalise au présent, le scénario prévu (au futur) quelques pages plus haut (à la conclusion de II, 7) s'accomplit maintenant sous nos yeux ; et il s'agit bien d'une relation personnelle, d'un combat singulier je/tu dans lequel le poète (mandaté par l'« histoire » qui se tient à ses côtés) accomplit l'œuvre de justice sous le regard de la foule. Le châtiment consiste en une marque portée sur le corps du criminel au fer rouge qui métaphorise la parole brûlante des *Châtiments* (le livre), sa capacité opératoire. Qui identifie en somme l'écriture à l'inscription, le dire-écrire ces vers, les lire, à l'expiation du coupable. Le modèle plus sophistiqué de la « Conscience » (le modèle caïnique proposé dans *Sacer esto*) est ici oublié au profit de cette autre vérité : *ma* parole est suffisante contre *toi*.

Ailleurs la figure du corps à corps passe par l'identification du poète au « belluaire » (II, 7 et III, 3), ailleurs, plus indirectement peut-être, au chasseur (puisque Bonaparte est un loup). Mais il se peut aussi bien que cette représentation du face-à-face soit un leurre : peut-être n'y a-t-il en réalité qu'un seul personnage qui est le Poète lui-même. Tout simplement, le livre tend à le démontrer, parce que Bonaparte n'existe pas. Parce qu'il n'a que l'illusion d'un « être ». Il tient en effet tout entier dans son apparence : tout autant que la peau du loup ou du tigre, c'est celle du *singe* qui le plus essentiellement l'habille, un singe dont le destin est d'être démasqué, un « personnage » au sens où, sur les tréteaux, il y a des personnages, non des personnes. Tout le paradoxe du livre est là : la dénonciation d'un néant. Plus le texte vise à déclarer son inconsistance, plus il lui donne consistance ; plus il parle du nain, plus il en fait un nain-géant, « Tom-Pouce Attila ». C'est vrai, et l'on retrouve ici la question de l'épique, un épique à l'envers pour un anti-héros. La contradiction n'a pas à être théoriquement résolue, elle est poéti-

quement signifiée, jouée. *Les Châtiments* sont bien
l'histoire du nécessaire retour à rien d'un « homme »
qui n'était qu'une erreur.

Reste donc le Poète dont le statut, la place, méritent
d'être un instant rappelés. Certes, pourrait-on dire, la
présence du poète, d'un bout à l'autre du livre, s'accomplit très exactement selon la courbe inverse de
celle de Bonaparte : il parle d'abord dans l'ombre, au
loin (I, 1) et ce n'est que progressivement qu'il accède,
non pas au simple pouvoir-dire « je » mais, bien plus
fondamentalement, à *l'affirmation* de ce JE comme
ultime rempart. Au pronom personnel comme « *ulti-
mum verbum* », si l'on ose dire, du texte tout entier.
Hugo, Ego Hugo, donc, advient dans ce livre, à mesure
que l'autre disparaît. Mais cette affirmation ne va pas
sans un effacement simultané, tout aussi effectif, tout
aussi nécessaire. Si Bonaparte n'est rien, néant, illusion, Hugo, d'une tout autre manière, n'est rien non
plus, un absent parmi les absents. Il le dit : « Et moi
qui ne suis rien... » (III, 7), « Nous, les absents... »
(VII, 10). Et c'est même *en raison* de cette absence et
de ce n'être-rien qu'il peut parler au nom du peuple au
peuple, au nom de l'histoire à l'histoire, etc. Il n'est
que ce lieu par où passe la voix de la vérité, comme
elle a pu passer à travers Socrate, Jean de Patmos,
Jésus ou Mirabeau. Victor Hugo (l'homme-poète, le
témoin de choses vues telle nuit du 4 par exemple)
comme Bonaparte (celui qui réunit ses complices avant
de les lâcher sur Paris, celui qui assiste au *Te Deum*
du 1er janvier 1852 à Notre-Dame, etc.) ne sont dans
ce texte que provisoirement ce que l'on peut appeler
des personnages. Le Poème emporte leur très fragile
identité. L'un est une illusion entre deux néants, l'autre
une instance médiatrice, une voix, celle de *La Parole
qui parle*. Peut-être au fond n'y a-t-il pas de personnages dans ce livre. Il y a la langue en état de marche,
la poésie.

Histoire du livre

Dès son arrivée à Bruxelles où, recherché par la police, il s'est réfugié avant d'y être dûment exilé, et moins de deux semaines après le coup d'État, Hugo annonce son intention de « faire l'histoire immédiate et toute chaude de ce qui vient de se passer ». Il consacre à ce qui sera plus tard l'*Histoire d'un crime* tout le premier semestre de l'année 1852 jusqu'au jour, le 14 juin, où il l'abandonne brutalement et commence *Napoléon le Petit* achevé le 12 juillet et publié à Bruxelles par Hetzel dans la première semaine d'août. L'auteur avait dû prendre ses précautions : le livre n'est édité qu'une fois ses deux fils sortis de prison, ses biens vendus, ses revenus mis à l'abri d'une éventuelle confiscation et sa famille, François-Victor excepté, réunie à Jersey. Hugo a préféré s'y installer devant les difficultés croissantes que lui font les autorités belges et pour ne pas les embarrasser de sa présence.

A cette date *Les Châtiments* ne figurent pas au nombre de ses projets. Deux lettres, du 22 mars et du 17 mai, indiquent qu'il songe à publier un recueil de vers, le premier depuis *Les Rayons et les Ombres* (1840), qui serait, en contraste avec *Napoléon le Petit*, « un volume de poésie pure ». Le 15 août encore, il écrit à Hetzel : « Je puis avoir un volume de vers, *Les Contemplations*, prêt dans deux mois » et lui demande de s'informer des conditions de son éventuelle publication. Il dispose alors de cinquante et un des poèmes qui seront inscrits à la table des *Contemplations*, mais dont un seul a été écrit depuis le coup d'État, et de douze pièces des futurs *Châtiments*. On peut penser que, désireux surtout de sortir d'un trop long silence poétique, Hugo entendait exploiter le matériau déjà prêt.

Confirmation s'en trouve dans un nouveau projet conçu sans doute en fonction du succès de *Napoléon le Petit* et annoncé à Hetzel dans une lettre du 7 septembre 1852 : « J'ai pensé, — et autour de moi c'est l'avis unanime, qu'il m'était impossible de publier en ce moment un volume de poésie pure. Cela ferait l'effet d'un désarmement, et je suis plus armé et plus combattant que jamais. *Les Contemplations* en conséquence se composeraient de deux volumes, premier volume : *Autrefois*, poésie pure, deuxième volume : *Aujourd'hui*, flagellation de tous ces drôles et du drôle en chef. »

L'invention des *Châtiments* date de l'automne 1852 — sans doute en contrecoup de l'annonce du prochain « rétablissement » de l'Empire. En octobre, Hugo écrit *Le Chasseur noir* et *Le Bord de la mer* qui dessinent, déjà complète, l'image du poète tel qu'il apparaît dans *Les Châtiments* et sa mission telle que le recueil la remplit. Le 18 novembre, il n'est plus question des *Contemplations* : Hugo écrit à Hetzel : « Je fais en ce moment un volume de vers qui sera le pendant naturel et nécessaire de *Napoléon le Petit*. Ce volume sera intitulé : *Les Vengeresses...* ». Il pense mener la rédaction aussi rapidement qu'il l'avait fait pour *Napoléon le Petit* : un mois, et annonce seize cents vers. En établissant le compte sur l'édition définitive — mais certains poèmes ont pu être abandonnés et d'autres développés —, on arrive effectivement à un total de plus de mille cinq cents vers rédigés à cette date.

Dix jours plus tard, répondant à Hetzel qui l'invite à lui envoyer le manuscrit par retour du courrier pour devancer la prise d'effet de la loi Faider, Hugo refuse la publication immédiate et se donne un nouveau délai de trois semaines. Huit cents nouveaux vers ont été écrits, portant le total à deux mille trois cents. Si l'on suit sur un graphique le travail de Hugo, on remarquera une formidable « pointe » pour le mois de novembre 1852, suivie d'une légère dépression en décembre et, à nouveau, d'une reprise en janvier 1853. L'essentiel des *Châtiments* a été écrit durant ces trois mois et l'analyse de l'œuvre doit rendre compte de ce « démarrage » brutal que ni la biographie ni « l'inspiration » ne suffisent à expliquer.

À la suite de P. Albouy, on datera de la fin de décembre une première liste des poèmes destinés aux futurs *Châtiments*. Les textes rédigés à cette date n'y figurent pas tous ; manquent : un poème de 1850 (IV, 7), les cinq poèmes écrits à Bruxelles (IV, 12 ; I, 15 ; III, 5 ; I, 3 et VI, 2) et quatre pièces de novembre et décembre 1852 (IV, 1 ; III, 7 ; VII, 12 et IV, 8) ; elle comporte en revanche deux poèmes non identifiés, l'un de cinquante-six vers intitulé : « Rentrées », l'autre de douze dont le titre est illisible. Enfin *Caïn* y est mentionné, dont on sait qu'il sera retiré du manuscrit des *Châtiments* puis publié dans *La Légende des siècles*.

L'œuvre projetée a donc connu en un mois et demi un prodigieux accroissement. Hugo le reconnaît mais ne l'explique pas dans une lettre du 21 décembre 1852 à Hetzel : « Je vous avais dit 1 600 vers, il y en aura près de trois mille. La veine a jailli ; il n'y a pas de mal à cela. » Sans doute !

Un instant ralentie par une crise assez mystérieuse (« J'ai eu des distractions presque douloureuses cette fin d'année qui m'ont interrompu »), la production poétique reprend et Hugo fait part le 9 janvier à Hetzel de son intention d'envoyer le manuscrit des *Châtiments* — cet intitulé apparaît ici pour la première fois —, avant la fin du mois. Nouvelle lettre le 23 janvier où Hugo, en même temps qu'il fixe définitivement le titre du recueil — après avoir hésité entre *Les Vengeresses* et *Le Chant du vengeur* et repoussé *Rimes vengeresses* que lui proposait Hetzel —, présente l'œuvre comme pratiquement achevée : « D'après l'avis unanime, je m'arrête à ce titre :

« CHÂTIMENTS,
« par, etc.

« Ce titre est menaçant et simple, c'est-à-dire beau.

« Je fais force de voiles pour finir vite. Il faut se presser, car le Bonaparte me fait l'effet de se faisander. Il n'en a pas pour longtemps. L'Empire l'a avancé, le mariage Montijo l'achève. Si le pape le sacrait, tout irait bien. Donc il faut nous hâter. Je voudrais pouvoir vous envoyer le manuscrit en bloc. Indiquez-moi le moyen. »

Enfin, le 24 février, un traité pour l'édition des *Châtiments* est conclu avec Tarride par Hetzel, et Hugo demande à ce dernier de lui faire connaître les adresses auxquelles il doit expédier le manuscrit — en plusieurs paquets et en espaçant les envois : police impériale oblige. Deux projets de plans, datés par P. Albouy respectivement de la première et de la seconde quinzaine de février, confirment la lettre du 24 et autorisent à penser qu'à cette date Hugo jugeait son œuvre achevée et prête pour l'édition.

Ce même 24 février, alors que tout semblait prêt pour l'impression des *Châtiments*, Hetzel écrit à Hugo : « Mon cher maître, je ne suis pas encore découragé, mais je suis indigné, je ne trouve ici que peur et lâcheté. » Le signataire du contrat, Tarride, se déjuge et ici commence l'histoire de l'édition des *Châtiments*. Elle importe au texte qui, durant vingt ans (jusqu'à la fin de l'Empire), porte la marque matérielle de la répression impériale.

On ne saurait faire ici le récit détaillé de toutes les mésaventures et des tractations qui font dire, un jour, à Hugo : « Je fais en ce moment une œuvre de titan : ce n'est pas d'écrire un livre contre un homme, c'est de le publier... L'argent à gagner ne suffit plus pour faire contrepoids à la peur. » Mais il faut en connaître l'origine et le mécanisme. C'est d'abord cette « loi Faider » qui intitule l'un des poèmes (III, 14).

Prise par le gouvernement belge sous la pression de la France le 20 décembre 1852, elle stipulait qu'« à la demande expresse et formelle du gouvernement français » des poursuites seraient engagées et des peines d'amende et de prison prononcées contre « quiconque se serait rendu coupable d'offense envers la personne des souverains étrangers ou aurait méchamment attaqué leur autorité ». Auteur, éditeur, imprimeur et même vendeurs étaient également passibles de telles condamnations et le risque n'était pas négligeable. « La prison, 2 000 francs d'amende, voilà un effort que pas un Belge ne fera peut-être pour l'honneur de la liberté de la presse », déplore Hetzel dans cette même lettre du 24 février.

Une impression clandestine, sans nom d'éditeur ? Cette solution simple mettrait imprimeur et éditeur à l'abri des poursuites ; mais elle n'assure pas la propriété du texte et autorise toutes les contrefaçons. L'auteur ne sera pas payé et l'éditeur soumis à une insoutenable concurrence. Hugo imagine donc de publier deux éditions : l'une expurgée, innocente, ne ferait condamner personne et couvrirait cependant la propriété du texte de l'autre, clandestine et intégrale. Moertins, réputé honnête républicain, préférerait publier une seule édition mais moyennant l'engagement de Hugo de le dédommager des amendes et, à raison de cinq cents francs par mois (quatre fois le revenu d'un instituteur), de son éventuel séjour en prison. Il exige en outre la libre décision du prix de vente. C'était beaucoup. Hugo refuse.

Hetzel cherche éditeur moins ruineux, n'en trouve pas et propose de fonder une imprimerie spéciale pour l'édition clandestine — car on se doute qu'il y a foule de demandeurs pour l'expurgée. Il en estime le capital à six mille francs, procuré pour une moitié par lui-même et ses associés belges, pour l'autre par l'auteur et ses amis. Hugo accepte, promet les fonds mais demande que l'édition soit composée à Jersey, sous ses yeux, et confiée à Charles Leroux, soit par amitié pour ce dernier soit par méfiance envers ses associés de Bruxelles. On enverrait à l'imprimerie belge les plombs prêts pour le tirage. Moertins, qui est de l'affaire, craint que Hugo ne fasse tirer à Jersey une édition pirate avant même que les plombs n'arrivent à Bruxelles ! Sous sa pression, Hetzel refuse ; Hugo renonce. Puis il accepte, mais ne parvient plus à renouer avec l'imprimeur de Jersey dont l'honneur avait été blessé ou dont les exigences s'étaient accrues avec ce revirement. En définitive tout s'arrange. Schoelcher, proscrit comme Hugo et son ami, cotise pour cinq cents francs, Hugo lui-même pour quinze cents ; les comptes sont moins clairs pour Hetzel et Moertins. Ce dernier — toujours courageux — laisse à un collègue, Samuel, la responsabilité du nom de l'éditeur, l'imprimerie est fondée ; elle fabriquera les deux éditions, l'expurgée et la clandestine.

Le dernier épisode met en lumière la rigueur loyale de l'auteur et la prudence de ses éditeurs. Hugo, qui estime le procès certain, les avertit que, à ses yeux, se soumettre à la loi Faider revient à reconnaître la légitimité du gouvernement impérial qui agit à travers elle et que, en conséquence, quoi qu'il arrive, il ne se présentera pas à un procès. La responsabilité reposerait alors tout entière sur l'éditeur, Samuel. Mais il serait alors très tentant pour ce dernier d'invoquer des circonstances atténuantes en prétendant que l'auteur lui avait promis de venir au procès prendre la faute sur lui. Honte sur lui s'il ne le fait pas. Hugo, qui commence à connaître son monde, demande donc que soit ajoutée au traité une clause où Samuel reconnaîtrait être informé de son intention de ne pas venir devant les juges, intention annoncée et expliquée par l'auteur dans une Préface au recueil. Samuel voit fort bien que ce serait se dénoncer, plaider coupable et attirer sur lui la plus lourde condamnation ; il refuse et propose d'adresser à Hugo une lettre non datée, que l'auteur daterait de l'ouverture des poursuites, et où, endossant toute la responsabilité sans s'exposer à l'accusation de préméditation, il inviterait Hugo à ne pas se présenter au procès. Celui-ci, méfiant, car tout dépend des termes de la lettre et Samuel pourrait prétendre ne l'avoir écrite que par dépit après un refus inattendu de venir plaider, refuse d'abord puis, au vu de la lettre de Samuel, accepte, le 18 août 1853.

Avait-il volontairement retardé le règlement de ces difficultés, pour se donner le temps d'écrire ? Toujours est-il qu'entre-temps Hugo ajoute une trentaine de poèmes et achève la rédaction du livre. Les dernières péripéties de sa composition sont assez confuses. Un premier sommaire ne mentionne aucun des poèmes postérieurs au 23 mai, si on tient pour incertaine la date du *Manteau impérial*, mais y figurent, à deux exceptions près, tous ceux qui ont été rédigés depuis la confection des listes de février. Il peut donc être daté de la seconde quinzaine de mai. Un deuxième sommaire, plus tardif, mais qui n'est sans doute pas postérieur à la première quinzaine de juillet, apporte plusieurs changements dans l'ordre de chaque livre ; surtout il ajoute six poèmes rédigés entre le 24 et le 31 mai dont quatre trouvent place au livre VI jusqu'alors un peu maigre. Enfin une dernière liste n'ajoute, au moins dans sa première rédaction, aucun poème. Mais elle modifie assez sensiblement l'ordre prévu des deux derniers livres surtout, pour donner au recueil son aspect définitif. Dix titres pourtant manquent encore, dont deux sont inscrits en ajout sur cette liste datée de fin juillet ou de début août.

Hugo qui, deux mois auparavant, avait noté sur son carnet : « C'est aujourd'hui trente et un mai 1853 que je finis ce livre. Il est onze heures du matin », n'en avait pourtant pas encore fini avec *Les Châtiments*. *La Reculade* et *Chanson* (VII, 6) sont écrits en septembre et, en octobre, *La Fin*.

Les deux éditions, l'une complète et d'un très petit format, comme tous les livres clandestins, l'autre passablement châtrée, paraissent le 21 novembre 1853 à Bruxelles. Dix-sept ans plus tard, en octobre 1870, un mois après le retour de Hugo en France, Hetzel publie, augmentée pour la circonstance de quelques pièces, la première édition française des *Châtiments*, « après d'innombrables contrefaçons ».

À leur parution, *Les Châtiments* furent un demi-échec (moins de 6 000 exemplaires vendus deux mois après le tirage). Plusieurs raisons matérielles l'expliquent : interdiction complète (*Les Fleurs du mal* ne sont pas le seul recueil poétique censuré au XIXe siècle), vigilance policière et répression judiciaire efficaces (la possession de *Châtiments* coûte un mois de prison, sa diffusion davantage), surveillance de la douane aux frontières. À Paris, le livre resta pratiquement inconnu. D'autres raisons s'ajoutent, plus fondamentales et plus graves : en 1853 *Les Châtiments* sont à contre-courant de l'opinion « majoritaire ». Ça n'est pas pour rien que le recueil ressasse le leitmotiv du Peuple qui dort ! Des tournées provinciales du Prince-Président au plébiscite de la fin novembre 1852, l'Empire progressivement s'est installé, et il offre en décembre les premières mesures de grâce... Hugo s'isole, prend de la hauteur... Au fond, il ne se fait aucune illusion sur la portée immédiate de son livre et renonce vite à agir pour qu'il se répande en France. Il ne pense pas même à s'informer des tirages ni à le rééditer.

Quant à sa légitimité, c'est autre chose. Tout le Second Empire durant, la veine des *Châtiments* ne tarit pas et les poèmes de la même inspiration s'accumulent. Longtemps Hugo songea à les réunir dans un autre recueil pour lequel il imagina de beaux titres : *Nouveaux Châtiments, Boîte aux lettres, Châtiments — tome II, Les Colères justes, Rugissements*. Le projet ne connut jamais ne fût-ce qu'un commencement d'exécution : la structure close et achevée des *Châtiments* était telle qu'un second livre ne pouvait que recommencer le premier et l'affaiblir. Les textes demeurèrent dans leurs dossiers jusqu'à leurs récentes éditions savantes (P. Albouy, G. Robert et R. Journet).

Au retour en France, en 1870, dans un contexte dramatique (la reddition des armées, le siège de Paris), *Les Châtiments* connurent une étonnante apothéose. Prophétie réalisée, ils deviennent un hymne civique : 5 000 exemplaires vendus en deux jours, plus de 20 000 à la mi-décembre... et les textes sont lus partout, en public, récités (ou chantés : *Patria*) par les grands acteurs, dans les théâtres, à l'Opéra ouvert au peuple gratuitement. Ils sont à la mesure de l'actualité, de la tension, de l'urgence. Ils lavent de la double honte et l'on s'approprie à travers eux l'honneur, le courage, la victoire et un peu de la gloire de Hugo. « On a renoncé, note-t-il le 27 novembre, à me demander l'autorisation de dire mes œuvres sur les théâtres. On les dit partout sans me demander la permission. On a raison. Ce que j'écris n'est pas à moi. Je suis une chose publique. »

Il faudra attendre l'Occupation, la Résistance, la Libération pour que *Les Châtiments* redeviennent cette parole vivante, active, immédiatement compréhensible et entraînante. Eluard, Aragon, écrivent alors une « poésie politique », et la poésie comme chant des valeurs partagées par tous, par tout un peuple, reprend sens. La poésie de Hugo, celle-ci en tout cas, ne peut-elle se faire véritablement entendre que dans ces moments de crise extrême où l'essentiel est en jeu ? D'une certaine façon, oui ; mais aussi bien, cette crise, chaque individu qui ne dort pas, d'une manière ou d'une autre, la vit un jour et sait qu'il doit la vivre en permanence. Hugo a bien pu devenir, pendant les premières années de la Troisième République, l'écrivain « laïque et obligatoire », partant largement et nécessairement *neutralisé* ; mais il y a toujours eu des lecteurs qui ont fait de lui une affaire personnelle : Rimbaud, Péguy, Aragon, bien d'autres plus anonymes. La critique aussi, en cette seconde moitié du XXᵉ siècle, a efficacement contribué à restituer au poète cette part d'étrangeté folle, d'excès irréductible qui font de son œuvre, et tout particulièrement des *Châtiments*, une machine de langage indéfiniment utile, une proposition dépassant très largement, très scandaleusement, ce qu'elle dit, ou semble dire. C'est bien pourquoi, sans doute, Hugo est devant nous.

INDEX

un banquet aux officiers supérieurs responsables du massacre des Boulevards. (III, 8, p. 140 ; IV, 11, p. 194 ; VI, 5, p. 267 ; VI, 10, p. 278)

BERTRAND : général occupé à la répression de la résistance armée au 2 décembre. (III, 8, p. 137 ; IV, 13, p. 198 ; VI, 17, p. 304)

BILLAUT : président de l'Assemblée en 1852 ; remarquable flagorneur du pouvoir. (VI, 5, p. 267)

BOBÊCHE : pitre célèbre sous la Restauration, niais et beau parleur. (II, 6, p. 101 ; IV, 4, p. 173)

BOMBA (*Re*) : « Le Roi qui fait Boum » : surnom donné à Ferdinand II, roi des Deux-Siciles, depuis le bombardement de Messine insurgée (1848). (III, 8, p. 139)

BONAPARTE (Charles-Louis-Napoléon) : « ... né à Paris le 20 avril 1808, est fils d'Hortense de Beauharnais mariée par l'empereur à Louis-Napoléon, roi de Hollande », écrit Hugo faisant allusion à la naissance du futur Prince-Président, si incertaine que son père légal — le géniteur étant selon toute vraisemblance l'amiral hollandais Verhuell —, avait déposé un désaveu de paternité auprès du pape. Sa vie politique commence en Italie où, avec ses frères, il participe à une insurrection dans les États pontificaux en 1830. Deux tentatives avortées pour s'emparer du pouvoir, en 1836 à Strasbourg et en 1840 à Boulogne, le couvrent de ridicule et, s'il est gracié après la première par Louis-Philippe, la seconde lui vaut une condamnation de prison à vie. Incarcéré à Ham, il écrit et fait publier « des livres empreints, malgré une certaine ignorance de la France et du siècle, de démocratie et de foi au progrès : *L'Extinction du paupérisme*, l'*Analyse de la question des sucres*, les *Idées napoléoniennes*, où il [fait] l'empereur « humanitaire » (*Napoléon le Petit*, I, 5 ; p. 12-13). Déguisé en maçon il s'évade de Ham et s'installe en Angleterre. Revenu en France à la suite de la Révolution de 1848, il laisse ses partisans organiser une active campagne en sa faveur. Élu à l'Assemblée constituante en même temps que Hugo, en juin 1848, il démissionne de son mandat et est réélu en septembre. Lorsqu'il vient pour la première fois prendre séance à l'Assemblée, il fait si médiocre impression que Thiers dit : « C'est un crétin qu'on mènera ». La classe politique partage ce jugement et le

CARRELET : général commandant une des brigades responsables du massacre du 4 décembre. (III, 8, p. 140 ; IV, 13, p. 199 ; VI, 17, p. 304)

CARTOUCHE (1693-1721) : bandit renommé. (I, 5, p. 57 ; I, 8, p. 69 ; II, 2, p. 91 ; II, 7, p. 115 ; III, 4, p. 127 ; V, 1, p. 202 ; V, 4, p. 210 ; V, 13, p. 246 ; VII, 2, p. 313 ; VII, 16, p. 362 ; *La Fin*, p. 422)

CASTAING : avait empoisonné à la morphine les deux fils d'un notaire pour en hériter ; exécuté en 1823. (V, 1, p. 202 ; VI, 5, p. 260)

CATON : l'histoire romaine en connut deux : Caton l'Ancien (IIe siècle av. J.-C) lutta contre le luxe, les mœurs grecques et poursuivit Carthage jusqu'à sa complète destruction ; Caton d'Utique (Ier siècle ap. J.-C.) prit part aux guerres civiles (Crassus, César, Pompée) et passa pour figure de la résistance républicaine à l'empire. (*Nox*, p. 40 ; III, 4, p. 128 ; III, 7, p. 133 ; IV, 8, p. 186 ; V, 7, p. 217 ; VI, 13, p. 291)

CAYENNE : bagne en service sous le Second Empire, situé en Guyane française. (*Nox*, p. 40 ; I, 6, p. 61 ; II, 1, p. 90 ; III, 10, p. 148 ; IV, I, p. 166 ; IV, 3, p. 170 ; V, 4, p. 210 ; VI, 3, p. 256 ; VI, 5, p. 267 ; VI, 8, p. 273 ; Note V de Hugo, p. 413)

CÉSAR(S) : non pas, sauf très rares exceptions, Jules César, le vainqueur de la Gaule et le fondateur de l'empire, qui est lui un personnage héroïque dans le recueil, mais ses successeurs, les empereurs romains qui prirent son nom pour titre. Plusieurs grands écrivains latins (Lucain, Tite-Live, Juvénal, Tacite) au nom des traditions morales et politiques de l'ancienne république embellie par le souvenir, puis toute la littérature des chrétiens persécutés jetèrent un discrédit indélébile sur l'empire des Césars : sur sa tyrannie sanglante, sur la corruption de la cour et sur les mœurs infâmes, criminelles, de certains empereurs — Tibère, Caligula, Néron, Commode en particulier. (*Nox*, p. 31, 35 ; I, 10, p. 74 ; I, 11, p. 76, 78 ; I, 14, p. 83 ; II, 2, p. 94 ; II, 7, p. 116 ; III, 1, p. 121 ; III, 6, p. 132 ; III, 8, p. 138 ; III, 9. p. 146 ; III, 10, p. 149 ; III, 12, p. 151 ; III, 16, p. 160 ; IV, 1, p. 165 ; IV, 11, p. 194 ; V, 1, p. 202 ; V, 7, p. 217 ; V, 10, p. 226 ; V, 13, p. 243, 244,

247 ; VI, 5, p. 264 ; VI, 8, p. 274 ; VI, 11, p. 281 ;
VI, 13, p. 293, 294 ; VI, 17, p. 304 ; VII, 2, p. 312 ;
VII, 4, p. 323 ; VII, 5, p. 324 ; VII, 11, p. 342 ; VII,
13, p. 353 ; VII, 16, p. 369 ; VII, 17, p. 371, 373 ;
Lux, p. 376, 383 ; *La Fin*, p. 422)

CHANGARNIER : général ; commandant l'armée de Paris et
  fervent monarchiste, il avait esquissé un coup d'État en
  janvier 1849. À sa révocation en janvier 1851, Thiers
  dit : « L'Empire est fait. » Exilé au 2 décembre. (IV, 6,
  p. 182 ; Note I de Hugo, p. 388)

CHAPUYS : voir Montlaville-Chapuis. (IV, 13, p. 198)

CHARLET : républicain condamné à mort et exécuté en
  juin 1852 pour le meurtre d'un douanier. Sans doute
  innocent, il avait récusé la compétence du conseil de
  guerre qui le jugeait ; voir *Napoléon le Petit*, IV, 2 ;
  p. 77. (VII, 5, p. 324)

CHARRAS : colonel, il prend part à la Révolution de 1830,
  mais participe aussi à la répression de l'insurrection
  ouvrière de juin 1848. Député républicain en 1849, il
  est exilé au 2 décembre. (Note I de Hugo, p. 387-391)

CHEVET : restaurant parisien élégant et en vogue sous le
  Second Empire. (I, 10, p. 74 ; VI, 5, p. 263)

CIRASSE : républicain guillotiné, en même temps que Cuisinier, en juillet 1852, pour meurtre commis, à Clamecy,
  dans l'insurrection de la résistance au coup d'État des
  5-7 décembre 1851 (J. Maitron. *Dictionnaire du mouvement ouvrier...*). (VII, 5, p. 324)

CLAIRVAUX : l'ancienne abbaye avait été transformée en
  prison. (VII, 10, p. 341)

CLAMAR : cimetière situé faubourg Saint-Marcel et autrefois réservé aux condamnés à mort. (V, 1, p. 202 ; VI,
  11, p. 280)

CLICHY : prison parisienne pour condamnés de droit
  commun. (III, 8, p. 138)

CONSTANTINOPLE : voir Istambul.

CONTRAFATTO : prêtre condamné en 1827 pour attentat à
  la pudeur ; l'avocat de la partie civile, ensuite convaincu
  de son innocence, avait obtenu sa grâce. (IV, 4, p. 176)

CUCHEVAL : directeur, en 1852, du *Constitutionnel*, journal
  officieux du régime ; son nom « faisait hésiter les huissiers à la porte des salons ». (VII, 13, p. 347)

CUISINIER : voir le nom de Cirasse. (VII, 5, p. 324)

DANTE : L'auteur de la *Divine Comédie* offre le modèle d'une poésie totale, religieuse et politique, capable de dire le divin, de représenter les destins de l'humanité et de juger au nom de Dieu le monde terrestre (son *Enfer* donne à Dante l'occasion d'y mettre nombre de ses contemporains). Mais aussi d'un poète mêlé à l'histoire — il intervint dans le pouvoir et la diplomatie de Florence avant d'en être banni — et dont l'exil tout à la fois sanctionne cette action et enregistre l'écart nécessaire du génie. (*Nox*, p. 44 ; I, 11, p. 76 ; II, 6, p. 103 ; III, 9, p. 144 ; V, 7, p. 215 ; VI, 5, p. 266)

DELANGLE : haut magistrat avant et après la Deuxième République. (III, 8, p. 140 ; V, 7, p. 216-218 ; VI, 5, p. 267 ; VI, 13, p. 289 ; VII, 10, p. 340)

DEUTZ : trompant la confiance de la duchesse de Berry, il réussit à la livrer à la police (1832) ; voir *Les Chants du crépuscule*, X et la note 2 de la page 151. (III, 12, p. 152 ; VI, 1, p. 252)

DOMBIDAU : homme politique, ministre de l'Instruction publique en 1851. (VI, 5, p. 266 ; VI, 13, p. 291)

DRACON : malgré leur réputation d'excessive sévérité à laquelle Hugo se réfère (lois draconiennes), les lois de ce législateur athénien du VIIe siècle avant J.-C. humanisèrent le droit en établissant la responsabilité individuelle — et non plus familiale —, et la prise en considération des circonstances et des intentions. (V, 6, p. 214 ; VII, 2, p. 313)

DROUYN : ministre des Affaires étrangères depuis juillet 1852 et à ce titre solidaire de la politique autrichienne. (IV, 13, p. 198 ; VI, 5, p. 267)

DUCOS : ministre de la Marine. (III, 8, p. 137 ; IV, 13, p. 198)

DULAC : général ; mêmes états de service que Reybell. (I, 5, p. 58)

DUPIN : avocat, député, procureur sous la Monarchie de Juillet. Élu président de l'Assemblée législative en mai 1849, il y fit preuve de partialité en faveur de la droite. Il n'opposa aucune résistance au coup d'État. Son frère était sénateur en 1852. Voir *L'autre président* (II, 6. p. 101) et *Déjà nommé* (IV, 8, p. 186). (VI, 5, p. 260-267 ; VI, 13, p. 292 ; VII, 13, p. 350 ; VII, 14, p. 355 ; Note I de Hugo, p. 387 et suiv.)

III, 12, p. 151 ; IV, 13, p. 199 ; V, 13, p. 246 ; VI, 5, p. 266 ; VI, 10, p. 278 ; VI, 13, p. 287-291 ; VI, 14, p. 297 ; VII, 10, p. 340-341)

FRANCONI : dresseur des chevaux de Napoléon III et fondateur d'un hippodrome à Paris. (VII, 2, p. 315 ; VII, 16, p. 367)

FROCHOT : préfet de la Seine en 1800, dévoué à tous les régimes. (VI, 10, p. 278)

GÉRONTE : personnage chez Molière (*Les Fourberies de Scapin*) de vieillard avare, stupide et battu. (III, 7, p. 135 ; III, 8, p. 136)

GESSLER : celui qui donna l'ordre qu'on sait à Guillaume Tell et dont ce dernier tira plus tard vengeance. (I, 6, p. 61)

GIULAY : ministre de la Guerre autrichien en 1849-1850. (III, 8, p. 139)

GOMORRHE : comme Sodome. (II, 7, p. 113)

GOTON : diminutif de Marguerite ; nom générique pour une « fille », une domestique ou une servante d'auberge beaucoup moins « stylée », voire propre, que complaisante. (III, 4, p. 127 ; VI, 5, p. 260)

GOUSSET : archevêque de Reims, cardinal en 1851. (VII, 13, p. 347)

GUELMA : bagne en Afrique. (VII, 16, p. 362)

HARDOUIN : président de la Haute Cour lors du coup d'État ; voir la note 2 de la page 9. (III, 8, p. 139)

HAUTPOUL (Henri d') : ministre en 1849, puis dignitaire du régime impérial. Il était corpulent. (VI, 5, p. 264, 267 ; VII, 13, p. 347)

HAYNAU : général en chef des forces autrichiennes. Il dirigea à ce titre la répression des mouvements nationaux dans les pays de l'Empire : Italie et Hongrie, avec une férocité et un sadisme admirés de tous les réactionnaires d'Europe. Visitant Londres, il fut reconnu par les passants et mis à mal. Louis-Napoléon l'invita à Paris où il eut un meilleur accueil : voir *Napoléon le Petit*, *Conclusion*, I, 3 ; p. 139. (I, 12, p. 79 ; III, 8, p. 139 ; IV, 13, p. 198 ; VI, 8, p. 273 ; VII, 13, p. 348 ; Note V de Hugo, p. 409)

HOUDIN : prestidigitateur célèbre sous le Second Empire. (VII, 13, p. 348)

LEBŒUF : député à l'Assemblée législative de 1849 ; sénateur en 1852. (VI, 5, p. 267 ; VI, 13, p. 289)

LEROY : de Saint-Arnaud, voir ce nom.

LOLA MONTÈS : favorite du roi de Bavière Louis Ier qui — pour lui plaire ? — chassa les jésuites de son royaume. (IV, 4, p. 176)

LOUVEL : meurtrier du duc de Berry en 1820. « J'ai vu le poignard de Louvel, c'était une idée libérale » écrit alors l'organe du gouvernement. (III, 16, p. 161)

LOYOLA (saint Ignace de) : fondateur de la Compagnie de Jésus, dissoute en 1773 par le pape Clément XIV, puis rétablie. (_Nox_, p. 35 ; IV, 4, p. 176 ; IV, 13, p. 199 ; V, 4, p. 210 ; VI, 5, p. 262 ; VI, 10, p. 278 ; VI, 13, p. 287 ; VI, 16, p. 301 ; VII, 8, p. 335 ; VII, 13, p. 346-350)

MACBETH : Le drame de Shakespeare a immortalisé l'histoire et la punition de ce roi, meurtrier de son ami et assassin du roi Duncan, son hôte, pour en usurper le trône. (I, 11, p. 76 ; VI, 10, p. 278)

MAGNAN : ce général, qui s'était déjà illustré dans la répression des émeutes de Paris et de Lyon en 1848, commandait l'armée et la garde nationale de Paris au 2 décembre. Il avait sans doute vendu à Napoléon III, fort cher il est vrai, son honneur de soldat pour échapper à la prison pour dettes. (_Nox_, p. 34 ; I, 11, p. 77 ; II, I, p. 87 ; II, 7, p. 113 ; III, 8, p. 139 ; IV, 13, p. 199 ; V, 13, p. 246 ; VI, 5, p. 262 ; VI, 8, p. 273 ; VI, 14, p. 297 ; VI, 17, p. 304 ; VII, 2, p. 316 ; VII, 10, p. 340 ; VII, 16, p. 366)

MAGNE : en 1852, ministre des Travaux publics, puis des Finances. (III, 12, p. 151 ; IV, 13, p. 198)

MAHMOUD-KHAN II (1785-1839) : sultan turc célèbre par le nombre de ses assassinats. (VII, 13, p. 347)

MAISTRE (Joseph de) (1753-1821) : important écrivain monarchiste et catholique ultramontain, théoricien de la contre-révolution. (VI, 5, p. 265)

MALESHERBES : magistrat intègre avant la Révolution et courageux défenseur de Louis XVI lors de son procès. (VI, 13, p. 289 ; VII, 10, p. 340)

MANDRIN : son nom est utilisé par Hugo comme celui du plus fameux des bandits. En réalité, Mandrin, héros de chansons populaires, dirigeait, vers 1750, une guérilla paysanne militairement organisée contre l'administra-

MOCQUART : secrétaire particulier puis chef du cabinet de Napoléon III. (VI, 1, p. 252)

MONGIS : magistrat auteur du réquisitoire contre A. Vacquerie au procès de septembre 1851, voir la Chronologie ; avocat général en 1852. (IV, 13, p. 199 ; VI, 5, p. 264 ; VII, 13, p. 347)

MONTALEMBERT : homme de plume et député du catholicisme libéral, il entretint avec Hugo de bonnes relations jusqu'en 1848. Ils s'opposèrent violemment à l'Assemblée à propos des questions sociales, de l'expédition de Rome et de la loi Falloux. Rallié d'abord à l'Empire, Montalembert, voyant en Napoléon III un mauvais, ou trop compromettant, défenseur des intérêts du catholicisme, prit assez vite vis-à-vis du régime une attitude critique ; voir *À un qui veut se détacher* (V, 10, p. 223). (*Nox*, p. 35 ; III, 8, p. 137 ; VII, 13, p. 347)

MONTFAUCON : lieu-dit où était installé le gibet de Paris au Moyen Âge et au XVIe siècle. Hugo le décrit dans *Notre-Dame de Paris*, XI, 4 ; « Roman I », p. 858-859. (V, 3, p. 208 ; V, 6, p. 214 ; VII, 2, p. 313 ; VII, 16, p. 362)

MONTLAVILLE-CHAPUIS : préfet de Toulouse, avant d'être sénateur, il avait proposé d'immortaliser les votes en faveur de l'Empire par un monument. (III, 8, p. 139 ; IV, 13, p. 198)

MONTMARTRE (boulevard et cimetière de) : voir la note 1 de la page 36. (*Nox*, p. 37 ; I, 10, p. 75 ; II, 1, p. 90 ; II, 7, p. 114 ; III, 8, p. 140 ; III, 10, p. 148 ; IV, 1, p. 166 ; VII, 2, p. 312 ; VII, 16, p. 363, 369)

MOREAU : Moreau dit de la Seine et Moreau dit de la Meurthe étaient tous deux juges de la Haute Cour. Voir la note 1 de la page 30. (VII, 13, p. 347)

MORNY : petit-fils, naturel, de Talleyrand et demi-frère de Napoléon III, député, ministre de l'Intérieur au coup d'État dont il dirigea l'exécution. Homme supérieur et affairiste distingué ; voir son portrait dans *Histoire d'un crime*, I, 3, p. 167-168. (I, 5, p. 57 ; I, 11, p. 77 ; II, 7, p. 113 ; III, 5, p. 130)

MURAT (Lucien) : neveu de Napoléon Ier, sénateur et « prince », aussi gros que Berger. (IV, 11, p. 194 ; VI, 5, p. 267)

confiance en soutenant Bonaparte ; ministre de la police durant les Cent-Jours. (VI, 10, p. 278 ; VI, 14, p. 295)

REYBELL : général commandant une des brigades engagées dans la fusillade des Boulevards. (I, 5, p. 58 ; IV, 13, p. 199 ; VII, 2, p. 316)

RIANCEY : journaliste, ami de Montalembert, auteur d'une législation restrictive sur les publications. (III, 8, p. 139 ; IV, 13, p. 198 ; VI, 11, p. 279 ; VI, 13, p. 287)

RIBEYROLLES : proscrit au 2 décembre, réfugié à Jersey puis au Mexique, auteur de *Bagnes d'Afrique*, publié en 1853. (V, 11, p. 231 ; Note V de Hugo, p. 414)

ROBERT MACAIRE : bandit du célèbre mélodrame *L'Auberge des Adrets*. Frédérick Lemaître et Daumier avaient rendu le personnage fameux. (III, 1, p. 121 ; III, 12, p. 151 ; IV, 13, p. 198 ; V, 1, p. 205 ; VI, 17, p. 304)

ROLAND (Pauline) : institutrice, auteur de plusieurs ouvrages scolaires écrits dans un esprit « progressif », militante socialiste et féministe, amie, collaboratrice et disciple de Pierre Leroux. L'aide qu'elle avait apportée aux familles des proscrits fut le motif de son arrestation en février 1852. Déportée en Algérie, elle fut rapatriée sur l'intervention de George Sand et mourut à Lyon en décembre 1852 d'épuisement et des maladies contractées au bagne. Plusieurs de ses lettres de prison avaient été publiées par E. de Girardin dans son journal *La Presse*, par Schoelcher et Ribeyrolles dans leurs livres : *Le Gouvernement du Deux-Décembre* et *Les Bagnes d'Afrique* en 1853. (V, 11, p. 229 ; Note V de Hugo, p. 416)

ROMIEU : plumitif réactionnaire, spécialisé dans la peur du rouge, auteur d'un livre de cette veine : *Le Spectre rouge*. Nommé en conséquence directeur des Beaux-Arts. « Intrépide buveur de champagne et farceur émérite », selon P. Larousse. (III, 1, p. 119 ; III, 7, p. 134 ; VI, 17, p. 304 ; VII, 13, p. 346 ; Note I de Hugo, p. 396)

ROSAS : dictateur sanglant d'Argentine, battu en 1852 par les armées des États voisins. (IV, 11, p. 193 ; VI, 5, p. 266)

ROUHER : ministre de la Justice du 31 octobre 1849 au 27 octobre 1851, puis conseiller influent de l'Empereur. Homme d'ordre s'il en est. (*Nox*, p. 35 ; III, 8, p. 137, 140 ; IV, 13, p. 198 ; V, 7, p. 218 ; V, 13, p. 246 ; VI,

SCHŒLCHER : républicain, député à la Législative, participe à la résistance en décembre 1851 et retrouve Hugo à Bruxelles. Il était l'auteur d'un livre, *Le Gouvernement du Deux-Décembre*, publié en 1853. (VI, 5, p. 262 ; Note II de Hugo, p. 400)

SÉJAN : affranchi et ministre de l'empereur Tibère dont il était aussi l'exécuteur des basses œuvres avant d'être lui-même exécuté en 31. (*Nox*, p. 38 ; V, 6, p. 214 ; VI, 5, p. 265 ; VI, 13, p. 294)

SIBOUR : évêque de Digne, comme Mgr Myriel dont il est, aux yeux de Hugo, l'exacte antithèse, puis archevêque de Paris à la date du coup d'État. Hugo ne lui pardonne pas sa collaboration avec un pouvoir illégal et criminel. Voir la Chronologie et *Le* Te Deum *du 1er janvier 1852* (I, 6, p. 60). (*Nox*, p. 35 ; II, 7, p. 110 ; III, 8, p. 137 ; III, 9, p. 145 ; III, 16, p. 161 ; IV, 13, p. 199 ; V, 13, p. 246 ; VI, 5, p. 265 ; VII, 13, p. 347 ; VII, 17, p. 371)

SIMONCELLI : libéral italien, victime de la répression politique après le retour du pape Pie IX dans ses États. (I, 12, p. 80)

SODOME : La Bible (Genèse, XVIII et XIX) raconte comment Dieu punit, en la détruisant sous une pluie de soufre et de feu, l'impiété de cette ville et ses mœurs « contre nature », n'épargnant que la famille d'un unique juste, Loth. (II, 7, p. 104 ; VII, 12, p. 348)

SOUFFLARD : célèbre chef de bande et assassin (1838). (*Nox*, p. 31 ; V, 1, p. 204 ; VII, 8, p. 335 ; VII, 13, p. 346)

SOULOUQUE : proclamé empereur d'Haïti en 1848 (Faustin Ier), il eut un règne extravagant et sanglant. (III, 8, p. 138 ; IV, 11, p. 193 ; V, 7, p. 215 ; VI, 14, p. 297 ; VII, 13, p. 347)

STAMBOUL : voir Istambul.

SUIN : avocat général, auteur du réquisitoire au procès de Charles Hugo en juin 1851 ; voir la Chronologie et *A quatre prisonniers* (IV, 12, p. 195). (III, 12, p. 151 ; IV, 13, p. 199 ; VI, 5, p. 262 ; VII, 10, p. 340-341)

SYLLA : homme politique et général romain. Il tenta de 83 à 73 avant J.-C. d'organiser sous le nom de dictature un pouvoir monarchique, éliminant les opposants par les massacres et la proscription. (I, 8, p. 69 ; VII, 17, p. 373)

TACITE : il fut un haut fonctionnaire de l'Empire romain

avant d'écrire. Ses œuvres ne nous sont parvenues qu'incomplètes : les *Histoires* couvrent les règnes de Galba, Othon, Vitellius et de Vespasien pour partie, les *Annales* celui de Tibère et, incomplets, ceux de Claude et de Néron. Sans aucune complaisance, ni pour son lecteur ni pour ses personnages, d'une rare indépendance d'esprit, difficile à force de concision et d'intelligence, Tacite est le grand historien latin. Le régime impérial romain et ses premiers empereurs ne se sont jamais relevés de sa rigueur et de sa sévérité morale. (III, 5, p. 129 ; III, 8, p. 137)

TAMISIER (Rose) : on crut à ses miracles — elle faisait saigner les croix et voler les hosties dans sa bouche —, jusqu'au jour où elle fut surprise à préparer ses prodiges : répandant du sang sur un tableau représentant une descente de croix et dérobant des hosties. Jugée en 1851. (III, 12, p. 152 ; VI, 5, p. 260)

THERSITE : combattant de la guerre de Troie, laid, lâche et « parleur sans mesure » (*Iliade*, II, 211-217). (II, 6, p. 101 ; VI, 1, p. 251)

THIERS : fut sans doute l'homme politique le plus important du siècle. Républicain et conservateur, il participe à la révolution de 1830 et est le principal artisan de son issue orléaniste. Plusieurs fois ministre de Louis-Philippe, il passe à l'opposition avant 1848. Élu à la Constituante puis à la Législative, il est un des chefs de file de la droite non bonapartiste ce qui lui vaut d'être écarté après le 2 décembre. Revenu au pouvoir en 1870, il oriente définitivement la Troisième République naissante en organisant la victoire de la bourgeoisie sur la Commune. (Note I de Hugo, p. 388)

TIBÈRE : successeur d'Auguste (Octave), il inaugure la lignée, légendaire depuis Tacite, des empereurs dépravés. Bon administrateur, il eut le tort de se retirer à Capri, se contentant d'y assister à quelques supplices et laissant Séjan conduire les intrigues de cour — et le débarrasser d'une bonne partie de sa famille — avant de le faire tuer et d'être lui-même assassiné. Il avait eu le temps de désigner Caligula (Caius) pour successeur. (*Nox*, p. 38 ; IV, 9, p. 189 ; V, 3, p. 208 ; V, 6, p. 214 ; VI, 5, p. 265 ; VI, 8, p. 273 ; VI, 13, p. 294 ; VII, 11, p. 342)

Tiquetonne (rue) : c'est dans cette rue, proche des Boulevards, théâtre de la fusillade du 4, que meurt l'enfant du poème *Souvenir de la nuit du 4* (II, 3, p. 95). (II, 7, p. 107 ; VII, 2, p. 315 ; VII, 16, p. 362)

Torquemada : le drame de Hugo a fait la célébrité de cet inquisiteur espagnol du XVe siècle, au nom prédestiné. (I, 12, p. 80)

Tortoni : café des Boulevards, « pris d'assaut » lors du massacre du 4 décembre. (II, 7, p. 108 ; VII, 16, p. 361)

Toulon : Hugo avait visité son bagne en 1839. C'est à Toulon aussi qu'on embarquait les déportés pour l'Algérie. (I, 2, p. 49 ; IV, 13, p. 199 ; VI, 2, p. 254 ; VII, 10, p. 341 ; VII, 16, p. 364)

Trestaillon : chef de bande durant la Terreur blanche à Nîmes en 1815. (II, 2, p. 91 ; VI, 13, p. 293 ; VII, 13, p. 350)

Trimalcion : personnage du *Satiricon* de Pétrone qui offre un festin énorme et grotesque. (III, 13, p. 154 ; VII, 4, p. 322)

Troplong : président, sous l'Empire, du Conseil d'État et du sénat : « légiste glorificateur de la violation des lois, jurisconsulte apologiste du coup d'État, magistrat flatteur du parjure, juge panégyriste du meurtre » (*Histoire d'un crime*, IV, 18 ; p. 440). (*Nox*, p. 35 ; II, 7, p. 110 ; III, 6, p. 131 ; III, 8, p. 140 ; III, 9, p. 145 ; III, 16, p. 161 ; IV, 10, p. 192 ; IV, 13, p. 199 ; V, 7, p. 216-218 ; V, 13, p. 247 ; VI, 5, p. 262 ; VI, 8, p. 273 ; VI, 10, p. 278 ; VI, 11, p. 281 ; VI, 13, p. 292 ; VI, 14, p. 297 ; VI, 17, p. 305 ; VII, 2, p. 311 ; VII, 8, p. 336 ; VII, 10, p. 340 ; VII, 13, p. 350)

Turgot : avocat général en 1852. (IV, 13, p. 199)

Variétés (les) : devant le théâtre des Variétés, voisin du boulevard Poissonnière, il y avait, après la fusillade du 4, cinquante-deux cadavres dont onze femmes rapporte un témoin cité par Hugo dans *Histoire d'un crime*, III, 16, p. 355. (VII, 16, p. 361)

Verhuell : amiral hollandais auquel on attribue ordinairement la paternité de Louis-Napoléon. (VI, 11, p. 280 ; VII, 11, p. 342)

Verrès : préteur de Rome en Sicile, auteur de nombreux abus de pouvoir (vol, meurtre) attaqué en justice par Cicéron. (VI, 5, p. 265 ; VII, 16, p. 362)

VEUILLOT : journaliste catholique, rédacteur en chef de *L'Univers*, passionnément réactionnaire et ultramontain, ennemi juré de Hugo depuis 1842. Converti en 1838, il avait auparavant mené joyeuse vie. En 1833, Bugeaud l'avait placé chef de bureau à *L'Esprit public*, organe de la préfecture de police. Hugo, non sans injustice, ajoute à ces griefs déjà lourds, l'humilité de la naissance du personnage : ses parents avaient tenu débit de boisson. Voir la Chronologie et les poèmes : *À des journalistes de robe courte* (IV, 4, p. 172), « *Approchez-vous. Ceci c'est le tas...* » (I, 3, p. 53) et *Un autre* (IV, 7, p. 183). (*Nox*, p. 32 ; II, 7, p. 107 ; III, 8, p. 136 ; VI, 5, p. 264 ; VI, 13, p. 287, 293 ; VII, 8, p. 336 ; VII, 13, p. 347 ; VII, 16, p. 366)

VIDOCQ : célèbre chef, au début du siècle, d'une brigade de police composée d'anciens bagnards comme lui-même. (II, 7, p. 109 ; IV, 7, p. 183)

BIBLIOGRAPHIE

Éditions

Œuvres complètes

V. Hugo, *Œuvres complètes*, édition assurée par les exécu-
teurs testamentaires de Hugo et leurs successeurs,
P. Meurice, G. Simon et C. Daubray, Ollendorff-Albin
Michel, imprimée sur les presses de l'Imprimerie Nationale, 1902-1952, 45 vol.

V. Hugo, *Œuvres complètes*, édition chronologique
publiée sous la direction de Jean Massin, Le Club français du livre, 1967-1970, 18 vol. dont deux de Dessins
et lavis. *Les Châtiments* figurent au vol. VIII, avec une
présentation de Bernard Leuilliot.

V. Hugo, *Œuvres complètes*, édition établie, sous la direction de J. Seebacher assisté de G. Rosa, par le Groupe
interuniversitaire de travail sur V. Hugo, R. Laffont,
« Bouquins », 1985-1987, 14 vol. *Les Châtiments* sont
au tome « Poésie II », notice et notes de Jean Gaudon.
La publication de la correspondance de Hugo a été
entreprise par le même éditeur pour donner suite aux
œuvres ; sont parus deux volumes de *Correspondance
familiale et écrits intimes*, 1802-1839, publiés sous la
direction de Jean Gaudon.

Châtiments

L'édition de référence a longtemps été celle de P. Berret,
Hachette, « Grands écrivains de la France », 1932,
2 vol. ; elle a été largement dépassée, en particulier pour
la genèse du texte et pour son interprétation, par
P. Albouy : V. Hugo, *Œuvres poétiques* II, *Les Châtiments*, *Les Contemplations*, « Bibliothèque de la Pléia-

de », 1967. C'est l'édition de référence actuelle ; elle contient également les textes aux « alentours des *Châtiments* » : *Boîte aux lettres*, *Nouveaux Châtiments*, etc.

En format de poche existent plusieurs éditions excellentes, toutes novatrices par l'éclairage qu'elles donnent à tel ou tel aspect du recueil :

Pocket, « Lire et voir les classiques », 1997, préface, notes et important dossier par Gabrielle Chamarat.

Garnier-Flammarion, 1979, introduction, bibliographie, dossier sur la genèse du recueil, index des noms propres (tourné vers l'interprétation) par Jacques Seebacher. Le volume contient les deux grands poèmes initialement destinés à *Châtiments* et finalement écartés : *La Conscience* et *La Vision de Dante*.

Gallimard, « Poésie/Gallimard », 1977, préface, notice, liste des principaux thèmes du recueil, notes très judicieuses, index complet des noms des contemporains par René Journet.

Biographies

Plus utiles que les ouvrages classiques de Maurois (Hachette, 1954), Juin (Flammarion, 1980-1984) et Decaux (Perrin, 1984), qui souffrent tous de défauts différents mais graves, les livres de :

Pierre Georgel, *La Gloire de Victor Hugo*, Réunion des Musées Nationaux, 1985 ; catalogue et synthèse des images reçues de Hugo, mais aussi forgées par lui.

Henri Guillemin, *Victor Hugo par lui-même*, Seuil, « Écrivains de toujours », 1951 ; portrait « inspiré » et très bien documenté du Hugo de l'exil.

Arnaud Laster, *Pleins feux sur Victor Hugo*, éditions de la Comédie-Française, 1981 ; infaillible.

Annette Rosa, *Victor Hugo, l'éclat d'un siècle*, Messidor, 1985 ; éloquent.

Enfin, indispensable à la compréhension de la situation réelle de V. Hugo exilé, en proie à une surveillance constante et parfois provocatrice ou agressive de la police de Louis Napoléon Bonaparte :

Pierre Angrand, *Victor Hugo raconté par les papiers d'État*, Gallimard, 1961.

Études générales sur Hugo poète

Pierre Albouy, *La création mythologique chez V. Hugo*, Corti, 1963.

Jean-Bertrand Barrère, *Victor Hugo*, Hatier, « L'homme et l'œuvre », 1967.

Charles Baudouin, *Psychanalyse de V. Hugo*, A. Colin, « U2 », 1972.

Ludmila Charles-Wurtz, *Poétique du sujet lyrique dans l'œuvre de V. Hugo*, Champion, 1998.

Yves Gohin, *Victor Hugo*, PUF, « Que sais-je ? », 1987.

Henri Meschonnic, *Pour la poétique, IV, Écrire Hugo*, Gallimard, 1978.

Jacques Seebacher, *V. Hugo ou le calcul des profondeurs*, PUF, « Écrivains », 1993 et, particulièrement, au ch. 1 : « Esthétique du coup d'État : la prise à partie de Louis-Napoléon Bonaparte ».

Anne Ubersfeld, *Paroles de Hugo*, Messidor, 1985 et, particulièrement, le ch. 3 : « Tréteaux et châtiments ».

Les entrées « Hugo » et « *Châtiments* » des grands dictionnaires encyclopédiques ou spécialisés (Larousse, Encyclopedia Universalis, Bordas et Robert de la littérature française) ne sont pas à négliger, ni non plus les articles consacrés à Hugo dans *L'Histoire littéraire de la France*, Éditions sociales, 1974-1980.

Pour situer *Les Châtiments* dans l'histoire générale de la poésie :

La poésie française du Moyen Âge jusqu'à nos jours, sous la direction de Michel Jarrety (la partie consacrée au XIXe siècle est de Claude Millet), PUF, 1997.

A. Vaillant, *La Poésie*, Nathan, « Lettres 128 », 1992.

Études particulières sur *Les Châtiments*

Colloque de la Société des études romantiques sur *Châtiments*, 1976 : communications non publiées ailleurs : A. et A. Michel, « Juvénal dans *Les Châtiments* » ; J.-B. Barrère, « Grotesque, poésie et dessin ou Chapeaux et capes dans *Châtiments* » ; J.-P. Reynaud, « Tom-Pouce Attila : présence et fonction du grotesque dans *Les Châtiments* ».

Jeanne Bem, « *Châtiments* ou l'histoire de France comme enchaînement de parricides », dans *Revue des Lettres modernes*, 1984.

Joëlle Gardes-Témines, « Strophes et paragraphes dans *Châtiments* », dans *Revue des Lettres modernes*, 1989.

Sheila Gaudon, « Prophétisme et utopie : le problème du destinataire dans *Les Châtiments* », dans *Saggi e ricerche di litteratura francese*, vol. 16, 1977.

Claude Gély, « Hugo et la "parole qui tue". Présence et avatars de Jersey dans les poèmes des *Châtiments* », dans *Mélanges Simon Jeune*, Bordeaux, Société des bibliophiles de Guyenne, 1990.

Jean-Marie Gleize, « Le lyrisme en question. Le moi se remplit et se vide : *Les Châtiments* », dans *Poésie et figuration*, Seuil, « Pierres vives », 1983.

Jean-Marie Gleize et Guy Rosa, « Celui-là, politique du sujet poétique : *Les Châtiments* », dans *Littérature*, n° 24, 1976.

Jean Mazaleyrat, « V. Hugo et l'art de l'invective », dans *Mélanges à A. Lauly*, Nancy, 1980.

Guy Rosa, « Introduction », dans V. Hugo, *Les Châtiments*, Le Livre de Poche, 1972.

Jacques Seebacher, « La polémique chez V. Hugo », dans *CAIEF*, n° 31, mai 1979.

Ouvrages d'histoire utiles (ou indispensables) à l'intelligence des *Châtiments*

Maurice Agulhon, *1848 ou l'apprentissage de la république — 1848-1852*, Seuil, « Nouvelle histoire de la France contemporaine 8 », 1973.

Adrien Dansette, *Louis-Napoléon à la conquête du pouvoir*, Hachette, 1961.

Taxile Delord, *Histoire du Second Empire (1848-1869)*, Garnier-Baillère, 1869-1876, 6 vol.

Henri Guillemin, *Le Coup du 2 décembre*, Gallimard, 1951.

Alain Plessis, *De la fête impériale au mur des fédérés — 1852-1871*, Seuil, « Nouvelle histoire de la France contemporaine 9 », 1973.

Documentation multimédia et sur Internet — Albums

Les deux CD-Rom existant à ce jour consacrés à Hugo sont également médiocres. On leur préférera de très loin, outre les deux volumes de dessins de l'édition J. Massin et *La Gloire de Hugo* déjà cités, plusieurs beaux albums ou catalogues d'expositions :

J.-F. Barrielle, *Le Grand Imagier de V. Hugo*, Flammarion, 1985.

H. Cazaumayou, *Dessins de V. Hugo*, Musées de la Ville de Paris, 1985.

Pierre Georgel, *Les Dessins de V. Hugo pour « Les Travailleurs de la mer »*, Herscher, 1985.

Jacqueline Lafarge, *V. Hugo. Dessins et lavis*, Hervas, 1983.

Arnaud Laster, *Victor Hugo*, Belfond, 1984.

R. Pierrot et J. Petit, *Soleil d'encre — Manuscrits et dessins de V. Hugo*, Musées de la Ville de Paris, 1986.

Pierre Seghers, *Victor Hugo visionnaire,* R. Laffont, 1983.

Les sites Hugo actuellement accessibles sur Internet sont extrêmement pauvres, largement inférieurs aux manuels de l'enseignement secondaire — le volume Bordas consacré aux XIXe et XXe siècles, par exemple, est très satisfaisant.

Le site du Groupe Hugo à Jussieu (http ://www.diderotp7 .jussieu.fr/groupugo/ACCUEIL.htm) est un outil de travail « pointu ».

Il n'existe pas encore, à notre connaissance, d'édition électronique complète des œuvres de Hugo. L'ensemble le plus riche reste le « Frantext » de l'Inalf.

TABLE

Table   477

LIVRE VI
La stabilité est assurée

LIVRE VII
Les sauveurs se sauveront

Table 479

NOTES

COMMENTAIRES

Liste des ouvrages de Major Bac
parus aux Presses Universitaires de France

Les ouvrages de la collection Major Bac comportent généralement 128 pages et coûtent de 42 à 46 francs. Ils s'organisent en trois grands ensembles.

- Les *Premières leçons* permettent d'aborder l'œuvre et d'en dégager les principales lignes directrices.

Premières leçons sur le mythe antique dans le théâtre contemporain, Richard Robert

Premières leçons sur « Electre » de J. Giraudoux, Hubert Laizé

Premières leçons sur « Confessions » de J.-J. Rousseau, Alain Quesnel

Premières leçons sur « Les Châtiments », Christine Marcandier-Colard

Premières leçons sur « Nouvelles de Saint Pétersbourg » de Gogol, Anastasia Vinogradova

Premières leçons sur « Ethiopiques » de L. Senghor, Philippe Delaveau

Premières leçons sur « La Chute » d'A. Camus, Anne Coudreuse.

- Les *Thèmes et sujets* présentent rapidement les grands thèmes de l'œuvre ou de la question et éclairent chacun d'eux par plusieurs sujets de dissertation entièrement rédigés.

Le mythe antique dans le théâtre contemporain, *thèmes et sujets*, Guy Fessier

« Confessions » de J.-J. Rousseau, *thèmes et sujets*, Jean-Paul Santerre

« Electre » de J. Giraudoux, *thèmes et sujets*, Guy Fessier

- Les *Textes commentés* permettent à l'élève de se préparer à l'épreuve d'explication des textes du programme

Le mythe antique dans le théâtre contemporain, *textes commentés*, Daphné Déron et Frédéric Weiss

« Electre » de J. Giraudoux, *textes commentés*, Danièle Le Gall

« Confessions » de J.-J. Rousseau, *textes commentés*, Frédéric Turiel

Composition réalisée par NORD COMPO

IMPRIMÉ EN FRANCE PAR BRODARD ET TAUPIN
Usine de La Flèche (Sarthe).
LIBRAIRIE GÉNÉRALE FRANÇAISE - 43, quai de Grenelle - 75015 Paris

ISBN : 2 - 253 - 01686 - 1   ❀ 30/1378/6